KB046021

ㅎ쩌이……
ㅎ쩌이 에쌔ㅈ 헝ㄱ─

현사의 제사를 사랑하는 녀자

9

류센 히로츠구 저자 · 후지 초쿄 일러스트 · 정아래릭 옮김

현자의 제자를
자칭하는 현자

She professed herself
pupil of the wise man.

19

〈 1 〉

"끄응…… 벌써 아침인가."

니르바나성에 자리한 이리스의 방. 미라가 그곳의 침실에서 맞이한 것이 벌써 몇 번째일까. 자고로 기분 좋은 아침이란 눈을 뜬 순간뿐 아니라 다른 여러 요소를 통해서도 그를 실감할 수 있기 마련이다.

슬그머니 보이는 잠든 이리스의 얼굴. 안는 베개 상태가 되어 꿈을 꾸고 있는 단원 1호의 모습. 손에는 책을, 허리에는 칼을 찬 채 작은 목소리로 "좋은 아침입니다"라고 인사를 해오는 샤르위나.

모든 것이 너무도 그대로라 무심결에 미소를 지은 후, 미라는 작은 목소리로 인사를 건네고 방을 나섰다.

그리고 아침 목욕으로 정신을 차리고 돌아와서 모닝콜을 하러 온 아르마와 마주쳤다.

기분 좋은 아침이란 것은 의외로 허술하다. 단 한 사람이 개입했을 뿐인데 눈 깜짝할 새 사라져 버리니 말이다.

이리스에게 아르마는 언니 같기도, 어머니 같기도 한 존재였다. 그녀는 익숙한 얼굴로 몸단장을 하라는 말을 하며 이리스의 등을 두드려 깨웠다.

이렇듯 아르마가 오면 단숨에 아침이 소란스러워진다. 척척 아침 식사를 만들기 시작하면 언젠가부터 미라도 이런저런 일들을 돕게 되었다.

모두가 모이면 다 함께 아침 식사를 한다. 소란스러우면서도 온기가 느껴지는, 그런 평소와 같은 아침 식사를.

그리고 평소처럼 아르마가 에스메랄다에게 끌려간 것을 계기로 소란스러운 아침이 끝나고 활기찬 일상이 시작되었다.

"어디, 오늘은 뭘 한다고 했더라아."

수면 아래에서 추진 중인 '이라 무에르테' 섬멸 작전은 순조롭게 진행되고 있다. 그리고 그 조직의 보스가 있는 곳을 알려줄 특수한 술구도 순조롭게 모이고 있다.

불과 얼마 전에도 미라는 최고 간부 중 한 명인 갈로바를 포획한 데 이어 추가로 한 명을 잡아들이는 데 성공했다.

대륙 제일의 환락가를 보유한 미디트리아. 미라는 온갖 욕망이 소용돌이치는 그곳으로 잠입해, 유녀(游女)로 변장해 표적에게 접근. 보기 좋게 최고 간부 중 한 명인 유그스트 그라딘을 붙잡고 술구까지 회수해온 것이다.

이로써 중요인물인 최고 간부 중 세 명, 갈로바와 유그스트, 그리고 퍼지다이스의 활약으로 악행이 폭로된 트루리 공작을 감옥에 가두었다. 따라서 마지막 한 명인 이그나츠만 잡아들이면 그 조직의 보스의 위치를 알 수 있는 술구가 완성된다.

그리고 현재는 아틀란티스의 장군들이 이그나츠가 이끄는 힐베란즈 도적단에게 대응하는 중이다. 따라서 도적단이 괴멸할 때까지 미라는 딱히 할 일이 없었다.

그 때문에 당분간은 이리스의 호위로서 딱 붙어서 이렇게 느긋하게 지내고 있는 것이었다.

"오늘부터 예선 대회 토너먼트가 시작돼요!"

미라와 함께 관전할 수 있게 된 게 어지간히도 기쁜 것인지. 마도 TV를 비롯한 관전 환경을 완벽하게 갖춰 나가는 이리스의 움직임이 경쾌하기만 했다. 게다가 투기 대회 예선이 막바지에 다다른 탓에 꽤나 들뜬 듯 보였다.

"호오, 그것 참 기대되는구나."

메이린은 물론이거니와 소환술의 탑 소속의 술사 주드 슈타이너—— 아니, 브루스는 온 대륙에서 강자들이 모여든 이 대회의 본선에 진출할 수 있을까.

미라 본인이 출전하지 못한 현재, 소환술의 미래는 브루스의 두 어깨에 걸려 있다고 해도 과언이 아닐 것이다.

(그대만 믿으마, 브루스!)

발할라에서는 브루스를 열심히 단련시켜 두었고, 그 결과 미라도 인정할 만큼 실력이 늘었다. 그러니 분명 소환술은 건재하다는 사실을 세상에 알릴만한 성적을 남겨줄 것이다.

그렇게 브루스의 활약을 기대하며 예선 토너먼트가 시작되기를 기다리던 중. 이리스가 과자와 주스를 늘어놓는 가운데 문득 무언가가 미라의 눈에 들어왔다.

"……샤르위나여, 좀 자는 게 어떻겠느냐?"

호위를 맡은 샤르위나는 방 구석에서 대기하며 책장을 넘기고 있었는데, 누가 어떻게 보아도 수면 부족인 상태를 넘어 한계에 달한 듯한 얼굴을 하고 있었던 것이다. 하지만 그럼에도 그녀의 두 눈은 반짝반짝 빛나고 있었다.

"아뇨, 괜찮습니다, 주인님! 아직 더 버틸 수 있어요!"

수면욕마저 밀어낼 만큼 독서에 대한 욕구가 부풀어 있었다. 그렇게 될 만큼 그녀에게 이리스의 방에 자리한 도서관은 꿈만 같은 장소였던 것이리라. 샤르위나는 책을 손에 든 채 힘주어 문제없다고 답했다.

그 표정에는 잘 시간도 아깝다는 마음이 여실히 담겨 있었다.

(설마 이렇게까지 푹 빠져버릴 줄이야.)

저 도서관을 보면 분명 좋아할 것이라는 단순한 생각으로 샤르위나를 소환한 것이건만, 상황을 보면 볼수록 미라는 사람을 잘못 골랐나 싶어 골치가 아파왔다.

어쨌든 샤르위나를 이대로 내버려둘 수는 없는 일이다. 마음은 풍족해진 듯하지만 그녀의 몸은 정반대인 상황이기 때문이다.

분명 미라가 명령하면 샤르위나는 얌전히 시키는 대로 할 것이다. 하지만 주의를 받으면 기본적으로 성실한 성격인 그녀는 기가 죽어버릴지도 모른다.

"흠, 그러냐. 허나 그대에게만 부담을 줄 수는 없는 일이니. 보조 요원을 부르도록 할까."

어디까지나 샤르위나의 노고를 치하하기 위한 것이라는 명목을 내세워 미라는 소환술을 행사했다.

로자리오 소환진 두 개가 떠오른다. 미라의 입이 영창을 자아낸다. 곧이어 샤르위나의 자매들이 그 자리에 나타났다. 그렇다, 발키리 일곱 자매가 집결한 것이다.

"주인님, 무엇이든 명하십시오."

알피나를 필두로 자매들이 무릎을 꿇었다. 고귀함과 고결함이 저절로 느껴지는 듯한 그 모습은 마치 이야기 속에서 튀어나온 것만 같았다.

그래서인지 알피나 일행을 본 이리스는 아주 환한 얼굴로 반색했다.

"굉장해요~! 꼭 아홉 현자 이야기에 나오는 덤블프 님의 발키리 시스터즈 같아요~!"

어떻게 보면 당연하다고 할 수 있겠지만, 이리스는 아홉 현자를 주제로 한 서적에도 조예가 있는 모양이라. 거기에 적힌 덤블프의 일화 중 하나인 발키리 일곱 자매를 연상케 하는 광경에 꽤나 흥분한 듯했다. 그래서인지 차가 든 포트를 든 채 한껏 들떠서 그런 소리를 했다.

"아~ 음, 그렇구나. 듣고 보니 이야기 속 인물과 닮았구나아. 뭐, 닮은 것뿐이지만……!"

생각지 못한 데서 그 이름이 튀어나오는 바람에 식은땀이 훅 나기는 했지만, 미라는 재미있는 우연의 일치도 다 있다는 식으로 이야기를 몰고 갔다.

제아무리 상상력이 풍부한 이리스라도 미라의 정체가 덤블프라는 생각에까지는 다다르지 못한 듯했다. 아니, 그 이전에 이리스는 알피나 일행을 구경하느라 정신이 없었다.

"역시 너무 멋져요~!"

이리스는 쫄래쫄래 뛰어다니면서 선망에 가까운 감정이 담긴 눈으로 알피나 일행을 여러 방향에서 바라보며 칭찬의 말을 아낌 없이 퍼부었다.

한편 알피나 일행은 늠름한 얼굴로 미라의 말을 기다리고 있다. 하지만 딱 한 명⋯⋯ 크리스티나만은 극찬을 쏟아내는 이리스의 말이 아주 싫지는 않은지 표정이 풀어지려 하고 있었다.

"어흠. 그럼 곧장 명령을 내리마——."

미라는 이리스의 관심이 자신에게 향하기 전에 상황을 설명하고 양쪽을 소개해 주었다. 그리고 알피나 일행에게 한동안 순번을 정해 함께 이리스를 호위하는 임무를 맡아주었으면 한다고 전했다.

"임무, 받잡겠습니다."

알피나가 과장스럽게 답하자 자매들이 조용히 고개를 숙였다. 이리스는 그 모습을 보더니 이야기와 똑같다며 더더욱 흥분했다.

또한 이야기 쪽에는 자매들의 이름이 기재되어 있지 않으니, 그쪽을 통해 신분이 탄로 날 일은 없을 듯했다.

"자, 어제는 샤르위나가 내내 호위를 해주었으니. 오늘은 다른 이가 교대해 주었으면 한다만⋯⋯."

오늘부터는 자매들끼리 순번을 정해 교대한다. 그러면 자연스럽게 샤르위나는 쉬게 된다. 일단 이 책벌레의 낙원이라 할 수 있는 방에서 떨어뜨리면 샤르위나라 해도 숙면을 취해줄 거다.

"우선은 제가 교대하도록 하죠!"

그렇게 가장 먼저 나선 것은 역시나 알피나였다.

또한 샤르위나를 확인한 그녀는 곧바로 수면 부족 상태인 듯하다는 것과 미라의 의도도 알아챈 듯했다.

"당신은, 푹 쉬어두세요."

그렇게 운을 떼더니 "주인님을 위해 애 많이 썼군요"라고 노고를 치하하는 말도 건넸다. 임무를 수행하느라고 샤르위나가 잠을 못 잔 것이라고 생각한 것이리라.

실제로 샤르위나는 알피나가 소환되자마자 손에 들고 있던 책을 어느샌가 감춰버렸으니 그럴 만도 했다.

과연 알피나가 4층에 있는 도서관의 존재를 알면 어떤 반응을 보일까. 그걸 알게 되는 것은 조금 시간이 흐른 뒤다.

그 후, 발키리 일곱 자매에 의한 이리스 호위 계획은 금세 수립되었다. 기본적으로 장녀인 알피나부터 순서대로 교대하되, 예외적으로 넷째인 샤르위나는 막내인 크리스티나의 다음 순서를 맡기로 했다.

다시 말해서 샤르위나의 다음 차례는 일주일 후인 것이다.

그리고 기본적으로는 하루 단위로 교대할 예정이었지만 여기서 한 가지 예상치 못한…… 하지만 한편으로는 조금만 생각해보면 예상할 수 있던 사태가 벌어졌다.

나날의 훈련과 사생활을 고려해서 미라는 그날그날 소환을 할 생각이었다. 하지만 알피나 이외의 인원을 송환하려 하자, 모두가 마실 차를 준비하고 있던 이리스가 '벌써 가시는 거예요?'라고 말하는 듯한 쓸쓸한 표정을 지어보인 것이다.

그녀가 놓인 상황상, 이만큼 많은 인원이 이 방을 찾는 일은 거의 없었을 터. 오히려 처음일 가능성도 있었다. 이리스는 이야기에나 나올 법한 발키리를 만났기 때문만이 아니라, 많은 손님이 와주었다는 생각에 더욱 기쁘고 들떴던 것이다.

그 결과, 송환은 중지되어 일곱 자매는 얼마 동안 이리스의 방에서 살게 되었다.

지금은 많은 전투를 보는 것도 훈련이 된다는 핑계로 투기대회 예선을 비추고 있는 마도 TV를 다 같이 감상 중이다. 또한 샤르위나는 알피나의 압박에 못 이겨 순순히 침실에서 자고 있다.

"예선이라지만, 얕볼 수 없겠군요……."

"아하, 저런 사용법이…… 재미있어요."

"우와아, 방금 건 아플 것 같아……."

훈련의 일환인 만큼, 생각 없이 시합을 관전하는 미라 일행과 달리 알피나 일행은 전사의 관점에서 그것을 보았다.

하지만 그건 둘째치고 다들 즐기고 있는 듯했다. 또한 무엇보다도 이리스가 매우 신이 나 있었다.

예선이지만 본선 진출이 코앞인 탓에 선수들은 모두 뛰어난 실력을 갖추고 있었다. 때문에 때때로 전투에 관해서는 전혀 모르는 이리스가 보기에 무슨 일이 일어난 것인지 이해할 수 없는 장면들이 연출되었다.

그러나.

"굉장해요~. 방금 건 무슨 일이 일어난 건지 안 보였어요~."

이리스가 그렇게 궁금해 하면 "방금 그건——" 하고 자매들이 나서서 완벽하게 해설해주었다. 심지어 그녀들은 전사의 기술에 관해서라면 술사인 미라보다 지식도 경험도 풍부하다. 그 때문에 보다 자세하게 설명할 수 있었다.

알피나 일행과 이리스의 상성은 좋아 보였다. 어쨌든 이리스가 미소를 지어주어 다행이다. 그런 생각에 미소를 띠고 있던 미라 역시 예선에 술사가 등장하자 신이 나서 해설을 시작했다.

발키리 일곱 자매의 참가로 이리스의 방의 방비는 더욱 철통같아졌다. 그와 동시에 북적거리게 되기도 하여, 하루하루가 떠들썩했다.

모두 함께 감상하는 마도 TV 속에서 투기 대회의 예선이 순조롭게 진행되던 중, 브루스가 등장하여 미라가 환희한 적도 있었다.

특훈의 성과 덕분이기도 하겠지만 헤어진 뒤로도 브루스는 단련을 게을리 하지 않고 열심히 노력했는지. 그의 부분 소환은 실전에서도 그럭저럭 통할 수준에 도달해 있었다.

우수한 성적으로 예선 시합에서 승리를 거둬온 것인지, 마도 TV의 화면 너머로도 많은 주목을 받고 있다는 게 느껴질 정도였다.

다시 말해서 그만큼 소환술을 어필하는 데 성공하고 있다는 뜻이다. 실로 훌륭한 성과라는 생각에 미라는 브루스를 절찬했다.

또한 잠시 함께 시간을 보냈던 알피나 일행도 브루스가 싸우는 모습을 보고 느낀 바가 있었는지. 어느샌가 정원 쪽에서도 할 수 있을 만한 것을 중심으로 대기팀이 훈련을 재개하고 있었다.

오히려 호위 임무를 수행하는 게 휴식이 되는 이상한 상황이 되었다.

하지만 지금까지와는 다른 요소가 거기에 하나 추가되었다.

이리스다.

훈련하는 알피나 일행의 모습을 흥미롭다는 듯이 바라보던 그녀가 그 훈련을 받고 싶다는 말을 꺼낸 것이다.

미라에게 들은 모험가들의 이야기와 지금의 상황, 그리고 끊임없이 노력하는 알피나 일행의 모습. 그러한 환경의 변화가 이리스를 결심케 한 것이다. 하다못해 자신의 몸을 지킬 수 있을 만큼은 강해지고 싶다고.

그리고 그날부터 이리스의 특훈도 시작되었다. 하지만 갑자기 강해져서 놀라게 해주고 싶다기에 아르마 일행에게는 아직 말하지 않았다.

지금은 알피나 일행의 훈련에 끼어 이런저런 것들을 배우는 중이다.

또한, 그런 이리스에게 맞춰 특훈 내용이 조정된 덕에 알피나를 제외한 자매들은 크게 반색을 하기도 했다.

그리고 그 상태를 유지하기 위해, 또 이리스의 마음이 바뀌지 않도록 하기 위해, 친절하고도 꼼꼼하게 기합을 단단히 넣어서 지도를 하기도 했다.

그렇게 미라 일행이 일상을 보내는 가운데, 또 하나의 작전이 개시되었다.

아크 대륙 중앙부 동쪽. 마치 크레이터처럼 원형으로 만(灣)이 펼쳐진 그곳에는 해상 운송의 중심인 유니에스 포트라는 도시가 있었다.

주변 지역에 비해 비교적 힐베란즈 도적단의 입김이 덜 닿은 도시다.

커다란 항구가 있어서 많은 사람들이 오가는 도시이기는 했지만, 최근 며칠 동안 거물들이 한 사람씩 이 땅을 딛고 있었다.

그 자들의 정체는 다름이 아니라 병행 진행되고 있는 작전의 핵심이자 대륙 최대의 플레이어 국가인 아틀란티스 왕국이 자랑하는 최고 전력 '이름 없는 사십팔장군(네임리스 라인)'이었다.

한꺼번에 움직이면 매우 눈에 띄는 탓에 각자 현지에서 집합하고 있는 것이다.

"자아, 모두가 좋아하는 고트프리트가 도착하셨다! 가만, 늦게 온 내가 할 말은 아닌 것 같지만, 혹시 아직 다 안 모인 거야?"

그런 도시에 자리한 커다란 호텔의 어느 방. 힘을 조절하는 법 따윈 모른다는 듯이 그곳의 문을 열어젖힌 남자―― 고트프리트는 그곳에 모인 동료들을 둘러보며 기대 섞인 투로 말했다.

하지만 그 말에 답한 남자의 말에 그 기대는 단숨에 수그러들었다.

"아니, 네가 마지막이거든, 굼벵이. 이틀이면 충분한 거리를 나흘 걸려서 오다니. 이 자식, 이번엔 어디서 뭘 하다 왔냐?"

남자는 매우 짜증이 난 듯했다. 하지만 그 목소리에는 어쩐지 체념한 듯한 뉘앙스도 담겨 있었다. 그는 알고…… 아니, 예상했던 것이다. 고트프리트가 어째서 늦게 왔는지를.

"이야아, 그게 말이야. 좀 들어보라고. 원래는 이틀 만에 도착할 예정이었거든? 근데 이쪽이 지름길이라는 직감이 팍팍 들더라고. 근데 오는 도중에 지난 깊은 산속에 작은 마을이 있었는데, 뭔가 분위기가 무진장 어두운 거야. 이유를 물어보니 사신(邪神)님에게 공물을 바치는 날이 다가오고 있다잖아. 그런데 올해는 흉작이라 요구받은 양을 준비하지 못했대. 그랬더니 이번에는 산 제물을 요구해 왔다더라고——."

"——아~ 됐어. 대충 알겠으니까."

남자는 변명이 아니라 긴급사태였다고 이야기하는 고트프리트를 제지했다.

이유는 단순했다. 그는 늘 그랬기 때문이다.

"그 사신님이라는 게 마수나 뭐 그런 거였는데 퇴치하고 왔다는 거잖아, 나 원. 뭘 어떻게 하면 매번 나갈 때마다 그런 상황과 맞닥뜨리는 거냐, 멍청아."

남자가 그럴싸한 예를 들자 고트프리트는 "역시 레이븐, 완전 정답이야!"라고 하며 그 내용을 긍정했다.

다시 말해서 고트프리트는 남자—— 레이븐이 예상한 대로 작은 마을에 공물과 산 제물을 요구하고 있던 마수를 토벌하고서 온 것이다. 그 때문에 예정보다 이틀 정도 늦어진 거다.

그리고 레이븐은 고트프리트가 어째서인지 툭하면 그런 일에 휘말려드는 운명이라는 것을 알고 있었다. 아니, 그는 그런 일에 참견하지 않고는 못 배기는 성격이라고 포기하고 있었다.

또한 다른 이들도 고트프리트가 지각을 하는 모습을 하도 본 탓인지 이렇다 할 반응을 보이지 않았다.

아닌 게 아니라 레이븐은 고트프리트의 직감은 히어로 레이더나 뭐 그런 게 아닐까, 라고 반쯤 진지하게 생각하고 있기도 했다.

"나 원…… 뭐, 됐어. 일단 앉아. 정보를 공유할 테니."

"어엉. 그래서, 어떤 상황이야? 몇 사람이 안 보이는데, 네가 여기 있다는 건 준비는 하고 있다는 뜻이지?"

고트프리트 지각한 걸 미안해하지도 않고 빈자리에 앉더니 태연하게 물었다.

레이븐이 있으면 작전 수행에 지장이 없다고 믿고 있기 때문이리라. 그게 지각을 해도 되는 이유가 되지는 않지만 아무도 고트프리트를 나무랄 생각은 없는 듯했다.

그 역시 그가 있어 구원을 얻은 이들이 많기 때문일 것이다.

"그래, 시모네크리스는 도적들의 거점이 니르바나가 알려준 곳에 있는지 조사 중이야. 그리고 저격 지점을 사전 답사하고 있겠지. 사이조와 같이. 거점이 확인되면 그대로 잠입 공작을 할 예정이야. 그리고 아르토엘리와 하트슈르츠는 주변국 수뇌부와 작전 회의 중이고."

"아하, 평소처럼 순조롭네!"

"그래, 그렇지. 평소와 같아. 네가 지각한 것까지 말이야."

레이븐은 비아냥거림을 담아서 한 말이었건만 고트프리트는 전혀 개의치 않고 쾌활하게 웃었다.

"그렇다면 이제 가서 밟아버리는 일만 남았나. 그래서, 작전 개시는 언제야? 지금 당장?!"

힐베란즈 도적단의 토벌. 그 작전이 성공하면 지금보다도 훨씬 세상이 평화로워진다. 그렇게 믿고 있는 고트프리트는 지금 당장 시작해도 상관없다는 듯이 의욕을 불살랐다.

"나 원, 일단 세 사람이 정보를 가지고 돌아와야지, 멍청아."

레이븐은 한숨 섞인 투로 답하더니 "우선 현재까지 알려진 정보를 그 모자란 머릿속에 넣어두라고——"라고 운을 떼고서 회의라는 이름의 정보 공유를 개시했다.

현시점에서의 작전 개요.

우선 가장 중요한 것은 도적단의 본거지를 어떻게 제압할 것인가 하는 점인데, 그건 이미 결정된 바였다.

이 작전에는 '이름 없는 사십팔장군'이 열 명이나 참가한다. 그 전력을 모두 투입하는 것이야말로 가장 확실하고 가장 안전한 방법이라 할 수 있을 것이다.

하지만 지금 당장은 움직일 수 없다. 그것은 주변의 준비가 끝나지 않았기 때문이다.

"아르토엘리의 이야기로는, 완전히 전개하려면 사흘 정도 더 걸린다더군——."

레이븐은 그렇게 말하더니 주변국들의 동향에 관한 정보를 공유했다.

힐베란즈 도적단에 의해 피해를 입고 있는 나라들은 '이름 없는 사십팔장군'에 호응하여 출병을 결정했다.

그 총수는 일만. 숫자상으로는 도적단을 상회할 정도다. 하지만 장비의 질이 다른 탓에 정면으로 격돌하면 병사들은 패주할 수밖에 없다.

조사 결과에 따르면 도적단측의 무장은 그만큼 강력하다고 한다. 이는 도적단의 두령 겸 '이라 무에르테' 최고 간부인 이그나츠가 무구의 뒷거래까지 좌지우지하고 있었기 때문이다.

그 때문에 정규 병사의 장비 수준이 뒤떨어지는 난감한 상황이 발생한 것이다.

그런 병사들이 맡은 역할은, 굳이 말하자면 '우리'가 되는 것이다. 도적단의 본거지를 포위하듯 진을 치고 한 사람도 통과하지 못하게끔. 새어 나온 수준의 머릿수라면 병사들로도 충분히 대응이 가능할 것이라고 본 것이다.

제아무리 아틀란티스의 최고 전력인 레이븐 일행이라 해도 수천 명 규모의 집단 전체를 시야에 둘 수는 없다. 그렇기에 그들의 배치는 중요한 일이었다.

하지만 일만이라는 인원수를 움직이려면 시간이 걸린다. 더불어 완전한 포위망을 만들기 위한 술구의 설치에도 다소 시간이 걸린다는 듯했다.

"──그런고로 작전 결행 예정일은 사흘 후야. 남은 건 누가 어느 포인트를 칠 것인가, 하는 건데 이건 세 사람이 돌아온 다음에 정하자. 괜찮지?"

현재 작전 진행 상황을 모두 설명한 후, 레이븐은 그렇게 말을 끝맺었다. 도적단의 본거지를 습격할 때의 역할 분담은 아직 하지 않았다고.

"나는 제일 큰 데가 좋아! 내가 두목 있는 곳 할래!"

여태 잠자코 듣고 있었던 것은 칭찬할 만했지만, 레이븐이 말을 마치자마자 아니나 다를까 고트프리트가 소리쳤다.

아주 힘찬 목소리로, 제일 거물과 싸우고 싶다고. 하지만 그 말에 공을 올리고 싶다거나 강한 녀석과 싸우고 싶다는 감정은 실려 있지 않았다. 다만 흔들리지 않는 정의감이 있을 뿐이었다.

세상과 사람들을 위해 악명 높은 힐베란즈 도적단을 친다. 그리고 그 업보를 짊어진다. 그것이 그의 신념인 것이다.

"그래그래, 난 그래도 상관없어. 그럼 난 제일 작은 데로 부탁해. 되도록 편한 데로."

어쩐지 졸린 듯한 얼굴로 그렇게 주장한 것은 그 자리에 있던 한 소녀, 엘리미제였다. 거의 잠옷이라 해도 과언이 아닌 연두색 로브를 걸친 그녀는 그렇게만 말하고서 다시 테이블에 엎드렸다. 몸 전체에서 나른한 분위기가 느껴지는 듯했다.

"글쎄 세 사람이 돌아온 다음에 정하겠다고 했잖아, 멍청이들아."

한쪽은 의욕이 넘치고, 한쪽은 의욕이 전혀 없는 극단적인 두 사람이 도적단 토벌 멤버로 온 탓에 레이븐은 벌써부터 넌더리가 난다는 표정을 짓고 있었다.

하지만 제비뽑기로 정한 것이니 어쩔 수 없다. 레이븐은 자신의 악운을 저주하며 최근 며칠 동안 수집한 정보도 전달했다. 실로 성실한 성격이 아닐 수 없었다.

〈2〉

아크 대륙 중앙부, 숲에 둘러싸인 평원 한복판. 힐베란즈 도적단의 본거지는 그곳에 있었다. 거의 요새나 다름없는 그곳을, 레이븐 일행은 멀리 떨어진 나무들 틈새로 바라보았다.

"토라스텀국(國)의 완료 신호를 확인. 이제 모든 배치가 끝났어. 자, 드디어 시작이야. 너희도 준비는 됐겠지?"

주변국들의 병사들을 전개할 준비가 끝났다는 신호가 통신용 술구를 통해 전해졌다. 이제 작전 개시와 함께 숲에 잠복 중인 일만의 병사들이 이 평원을 일제히 포위할 예정이다.

그것을 확인한 레이븐은 곧 출진할 동료들을 향해 말했다.

고트프리트가 합류하고서 사흘이 지난 현재. 이미 힐베란즈 도적단 토벌 겸 '이라 무에르테'의 최고 간부 중 한 명인 이그나츠 체포 작전을 개시할 때가 된 것이다.

"좋았어, 이제 시작이구나!"

고트프리트는 역시나 당장에라도 뛰쳐나갈 듯이 기합이 바짝 들어 있었다. 사흘이나 얌전히 있었던 탓에 정의로운 마음이 최고로 뜨겁게 활활 타오르고 있었다.

"빨리 집에 가고 싶어…… 침대에서 자고 싶어……."

엘리미제는 야영용 간이침대가 마음에 안 들었던 모양인지, 평소보다 더 졸린 듯한 표정이다.

하지만 레이븐은 그런 그녀의 의욕을 북돋는 방법을 알았다.

"돌아가면 하루종일 안 깨우지. 내가 허가를 받아주겠어"라고 말하자 엘리미제는 "약속한 거야"라고 답하더니, 각성이라도 한 듯이 표정이 확 바뀌었다.

"그럼 나도 저격 지점으로 이동해두겠어. 타이밍은 그쪽에 맞추지."

그렇게 말하며 일행의 곁을 떠나 숲속으로 사라진 것은 아틀란티스 제일의 창술가인 시모네크리스였다. 위장무늬 망토를 걸친 그의 모습은 숙련된 병사를 방불케 했고, 눈 깜짝할 새에 나무들 사이로 사라졌다.

그리고 남은 이들 역시 충분히 사기를 끌어올렸다.

레이븐 일행은 이제 단 열 명으로 수천 명에 달하는 힐베란즈 도적단과 전투를 치르게 된다. 수적으로 보면 압도적인 차이가 났지만, 이곳에 그걸 걱정하는 이는 하나도 없었다.

걱정을 하기는커녕 그들의 표정은 여유롭기까지 했다. 하지만 그렇다고 해서 방심한 듯한 낌새는 조금도 없었다. 오로지 임무를 완수하겠다는 의지와 약간의 의협심만이 엿보일 따름이었다.

"좋아, 사이조에게 신호를 보냈어. 시작될 거야."

끝으로 레이븐이 그렇게 말하자, 저마다 다른 반응을 보였다.

고트프리트는 평원에 펼쳐진 본거지를 바라보며 잔뜩 기대하는 얼굴로 때가 오기를 기다리고 있다.

그에 반해 엘리미제처럼 귀를 막는 이도 있었다. 충격에 대비하기 위해서다.

그렇게 저마다 준비를 하고서 몇 초가 지난 후, 너무도 요란한

전투 개시 신호가 울렸다.

폭염과 폭염, 그리고 폭염. 본거지 곳곳에서 벌건 폭염이 여러 개 치솟았다. 그리고 한 박자 늦게 귀를 찢을 듯한 굉음과 대지를 뒤흔드는 충격이 퍼졌다.

그것은 적지에 잠입한 사이조의 파괴 공작에 의한 것으로, 전투 개시를 알리는 봉화였다.

"좋았어~!"

당연하다는 듯이 고트프리트가 가장 먼저 뛰쳐나갔다. 특대검을 들고 있음에도 믿을 수가 없는 속도로 달려 나간다.

"금방 갔다가, 금방 돌아오는 거야."

놀랍게도 엘리미제가 그의 뒤를 따랐다. 작전이 빨리 끝나면 그만큼 빨리 돌아갈 수 있다는 단순한 동기 때문이었다.

하지만 그런 두 사람보다 먼저 공격을 시작한 이가 있었다.

시모네크리스다. 전투 개시 신호를 확인하자마자 저격을 개시했다. 공성 병기를 가볍게 뛰어넘는 파괴력을 지닌 그의 투창은 직선 궤도를 그리며 본거지의 방벽을 파괴했다.

"각자 포위 섬멸 개시. 놓치는 인원이 있어도 주변에 있는 병사가 어떻게든 하겠지만, 되도록 처리하도록."

신호와 함께 대기하고 있던 병사들도 움직이기 시작했다. 그들의 상태를 꼼꼼히 확인한 후, 레이븐은 끝으로 그렇게 말하고서 본인도 전장을 향해 달려 나갔다. 그리고 남은 아르토엘리와 하트슈르츠를 비롯한 여섯 명의 장군들은 정면으로 돌진한 세 사람과 달리 각자 퍼져 나가 적진을 포위하듯 전략적으로 돌입했다.

"이봐! 방금 그 폭발은 뭐야?! 무슨 일이 일어난 거야?!"

"누가 술구라도 폭발시킨 거야?!"

"그런 데서 멍하니 있지 마! 빨리 불을 끄자고!"

힐베란즈 도적단 본거지에서는 갑작스러운 대폭발로 인한 혼란이 확산되고 있었다.

그들은 누구도 건드리지 못할 대륙 최강의 도적단이라는 입지를 굳힌 지 오래인 데다, 금지된 술구 등도 잔뜩 보유하고 있었던 탓에 그것이 파괴 공작에 의한 것이라는 사실을 금방 알아채지 못했다.

평소 일어나던 사고의 규모가 평소보다 커졌을 뿐. 그것이 그들이 처음으로 한 예상이었다.

하지만 사실은 그렇지 않았다.

"적습이다아아아아아아!!"

가장 빠르고 가장 짧은 루트로 돌입해 날뛰기 시작한 고트프리트와 엘리미제가 추가로 방벽을 무너뜨리자 그제야 그들은 자신들이 습격을 받고 있음을 깨달았다.

"이봐, 저걸 봐! 병사들이 포위하고 있어!"

이어서 파수탑에 있던 남자 중 한 명이 소리쳤다. 몇 분 전까지만 해도 아무 이상이 없었건만 어느샌가 숲속에서 다수의 병사들이 나타났다고.

"어떻게 된 거야! 왜 경보가 안 울리는 거냐고!!"

당연히 육안으로의 확인이 어려운 숲의 곳곳에는 감시용 술구가 설치되어 있었다. 저렇게 많은 병사들이 침입했다면 그것들이 반응을 했어야 했다. 하지만 감시 장치는 여전히 침묵하고 있었다.

"이건…… 도선이 끊어졌나……."

허둥지둥 수신기를 확인한 남자는 거기에 남은 흔적을 보고 눈이 휘둥그레졌다. 감시 장치를 제어하는 중요한 술구가 인위적으로 파괴되어 있었던 것이다.

"아아, 그것은 소생이 잘라둔 것이외다."

"뭣……?!"

파수탑은 늘 사람이 지키고 있었음에도 불구하고 어느샌가 수신기가 파괴되어 있었다. 그 상황에 전율한 것도 잠시뿐. 남자는 바로 뒤에서 들려온 목소리에 흠칫 몸을 떨었다.

하지만 남자는 그를 끝으로 아무것도 할 수 없었다. 등을 뚫고 나온 작은 칼날이 심장을 관통했기 때문이다.

남자는 소리도 없이 무너져 내렸다. 그 모습을 본 또 한 명의 파수꾼은 그 뒤에서 나타난 검은 옷차림의 남자—— 사이조를 노려보며 "뭐, 뭐야, 넌!"이라고 소리쳤다.

"소생은 그림자. 어둠을 어둠에 묻는 자요."

사이조는 그렇게 말하며 오른팔을 휘둘렀다. 그러자 날카롭게 솟아오른 작은 날붙이가 파수꾼의 목에 박혔다.

파수꾼은 그 이상 아무 말도 하지 못하고 무릎을 꿇더니 영원히 침묵했다.

"나무아미타불……."

나직하게 묵도를 한 후, 사이조는 곧장 옆에 비치되어 있던 통신 장치를 집어 들었다.

"여기는 파수탑. 적의 사령관으로 보이는 인물을 육안으로 확인, 중앙 광장으로 향하고 있는 것 같습니다!"

사이조는 통신 장치를 써서 그렇게 보고했다. 무슨 기술을 쓴 것인지 그 목소리는 조금 전에 처리한 남자의 그것과 같았다.

『알았다, 그대로 감시를 계속해라, 절대로 놓치지 말고!』

돌아온 답신에서는 이쪽의 정체를 의심하는 낌새가 전혀 느껴지지 않았다. 완전히 보고를 믿고 있는 듯했다.

사이조는 "알겠습니다!"라고 답하고서 소리도 없이 그 자리를 뒤로했다.

파괴 공작과 더불어 그가 맡은 또 하나의 임무는, 바로 정보 조작이었다.

힐베란즈 도적단은 이번과 같이 각국이 힘을 합쳐 습격하는 사태에 대비해 주변국들의 동향을 감시하기 위한 인원을 배치하고 있었다. 일만에 달하는 병사가 움직였다면 당연히 보고가 들어올 체제를 갖추어둔 것이다.

하지만 그러한 보고는 한 건도 없었고 어젯밤에도 '이상 없음'이라는 보고만 들어왔다. 아니, 고의로 그런 보고를 한 것이지만.

이 본거지에 있는 통신 장치는 이미 사이조의 공작으로 인해 외부와의 연락이 불가능했다. 때문에 마음껏 거짓 보고를 할 수 있었던 것이다.

"오오. 계속해서 모여드네. 좋아, 한꺼번에 덤벼!"

고트프리트는 중앙 광장에서 수백에 달하는 도적들에게 둘러싸여 있었다. 하지만 그럼에도 접근해오는 족족 적들을 베어 쓰러뜨리는 그의 움직임은 갈수록 격렬해졌다. 상대가 그 혼자뿐인데도 주전장이라 해도 과언이 아닐 정도의 전력이 집중되어 있었다.

여러 가지 술식이 쇄도하고, 일급 장비품으로 무장한 도적들이 쉴 새 없이 공격해 왔다. 하지만 그런 전장에서도 고트프리트는 일체의 망설임도, 일체의 머뭇거림도 없이 손에 든 특대검을 휘둘렀다.

그것은 그야말로 필살의 일격이라 칼이 번뜩일 때마다 도적들이 쓰러져 갔다.

"보고를 듣고 와봤더니…… 이게 다 무슨 일인지. 너 이 자식, 평범한 현상금 사냥꾼은 아니군?"

백에 가까운 도적들을 처단한 참에 웬 남자가 하늘에서 내려왔다. 이 도적단의 간부인지, 다른 이들에 비해 더 강력한 무구로 무장한 그는 보통내기가 아니란 걸 한눈에 알 수 있는 분위기를 풍기고 있었다.

또한 그런 남자의 실력을 증명하듯 나머지 도적들이 소리치기 시작했다.

"좋았어, 대장이다!" "해치워주십시오!" "헤헤, 이제 다 끝났다."

그 반응을 통해 대장이라 불린 남자가 신망과 실력을 겸비한 자라는 것을 알 수 있었다. 게다가 신기하게도 형세가 역전된 듯한 분위기마저 감돌았다.

도적들은 승리를 확신하듯이 웃었다. 그러자 고트프리트 역시 쾌활하게 웃어 보였다.

"아아, 그 말이 맞아. 현상금 사냥꾼은 아니지——."

　도적 대장과 똑바로 마주한 채 고트프리트는 "——이건 공무(公務)거든"이라고 말을 이으며 특대검을 겨누었다.

"공무라고? 그게 무슨——……!"

　주변국들에게는 힐베란즈 도적단에 거스를 힘이 없다. 그러므로 관리가 이런 곳에 올 리가 없다. 더불어 군이 움직였다는 보고도 없었다.

　도적 대장은 무슨 바보 같은 소리냐면서 웃——으려고 하다가 입을 다물었다. 아주 희박하다고 생각했던 가능성이 뇌리를 스쳤기 때문이다.

　그리고 그 예감은 고트프리트의 알기 쉬운 태도로 인해 증명되었다.

"말도 안 돼…… 그럴 수가. 네놈…… 그 모습, 그리고 그 검…… 아틀란티스의 장군, 고트프리트냐?!"

　현역으로 활동 중인 탓에 '이름 없는 사십팔장군'의 지명도는 특히 높았다. 하지만 나라를 벗어나는 일은 거의 없었다 보니, 이번 일은 상당히 특수한 상황이라 할 수 있었다.

　때문에 도적 대장의 얼굴에는 전율과 놀라움이 뒤섞인 감정이 떠올랐다.

　아무리 커다란 도적단이라 해도 아틀란티스는 움직이지 않는다. ——아니, 움직이지 않았을 터다.

그 지명도와 타 세력을 압도하는 무력을 지닌 장군들은 그 때문에 외교 등의 이유로 나라를 나서기만 해도 난리가 난다.

특히 한정부전조약의 만료가 다가오고 있는 지금은 각국의 신경이 가장 날카로워져 있는 시기다. 그런 타이밍에 혼자서 도시 하나를 함락할 수 있는 장군을 움직이면 주변국들에게 괜한 긴장감만 안겨주게 된다.

하물며 완전 무장 상태로 전투 행위까지 하려면 무수히 많은 장해물을 뛰어넘을 필요가 있다.

그만큼 국가급 최고 전력이란 취급이 어려운 존재다.

더불어 그렇기에 그 전력이 움직일 때는 상응하는 정보가 흐르기 마련이다. 그 때문에 힐베란즈 도적단에서는 그러한 정보를 잽싸게 얻기 위한 정보망이 여러 개 있었다. 도적단이 위험시하고 있는 것이 바로 아틀란티스의 '이름 없는 사십팔장군'과 니르바나의 '십이사도'였기 때문이다.

하지만 '이름 없는 사십팔장군'이 움직였다는 정보는 들어오지 않았다.

그 원인은 이 작전이 에스메랄다와의 부채 상황에서 비롯된 것이기 때문이다. 게다가 사실상 공적이 아니라 사적으로 출국한 탓에 그들의 정보망에 걸리지 않은 것이다.

그 결과, 그 위험한 존재가 그들의 눈앞에 있었다.

"이야아, 나도 꽤나 유명해졌네. ……그 말이 맞아."

고트프리트는 어쩐지 쑥스러운 듯이 웃더니 다음 순간, 수십에 달하는 도적들을 한꺼번에 베어 보였다. 그리고 날카로운 눈빛을 머금은 채 "그래서, 네가 여기 두목이냐?"라고 물었다.

"아니, 아니다. 나는 그냥 소대장이다. 우리 단장을 노리고 있는 거라면 번지수를 잘못 찾은 거라고."

도적 소대장은 그렇게 답하더니 이어서 제안했다.

"이봐, 장군 양반. 못 본 척해준다면 두목이 사용하는 도주로가 어디에 있는지 알려주지."

도적 소대장은 알고 있었다. 아틀란티스의 장군이 쳐들어온 이상, 이 도적단은 괴멸하리라는 것을. 그리고 단장은 도주를 꾀하리라는 것도. 그렇기에 제안한 것이다.

"아니, 그건 됐어. 게다가 한 놈도 놓치지 말라는 분부가 있었거든."

고트프리트는 제안을 단칼에 거절하고서 도적 소대장을 향해 한 걸음, 또 한 걸음 다가갔다.

"아니, 잠깐만…… 그래, 그럼 거래를 하자! 대륙 각지에 숨겨둔 보물이 있는 곳을 알려줄게! 당신한테만. 그곳에는 돈 되는 물건뿐 아니라 전설급 무구도 있다고. 어때, 응? 당신, 그런 거 좋아하지 않아?"

"……그래, 좋아하지. 아주 매력적이네!"

도적 소대장의 말에 고트프리트가 반응했다. 물론 전설급 무구의 힘은 천차만별이다. 하지만 가지고만 있어도 전술과 비장의 카드가 늘어난다는 점에는 변함이 없다.

따라서 분명 고트프리트가 아닌 누구라도 반응할 수밖에 없을 것이다. 다른 장군들 역시 그 말을 들었다면 관심을 보였으리라.

그리고 동시에 모두가 같은 생각을 할 거다. 쓰러뜨리고서 불게 하면 그만이라고.

"망할…… 역시 그렇게 되는 건가."

잠시도 걸음을 멈추지 않는 고트프리트를 보고 교섭은 소용이 없다는 걸 깨달은 도적 소대장은 뒷걸음질을 쳤다.

그리고 그의 검이 닿을까 말까 한 거리에 접어든 순간.

"지금이다!"

도적 소대장이 외침과 동시에 주변에 있던 건물의 벽이 열렸다.

그곳에는 특대 발리스타가 숨어 있었다. 사방을 둘러싸듯 배치된 그것이 지체 없이 특대 화살을 발사했다.

게다가 그뿐만이 아니었다. 주변에 대기하고 있던 도적들이 금제품인 술구를 기동하여 지옥불을 쏟아낸 것이다.

그렇다. 도적 소대장은 시간을 벌고 있었다. 그리고 가장 조준하기 쉬운 위치까지 고트프리트를 유도하고 있었던 거다.

제아무리 아틀란티스가 자랑하는 최고 전력이라 해도 무적은 아니다. 직격하면 무사하지는 못할 거다.

"재미있네!"

고트프리트는 입가를 씩 치올린 채 잠시 준비 자세를 취하더니 온 힘을 다해 특대검을 땅바닥에 내려쳤다.

순간, 바람이 휘몰아치더니 폭풍(爆風)이라는 표현이 어울릴 충격파가 일대에 퍼졌다.

주변에 있던 건조물에 커다란 균열이 생김과 동시에 발리스타의 화살과 업화는 물론이고 고트프리트를 둘러싸고 있던 도적들까지 모조리 날아갔다.

놀랍게도 고트프리트는 단 일격으로 닥쳐드는 공격을 모두 무효화해 버린 것이다.

하지만 그런 국소적으로 일어난 폭풍을 견뎌낸 자가 한 명 있었다.

도적 소대장이다. 땅에 엎드려서 피해를 최소화한 그는 그 직후에 뛰쳐나갔다. 흉흉한 문양이 떠오른 나이프를 들고 고트프리트를 향해 일직선으로 몸을 날린다.

그에 반해 온 힘을 다해 휘두른 고트프리트의 특대검은 여전히 땅속 깊숙이 박혀 있다. 지금 당장 뽑는다 해도 근소한 차이로 나이프가 먼저 도달할 듯한 상황이다.

고트프리트의 특대검보다 도적 소대장의 나이프가 더 빠르다. 온 힘을 다한 일격이었기에 그 사실은 뒤집을 수 없었다.

그렇기에 고트프리트는 아무런 망설임도 없이 손을 뗐다. 그리고 최단거리로 육박하는 도적 소대장의 얼굴에 주먹을 박아 넣었다.

특대검을 한 손으로 아무렇지 않게 휘두르던 고트프리트가 뻗은 주먹은, 어지간한 명검을 능가하는 위력을 지니고 있었다.

때문에 그것을 정통으로 맞은 도적 소대장은 그대로 수평으로 날아가 후방에 있던 건조물의 벽을 뚫었다.

"아, 힘을 너무 줬나? 보물이 어디 있는지 물어봐야 하는데······ 다음 놈한테 물어보지, 뭐!"

금이 가고 무너져 내리는 건조물에서 슬그머니 눈을 뗀 고트프

"뭣…… 이럴 수가?!"

"이런 곳에도……?!"

그것은, 지면이었다. 엘리미제가 조종하는 골렘 중 하나가 지면과 동화하여 얇게 퍼져 있던 것이다. 그리고 접근한 두 사람에 반응하여 발치에서 무수히 많은 손을 뻗어 꼼짝 못 하게 잡아 버린 거다.

"아쉽게 됐네요~."

엘리미제는 동정심이라고는 전혀 담기지 않은 목소리로 말하더니 꼼짝도 못 하게 된 두 사람 중 튼튼해 보이는 방어구를 걸친 남자와 마주 보았다.

"젠장…… 하지만, 이 정도는……!"

남자가 힘껏 발버둥을 친다. 힘이 제법 센지 그를 구속한 팔이 삐걱대기 시작했다.

엘리미제는 그런 남자의 투구를 가만히 벗겨서 오른팔을 뒤로 빼고 자세를 잡았다. 다름이 아니라 라이트 스트레이트를 날릴 자세를.

"……하, 관두는 게 좋을 걸."

엘리미제는 가녀린 소녀다. 그에 반해 남자 도적은 투기로 강철과도 같은 방어력을 갖추는 방법을 체득했다. 어떠한 결과가 나올지는 불을 보듯 뻔했다.

슬그머니 사자형 골렘을 바라본 후, 남자는 지금이 기회라는 듯이 힘을 주었다. 분명 구속에 집중하느라 사자형 골렘을 움직일 수 없어서 주먹을 쓰려는 것이리라.

소녀의 작은 주먹에 당할 리가 없다. 그렇게 생각한 남자는 이틈에 구속에서 벗어날 궁리를 했다. 하지만 직후에 "어?" 하고 얼빠진 목소리를 낼 수밖에 없었다.

그 이유는 바로. 엘리미제의 오른팔에 골렘이 들러붙더니 처형인의 그것을 방불케 하는, 흉악한 너클이 완성되었기 때문이다.

"그…… 그만둬 주시면 안 될까요."

"아쉽게 됐네요~."

표정이 굳어버린 남자를 보고 엘리미제는 좀 전과 다름없는 투로 답했다. 그다음 순간, 이런저런 것들이 박살 나는 듯한 둔탁한 소리가 울렸다.

다시 그로부터 몇 초 후. 또 한 명의 남자의 한심한 목소리가 들리는가 싶더니, 좀 전과 같은 둔탁한 소리가 다시 한번 울렸다.

⟨3⟩

"다들 요란하게 날뛰고 있는 것 같군. ……조용히 좀 하면 어디 덧나나, 나 원."

힐베란즈 도적단의 본거지 이곳저곳에서 비명이니 폭발음이니 하는 온갖 소리가 들려왔다.

레이븐은 계속되고 있는 그 소리를 흘려들으며 작은 건물 뒤에서 대기하고 있다.

바깥쪽에서 봤을 때 완전한 사각에 해당되는 그 장소는 몸을 숨기기에 최적이라 할 수 있었다.

하지만 레이븐은 그곳에 숨어 있는 게 아니다. 그는, 기다리고 있었다.

눈앞에 있는 작은 건물은 지극히 평범한 오두막이다. 하지만 앞서 잠입했던 사이조가 알아낸 비밀이 그곳에 숨어 있었다.

"……음, 왔나."

주변에서 짜증 날 정도로 시끄러운 소리가 울려 퍼지고 있는 와중에도, 어찌어찌 작은 소리를 감지해 낸 레이븐은 미리 열어두었던 창문의 틈새로 둥그런 무언가를 던져 넣었다.

그 직후. 강렬한 빛과 소리가 터짐과 동시에 오두막 안에서 누군가가 문을 뚫고 튀어나왔다.

"나 참…… 이런 웃기지도 않는 짓거릴 하시다니……!"

그 누군가는 눈에 띄지 않는 차림새를 한 남자였다. 하지만 간

소하다거나 단출하다는 뜻은 아니다. 강력한 음(陰)의 정령의 힘을 지닌 것이 느껴지는 정령무구를 장비하고 있었다.

남자는 잽싸게 자세를 바로잡더니 곧장 뒤로 몸을 날렸다. 그리고 날카로운 눈빛으로 그곳에 있던 레이븐을 노려보았다.

"아~ 타이밍이 좀 어긋났나. 그것참 무진장 시끄럽네."

레이븐은 아직도 울리고 있는 폭음 등에 불평을 하며 안에서 나타난 남자에게로 몸을 돌렸다.

본래는 최적의 타이밍에 준비해두었던 스턴 그레네이드를 터뜨려 스마트하게 제압할 생각이었다. 하지만 아주 조금 늦어져 아슬아슬하게 탈출을 허락하고 말았다. 이게 다 소음 제조기인 다른 장군들 때문이다.

그렇게 푸념을 하며 남자의 얼굴을 지긋이 **노려본** 레이븐은 "대상 확인"이라고 중얼거리며 얇은 사슬과 연결된 단도를 꺼냈다.

대상── 요컨대 이 남자가 바로 힐베란즈 도적단의 보스이자 '이라 무에르테'의 최고 간부 중 한 명인 이그나츠였다.

"그 이상한 무기…… 들은 적 있어요. 아틀란티스의 레이븐이라는 장군이 뱀과 같이 먹잇감을 노리는 사슬을 쓴다죠. 좀 전에도 장군과 조우했다는 보고를 들었는데, 대체 몇 명이 온 건지…….

이그나츠 역시 상대가 아틀란티스의 최고 전력 중 한 명인 '식자(式者) 레이븐'이라는 걸 알아챈 듯했다. 그럼에도 일체 동요하지 않고 냉정하고도 침착하게 움직임을 살피고 있다.

"뭐어, 몇 명인지는 몰라도 이곳에는 혼자서 온 것 같군요. 그렇다면 문제없죠."

어지간히도 자신이 있는지 이그나츠는 그렇게 말하며 두 자루의 단검을 들고 자세를 잡았다.

그는 많은 정보를 모으고 있었다. 그 중에는 도적단의 천적이 될 수 있는 '십이사도'와 '이름 없는 사십팔장군'에 관한 정보도 있었다.

과거부터 현재에 이르기까지 손에 넣을 수 있는 정보를 모두 수집하고 분석하여 여러 가지 대항책을 준비하기도 했다.

때문에 그는 자신감에 차 있었고, 혼자서만 나타난 레이븐을 보고 더없이 좋은 기회라 생각한 듯했다.

"당신의 전설도 여기서 끝입니다."

그렇게 말하자마자 이그나츠는 몸을 날렸다. 그리고 '축지'에 버금가는, 눈으로 좇기도 어려운 속도로 레이븐의 코앞까지 육박했다.

일섬(一閃). 이그나츠는 자신의 한계까지 가속시킨 단검을 그었다. 그 칼날은 정확하게 레이븐의 목을 노리고 있었다.

하지만 그 직후, 날카로운 금속음이 울렸다. 뱀과 같이 출렁거리는 사슬과 단검이 부딪친 소리다.

게다가 거기서 끝이 아니었다. 사슬은 그대로 이그나츠를 옭아매려고 덤벼들었다.

"이건…… 큭! 과연. 생각보다 반응 속도가 빠르군요."

종이 한 장 차이로 회피해 잽싸게 거리를 벌린 이그나츠는 레이븐을 보호하듯 펼쳐진 사슬의 움직임을 경계했다.

끄트머리에 자리한 단도뿐 아니라 뜻대로 움직이고 있는 사슬 역시 위험하다. 그 사실을 다시금 실감한 이그나츠는 예상한 범위라며 의기양양한 미소를 지은 채 허리에 찬 주머니에서 술구하나를 꺼냈다.

"다음은, 이걸 쓰기로 하죠."

이그나츠가 대담한 미소를 지은 채 그 술구를 기동——하려고 한 순간. 그는 직후에 괴로운 표정을 짓더니 그럴 리가 없다는 듯이 자신의 오른팔을 바라보았다.

"이럴 수가……."

그렇게 말한 이그나츠는 두 눈이 휘둥그레져서 손에 들고 있던 술구를 떨어뜨렸다. 놀란 나머지 그런 것은 아니다……. 그 팔이 움직이질 않는 상태였기 때문이다.

원인은 한 자루의 단도였다. 놀랍게도 이그나츠의 오른팔을 단도가 관통하고 있었다.

그 단도는 레이븐의 것이다. 이그나츠는 허둥지둥 레이븐을 둘러싼 사슬을 보았다. 그리고 그 끄트머리를 주목했다.

똬리를 튼 뱀과 같은 그것의 머리 부분에는 분명 단도가 있었다.

그것을 본 순간, 이그나츠는 깨달았다. 몸이 없는 뱀이 있을 가능성도 있었다는 것을.

"설마 이렇게 단순한 수법에 걸릴 줄이야……."

단도에는 마비독이 발라져 있었다. 서서히 몸의 감각이 사라지는 느낌 속에서 이그나츠는 레이븐을 노려보았다.

설마 전설적인 장군이 이런 속임수 같은 수법을 쓸 줄이야. 게다가 보란 듯이 사슬로 위협을 한 탓에 그 작은 가능성을 알아채는 데 시간이 걸렸다는 생각이 들어 분하기도 했다.

"나는 다른 녀석들과 달리 잔기술을 좋아하거든."

단도는 잠복할 때부터 조금 떨어진 장소에 숨겨두었다. 그것은 특별한 문양을 새긴 단도로, 음양술사의 기능 '신령 태우기'를 통해 자유자재로 조종할 수 있게 만든 물건이다.

다시 말해서 레이븐은 사슬과 이어진 단도를 조종하며 또 한 자루의 단도도 조종하고 있었던 것이다.

"이렇게 간단한 수에 놀아날 줄은 꿈에도 몰랐습니다……. 하지만——."

이그나츠는 괴로운 표정을 지은 채 레이븐을 노려보았다. 하지만 그 눈은 패배를 인정한 자의 것이 아니었다. 인정하기는커녕 기회를 엿보는 듯한 낌새로 가득했다.

대체 지금의 상황에서 무슨 수로 역전을 하겠다는 걸까. 레이븐이 주의를 기울이고자 눈을 가늘게 뜬 그 순간.

"——아직, 안 끝났습니다!"

이그나츠는 대담한 미소를 짓더니 오른손을 재빨리 움직여 허리의 벨트로 가져갔다. 놀랍게도 벌써 마비에서 벗어나기 시작한 것이다.

그것은 전적으로 평소부터 이그나츠가 해온 독극물에 대한 대비 덕분이었다.

레이븐이 사용한 마비독은 강력했기에 완전히 막을 수는 없었지만, 사전에 많은 독극물에 대비한 결과 경이로운 속도로 체내에서 해독이 이루어진 것이다.

설마 이토록 빨리 마비독의 효력이 떨어질 줄은 몰랐겠지. 이그나츠는 속으로 그런 생각을 하며 망설임 없이 비장의 카드로 손을 뻗었다.

직후── 하늘을 찢을 듯한 천둥소리가 울리더니 눈부신 섬광이 번뜩였다.

"……──."

그것은 한 줄기의 낙뢰였다. 느닷없이 강렬한 번개가── 이그나츠에게 직격한 것이다. 그리고 무언가를 하려던 이그나츠는 그 일격을 맞고 그 자세 그대로 땅바닥에 엎어졌다.

그는 이제 손가락 하나 꿈쩍하지 않았다. 그런 그에게 다가간 레이븐은 상대의 상태를 살피고서 "좋아, 살아있군. 역시 정령무구야"라고 중얼거렸다.

조금 전의 낙뢰는 레이븐의 일격이었다. 자세히 보니 이그나츠의 발치 근처에는 레이븐의 사슬이 있다. 그 사슬은 오망성을 그린 채, 끄트머리로 이그나츠의 발을 휘감고 있었다.

그렇다, 레이븐은 이미 마비독에 이어 다음 수를 써두었던 것이다. 그리고 상대가 움직인 것을 신호 삼아 그것을 발동했다.

"흠…… 이건가. 분명 정령 폭탄이라고 했었지."

이그나츠가 무엇을 하려고 했는지는 그의 소지품을 뒤져보니 바로 알 수 있었다.

동위체의 정령무구를 장비하고 있으면 정령 폭탄의 영향을 받지 않는다고 들었다. 이그나츠는 그것을 사용해 주변에 있는 모든 것을 날려버릴 속셈이었던 모양이다.

하지만 그것을 기동하기도 전에 번개가 떨어진 것이다.

"아아, 그렇지. 분명 술구를 회수하라고 했어……."

힐베란즈 도적단의 본거지를 습격한 이유는 두 가지다. 하나는 '이라 무에르테'의 최고 간부인 이그나츠를 포획하는 것. 그리고 또 하나는 '이라 무에르테'의 보스가 있는 장소를 특정하기 위한 술구를 확보하는 것이다.

술구는 어디에 있을까. 그걸 물어보고 싶어도 이그나츠가 정신을 차릴 낌새는 조금도 없었다. 그의 소지품 중에도 그럴싸한 물건은 없었다.

"……너무 심했나."

먼저 캐냈어야 했다. 그렇게 탄식하며 레이븐은 포박포로 구속한 이그나츠를 질질 끌고 어느 장소를 향해 걸어 나갔다.

잠입 후 여러 가지를 조사하고 돌아다녔던 사이조의 말에 따르면 비밀 창고라는 것이 있다는 모양이다. 그리고 그 열쇠로 보이는 것이 이그나츠의 소지품 중에 있었다.

레이븐은 중간에 마주친 도적들을 적당히 때려눕히며 비밀 창고가 있는 장소로 향했다.

그것은 레이븐 일행이 힐베란즈 도적단을 공략하고 있었을 때였다.

니르바나 황국의 수도 라트나트라야의 북쪽 끝에는 커다란 육항(陸港)이 있었다.

항구라는 이름이 붙었지만 선착장은 아니다. 있는 것이라고는 포장된 땅과 거대한 선창, 그리고 관제탑 역할을 하는 건물들뿐이다.

그렇다, 그곳은 비공선 전용 공항이었다.

건조물 안에는 대합실도 준비되어 있었는데, 그곳에 미라와 에스메랄다가 있었다.

이날은 니르바나 황국이 자랑하는 비공선이 돌아올 예정이었다.

아르마가 부른 아르테시아와 고아원 아이들을 비롯해서 라스트라다에 소울하울, 그리고 루미나리아가 드디어 니르바나에 도착하는 날인 것이다.

두 사람은 그들을 맞이하기 위해 이곳에 있었다.

"아아, 이렇게 만나는 게 몇십 년 만인지 모르겠네. 역시 여러모로 바뀌었을까? 기대돼."

대합실의 커다란 창문 너머로 한없이 펼쳐진 푸른 하늘이 보인다. 에스메랄다는 그런 창문에 바짝 다가가서 이제나 저제나 하고 하늘을 바라보고 있었다.

"이 몸이 말하기는 좀 그렇지만, 예전과 그리 달라지지 않았다."

미라는 느긋하게 의자에 앉은 채 팥 오레를 마시고 있었다. 이리스의 방에 있던 바에서 몇 개를 가져온 것이다. 당연히 허락은 받았다.

마치 팥죽 같은 맛이 나면서도 지나치게 달지 않고, 팥의 풍미와 우유의 풍미가 조화를 이루고 있는, 몹시도 신기한 맛이다.

감상을 말하자면 갈증을 채워주는 팥죽 같다고나 할까. 팥 마니아들이라면 사족을 못 쓸, 지고의 일품이라 할 수 있으리라. 과연 니르바나성 셰프의 작품답다.

그렇게 하잘것없는 대화를 나누며 십여 분을 더 기다리자.

"아, 저기 봐, 미라코, 보이기 시작했어!"

하늘 너머에 오도카니 나타난 작은 점. 그것을 발견하자마자 에스메랄다는 기쁜 투로 말하며 대합실에서 뛰쳐나가고 말았다.

상당히 들뜬 듯했지만 그럴 만도 했다. 다름이 아니라 에스메랄다는 과거 알카이트 왕국 소속이었기 때문이다.

아르마가 건국을 하겠다고 하자 올케언니인 아르테시아는 걱정이 많았다. 그 걱정을 해소하기 위해 에스메랄다가 아르마의 보좌역으로 이적한 것이다.

때문에 에스메랄다와 아홉 현자는 특히 깊은 관계라 할 수 있었다.

분명 아르테시아 일행 역시 에스메랄다와의 재회를 기뻐할 거다.

오늘부터 얼마간은 떠들썩해질 것 같다. 그런 확신을 가슴에 품은 채, 미라도 대합실을 나서 에스메랄다의 뒤를 따랐다.

비공선이 착륙한다. 선원들이 안전 확인 후 유도 작업을 하자 슬로프에서 아이들이 우르르 달려 나왔다.

조용했던 공항에 신이 난 아이들의 목소리가 넘쳐난다.

활발한 아이들은 평화의 상징이다. 미라는 뛰어다니는 아이들을 지켜보며 살며시 눈웃음을 지었다.

"미라 누나다~!"

감상에 잠겨 아이들의 미소를 바라보던 중, 문득 그런 말이 들려왔다.

자세히 보니 미라를 향해 똑바로 돌진해 오는 아이들이 있었다.

"오오, 왔구나, 꼬맹이들!"

아르테시아 일행이 돌보고 있는 아이들이다. 함께 놀고 목욕한 적이 있어서인지 상당히 미라를 잘 따랐다. 눈 깜짝할 새에 미라는 꼼짝도 못 할 만큼 포위되고 말았다.

하지만 미라는 아이들이 마구 달려들어도 개의치 않고 "여전히 장난꾸러기들이구나!"라며 기쁜 듯이 웃었다.

미라가 그러고 있는 동안, 또 하나의 재회도 이루어졌다.

"아르테시아 씨! 라스트라다 군! 어머, 소울하울 군도 왔네!"

비공선의 슬로프에서 마지막으로 내려온 것은 알카이트 왕국이 자랑하는 최고 전력인 '아홉 현자'였다. 심지어 지금까지 행방불명 상태였던 탓에 에스메랄다는 감격하며 그 세 사람에게 달려들었다.

"오랜만이에요, 에스메랄다 씨."

"어이쿠, 열렬한 환영이네! 난 이런 것도 싫지 않더라!"

"아~ 뭐어, 오랜만."

아르테시아는 에스메랄다만큼이나 기뻐하며 마주 끌어안았고, 라스트라다는 마치 개선하여 히로인의 포옹을 받아들이는 히어로처럼 굴었다. 그리고 소울하울은 멀뚱히 서 있기만 했다.

대체 얼마만의 재회일까. 반응은 제각각이었지만 다들 기쁜 기색으로 가득했다.

하지만 그 옆에서 부루퉁해져 있는 이가 한 명 있었다.

그렇다. 루미나리아다. 20년 전부터 이 세계에 있었던 탓에 이미 몇 번이나 얼굴을 마주해서인지. 에스메랄다는 "어서 와"라고만 말할 뿐, 재회의 뜨거운 포옹 같은 건 하지 않았다.

여성과의 접촉을 무엇보다도 좋아하는 루미나리아에게는 아주 효과적인 대응이라, 두 손이 실로 허전해 보였다.

그러나 루미나리아는 그 정도로 좌절하지 않았다. 그녀는 냉큼 슬로프를 내려가 여성 선원을 꼬시기 시작했다.

(당분간 떠들썩해지겠군그래…….)

여성 선원도 아주 싫지는 않은 눈치였다. 대체 루미나리아의 어디에 그런 반응을 보일만한 매력이 있는 걸까. 루미나리아의 본성을 아는 미라는 그런 의문을 품은 채 '보면 못 써요'라고 말하듯 아이들을 데리고 한 발 먼저 대합실로 돌아갔다.

아이들은 곧장 행사로 떠들썩한 대회 회장으로 향했고, 몇 개의 조로 나누어 고아원 선생님들이 인솔하고 있었다. 더불어 아르마가 파견한 안내인도 각 조에 붙었으니 분명 마음껏 대회를 즐길 수 있으리라.

미라 일행은 니르바나성의 집무실 안쪽에 자리한 여왕의 개인실에 모여 있었다. 여왕답게 호화로운 쪽의 방이다.

아홉 현자인 미라에 루미나리아와 소울하울, 카구라와 아르테시아, 라스트라다.

그리고 아르마 여왕을 필두로 한 에스메랄다와 노인과 같은 십이사도.

얼굴을 마주한 그들은 수 년, 십여 년, 수십 년만의 재회에 대한 기쁨을 나누었다. 특히 아르마는 아르테시아를 끌어안고 십여 분은 떨어지지 않을 만큼 기뻐했다.

또한 미라와 루미나리아는 "아주 바람직하군"이라면서 그 모습을 바라보았다.

그렇듯 실컷 재회의 기쁨을 나눈 후, 회포를 풀기 전에 회의가 시작되었다. '이라 무에르테' 근절 작전에 대한 회의다.

"──그런고로 고트프리트 씨 일행이 마지막 술구를 가져다주면 드디어 두목이 있는 장소가 판명될 테니, 단숨에 결판을 내자. 그래도 괜찮겠지?!"

대범죄조직 '이라 무에르테'의 최고 간부 중 이그나츠 이외의 인물은 신병을 확보하는 데 성공했다. 그리고 이그나츠 역시 '이름 없는 사십팔장군'의 손에 곧 붙잡힐 것이다.

그렇게 되면 진정한 보스가 숨어 있는 적 본거지의 장소를 특정할 수 있는 술구가 완성된다.

그 장소에는 미지의 전력이 갖춰져 있을 것으로 추측되지만 분명 문제없을 거라고, 아르마는 이 자리에 모인 면면들을 둘러보며 미소를 띤 채 말했다.

"음, 곧 완전히 결판이 나겠구나."

분명 강력한 마수가 잔뜩 있을 거다. 개중에는 레이드급 보스에 필적하는 강적이 존재할 가능성도 충분히 있는 상황이다.

그럼에도 미라는 이길 수 있다고 확신했고, 다른 이들 역시 그런 미라의 말에 동의를 표했다.

현시점에서는 전력이 후위 쪽으로 편중되어 있지만, 이곳에 있는 이들만 참전하는 것은 아니다. 예선전을 돌파하고 있는 메이린에, 아틀란티스 왕국에서 술구를 가져올 고트프리트를 비롯한 몇 명도 이 전선에 참가할 예정이다.

그 면면들은 국가를 초월한 궁극의 드림팀이라 해도 과언이 아니다. 나라 두세 개쯤은 거뜬히 함락할 전력이다.

어떠한 적이 기다리고 있건 이 팀을 막을 수는 없으리라.

어쩌면 여유롭다고 할 수 있을 정도일지도 모른다. 그렇게 생각한 미라는 어떤 실험을 해볼까, 하고 계획을 짜기 시작했다. 믿음직한 동료들이 한자리에 모인 덕에 할 수 있는 실험의 수도 많아졌기 때문이다.

그렇게 얼마간 '이라 무에르테' 공략에 관해 이야기한 후에는 완전히 잡담 타임이 시작되었다.

상세한 작전 내용은 고트프리트 일행이 오고 난 다음에 이야기하는 편이 효율적이다. 그런고로 우선은 오늘이라는 재회의 날을 마음껏 기뻐하자는 분위기가 형성되었기 때문이다.

미라 일행은 많은 이야기를 나눴다. 진지한 이야기부터 웃기는 이야기, 눈시울이 뜨거워지는 감동적인 이야기 등. 지금까지 있었던 일들을 중심으로 여러 가지 주제를 가지고 이야기꽃을 피웠다.

"──그런 식으로 이리저리 왔다 갔다 하게 만드는 바람에 쓸데없이 시간이 걸렸지. 하여간 귀찮아 죽는 줄 알았어."

개중에서도 소울하울의 모험담은 파란만장했다. 그리고 그 보상으로 얻은 '신명광휘의 성배'는 주목의 대상이 되었다.

소울하울이 말하기를, 그것은 의사나 연금술사, 성술사까지도 놀라 자빠질 효과를 지녔다고 한다.

무려 완전 치유다. 어떠한 부상과 병, 독, 저주까지도 치유하여 온몸을 온전한 상태로 회복시키는 것이다.

하지만 한 번 사용하면 다시 치유의 힘이 모일 때까지 최소한 몇 개월이 걸린다는 모양이다.

또한 그것을 사용해 구한 여성의 이야기가 나오자 소울하울은 쉬지 않고 푸념을 해댔는데, 다른 이들은 그 모습을 히죽거리며 지켜보았다.

이어서 엄청난 놀라움을 선사한 것은 라스트라다의 이야기였다.

"놀라지 마시라, 이 호시자키 스바루가 바로! ──괴도 퍼지다이스였답니다."

라스트라다는 굳이 자리를 벗어나 보이지 않는 곳에 숨더니만,

그런 소리를 하며 괴도 의상으로 재등장해 보였다. 포즈도 완벽했다.

"우와, 그랬구나……."

라스트라다와 퍼지다이스는 인상이 정반대라 할 수 있었다. 그 때문에 노인은 순수하게 놀란 얼굴이었다.

또한 에스메랄다와 카구라는 굉장하다면서 놀라는 데서 그치지 않고 그 활약상을 두고 칭찬의 말을 보냈다.

하지만 다소 다른 반응을 보인 자가 한 명 있었다.

"세상에…… 퍼지다이스 님이 라스트라다 군이었다니……."

아르마다. 아무래도 그녀 역시 퍼지다이스의 팬이었던 모양이다. 그 정체가 지인인 데다, 사실은 정반대인 열혈 히어로 바보였다는 사실에 상당한 충격을 받은 듯했다.

라스트라다는 놀라는 사람들의 반응에 만족한 눈치였다.

그리고 그렇게 일시 정지한 아르마를 내버려둔 채 이야기가 진행되었다.

라스트라다는 괴도 퍼지다이스의 활동 내역을 본인의 입으로 공개했다.

처음에는 아이들을 구하고자 아르테시아가 시작한 일이었다. 그리고 수많은 증거, 수많은 정보를 모아 끝내는 인신매매의 주범인 트루리 공작에 도달하여 이를 처단했다.

라스트라다가 거기까지 이야기하자 장중이 두 번째 충격에 휩싸였다.

트루리 공작을 감옥으로 보낸 누군가가 괴도 퍼지다이스였다는 사실이 이 자리에서 판명되었기 때문이다.

퍼지다이스의 마지막 임무는 아무도 모르게 수행되었다. 그리고 그 성과로 인해 '이라 무에르테'의 기둥 중 하나가 사라져, 그 완벽한 체제에 금이 갔다.

그때부터 단숨에 무너뜨려 지금의 상황에 다다른 것이다.

"이렇게까지 큰 조직이 뒤에 숨어 있었다는 사실에 놀라기는 했지만, 그렇기에 협력을 얻을 수 있었던 것도 사실입니다. 당초의 목표를 달성할 수 있었던 것도 그 덕분이지요. 아르마 여왕에게도 감사하다는 말을 하고 싶군요."

이는 무엇보다도 니르바나를 비롯한 많은 나라들이 '이라 무에르테'에 대항했기에 잡을 수 있었던 기회라 할 수 있으리라. 그렇기에 감사 인사를 한 것이다.

하지만 퍼지다이스의 차림새를 하고 있어서인지 라스트라다의 행동거지며 말투가 퍼지다이스의 것이 되어 있었다.

변모한 그 모습을 보고 미라 일행은 연기파가 따로 없다며 웃음을 터뜨렸다. 하지만 아르마는 어째서인지 황홀한 눈을 한 채 쑥스러운 투로 "제가 할 수 있는 일을 한 것뿐이에요"라고 답했다.

그의 정체가 라스트라다로 판명되기는 했지만 그래도 상관없다는 생각에 도달한 듯했다. 요컨대 캐릭터에 대한 애정이 이긴 것이다.

그 밖에도 카구라가 운영하는 이스즈 연맹에 관한 이야기, 아르테시아와 고아원에 관한 이야기며 지금까지 미라가 조우해온 일들에 관한 이야기 등을 주고받았다.

이런저런 말과 무수한 정보가 오간다. 그 중에는 온 대륙을 충격에 휩싸이게 할 만한 것도 포함되어 있었지만 아무도 신경 쓰지 않았다.

그렇게 즐겁고 떠들썩한 시간이 지나갔다.

아르테시아 일행이 니르바나에 온 지 며칠이 지났다.

며칠 동안 별일 없이 평온한 나날이 계속되었다.

미라는 지금까지와 마찬가지로 이리스를 호위하며 지냈다. 다만 약간 달라진 점도 있었다.

호위를 겸해 발키리 일곱 자매를 이리스의 방에 상주시킨 덕에 호위 걱정은 안 해도 되는 상황이 되었다. 때문에 미라는 경비를 맡겨두고 발이 닳도록 니르바나성의 예비 연습장을 들락거렸다.

결전을 앞두고 여러 가지 전술과 신기술 개발에 힘을 쏟기로 한 것이다. '이라 무에르테'의 보스가 있다는 장소에 얼마나 많은 적이 있을지 모를 일이다. 때문에 상한선을 두지 않고 어디까지 할 수 있을지 한계에 도전하고 있는 것이다.

그런 미라와 마찬가지로 술식 연구에 여념이 없는 이가 또 한 명 있었다.

바로 소울하울이다. 밖에 나가면 시간을 죽일 만한 이벤트는 얼마든지 있다.

하지만 축제 같은 것에는 관심이 없는 모양인지, 아르마의 허가를 받고 니르바나의 술식 연구 시설에 들락거렸다.

또한 허가의 조건은 연구원들의 상담에 응하는 것이었다.

아르마측에서는 아홉 현자의 지식을 직접 접할 수 있다는 이점이, 소울하울에게는 다른 시점의 견해와 이론 등을 접할 수 있다는 이점이 있다. 실로 바람직한 관계가 아닐 수 없었다.

더불어 플레이어 국가 제2위답게 니르바나의 시설은 은의 연탑보다 훨씬 자금이 풍족했다.

그 때문인지 소울하울은 연구원들을 구워삶아 다소 돈이 드는 실험 등을 슬그머니 끼워 넣기도 했다.

카구라는 바꿔치기 술식을 마음껏 활용하여 매일 이곳저곳을 오갔다.

이스즈 연맹의 업무로 바빠 보이기는 했지만, 틈을 봐서 아르마를 만나러 오거나 축제의 이벤트를 즐기는 등, 실로 부지런하게 활동했다.

더불어 단원 1호를 마음껏 예뻐해 주기 위해 매일 이리스의 방을 찾기도 했다. 그 덕에 이제는 이리스와도 돈독한 사이가 되었다.

그 때문인지 카구라도 최근 들어 '레전드 오브 아스테리아'를 시작한 듯했다.

단원 1호가 말하길, 이미 단장보다 강해졌다고 한다.

아르테시아와 라스트라다는 하루하루 아이들을 돌보느라 여념이 없었다.

이 축제는 하루 이틀 가지고는 다 둘러볼 수 없을 만큼 규모가 크다. 메인이벤트인 투기 대회를 제외하더라도 날마다 여러 가지 알찬 이벤트들이 개최되었다.

　그러다 보니 당연히 구경하고 싶은 것을 두고 의견이 갈려 여러 조가 형성되었다. 그걸 고아원 선생님들과 함께 두 사람이 인솔하고 있는 것이다.

　아침부터 밤까지 많은 아이들을 돌보려니 고생이 이만저만 아닌지, 라스트라도 상당히 피곤해 보였다.

　하지만 아르테시아는 날이 갈수록 생기가 넘쳤다. 분명 아이들이 평소보다 더 즐거워 보이기 때문이리라. 아르테시아는 바로 그러한 인물이었다.

　메이린은 아르마가 여러모로 스케줄을 조정해준 덕에 이미 예선전을 돌파했다.

　다만 최단기간이라 할 수 있을 만큼 빨리 돌파한 탓에 얼마 동안 시합이 없는 상태가 이어졌다.

　당연히 메이린이 얌전히 가만히 있을 리가 없었다.

　그 결과, 노인이 스트레스 해소에 어울려주게 되었다. 하지만 메이린이 계속 프리퓨어 상태인 탓인지, 의외로 노인도 아주 싫지는 않은 눈치였다.

　루미나리아는 유일하게 존재가 공표된 아홉 현자이다보니 니르바나성을 떠들썩하게 만들고 있었다.

　가만히만 있으면 절세의 미녀. 심지어 대륙 제일의 마술사이자 영웅. 그야말로 살아있는 전설이다.

게다가 이번에는 아르마 여왕이 대회의 분위기를 고조시키기 위해 게스트로 초대했다는 형식을 취한 탓에 루미나리아는 몇 가지 이벤트에 참가하고 있었다.

이벤트는 볼 기회가 흔치 않은 아홉 현자를 보려는 관객들로 넘쳤고, 루미나리아 역시 한껏 서비스를 해주어서 성황을 이루었다.

심지어 그뿐만이 아니었다. 니르바나군 소속의 술사 부대의 훈련도 봐주었다. 루미나리아 대 술사 부대라는 형식으로 모의전을 치른 것이다.

술사 부대는 조금이라도 많은 것을 배우기 위해서. 루미나리아는 곧 다가올 결전에 대비하기 위해서. 그 때문인지 모의전임에도 모두가 숨을 죽일 만큼 긴박한 훈련이 펼쳐졌다.

결전을 앞두고 각자 시간을 보내던 중, 드디어 힐베란즈 도적단이 괴멸했다는 보고가 들어왔다.

그리고 그로부터 며칠 후. '이름 없는 사십팔장군'이 니르바나에 도착했다.

"이렇게 와줘서 고마워, 고트프리트 군. 엘리미제랑 사이조 군도 와줘서 고마워!"

회의실에서 마지막 하나인 술구를 건네받은 아르마는 그렇게 말하며 세 사람을 환영했다.

"아뇨, 그, 아르마 씨를 위해서라면 이 정도쯤 아무것도 아니죠!"

자기중심적이던 태도는 어디로 가버린 것인지. 고트프리트는 실로 알기 쉬운 반응을 보였고, 그 모습을 본 미라 일행은 여전하구나, 라고 생각할 따름이었다.

또한 고트프리트 일행 세 명을 제외한 인원은 그대로 주변국에 잠복 중인 도적을 퇴치하기 위해 바쁘게 돌아다니고 있었다.

이번 작전으로 힐베란즈 도적단은 괴멸했다. 최종적으로 본거지는 제압되었고 두목인 이그나츠도 사로잡았다.

하지만 문제는 이 도적단의 일부가 각지의 도적단과 합류했다는 점이었다.

잔당이 있으면 괴멸했다고는 할 수 없다. 때문에 레이븐 일행은 그 후로도 도적 사냥을 계속하고 있었다.

이 작전에 협력한 주변국들의 진짜 목적은 힐베란즈 도적단의 괴멸뿐이 아니다. 그걸 계기로 아틀란티스에게 다른 도적단들도 소탕해 달라고 하자는 의도도 있었던 것이다.

그 때문에 '이라 무에르테'와의 최종 결전에 참가할 수 있는 인원이 세 명으로 줄어들고 말았다.

그렇다 해도 그들은 한 사람 한 사람이 일기당천의 강자다. 믿음직스럽다는 점에는 변함이 없다.

"그나저나 전해 듣기는 했소만, 참으로 반가운 얼굴들이구려!"

아르마밖에 보이지 않는 고트프리트 대신 사이조가 그 자리에 모인 면면들을 보고 들뜬 목소리로 말했다. 또한 무뚝뚝한 엘리미제 역시 어쩐지 기뻐 보였다.

카구라에 소울하울, 아르테시아와 라스트라다. 다들 얼마 만에 만난 것일까. 또한 메이린은 현재 호출 중이었다.

"오랜만."

그런 말로 시작한 탓인지 그 후의 대화는 결전에 관한 것이 아니라 재회를 기뻐하는 쪽으로 흘러갔다.

"그나저나……."

"아직도 믿기지가 않는구려……."

"하지만 귀여우니까 됐어."

저마다 재회의 기쁨을 나누는 가운데 아틀란티스 삼인방은 미라에게 호기심 어린 눈빛을 보내고 있었다.

비밀로 한 채로는 연계를 하기 어려울 것이라는 생각에 정체를 밝힌 결과, 당시의 덤블프를 잘 아는 세 사람은 변모한 그 모습을 보고 크게 놀랐다.

"그 할아버지가……."

"소생도 저 정도의 변장은 불가능하오."

"아, 가디언 애시 군 좀 빌려줘. 분명 베고 자면 편할 거야."

세 사람 모두 놀라기는 했지만 화장 도구 상자의 존재를 알아서인지 적응 속도도 빨랐다.

하지만 그럼에도 어째서 그렇게 한 것인지가 궁금한 듯했다.

엘리미제는 이미 흥미를 잃은 듯했지만, 고트프리트와 사이조는 왜 그런 모습이 된 것이냐는 듯한 눈으로 미라를 바라보았다.

"꽤나 마음에 들었나 보네? 딱 봐――."

"설마 그런 취향――."

두 사람은 그렇게 물으려다가―― 입을 다물었다. 아니, 다물

수밖에 없었다.

미라의 눈빛 때문이다.

그 이상 아무것도 묻지 말라는 듯한 눈빛인 데다 이미 마안(魔眼)으로 전환한 상태였던 것이다.

심지어 마안에서는 마비 선술이 뿜어져 나왔다. 장군 두 사람의 술식 방어 앞에서는 그다지 효과가 없었지만 아주 잠시 말을 가로막을 수는 있었다.

그리고 그에 관해서는 건드리지 않는 게 좋겠다고 판단한 두 사람은 그 유명한 덤블프에게 원한을 살 만한 짓을 하지 않고자 그대로 입을 다물었다.

그 후, 한참 동안 추억담을 나눈 참에 메이린도 합류했다. 작은 겨루기 대회에서 연승 중이던 그녀를 헨리 아담스가 찾아서 겨우겨우 포획해온 모양이었다.

또한 지금의 메이린은 결전을 앞둔 몸이라 변장을 해제한 상태다.

어쨌든 그렇게 주요 멤버가 모두 모인 것을 계기로 그들은 본론에 들어갔다.

우선 가장 중요한 전력 확인부터다.

"수집된 정보로 미루어, 목적지에는 산더미처럼 많은 마물과 마수가 도사리고 있을 거라고 봐야할 것 같은데——."

노인은 걱정거리 중 하나로 예상되는 상대의 전력을 들었다.

최고 간부 중 한 명인 트루리 공작을 심문해 얻어낸 정보인 어디로 보낸 것인지 알 수 없는 마물, 그리고 마수에 관해서. 이것들이 '이라 무에르테'의 본거지로 운송되었을 가능성이 있다. 게다가 그 중에는 레이드급에 버금가는 '아왕(牙王) 그랑기슈'도 포함되어 있었다.

쳐들어가면 보스는 물론이고 그러한 것들도 상대하게 될 가능성이 있는 것이다.

"그 점에 관해서는 내가 알아낸 정보도 내놓아 볼까──."

현시점에서 추측되는 상대측의 전력. 이스즈 연맹의 정보망에 의해 판명된 정보가 거기에 추가되었다. 그리고 끝으로 카구라는 가장 큰 난관으로 보이는 이름을 거론했다. '대마수 에퀼게이드'가 거기에 포함되어 있을지도 모른다고.

"에퀼게이드라니, 그런 거물도 있었구만!"

"그 이름 안다이거! 엄청엄청 센 녀석이다해!"

놀란 듯이, 하지만 어딘가 들뜬 투로 고트프리트가 말했다. 메이린의 강자 리스트에도 그 이름이 있었는지, 덩달아 신이 나서 말을 이었다.

두 사람이 정열을 불사르게 하고, 다른 이들은 성가시게 됐다며 쓴웃음을 짓게 만든 '대마수 에퀼게이드'. 그것은 많은 인원을 필요로 하는 레이드급보다 상위의 존재다. 최상급자가 다수 필요한 그란데급에 필적하는 강적이다.

"으~음, 이거 엄청 애를 먹을 것 같네. 이쪽도 충분한 전력을 갖춘 것 같긴 하지만, 좀 더 전황을 안정시킬 수 있는 무언가가 있으면 좋을 텐데에."

미라, 루미나리아, 소울하울, 카구라, 라스트라다, 아르테시아, 메이린. 그리고 노인, 고트프리트, 사이조, 엘리미제. 국가급 최고 전력이 열한 명 모였으니, 어지간한 상대에게 질 리 없을 터.

하지만 아르마는 적의 전력이 예상을 웃돌 가능성을 제시한 후, 좀 더 결정타가 될 만한 것은 없겠느냐고 말했다. 그리고 신호라도 보내듯 미라에게 슬쩍슬쩍 눈짓을 했다.

(……다소 작위적인 느낌이 과하기는 하지만, 뭐어 여왕님의 뜻이 그러하다니.)

마물이나 마수를 상대할 때, 누구보다도 믿음직한 자가 있었다. 그렇다, 퇴마술사인 발렌틴이다. 아르마의 눈짓은, 있으면 매우 도움이 될 상황에 관해 말하는 중이니 발렌틴을 상쾌하게 깜짝 등장시키라는 신호였던 것이다.

"그에 관해서는 이 몸에게 짚이는 바가 하나 있는데 말이다."

적당히 계기를 만들어 보겠다고는 했지만 어쩐지 부자연스러운 느낌을 지울 수가 없다. 하지만 그녀가 시작해 버린 이상 어쩔 수 없다고 생각하며 미라는 예정대로 일을 진행했다.

또한 아르마가 눈짓을 보낸 것은 모두가 알아챘다. 그 때문에 루미나리아 일행은 둘이 무슨 계획을 짜두었다는 사실을 알아챈 눈치였다.

아닌 게 아니라 이미 연락을 취할 수 있는 상태인 발렌틴이 지금 이 자리에 없는 것을 보고 다소 부자연스럽다는 인상을 받기도 했으리라. 그런 탓에 메이린 이외의 사람들은 '그런 연출인가' 하고 눈치를 챈 듯했다.

하지만 발렌틴도 이미 합류했다는 사실을 모르는 노인과 에스메랄다, 그리고 아틀란티스측은 뭘 하려는 건가, 하고 미라에게 주목했다.

"그럼 살짝 불러보실까."

사전에 의논했던 대로 미라가 전이용 표식을 꺼내들고 몇 초가 지나자, 희미한 빛이 솟아나는가 싶더니 다음 순간, 발렌틴이 모습을 나타냈다.

"으음~ 저도 참전하게 됐으니 잘 부탁합니다."

그렇게 가장 필요했던 인재가 베스트 타이밍에 요란하게 등장한 것은 좋았지만, 기껏 등장하고서 처음 내뱉은 말은 어리바리한 인사였다.

"오랜만~."

루미나리아 일행은 당연히 '뭐 그렇겠지'라고 말하는 듯한 반응을 보였다.

"야무지게 좀 하란 말이다……!"

요란하게 등장해달라고 주문했던 미라는 어쩐지 불만스러운 표정이다. 그리고 사전에 알고 있었던 아르마 역시 등장과 동시에 두둥~ 하고 효과라도 줬어야지, 라고 생각하는지 불만스러워 보였다.

하지만 애초에 발렌틴 본인의 성격이 서프라이즈를 하기에 걸맞지 않은 걸 어쩌겠는가. 모두를 놀라게 하라고 한들 무리인 것이다.

"아, 깜장씨다이거! 맞다해, 깜장씨가 있으면 마수는 한 주먹감이다이거!"

하지만 그럼에도 메이린에게는 효과가 있었던 모양인지. 나름 준비를 한 등장 장면을 보고 멋지다고 소리를 질렀다.

"발레 씨구나! 이거 믿음직한데?!"

"호오, 흑아(黑鴉) 공도 합류하셨구려."

"응, 나이스. 덕분에 일이 쉬워지겠어."

그리고 서프라이즈 대성공! 이라고 할 정도는 아니라지만 고트프리트와 사이조, 엘리미제도 그 존재 자체에 놀라기는 한 듯했다. 그리고 무엇보다도 그의 실력을 알기에 이 시점에 합류한 그를 보고 크게 반색했다.

"아아, 발렌틴 씨! 이렇게 적절한 타이밍에 와주다니!"

또한 그를 가장 환영한 것은 노인이었다.

후위에 편중된 편제 탓에 성기사 노인은 확정적으로 계속 최전선에 서 있어야만 했다. 그런 탓에 그의 눈에는 발렌틴이 구세주처럼 보일 지경이었다.

본래는 퇴마술사도 후위에 가까운 포지션이지만 마물과 마수 등을 주축으로 한 마의 존재가 상대일 경우, 퇴마술사는 올라운더로 싸울 수 있기 때문이다. 다시 말해서 이 중에서 유일하게 성기사와 나란히 탱커 역할을 할 수 있는 존재인 것이다.

"오랜만에 만나서 기뻐. 하지만 어쩐지 많이 차분해 보이네?"

환희하는 노인과 달리 에스메랄다는 냉정한 얼굴로 발렌틴을 바라보았다.

그리고 그 말에 아틀란티스 세력과 노인은 '그러고 보니' 하고 위화감을 느꼈다.

"그러고 보니 오늘은, 어디에도 검은 붕대를 두르고 있지 않구려."

가장 먼저 알아챈 것은 사이조였다.

당시 발렌틴의 트레이드 마크는 검은 붕대였다. 전투시의 복장은 물론이고 평소에도 어딘가에는 두르고 있어서 늘 흘끔흘끔 보였던 것이다.

하지만 지금의 발렌틴에게는 그것이 전혀 없다. 그렇기에 당시의 그를 잘 아는 자들은 위화감을 느낄 수밖에 없었다.

"어떻게 된 거야? 그거, 멋있었는데."

그런 스타일에는 고트프리트도 어느 정도 손을 댄 적이 있어서인지, 그 말에는 순수한 의문이 담겨 있었다.

"그렇구나~ 헤에~."

엘리미제는 졸린 듯한 얼굴을 하고는 있어도 그럭저럭 눈치가 빠른 모양이다. 하지만 붕대에 관해 캐묻자 동요한 발렌틴의 모습이 우스웠는지, 약간 놀리는 듯한 미소를 짓고 있었다.

"아, 정말이네?! 어째서?!"

마지막으로 소리친 것은 아르마였다. 일전에 만났을 때는 어땠더라. 재회의 충격과 기쁨으로 거기까지 주의를 기울이지 못한 탓에 전혀 몰랐던 것인지 더더욱 목소리가 커졌다.

그 때문인지 모든 이의 시선이 일제히 발렌틴에게로 향했다.

그 답은 단순했다. 그냥 중2병에서 졸업한 것뿐이다.

그렇지만 발렌틴에게는 약간 부끄러운── 아니, 흑역사라 해야 할 기억이라, 아르마의 물음에 순순히 답할 수가 없었다.

그리고 무엇보다도 이곳에 있는 이들 중 절반 이상은 대충 알아 챈 상태였다. 눈치를 못 챈 건 아르마와 극히 일부의 사람들뿐이다.

"볼일이 있었던 게 생각나서, 이만——."

"——잠깐, 괜찮아요! 제가 다 해명해드리겠습니다!"

놀리는 듯한 시선이 절반 이상이라는 사실을 견딜 수가 없었는 지, 느닷없이 귀환하려던 발렌틴을 노인이 필사적으로 제지했다.

그 역시 대충 사정을 알아챈 한 사람이었다. 그리고 그렇기에 이런 시답잖은 이유로 돌려보낼 수는 없다는 생각에 결사의 각오 를 품고 만류한 것이다.

"뭐어, 패션과 유행은 변하기 마련이잖아. 응, 다 그렇고 그런 거야."

발렌틴의 그것은 그냥 패션이었고, 살짝 이미지 체인지를 한 것뿐이다. 상당히 궁색하기는 했지만 노인은 이야기를 그렇게 몰 고 가서 마무리 지었다.

"으음~ 그런 거야~?"

눈치가 없는 아르마는 어쩐지 납득이 안 된다는 표정이었다. 하지만 너무 깊이 캐물어서는 안 된다는 것은 이해했는지 그 이 상 언급하지는 않고, 불만스럽게 입술만 삐죽거렸다.

"그럼 다음으로 넘어갈까."

아르마의 불만에 다시 불이 붙기 전에 노인은 다소 억지스럽게 다음 의제로 넘어갔다.

그 내용은 이번 작전의 열쇠가 될 술구의 확인이다.

아르마가 그림다트와 교섭해서 입수한 렌즈.

카구라가 갈로바의 아지트에서 회수해온 구멍 뚫린 상자.

미라가 유그스트의 은신처에 쳐들어가 손에 넣은 지도.

고트프리트 일행이 힐베란즈 도적단의 거점에서 회수한 붉은 구슬.

모두 다 복잡한 술식이 새겨져 있었는데, 심문으로 알아낸 정보에 따르면 각 부품을 정확하게 조합하면 술구가 기동하게끔 되어 있다고 한다.

발렌틴이 착석한 것을 확인한 후, 노인은 그것들을 아르마의 앞에 늘어놓았다.

"──으음, 이제 이걸 여기에……."

모두가 지켜보는 가운데, 아르마가 각 부품을 조립해 나간다. 구조 자체는 단순해서 눈 깜짝할 새에 모양을 갖추어 갔다. 그리고 마지막으로 상자 틈새로 지도를 집어넣자, 모든 술식 회로가 연결되어 술구가 기동됐다.

"흠, 정석적인 전개이기는 하다만…… 지도에는 무슨 의미가 있었던 겐지……."

"뭐, 그냥 부품이지."

그 효과를 본 미라는 어떻게 된 일이냐며 눈살을 찌푸렸고 소울하울은 어쩐지 즐거운 듯이 웃었다.

술구의 상자에서 나온 것은 빛이었다. 그 빛이 렌즈를 통해 선을 이루었고 붉은 구슬을 통해 방향을 틀어서 어느 장소를 가리킨 것이다.

지도의 어딘가를 표시해주는 방식일 줄 알았더니만 빛이 뻗어나가는 곳으로 가라는 타입이었던 모양이다.

"방향으로 미루어 볼 때…… 이 근처네."

그렇게 말하며 아르마가 다른 지도 위에 표시를 했다.

장소는 니르바나의 동쪽. 그곳에 펼쳐진 바다 어딘가에 최종 표적이 있는 것이다.

이 술구에 관한 정보는 카구라의 자백술로 캐낸 것이라 정확성은 보장할 수 있다. 그리고 그렇기에 그곳까지 어떻게 갈 것인가가 다음 문제로 떠올랐다.

"여기서 이 빛이 얼마나 먼 곳을 가리키고 있는 것인지 알 수 있다면 더 좋겠소만."

술구의 빛을 물끄러미 쳐다보며 사이조가 중얼거렸다.

빛의 인도 덕분에 나아갈 방향은 정해졌다. 하지만 얼마나 가면 될지 알 수 없다는 점이 이 타입의 결점이라 할 수 있으리라.

목표는 바다 어딘가. 때문에 배를 띄운다 해도 거리가 멀수록 시간이 걸린다. 그렇다면 그만큼 상대가 자신들의 접근을 알아챌 가능성도 커진다.

"그럼 제가 살짝 확인하고 올까요. 이런 타입이라면 다른 지점에서 관측해서 어느 정도는 범위를 줄일 수 있을 테니까요."

중간에 발렌틴이 그렇게 말하며 나섰다. 안내가 일직선이라면 범위를 좁힐 수 없지만 다른 방향에서 뻗어나가는 선을 관측하면 교차 지점을 통해 목적지를 알 수 있다는 것이다.

"맞아, 발렌틴 군이라면 전이로 단숨에 갔다 올 수 있었지!"

본래는 어느 정도의 지점까지 술구를 옮길 필요가 있는 작업이지만, 발렌틴이 그 역할을 맡아준다면 빠르게 결과를 확인할 수 있다.

아르마는 술구를 휙 쓸어 담더니 그걸 가지고 발렌틴에게 달려가 "그럼 부탁 좀 할게!"라면서 건넸다.

"글쎄 가깝다니까요⋯⋯."

여전히 거리감이 가까운 그녀를 보고 난감해하면서도 술구를 받아든 발렌틴은 어쩐지 도망치기라도 하듯 전이를 했다.

"뭐어, 나도 할 수 있었지만 말야. 이번에는 뭐어, 응. 활약할 기회를 양보해주겠어."

이 중에서도 같은 일을 할 수 있는 인물이 하나 있었다. 그렇다, 카구라다. 하지만 순간적으로 그 방법을 떠올리지 못한 것에 대한 변명인지, 이번에는 발렌틴에게 기회를 양보한 것뿐이라고 나직하게 중얼거리고 있었다.

그리고 그로부터 1분 정도가 지났을 즈음 돌아온 발렌틴은 엉거주춤한 자세로 아르마에게 펜을 건네받아 지도에 한 줄기 선을 추가로 그렸다.

"거리가 상당하군그래. 그리 멀지 않다면 이 몸의 소환술로도 충분히 갈 수 있었을 테지만⋯⋯."

선이 교차한 지점은, 여기 니르바나에서 상당히 거리가 있는 곳이었다.

하늘 길을 이용할 수단은 많다. 하지만 이렇게나 거리가 멀면 가루다 일행은 물론이고 탑승하는 쪽도 상당히 피곤해진다.

페가수스를 타고 장거리 비행을 해본 경험이 있기에 미라는, 어떻게 할 것이냐는 눈으로 아르마를 쳐다보았다.

자연스럽게 아르마에게 시선이 집중되었다. 그러자 그녀는 대담한 미소를 지은 채 이럴 줄 알았다는 투로 말했다.

"그거라면 벌써 준비를 해뒀어——."

해가 저물고 하늘이 어둠에 뒤덮였을 즈음. 미라는 니르바나의 상공에 있었다.

"기대 이상이로군."

높은 곳에서 내려다본 라트나트라야는 밤에도 대낮처럼 환했다. 그것은 살아있는 사람들의 빛이자 생명의 광채처럼 보이기도 했다.

미라는 현재, 비공선의 갑판에서 그 광경을 바라보고 있었다.

전투 요원은 미라를 포함해서 열두 명. 이만한 인원이 한꺼번에 적의 본거지로 쳐들어가려면 역시 빠른 비공선을 이용하는 게 제일이다.

그렇기에 미라도 아르마가 이를 준비했기를 기대는 했었지만, 이번에는 그 기대를 훌쩍 뛰어넘어버렸다.

현재 미라 일행이 타고 있는 것은 니르바나가 소유한 것 중 가장 속도가 빠른 데다, 위장과 마나 탐지를 속이는 스텔스 기능에 특화된 최신형 비공선이었다.

현시점에서는 거의 이상적이라 할 수 있는 이동수단이다. 다만 갑판의 길이가 20미터 정도밖에 안 되는 소형 비공선에 속하는

지라 약간 답답하다는 게 난점이었다.

"그나저나 참으로 허겁지겁 출발한 감이 있군그래……."

서서히 멀어져 가는 도시의 불빛을 바라보며 미라는 쓴웃음을 지은 채 중얼거렸다.

그것은 지금으로부터 30분 정도 전의 일이다. 이럴 때는 빨리 빨리 움직이는 게 좋다는 아르마의 말에 따라 회의 직후에 출발하기로 결정이 났다.

그때, 잠시 준비 시간이 주어져서 미라는 이리스에게 얼마 동안 자리를 비우겠다고 말했다.

이리스는 약간 쓸쓸한 표정을 지었지만 금방 미소를 지으며 배웅을 해주었다.

"이 일이 끝나면 드디어 이리스는 자유의 몸이 되겠군."

이리스의 방에는 충실하다는 말로도 부족한 설비가 갖춰져 있다. 하지만 미라는 그녀와 함께 시간을 보내는 동안 알아챘다. 이리스가 내심 밖에서 마음껏 놀고 싶어 하고 있다는 것을.

마도 TV를 바라보는 그녀의 눈이 그곳에 펼쳐진 이벤트뿐 아니라 그 밖에 있는 것도 좇고 있었기 때문이다.

"이 몸의 모든 것을 쏟아내야겠구나."

이 대지에 만연한 악, '이라 무에르테'를 타도하고 백성들의 생활을 지키기 위해. 그리고 무엇보다도 이리스를 위해 각오를 새로이 하며 미라는 진행 방향에 보이기 시작한 망망대해로 시선을 던졌다.

〈5〉

니르바나를 출발하고서 몇 시간 후. 비공선 안에서는 각자 저마다의 시간을 보내고 있었다.

미라와 소울하울, 카구라와 루미나리아는 새로 고안한 술식, 그리고 그 응용법 등에 관해 이야기했다.

"분해해 보니 말이다. 이 부분이 일치하더구나──."

"A에서 B로의 변환 시, 여기서 약간의 손실이 발생해──."

"다중으로 처리하면 부하가 누적되지만, 사이에 루인시터를 끼워넣으면──."

"봐 봐. 마나 연소 시에는 산소가 필요 없잖아? 그러니까 이 부분을──."

이래저래 의견을 나누는 네 사람을 몰래 숨어 바라보는 이가 있었다.

엘리미제다.

사령술사인 그녀는 술사의 정점인 아홉 현자에게 동경에 가까운 감정을 품고 있었다. 그리고 특히 그녀가 주목하고 있는 것은 같은 사령술사인 소울하울이었다.

(그 성처럼 커다란 골렘은, 어떻게 제어하는 걸까. 물어보고 싶은데…….)

평소에는 매사에 의욕이 없는 그녀였지만 지금은 다른 듯했다.

저 사이에 끼고 싶다. 하지만 저곳은 아틀란티스의 장군이라는 지위가 있어도 부담스럽게 느껴지는, 술법의 최고 권위자들이 모인 자리다. 그러다 보니 어중간한 각오로는 가까이 가기가 무서워서 꼼짝도 못하고 있었다.

그러던 중, 문득 돌아본 소울하울과 엘리미제의 눈이 마주쳤다.

엘리미제는 순간적으로 고개를 움츠렸다. 하지만 그녀의 마음은 아랑곳 않고 소울하울이 말을 걸어왔다.

"이봐, 엘리, 네 의견도 들려줘."

엘리미제가 고개를 들었다. 이리 오라며 손짓을 하는 소울하울과 빙긋 웃고 있는 미라 일행의 모습이 눈에 들어왔다.

"응, 알았어……."

약간 망설여지기는 했지만 엘리미제는 자리에서 일어나 고개를 끄덕여 답했다. 그리고 미라 일행의 여러 가지 질문에 답하며 그들의 모임에 끼었다.

소울하울에게 몇 가지 테크닉을 배우자 엘리미제는 만족스러웠다.

그리고 미라를 비롯한 은의 연탑 세력 역시 아틀란티스 측의 술식에 관한 여러 가지 지식을 얻어 만족한 눈치였다.

"여차하면 우선 아르테시아 씨부터 챙겨야겠군요."

"맞습니다. 그녀만 무사하다면 어떻게든 재정비할 수 있을 테니까요."

노인과 발렌틴은 선실 한편에서 여러 가지 상황을 예상하며 향후 방침에 관해 논의하고 있었다.

"상황에 따라서는 결계 자원 중 대부분을 할애할 것도 고려해봐야――."

전력이 다소 후위 쪽에―― 아니, 상당히 집중되어 있는 만큼 메인 탱커라 할 수 있는 노인은 많은 부담을 짊어질 수밖에 없다. 또한 상대에 따라서는 발렌틴도 함께 대응해야 하니 여차하면 연계하는 것도 중요하다.

하지만 적의 숫자에 따라서는 손이 부족해질 가능성도 있다.

때문에 두 사람은 그러한 상황에서의 우선도를 미리 확인하고 있었다.

가장 우선시해야 할 것은 힐러인 아르테시아다.

애초에 그녀는 자신이 돌보는 아이들에게서 떨어지고 싶어 하지 않을 줄 알았지만, 출발하기 전에 미라 일행에게 사정을 듣더니 태도가 확 달라졌다.

그 사정이란 '이라 무에르테'의 보스와 결판을 내러 간다는 것. 그리고 그것은 아이들을 등쳐먹는 조직의 흑막을 처단하러 간다는 것을 뜻하기도 했다.

그 말을 들은 아르테시아는 귀자모신*(鬼子母神)이 되어 이곳에 있는 것이다.

그런 듬직한 아군이자 성술사인 그녀만 무사하면 얼마든지 태세를 정비할 수 있다.

"그리고 다음은 카구라나 엘리미제나 미……――."

(――아니아니아니. 그쪽은 포함시키지 않아도 되잖아! 녀석은

―――――――――

*아기의 탄생과 양육을 관장하고 불법을 수호하는 여신, 혹은 보살.

소환 영감이라고. 자기 몸 하나는 알아서 지킬 수 있는 녀석이야.)

다음으로 우선시할 것은 연약한 여성. 근접전이 서툰 술사라고 생각하며 주변을 둘러보던 노인은 무의식중에 미라를 바라보다가 정신을 차리고 고개를 가로저었다.

소환술사인데도 선술까지 다루어 근접전에서의 약점을 극복한 이례적인 존재다. 굳이 우선적으로 보호할 필요는 없을 거다.

노인은 그 사실을 충분하고도 남을 만큼 잘 알았다.

"노인 씨, 왜 그러시죠?"

"아뇨, 아무것도 아닙니다. 아르테시아 씨 다음으로는 카구라나 엘리미제를 우선적으로 보호해야 하지 않을까요."

마음을 다잡고자 호흡을 가라앉힌 후, 노인은 다시금 그렇게 말했다.

"맞습니다. 그리고 루미 누나도 우선시하는 게 좋겠군요. 공격은 최대의 방어라는 말도 있고, 재정비를 위한 빈틈을 만들 수도 있을 테니까요."

"아, 듣고 보니 그렇군요……."

루미나리아는 미라와 비슷한 상태라고 할 수 있었지만 미라만큼 접근전에 능하지는 않다. 무의식적으로 배제한 것인지, 아니면 지나치게 의식한 탓에 생각을 못 한 것인지는 모르겠지만, 노인은 그 때문에 여차할 때 보호가 필요하다는 사실을 뒤늦게 깨달았다.

그리고 다시금 확인하고자 우선시해야 할 대상에게로 시선을 던졌다. 미라의 모습이 눈에 들어온 순간, 노인은 또다시 빤히 쳐다보고 말았다. 이성이 흔들릴 만큼 미라의 외모가 취향이었기 때문이다.

(속지 마라, 노인. 속으면 안 돼, 노인──.)

넋을 놓고 바라보다가 정신을 차리기를 반복하며 자기혐오에 빠지던 노인은 최종적으로 미라를 의식하지 않기 위해 발렌틴과 더욱 자세한 이야기를 나누려고 애를 썼다. 모든 의식을 지금부터 시작될 결전에만 집중해야 한다고 거듭 다짐을 하며.

그럼에도 미라의 목소리가 들려오면 자신도 모르게 눈길이 그리로 향해서 난감하기 그지없었다.

그리고 그런 노인의 상태를 완벽하게 파악한 이가 있었다.

(아아~ 저거 완전히 홀딱 반했구만. 이야아, 이거 재미있게 됐는데?!)

바로 루미나리아다. 그녀는 갈등하는 노인을 보고 새로운 장난감을 발견했다는 듯이 대담한 미소를 짓고 있었다.

"자아~ 메이린. 팬케이크 다 됐어~."

"감사, 감사다이거~!"

메이린과 아르테시아는 식당칸에서 한발 먼저 간식 시간을 가지고 있었다.

아르테시아는 배가 고프다는 메이린의 말에 곧장 반응해, 눈 깜짝할 새에 폭신폭신한 팬케이크를 완성해 나갔다.

거기에 특제 크림을 듬뿍 올리자 유명한 가게 뺨치는 최상의 디저트가 완성되었다.

"엄청 맛있다해!"

"그거 다행이네. 부족하면 말해. 얼마든지 구워줄 테니까."

메이린은 빛이 나도록 환한 미소를 지었고, 아르테시아는 그보다 더 행복한 얼굴을 하고 있었다.

아무래도 아르테시아의 눈에는 미라와 키가 비슷한 메이린도 '아이'로 보이는 모양이다.

메이린의 입가에 묻은 크림을 닦아주고, 컵에 우유를 따라주기도 하는 등, 지극정성으로 어리광을 받아주고 있었다.

그리고 메이린이 더 달라고 하자 신속하게 한 장을 더 구워서주고, 그걸 먹는 메이린의 모습을 기쁜 듯이 바라보았다.

고아원 아이들과 떨어진 탓에 돌봄에 대한 욕구가 넘쳐나는 것인지. 그 눈은 자애로 가득했지만 동시에 돌봐줄 기회를 놓치지 않으려는 사냥꾼의 그것처럼 보이기도 했다.

"이거이거, 과연 아르마 공. 잔량이 다소 불안하다 싶었던 참이오만 이만큼 있으면 안심해도 되겠구려."

사이조는 선실 한구석에서 테이블 위에 무수히 많은 흉흉한 물건들을 늘어놓고 있었다.

그는 다섯 자루의 닌자도에 수리검과 쿠나이를 비롯해 다종다양한 암기와 독극물들을 확인하고 손질하는 중이었다.

그 중 일부는 힐베란즈 도적단전에서 소모되었지만 아르마가 보충해준 것이다.

니르바나제(製)라 다소 사용감이 다른 탓에 사이조는 그러한 부분을 확인해 나갔다.

늘 가지고 다니는 것인지, 그는 오래된 대련용 목각 인형을 꺼내서 수리검 등의 사용감을 시험했다.

"과연, 미스릴 코팅도 사용하기 편하구려."

사이조는 만족스러운 투로 평소 쓰던 것과는 다르지만 멋진 물건이라고 하더니 이어서 독극물을 확인해 나갔다. 언제 어디서나 성실하고 진중한 그다웠다.

"지금은 120개 이상이지!"

"우와~! 역시 스바루야!"

선실에서 어쩐지 멍청하게 들리는 대화를 나누고 있는 것은 라스트라다와 고트프리트였다.

열혈 히어로 바보와 그냥 열혈 바보인 두 사람은 퍽 죽이 잘 맞았다. 지금은 필살기를 주제로 뜨거운 대화를 나누는 중이다.

"뭐어, 술법의 특성상 폭도 넓으니까. 그래서, 너는 몇 개 완성했지?"

"아아, 나는 아직 83개야. 스바루한테는 상대도 안 되지."

두 사람이 말한 것은 자신이 만들어낸 필살기의 숫자였다.

고트프리트는 라스트라다의 풍부한 기술에 감탄하여 존경의 눈빛을 보내고 있다. 120개 이상이라는 라스트라다도 대단하지만 83가지의 필살기를 지닌 그도 충분히 높은 경지에 있다고 할 수 있으리라.

"——아아, 그렇지. 물어보고 싶은 게 있는데. 페르소나 라이더

고켄(御劍)의 초검 오로치 슬래시가 어떤 기술이었지?"

어떠한 필살기를 만들어냈는지 이야기하던 도중. 고트프리트는 문득 생각이 났다는 투로 그렇게 말하더니 "이런 식이었나?" 하고 그 자리에서 칼을 휘둘러 보였다.

그것은 일요일 아침 시간에 방영한 특촬물의 히어로가 사용하는 기술이었다. 하지만 고트프리트는 불만스러운 얼굴로 마지막 부분이 영 마음에 안 든다는 소리를 했다.

"초검 오로치 슬래시라! 그런 난이도가 높은 기술을…… 무진장 끌리는데?!"

라스트라다는 자신만 믿으라는 듯이 일어나서는 "좋아, 다시한번 해 봐"라고 말을 이었다.

"분명 이렇게 해서…… 이렇게. 그리고 이렇게 해서 이렇게……. 봐, 뭔가 살짝 다른 것 같지 않아?"

조금 전과 마찬가지로 초검 오로치 슬래시를 재연해 보인 후, 고트프리트는 의견을 구하듯이 고개를 돌렸다.

고트프리트의 검술은 누가 보아도 일류라 할 만큼 아름답고도 날카로웠다. 오히려 이미 특촬물 히어로를 능가했다 해도 될 정도의 완성도다.

하지만 그는 납득이 안 되는 눈치였다. 그리고 라스트라다는 보기만 하고 그 이유를 알아챘다.

"잠깐 좀 줘 봐."

그렇게 말하며 고트프리트에게 검을 빌린 라스트라다는 가볍게 몸을 풀고서 차분하게 자세를 잡았다.

순간, 고트프리트의 눈에 페르소나 라이더 고켄과 라스트라다의 모습이 겹쳐 보였다. 그 직후, 초검 오로치 슬래시가 펼쳐졌다.

그것은 고트프리트가 해보인 것과 같은 듯하면서도 달랐다.

"우와아……! 그거야! 그거라고! 어떻게 하면 되는지 알려줘, 스바루!"

라스트라다가 선보인 그것이야말로 진짜라면서 감동한 고트프리트는 대체 자신과 어디가 다른지 가르쳐달라고 애원했다.

그러자 라스트라다는 "당연히 그래야지!" 하고 쾌활하게 대답했다.

그렇게 라스트라다에 의한 초검 오로치 슬래시 강의가 시작되었다.

"문제는 보법이야. 사실 이 올려베기와 내려베기 사이에 중심을 세 번 이동해야 하는데, 고트의 경우에는 두 번이야. 여기랑, 여기에서만 움직이더라고──."

"아하……! 이렇게구나!"

검을 주무기로 사용하지 않는 술사가 스승 노릇을 하고, 칼 한 자루로 대국 아틀란티스의 장군 자리까지 올라간 고트프리트가 그 제자가 되어 배우는 관계.

얼핏 보면 이상한 상황이기는 했지만 그들을 잘 아는 이의 입장에서는 딱히 이상할 게 없었다.

주제가 '히어로'인 이상 당연히 그런 관계가 될 수밖에 없기 때문이다.

그것은 오랜 시간이 흐른 지금도 변함없는 사실이었다.

"굉장한걸……."

"그러게, 굉장해……."

마치 지금의 광경이 꿈일까 현실일까, 그림다트에서 파견된 사관들은 그런 대화를 반복하고 있었다.

자국의 공작이 악명 높은 대범죄조직 '이라 무에르테'의 최고 간부 중 한 명이었다. 그 오명을 씻기 위해 이 남녀 혼합 5인조는 나라의 명을 받고 이 본거지 공략 팀에 참가하게 된 것이다.

중대한 임무인 탓에 다섯 명 모두 정예인 단장, 혹은 대장급이었다.

그리고 그들은 이 토벌대의 주도권을 쥐고 '이라 무에르테'를 괴멸했다는 명예를 그림다트로 가져오라는 나라의 비밀 임무도 받은 상태였다.

그러나 현재, 그런 지령은 그들의 머릿속에서 사라져 버린 지 오래였다.

왜냐하면 그 다섯 명이 동경해왔던 존재가 한 자리에 모여 있었기 때문이다.

십이사도의 노인.

이름 없는 사십팔장군의 고트프리트, 사이조, 엘리미제.

그리고 아홉 현자인 루미나리아, 카구라, 소울하울, 아르테시아, 라스트라다, 메이린, 발렌틴.

다섯 명이 어릴 적에 들었던 이야기 속의 영웅이, 국경을 초월하여 이렇게나 많이 모인 것이다.

오히려 사관들은 지령을 받은 것도 잊고 완전히 들떠 있었다.

"사인 같은 거, 받아도 될까……."

"임무 중이니 안 되겠지."

"그래, 끝난 다음이라면 모를까."

사관들은 방구석에 모여 믿기지가 않는다는 얼굴로 그 광경을 몇 번이고 둘러보고 흥분하고는 다시 간신히 마음을 진정시키는 일을 반복하고 있었다.

"그나저나 놀라운걸. 설마 아홉 현자가 돌아와 있었을 줄이야."

"그러게, 놀라운 일이야."

그런 소리를 하며 루미나리아를 비롯한 아홉 현자가 모인 곳을 바라보았다.

그림다트의 사관들은 이곳에 있는 아홉 현자에 관한 사정을 대충 들은 상태였다.

듣자 하니 어느 여러 가지 문제들을 해결하고 최근에 알카이트에 돌아왔다고 한다. 그리고 그들의 귀환 사실은 알카이트 왕국의 건국기념일에 발표하기로 했으니 그때까지는 비밀로 하라는 등의 지시도 있었다.

"……그리고 저 애가 덤블프 님의 제자인가."

"역시 아홉 현자를 스승으로 두면 배짱이 두둑해지는 걸까? 난 저기 끼어서 제대로 이야기할 자신이 없어."

"괜찮아, 나도 그러니까."

다섯 명이 흥미롭다는 듯이 바라보고 있는 것은 루미나리아 일행 앞에서도 주눅이 들기는커녕 적극적으로 발언을 하는 미라였다.

　과연 아홉 현자의 제자라 해야 할지. 지금은 이래저래 이름을 떨쳐서 정령여왕 등의 이름으로 불리는 모험가다.

　그 거침없는 모습에 역시 아홉 현자의 제자는 다르다며 다섯 명은 미소를 주고받았다.

　"그나저나 덤블프 님의 제자라는 사실을 알게 되면 로우주 단장이 가만히 있지 않겠지?"

　"그러고 보니 술만 마시면 그런 소릴 했지. '놀라지 마시라, 그 유명한 덤블프의 수제자가 바로 나다!'라고."

　"사실인지 아닌지는 모르겠지만 실력 자체는 확실하니까아."

　다섯 명은 그런 대화를 나누며 기적이라 해도 과언이 아닌 지금의 상황을 마음껏 즐기기로 했다.

⟨6⟩

그것은 니르바나를 떠나 하룻밤이 지난 다음 날. 점심 식사를 마치고 한 시간 정도가 경과했을 즈음의 일이다.

관측수에게서 목표로 추측되는 섬을 발견했다는 보고가 들어왔다.

"흐음…… 확실히 분위기는 딱이로구나."

"그러게, 끝판왕이 있습니다, 라고 써붙여 놓은 것 같아."

갑판에서 무형술 '망원'을 사용해 까마득한 전방을 확인한 미라와 루미나리아는 그것을 보자마자 그런 소리를 주고받았다.

아직 몇 킬로미터는 떨어져 있는 것으로 보이는 하나의 섬. 그 모습에서는 결코 그 누구도 들어오지 못하게 하겠다는 강한 의지가 느껴졌다.

깎아지른 듯한 절벽에 둘러싸여 배를 댈 만한 장소는 전혀 없고, 댄다 해도 수백 미터 높이로 솟아오른 절벽이 방문객을 거절하고 있다.

또한 현재 보이는 바에 따르면 내륙에는 뾰족하게 솟은 바위가 산처럼 튀어나와 있을 뿐이다. 착륙이 가능할 듯한 바늘만한 땅조차 보이지 않았다.

"이거 굉장한걸! 악의 비밀기지가 따로 없어!"

"으아…… 성가실 것 같아……."

섬 자체가 요새나 다름없어 보인다.

라스트라다는 척 봐도 그럴싸한 모습에 흥분했고, 엘리미제는 일을 쉽게 쉽게 해결하기는 글렀다는 듯이 우울한 표정을 지었다.

또한 강적이 잔뜩 있을 것 같다며 의욕을 불사르는 메이린과 오히려 귀신이 나오는 건 아니냐며 뺨을 씰룩거리는 카구라, 품평이라도 하듯 관찰하는 발렌틴 등, 저마다 다른 반응을 보였다.

어쨌든 드디어 표적인 섬을 발견했다. 일단 비공선을 수면에 댄 후, 선실에서 다음 단계인 상륙 방법에 관해 의논했다.

"──그럼, 어떻게 쳐들어가면 좋을까."

제일 먼저 노인이 입 밖에 낸 것은 가장 현실적인 문제였다.

바위산이 솟아 있어 착륙은 불가능하다. 깎아지른 듯한 절벽 때문에 배를 댄다 해도 올라갈 수가 없다.

또한 많은 수의 마물과 마수가 있을 가능성이 있으니 부주의하게 착륙하면 일제 공격을 받을 우려도 있었다.

정말이지 호락호락하지가 않은 섬이다.

하지만 이곳에는 그런 상식이 통하지 않는 이들만 모여 있었다.

착륙하지 않고 뛰어내리면 그만이라느니, 절벽에 계단을 만들면 된다느니, 아이젠파르드에게 옮겨 달라고 하면 그만이라느니, 제멋대로 떠들어댔다.

"역시 알아채지 못하도록 신중히 갈 생각은 없어 보이는군……."

이렇게 될 줄은 알았지만, 노인은 한숨을 내쉬지 않을 수가 없었다.

어떠한 적과 함정이 기다리고 있을지 모르는 적진으로 뛰어들어야 하는 상황이니, 아무도 모르게 숨어들어 최대한 전투를 피해 수괴가 있는 곳에 도달하는 것이 이상적이라 할 수 있건만.

하지만 이곳에 있는 대부분의 멤버는 애초부터 전면 전쟁을 벌일 생각이었다.

그렇지만 그렇다고 아무 대책도 없이 돌진할 이들도 아니었다.

"어쨌든 일단 정찰부터 하자. 어떤 장소인지 확인해두는 건 중요하다고."

퍼지다이스로서 활동한 경험 덕분에 열혈 히어로 바보인 라스트라다도 그 중요성을 이해하고 있는지, 이대로 쳐들어가기 전에 현장을 한 번 확인하는 게 좋겠다고 제안했다.

"바로 그거야!"

견실한 의견이 나와서 안심한 노인은 그대로 사이조에게로 눈길을 돌렸다. 적지 조사나 뒷공작 같은 일을 하는 데 있어서, 그를 능가할 이는 없었기 때문이다.

"알았소. 다녀오겠소이다."

본인 역시 당연하다는 듯이 자리에서 일어났다.

목적지는 무수히 많은 마물과 마수가 활보하고 있을 것으로 추측되는 위험한 섬이다. 하지만 사이조의 얼굴에는 일체의 망설임도 없었다. 망설임은커녕 자신감마저 느껴졌다.

실제로 사이조에게는 그 자신감에 걸맞은 능력이 있었다.

하지만 그건 지금까지의 이야기다.

"그럼 일단 시찰부터 할게."

그렇게 말하자마자 주작인 피스케를 초래(招來)한 카구라는 그대로 타박타박 창문으로 다가갔다.

하지만 거기서 끝이 아니었다. 미라 역시 곧장 구구와이즈를 소환해서 그녀를 뒤따라간 것이다.

"이봐라, 카구라. 피스케에게 구구를 옮겨달라고 해도 되겠느냐? 그러면 더 빨리 도착할 것 같아서 말이다."

"듣고 보니 그러네. 으음, 그럼…… 이 피스케용 우편함에 넣어."

미라가 부탁하자 카구라는 피스케의 목에 장거리 운송용 가방을 걸었다. 고양이 마크가 그려진 특제 가방이다.

미라는 알았다고 답하고서 그대로 구구와이즈를 가방에 넣었다.

"섬에 도착할 때까지 얌전히 있거라."

"알았어인 거야~. 구구 가만히 있는 거야~."

몸집이 작은 덕에 가방에 쏙 들어간 채 고개만 내민 구구와이즈는 그 안에서 아늑함을 느낀 것인지. 참으로 편안한 투로 답했다.

그렇게 준비가 끝나자 카구라가 피스케를 창문으로 날렸다.

이제 다 됐다는 듯한 얼굴로 미라와 카구라가 자리로 돌아오자, 노인 일행이 의아하다는 눈빛을 보냈다.

정찰을 먼저 하자고 했건만, 피스케와 구구와이즈를 보낸 이유를 묻듯이.

"……음? 그래서 피스케는 왜 보낸 거지?"

"새를 보내서 뭘 어쩌려고? 대신 시찰을 시키게? ……가능한 거야?"

미라와 카구라는 당연하다는 듯이 움직였다. 게다가 아홉 현자 측도 딱히 의아해 하지 않고 있다. 그에 반해 노인과 고트프리트 일행은 궁금증을 참지 못하고 방금 그 행동의 의미는 무엇이었는지 물었다.

"아, 그렇구나. 아직 말을 안 했었지——."

이제는 당연한 방법이었지만 모르는 사람의 눈에는 이해가 안 되는 행동으로 보일 거라는 데에 생각이 미친 카구라는 그 행동의 의미를 간결하게 설명해 주었다.

"의식동조라……. 별 편리한 게 다 있군."

"소생이 활약할 기회가……."

멀리 떨어진 곳에서 식신이나 소환체를 통해 현지를 시찰할 수 있는 기능. 그 존재를 알게 된 노인은 감탄한 듯이 고개를 끄덕였다. 한편 자신의 독무대를 빼긴 사이조는 의기소침해진 듯했다.

또한 엘리미제는 어쩌면 사령술에도 응용할 수 있을지도 모르는 그 내용을 듣고, 평소 의욕이라고는 찾아볼 수 없던 눈을 빛내고 있었다. 그게 있으면 순회 임무를 골렘만으로 때울 수 있다고 생각하는 듯했다.

그리고 고트프리트는——.

"우와아, 그런 게 가능하다고……? 잘만 하면 여탕 같은 델 마음껏 엿볼 수 있겠어!"

열혈 바보인 동시에 그런 소릴 태연하게 하는, 지극히 단순한 에로 바보이기도 했다. 게다가 고트프리트의 말에 넘어간 바보가 한 명 더 있었다.

"……듣고 보니 그렇군! 왜 그 생각을 못 했던 게지?!"

미라다. 겉모습은 둘째 치고 속은 건전한 남자임에도 이제야 그 생각에 다다른 것이다.

지금까지 그 생각을 하지 못한 것은 다름이 아니라 머리에 온통 전투용 술식 생각뿐인 바보였기 때문이리라. 하지만 그것은 동시에 금기의 영역이었다.

"미·라·야~? 그런 짓을 하면…… 알지?"

카구라의 두 손이 미라의 머리를, 마치 바이스처럼 잡고 쥐어짰다. 그리고 머리가 점점 조여드는 가운데 미라는 항변했다.

"노, 농담이다! 저토록 단순한 것이 불쌍해서 살짝 맞장구를 쳐 준 것뿐이야~!"

모두 다 그런 생각밖에 못하는 고트프리트가 불쌍해서 한 말이라고 미라는 변명했다.

"내가…… 그렇게 불쌍해 보였어……?"

"뭐어…… 글쎄. 그 말을 듣고 바로 여탕을 떠올린 건 좀…….."

'의식동조'가 지닌 가능성은 막대하다. 그 효과를 듣고 곧장 여탕을 엿볼 생각을 하는 건 좀 그렇지 않냐는 것이 노인의 답이었다.

(후우…… 명안(名案)이라는 생각에 무심코 반응해 버렸다만, 애초에 이 몸은 엿볼 필요가 없었더랬지!)

그러는 동안 풀려난 미라는 새삼 자신의 현재 상태를 돌이켜보았다. 지금의 몸은 소녀의 것이니 엿보기 정도가 아니라 당당하게 여탕에 들어가 버릴 수 있지 않은가.

조금 전의 발언 때문인지 냉랭한 눈빛을 받고 있는 고트프리트를 여유롭게 바라보며 미라는 의기양양하게 대담한 미소를 지었다.

적 본거지를 살피기 위해 피스케와 구구와이즈를 날려 보내고서 두 시간 남짓이 지났을 즈음. 미라와 카구라가 많은 정보를 전해주었다.

우선 이 섬이 바로 그들이 찾던 적의 본거지라는 사실이 확정되었다. 명백하게 이상하다고 할 수 있는 숫자의 마물과 마수가 날뛰고 있는 것이 그 증거였다.

하지만 그만큼 경비는 엄중한 데다 내부는 복잡한 구조로 되어 있어서 '이라 무에르테'의 보스가 있는 장소를 특정하지는 못했다.

다만 그럴싸한 장소는 여럿 확인되었다.

미라 일행은 그곳들을 중심으로 적 본거지 공략 작전을 짜나갔다.

또한 그림다트의 사관들도 회의에 참가하기는 했지만 약간 기가 죽은 듯했다.

한 시간 정도가 더 지났을 즈음. 드디어 작전이 정해져 각자 결전 준비를 진행했다.

저마다 장비를 점검하고 소모품의 재고를 체크하는 작업 등을 하는 가운데, 미라 역시 마봉폭석을 비롯해서 실험해보고 싶은 술식 등을 확인했다.

그렇게 각자 준비를 마치고 집합했을 때. 미라는 전투 복장을 갖춘 소울하울 일행을 보고서 깜박한 게 있음을 깨달았다.

"어이쿠, 이런! 이 몸도 갈아입어야지!"

마수를 상대로 실험하고 싶은 이런저런 것들에 눈이 멀어 있던 탓에 정식 전투 복장인 현자의 로브로 갈아입는 것을 깜박했던 것이다.

지금부터 돌입할 곳은 강력한 마수가 날뛰고 있는 장소다. 그렇다면 최강 장비인 현자의 로브는 필수다.

미라는 깜박했던 현자의 로브를 꺼내 그대로 허겁지겁 갈아입기 시작했다.

"아니⋯⋯?!"

"잠깐⋯⋯?!"

미라의 행동에 재빨리 반응한 것은 노인이었다. 갑자기 옷을 벗어 속옷이 훤히 드러난 미라의 모습에 격하게 동요하긴 했으나 눈을 떼지 못하고 갈등했다. 이어서 발렌틴 역시 그쪽 방면의 내성이 아직 없는 탓에 당황해서 고개를 돌렸다.

"잠깐 할—— 미라! 이런 데서 갈아입으면 어떡해!"

직후, 카구라의 날카로운 질타가 날아들었다.

"허나 일일이 방으로 돌아가는 것도 귀찮지 않으냐?"

"그렇다고 아무 데서나 맨살을 드러내면 안 된다고. 자, 얼른!"

미라는 여기서 갈아입는 편이 빠르다고 항변했지만 카구라가 억지로 다시 옷을 입혀서 그대로 방까지 연행했다.

그렇게 얼마 동안 미라가 옷을 갈아입는 동안 기다리게 되자, 누군가가 슬그머니 노인의 등 뒤로 다가서며 말했다.

"어라아, 아쉽다는 표정이네에~."

슬그머니 노인에게 말을 건 것은 루미나리아였다. 그가 속옷 차림이 된 미라를 응시하고 있던 것을 놓치지 않은 것이다.

"그…… 그렇지 않아."

마음 한구석으로 아쉽다고 생각했다는 사실을 깨달은 모양인지. 노인은 허둥지둥 부정했다. 하지만 그 반응이야말로 루미나리아가 바라던 것이었다.

"말 안 해도 다 안다니깐."

루미나리아는 빙긋, 대담한 미소를 지은 채 "그런 너에게 비밀 선물을 주지"라는 소리를 하며 한 장의 사진을 건넸다.

"뭔데, 이……게?!"

그 사진을 본 순간, 노인은 눈이 휘둥그레지고 콧구멍도 벌렁 거리기 시작했으며 눈 깜짝할 새에 뺨이 달아올랐다.

루미나리아가 건넨 것은 왕성 침실에서 촬영된 한 장의 사진으로, 거의 속옷 차림으로 자고 있는 미라의 사진이었다. 언젠가 몰래 촬영한 모양이다.

"어디에 쓸지는 너에게 맡길게."

루미나리아는 아주 의미심장한 미소를 지은 채 떠나갔다.

"아니잠깐, 이런——."

이렇게 당당하게 이런 사진을 주면 어쩌란 거야. 그렇게 말하며 루미나리아를 불러 세우려던 노인은 문득 알아챘다. 주변 사람들은 각자 담소를 나누고 있으니 의외로 이 대화를 목격한 사람은 없을지도 모른다고.

미라의 섹시한 사진이 이 손에 있다는 사실을 아는 건 루미나리아와 노인뿐이다.

루미나리아는 비밀 선물이라고 했다. 그렇다면 이대로 입을 다물면, 이 사진의 존재가 알려질 일은 없다.

아주 잠시 고민한 끝에. 노인은 그 사진을 잽싸게 품안에 넣었다.

"오래 기다렸지!"

"이야아, 기다리게 해서 미안하구나."

옷을 갈아입으러 갔던 미라. 그리고 동행했던 카구라가 돌아왔다. 그런데 미라의 손에는 몇 개의 과일이 들려 있었다.

"옷을 갈아입다가 이게 있다는 것도 생각이 나서 말이다. 먹고 들 가거라——."

그렇게 말하며 미라가 나눠준 과일은 마텔 특제 스테이터스 부스트 후르츠였다.

부스트 계열의 약은 많고도 많지만, 이 과일을 당해낼 것은 없다. 게다가 부작용도 없다.

다만 그 선전 문구는 이로운 점밖에 없는 탓에 모두의 얼굴에 경계의 빛이 떠올랐다. 스테이터스 부스트가 가능한 대신 토가 나오도록 맛이 없는 건 아닐까.

"뭐어, 걱정될 만도 하지만 괜찮아. 맛도 있었고, 효과도 확실했으니까."

"그러고 보니 나도 전에 먹었었지. 문제가 없는 건 물론이고 꽤 맛있었어."

망설이는 자들을 향해 그렇게 말한 것은 옷을 갈아입는 동안 건네받았던 카구라와 고대지하도시에서 만났을 때 먹어보았던 소울하울이었다.

그러자 신뢰도의 차이라고 해야 할지. 소울하울은 둘째 치고, 카구라가 그렇다면 믿을 만하다면서 한 사람씩 입에 대기 시작했다. 그리고 그 감미로운 맛에 놀라 탄성을 질렀다.

신뢰받지 못한 미라는 그 모습을 보고 부루퉁한 표정을 지었다.

또한 메이린도 자신의 힘으로 도전하기에 수행이 되는 것이라고 말하기는 했지만, 모두가 탄성을 흘리자 얼마 안 가서 식욕에 패배하고 말았다.

그리고 노인은, 복숭아 모양의 과일을 쳐다보며 조금 전에 받은 사진을 떠올리고 있었다.

마텔 특제 스테이터스 부스트 후르츠의 효과는 엄청나다. 모두가 그 사실을 실감한 참에, 드디어 작전이 개시되었다.

섬을 조사한 결과, 확인된 침입 장소는 두 곳. 때문에 둘로 나눠서 공략을 하기로 했다.

제1팀은 미라, 루미나리아, 카구라, 소울하울, 메이린, 발렌틴, 고트프리트.

제2팀은 노인, 아르테시아, 라스트라다, 엘리미제, 사이조로 구성됐다.

그리고 그림다트의 사관 다섯 명은 최초 침입에서는 제외하기로 했다. 그들은 안전을 확보한 후, 본격적으로 섬을 조사하기 시작할 때 투입하는 게 좋겠다고 판단했기 때문이다.

그때까지는 이 비공선의 방어를 맡기기로 했다. 요컨대 에둘러 위험하니 대기하고 있으라고 한 것이다.

하지만 비공선이 반드시 안전하다는 보장은 없다. 비공선의 존재를 알아채고 하늘을 나는 마물을 보내올 가능성도 충분히 있기 때문이다.

미라 일행으로서는 주전력이 모두 이대로 출동하기로 한 탓에 남은 사관들에게 방어를 맡기면 그나마 마음을 놓을 수 있을 듯했다.

그러나 사관들은 일국의 대표로 보내온 정예들이다. 본래 이러한 취급을 받으면 분노해 마땅할 것이다.

하지만 이번에 다섯 명의 사관은 그 말을 흔쾌히 승낙했다.

자신들이 정예라는 자부심은 있었다. 하지만 동시에 아홉 현자와 십이사도, 거기에 이름 없는 사십팔장군과는 비교조차 안 된다는 사실 또한 알았던 것이다.

영웅들의 혼성팀에 자신들이 낄 자리가 있기나 하겠는가.

"이쪽은 맡겨만 주십시오!"

따라서 다섯 명의 사관은 그렇게 말하며 미라 일행을 배웅했다.

그렇다고 해서 그대로 손가락만 물고 있을 생각은 없었다.

다섯 명의 사관은 곧장 모여서 회의를 시작했다. 비공선의 방어 배치에 관해 논의하기 위해, 그리고 효율적으로 조사할 방안을 논의하기 위해.

7

"우선 이 몸들부터 가볼까."

비공선 갑판으로 나온 미라는 그대로 소환술을 연속으로 행사했다. 페가수스, 히포그리프, 그리고 아이젠파르드를 소환한 것이다.

"이렇게 다시 보니, 역시 황룡은 위압감이 어마어마하네……."

노인은 압도적인 존재감을 내뿜는 아이젠파르드를 바라보며 중얼거렸다. 그런 가운데, 아이젠파르드는 "어머니~" 하고 미라에게 애교를 부렸다. 그리고 "못 말리겠구나"라면서 어리광을 받아주는 미라의 모습에 노인은 새로운 무언가의 문을 열 뻔했다.

그러나 노인은 직전에 정신을 차리고 선두에 선 미라 일행을 배웅했다.

그렇게 비공선에서 날아오른 제1팀은 드디어 섬의 상공에 도달했다.

저 아래에는 온통 울퉁불퉁한 바위산이 펼쳐져 있다. 아이젠파르드가 착륙 가능한 지점은 하나도 없지 않을까 싶을 만큼 험한 바위산이.

"그럼, 우선은 개시 신호를 날려볼까."

"네, 어머니."

아이젠파르드가 있으니 상대도 이미 알아챘을 거다. 그런고로 미라 일행은 곧장 호쾌하게 행동하기로 했다.

미라의 지시와 동시에 아이젠파르드가 바위산을 향해 드래곤 브레스를 쏜 것이다.

　막대한 파괴 에너지가 한 줄기 빛이 되어 바위산에 직격했다.

──그런데 놀랍게도 드래곤 브레스는 작렬하지 않고 그대로 통과하고 말았다.

　그럼에도 미라 일행은 놀란 표정 하나 짓지 않았다. 그로부터 얼마쯤 지나 울려 퍼진 굉음을 듣고서야 이제 시작이라는 듯이 강하를 개시했다.

　그리고 미라 일행 역시 그대로 바위산을 통과했다.

　"이거 굉장한 걸, 터무니없는 곳이야!"

　"저만한 환영을 만들어낸 게 용하네."

　그곳에 펼쳐진 광경을 보고 고트프리트는 흥분해서 소리쳤고, 루미나리아는 감탄한 표정을 지었다.

　지금 미라 일행의 앞에는 바위산이 아니라 황야가 펼쳐져 있었다.

　피스케와 구구와이즈의 조사로 가장 먼저 판명된 사실이 이것이었다. 바위산으로 보이는 것은 환영이라는 것.

　심지어 섬을 둘러싼 깎아지른 듯한 절벽은 평범한 절벽이 아니다. 바위처럼 보이게 만들어진 금속이었다.

　그렇다. 놀랍게도 이 섬 자체가 만들어진 것이고 커다란 배라는 사실이 판명된 것이다.

　그 중앙부에 자리한 산지는 전체가 결계에 의한 환영이고, 그 내부에는 커다란 황무지가 펼쳐져 있었다.

게다가 멀리서는 관측이 어렵도록 섬 전체에 빛을 굴절시키는 조치가 이루어져 있는 등, 아주 철저하게 위장을 했다.

환영을 비추던 결계를 뚫어져라 쳐다보던 카구라는 아주 뛰어난 솜씨라고 칭찬했다.

"정말 굉장하네요. 상당히 가까워지기 전까지는 간파할 수 없을 정도였잖아요."

마찬가지로 결계에 능한 자로서 느끼는 바가 있었는지, 발렌틴도 이 결계는 대단하다며 동의했다.

"보통내기가 아닌 것 같다해. 손이 근질근질하다이거!"

그 환영 하나로 어느 정도는 실력을 예상할 수 있다. 분명 상당한 실력자일 거라며 메이린은 잔뜩 기대를 하기 시작했다.

"어쩌면 키메라 때와 마찬가지로 모종의 기술을 가지고 있을지도 모른다. 허나 자신의 힘으로만 한 것이라면…… 힘든 임무가 될 것 같구나."

황야가 펼쳐진 섬을 장대한 바위산으로 보이게 하는 일은 그리 쉬운 게 아니다. 특별한 기술, 혹은 능력이 있을 것이다. 어느 쪽이 되었건 대륙 최대의 범죄조직 '이라 무에르테'의 보스를 맡을 만하다. 역시나 쉬운 상대는 아닐 듯하다.

또한 소울하울은 흥미롭다는 투로 "재미있어 보이는 술식이군"이라고만 말했다.

"호오~ 그렇게 굉장한 거야, 저게?"

아홉 현자 중 다섯 명이 결계를 칭찬하자 고트프리트 역시 그게 얼마나 터무니없는 것인지를 이해한 듯했다. 하지만 무엇이 굉장한 건지는 전혀 모르겠다는 얼굴이다.

"그럼, 가자고!"

금방 생각하기를 관둔 고트프리트는 그대로 히포그리프를 몰고 대지를 향해 돌진했다.

상공에서 보이는 황야. 한구석에는 높다란 산도 보이지만, 본질적으로는 수많은 마물과 마수가 날뛰고 있는 지극히 위험한 장소였다.

하지만 고트프리트는 조금도 망설이지 않고 그 대지에 내려서더니 히포그리프에게 고맙다는 말을 하자마자 덤벼드는 마물들을 향해 자진해서 돌격했다.

"아, 치사하다해. 나도 간다이거!"

가장 먼저 전투를 개시한 고트프리트에 이어 메이린도 상공에서 체공 중인 아이젠파르드의 등에서 뛰쳐나갔다. 그러고는 화려하게 '공활보'로 허공을 박차고 착지하더니, 그대로 맹렬한 기세로 마물의 무리에게 돌격했다.

"여전히 맹렬한 돌격이로군그래."

"그러게. 그렇기에 나와의 상성도 좋은 거지만. 이번에는 편하게 일할 수 있겠어."

미라와 루미나리아는 경쟁이라도 하듯 날뛰는 두 사람에 의해 차례로 찢어지고 날아가는 마물들을 보며 그렇게 말했다.

고트프리트는 맹렬한 기세로 마물들의 무리를 휘저으며 모든 것을 쓸어버렸다. 그 기세와 힘을 앞세운 전투방식은 광전사에 가까워 보였다.

또한 그 호쾌한 모습이 강렬한 인상을 주었는지. 보기 좋게 마물들의 주의를 끌었다.

심지어 그러면서도 전황 전체를 파악하는 이성적인 면도 겸비한 것이 바로 고트프리트라는 남자였다.

메이린은 기세만 놓고 보면 고트프리트와 같았다. 하지만 이쪽은 움직임 하나하나에 매우 세밀하고 절묘하게 힘을 조절해가며 적을 처치하고 있다.

군더더기 하나 없는 움직임으로, 일격과 일격을 흐르는 물처럼 끊임없이 이어나간다. 그 모습은 마치 춤을 추는 듯 보였다.

두 사람의 전투 방식은 어쩐지 극과 극인 듯하면서도 매우 비슷했다. 그 때문인지 사람뿐 아니라 마물들의 주목까지 끌어서 후방에서 강력한 일격을 노리는 마술사와의 상성이 좋았다.

어쨌든 그렇게 고트프리트와 메이린이 앞장서서 전투를 시작하자 상황이 빠르게 움직였다. 황야의 마물. 그리고 마수들이 고트프리트와 메이린에게 몰려들기 시작한 것이다.

"그럼, 저도 시작해볼까요."

마물들의 움직임에 흐름이 생겼다. 그것을 상공에서 확인한 발렌틴은 바로 지금이라고 판단하고는 검은 불꽃을 몸에 두른 채 뛰어내렸다. 그리고 결계를 발판 삼아 공중에 머물러 조준을 한 후, 흑염(黑炎)의 용이 되어 마수가 모여 있는 곳 한복판으로 돌격했다.

직후, 폭염과 굉음이 소용돌이쳤다. 이어서 마수와 마물들의 단말마가 울려 퍼졌다. 이것이야말로 퇴마술사의 진면목이라고 말하듯, 발렌틴은 그 일격으로 메이린과 고트프리트가 쓰러뜨린 것보다 많은 수의 마물을 물리친 것이다.

또한 지상 쪽에서는 사냥감을 빼앗아갔다며 메이린과 고트프리트가 비난을 쏟아내고 있었다.

"……자아, 이 몸들도 시작해보실까."

전선은 저 세 사람에게 맡겨도 될 듯하다. 미라는 최선을 다한 것뿐인데 비난을 받고 당황한 발렌틴을 내버려두기로 하고 그대로 강하 지점으로 눈길을 돌렸다.

황야 한복판에는 아이젠파르드의 드레곤 브레스가 직격했을 때 만들어진 거대한 구멍이 있었다. 미라는 그 크레이터를 사이에 두고 돌진해오는 마물들과 마주 보게끔 아이젠파르드를 착륙시켰다. 그리고 "여기면 되겠느냐?"라고 물었다.

"그래, 좋은 위치야."

그렇게 답한 것은 소울하울이었다. 크레이터를 적절하게 해자처럼 이용해 그 자리에 '캐슬 골렘'을 창조하여 눈 깜짝할 새에 거점을 구축했다.

그 직후부터 성벽에 배치된 대포가 불을 뿜었다. 굉음과 동시에 발사된 포탄은 크레이터에 들어선 마물들의 한가운데에 착탄하여 작렬했다. 하위 마물 정도는 그 한 방으로 산산조각이 났다.

이어서 루미나리아는 페가수스를 타고 성벽 위에 올라서, 대포가 조준할 수 없는 사각에서 다가오는 마물들을 불살랐다.

아이젠파르드는 크레이터가 없는 방향에서 공격해 오는 마물들을 차례로 흩뜨리고 있었다.

"뭔가, 옛날 생각나는 광경이네."

소울하울이 어쩐지 그리운 듯이 중얼거리며 캐논 타워를 여기저기 배치했다.

"그렇구나. 이렇게 해서 자주 한몫 잡고는 했지."

"마수들이 이만큼 모여 있으면 대규모 실험을 한 번 할 만큼은 벌 수 있을지도 몰라!"

미라와 루미나리아 역시 이 포진은 오랜만이라며 웃었다.

세 사람은 게임이었던 시절, 대규모 마물의 무리를 발견했다는 보고가 들어오면 이렇게 해서 몰이사냥을 했던 일을 추억했다.

덤블프의 지상 전력에 캐슬 골렘의 철벽과 같은 거점과 지원 포화, 그리고 루미나리아의 범위 마술. 이 방법으로 수십, 수백 억 리프를 벌어들였다. 그리고 그 돈은 매번 이런저런 술식 실험으로 몽땅 날아가고는 했다.

그렇게 당시를 돌아본 미라 일행은 생각을 바꿔서 실로 착실하게 마물의 무리를 소탕하기 시작했다.

"저 세 사람…… 설마 여기서 돈벌이라도 하려는 거야?"

되도록 소재로 쓰이는 부분은 상하지 않도록, 부드럽게 한 방에. 아이젠파르드의 동작에서 그런 배려가 느껴지기 시작했다. 루미나리아는 화염 마술을 삼가기 시작했다. 그리고 소울하울이 조종하는 마물들의 시체는 공격이 집중되는 지점에서 제 발로 벗어났다.

그런 모습을 본 카구라는 어이가 없다는 표정을 지은 채 피스케를 타고 음양술로 지상에 공격을 퍼부었다.

압도적인 기동력과 결계에 의한 방어력. 그리고 능숙한 식부 사용으로 또 한 마리의 마수를 처리했다. 그야말로 화려하면서도 괜한 상처가 남지 않도록 완벽한 솜씨로.

"저것밖에 안 되다니, 한참 멀었네."

이스즈 연맹의 활동 자금을 벌기 위해서. 또한 전투 부대의 무장을 강화하기 위해서 천을 넘는 마수들을 토벌해온 카구라는 여유로운 미소를 띤 채 다음 마수에게로 향했다.

마물과 마수가 득시글대는 황야에 내려서고서 얼마쯤 지났을 즈음. 소울하울과 루미나리아는 캐슬 골렘을 거점으로 전투를 이어갔다.

고트프리트 역시 무리 속으로 돌진해서는 실컷 날뛰다가 돌아오기를 반복하고 있다. 카구라도 손을 멈추지 않고 착실하게 전과를 올렸다. 아이젠파르드도 캐슬 골렘의 뒷문에서 분투 중이다.

일동은 일부러 눈에 띄도록 가장 눈에 띄는 장소에서 날뛰었다. 하지만 현재, 미라는 그곳에 없었다.

그럼 어디에 있을까. 바로 이 황야를 둘러싼 절벽 기슭에 있었다.

"자아, 보아하니 이 근처인 듯한데……."

정면에는 깎아지른 듯한 절벽이 있다. 별다른 특색이 없는 그것 앞에서 미라는 무언가를 기다리는 듯 보였다. 게다가 옆에는 멍슨에 워즈랑베르까지 있었다.

현재 미라는 정적의 힘을 사용해 모습을 감추고 있는 상태다.

그 목적은 절벽 건너편.

양동을 겸한 전투가 시작되고서 수십 분이 지났다. 하지만 마물과 마수의 수는 줄어들 기미가 없었다. 줄기는커녕 쓰러뜨릴수록 강력한 개체가 나타나기까지 했다. C랭크—— 상급에 필적할 만큼 강한 개체들이.

따라서 미라는 생각했다. 어디서 보충되고 있는 것은 아닐까.

미라는 현재, 그것을 확인하러 와 있었다. 그리고 '생체감지'로 수색한 결과, 절벽 건너편에서 무언가의 반응을 감지한 것이다.

벽 너머에 있어서 애매하기는 했지만 이 근처에 그 비밀이 있는 건 분명하다. 심지어 "절벽 너머로 냄새가 이어져 있습니다멍" 이라고 멍슨이 보증을 해주기도 했다.

"그나저나 참 요란하게들 날뛰고 있구나."

멀리서 들려오는 전투음과 마수의 포효. 그리고 몹시도 눈에 띄는 검고 하얀 불길. 루미나리아 일행은 순조롭게 적의 수를 줄이고 있는 듯했다.

그렇게 얼마 동안 기다리자, 드디어 그때가 찾아왔다. 놀랍게도 둔탁한 소리를 내며 절벽 그 자체가 문처럼 열린 것이다.

"오오…… 참으로 터무니없는 장치로군."

예상했던 대로 그 안에서 수많은 마물들이 뛰쳐나왔다. 심지어 이번에는 B랭크에 필적하는 마물이 백 마리 정도 되었다.

"어이쿠, 멍슨이여, 부탁 좀 하마."

광학미채 덕분에 시각적으로는 차단되었지만, 마물 중에는 코가 좋은 것들도 많다. 몇 마리가 근처에 미라가 숨어있는 것을 알아챘는지 코를 의지해 색적을 하기 시작했다.

하지만 여기서 멍슨이 나섰다. 냄새 마법이라는 특수한 마법을 사용하는 멍슨은 그 자리에서 마물들의 냄새를 복사해서 미라 일행에게 덮어씌웠다.

그 효과는 굉장해서 마물들은 완전히 표적을 놓치고 떠나갔다. 그리고 이어서 절벽 문에서 나온 마수들도 미라 일행을 알아채지 못하고 전장의 중심지를 향해 달려갔다.

"그나저나 줄어들지 않을 만도 하군그래."

마물은 이렇게 보충되고 있었다는 사실이 판명되었다. 심지어 랭크업 되기까지 했다. 그 사실을 똑똑히 확인한 미라는 아이젠파르드를 통해 그 소식을 루미나리아 일행에게 전달했다.

하지만 미라의 임무는 확인만 하는 것이 아니었다. 마물과 마수 추가 작업을 마치고 닫히기 시작한 문을 통해 슬그머니 안으로 들어간 것이다.

"역시 아직 이렇게 많이 숨어있었나."

조금 전 추가된 것과 지금까지 쓰러뜨려온 것을 합치면 마물은 수백, 마수도 열 마리는 거뜬히 넘을 거다. 하지만 어딘가로 운반되었다고 들은 마수의 수는 백 이상이다.

그렇다면 어딘가 다른 곳에 배치되었거나 격리되어 있는 게 아닐까. 그런 예상을 토대로 찾아보니 보기 좋게 적중한 것이다.

절벽문 안쪽에는 폭이 수백 미터는 되는 광대한 공간이 펼쳐져 있고, 그곳에는 아직도 무수히 많은 마물과 마수가 보관되어 있었다.

"흠? 이건 구속⋯⋯되어 있다기 보다는 봉인되어 있다고 표현하는 게 옳을 듯한데."

그렇다, '보관'되어 있었다. 붙잡혀 있는 게 아니다. 그곳에 있는 마물과 마수들은 날뛰지도, 저항도 않고 움직일 낌새도 없이 가만히 있었다. 다만 검은 로프 같은 것이 목에 둘러져 있을뿐이었다.

분명 저것으로 제어하고 있는 것이리라.

그 밖에도 많은 양의 검은 로프가 바닥에 널브러져 있었다. 모종의 신호를 보내면 풀어지게 되어 있는 모양이다. 그렇게 다시 움직이기 시작한 마물과 마수가 조금 전처럼 출격한 것이다.

"마수를 얌전하게 만들다니⋯⋯ 참으로 터무니없는 술구로군."

미라는 꼼짝도 않고 대기하고 있는 마물과 마수들을 둘러보며, 그것이 지닌 가능성에 숨을 죽였다.

모든 생물의 적인 마물과 재앙에 필적하는 마수. 이를 제어할 수 있게 된다면 미래의 양상이 크게 바뀔지도 모른다.

하지만 이러한 것을 연구해서 더 큰 재앙을 맞게 되는 것 또한 이야기에서는 흔한 전개였다.

(뭐어, 가능성을 남겨두는 정도라면⋯⋯.)

연구를 하건 하지 않건, 일단 챙기고 보자는 듯이 미라는 바닥에 떨어져 있던 검은 로프를 몇 가닥 회수했다.

『자아, 아이젠파르드여. 전력 드래곤 브레스를 준비하거라!』

이제 신경 쓰이는 것은 없다. 작전을 개시해라, 라고 미라는 멀리 떨어진 아이젠파르드에게 지시를 내렸다.

『알겠습니다, 어머니!』

미라에게 전력 드래곤 브레스를 준비하라는 지시를 받은 아이젠파르드는 그렇게 답하자마자 그대로 캐슬 골렘의 성벽 안으로 가뿐하게 대피했다.

"집중을 시작할 테니, 잘 부탁드립니다!"

그런 말을 입 밖에 낸 후, 아이젠파르드는 곧장 드래곤 브레스를 차지하기 시작했다. 지금까지 쏘아온 드래곤 브레스와는 다르다. 한계까지 힘을 집속시켜서 쏘는, 최강의 일격이다.

하지만 그 준비 과정이 크나큰 단점이었다.

"그래, 알겠어."

"오케이, 우리만 믿으라고."

사정을 다 아는 소울하울과 루미나리아는 아이젠파르드가 준비에 들어가자마자 잽싸게 배치를 전환했다. 지금까지 아이젠파르드가 방어하고 있던 뒷문에 전력을 할애한 것이다.

"아, 시작된 것 같네."

이어서 떨어진 곳에서 피스케로 날아다니며 적의 전력을 분석하던 카구라도 반응했다. 그 움직임을 알아채고는 일대의 마물들을 휩쓸어 발을 묶어두고서 소울하울 일행에 합류했다.

"우와아, 시작됐구나. 그나저나 엄청나네, 저거."

마음껏 날뛰고 있던 고트프리트 역시 아이젠파르드가 준비를 시작함과 동시에 남은 마물들을 무시하고 캐슬 골렘으로 돌아갔다.

"으~음…… 분명 모두가 움직이면 돌아간다, 였다해!"

타고난 감으로 느낀 것인지, 상황이 변화한 것을 알아챈 메이린은 정면에 자리한 마물들을 가볍게 정리하고서 그대로 모두가 모여 있는 장소로 향했다.

"다음 작전이 시작됐나요."

마찬가지로 변화를 알아챈 발렌틴도 주변 일대를 단숨에 불사른 후, 그대로 모두가 있는 곳으로 달려왔다.

그렇게 경계가 급격하게 강화된 캐슬 골렘의 성벽 안에서, 아이젠파르드가 차지를 계속했다.

크나큰 단점이란 바로 그 차지 속도였다.

전력 드래곤 브레스는 터무니없는 파괴력을 자랑하지만 준비하는 데 5분이라는 시간이 필요했다. 심지어 극도로 집중해야만 하는 탓에 비행 중에 쏘기는 어렵다. 때문에 지상에서 무방비한 상태가 될 수밖에 없는 것이다.

더불어 에너지가 부풀어 오를수록 이동 자체가 제한된다는 단점도 있었다.

게다가 막대한 에너지가 집중되기에 금방 마물들에게 들통난다. 심지어는 본능적으로 위험을 감지한 녀석들이 하나같이 아이젠파르드를 노리기 시작하는 것이다.

"거참, 빠르기도 하네."

루미나리아는 상공을 얼음비로 뒤덮으며, 모여든 마물들을 보고 쓴웃음을 지었다. 심지어 사정권 안으로 들어오지 않고 전략적으로 움직이던 마물들도 눈이 뒤집혀서 덤벼들었다. 그 준비가 끝나면 자신들도 끝난다는 걸 아는 것이리라.

때문에 그런 맹공을 막아내기 위해 배치한 것이 있었다.

캐슬 골렘은 더욱 방어를 강화하고, 모든 대포의 포탄을 산탄으로 변경해 근거리의 적을 철저하게 소탕한다.

루미나리아와 카구라는 아이젠파르드에게 하늘을 날아 접근하려는 마물을 중점적으로 격추시켰다. 그 탄막에는 빈틈 하나 없었다.

고트프리트 역시 뒷문 앞에서 방어전을 시작했다. 약간 모자란 면은 있어도 그가 휘두르는 특대검의 위력은 엄청나서, 마물들을 폭풍처럼 쓸어나갔다.

메이린은 그런 그와 나란히 섰다. 그녀가 내지른 주먹에 선술이 합쳐지자, 맨손인데도 특대검에 필적하는 위력이 발휘되었다.

두 사람이 지키는 뒷문은 어지간한 왕성의 정문보다 견고할 것이다.

그럼에도 압도적인 숫자는 그것만으로 위협이 되기 마련이다. 이만큼 선전을 해도 놓치는 녀석들이 나올 수밖에 없었다.

그러나 그러한 것들은 발렌틴이 모두 처리했다. 결계와 백흑의 화염을 절묘하게 다루어 방어진을 뚫은 마물을 확실하게 처치해 나갔다.

"그나저나 이렇게 많은 마수를 모은 게 용한데?"

크레이터에서 대형 골렘들과 몸싸움을 벌이고 있는 마수들을 바라보며 루미나리아는 감탄한 투로 중얼거렸다.

마수란 재해에 가까운 존재로, 본래는 마주치지 않고 피해가고 싶은 상대다. 하지만 동시에 희귀하기도 해서 찾으려 한들 쉽게는 찾을 수 없는 존재이기도 했다.

그런 마수가 보이는 범위에만 십여 마리다. 게다가 간부들에게 캐낸 정보를 통해, 이것의 수십 배에 달하는 마수가 이 섬으로 운반되었다는 사실이 판명되었다.

그만한 숫자를 섬으로 이송하려면 대체 얼마나 많은 비용이 들지 짐작도 안 된다. 방어용 전력이라 해도 다소 과하지 않나 싶을 정도다.

"방어만이 목적이었다면, 그 비용으로 용병이나 고용하는 게 효율적이지 않아?"

간단히 계산해도 마수의 이송 비용보다 저렴한 값에 그 이상의 전력을 보유한 용병단을 고용할 수 있을 거다. 게다가 용병단은 말도 통하니 더더욱 좋다.

그러한 말을 하던 카구라는 그럼에도 마수나 마물을 배치한 데에는 뭔가 이유가 있을 것이라고 예상했다.

단순히 비밀주의를 관철하고 싶었던 걸까. 아니면 사람을 믿지 않는 걸까. 마수와 마물 애호가라도 되는 걸까. 그도 아니면 그 이외의 이유가 있는 걸까

"그런 건 끝나고 생각해도 되잖아."

마수와 마물을 모은 이유를 두고 루미나리아와 카구라가 예상을 늘어놓기 시작한 참에 소울하울이 제지했다.

"하긴, 맞는 말이네."

"그러게, 본인한테 물어보면 그만이니까."

현재 자신들은 아직 무슨 일이 일어날지 알 수 없는 전장 한복

판에 있다. 게다가 위험한 레이드급 마수가 나타날 가능성도 있다. 그런 생각을 하며 두 사람은 마음을 다잡고 다시 방어전에 집중했다.

"웨이브 방어전 도중 같은 상황에 잡담을 할 수 있는 건 술사이기 때문인지, 아니면 저 녀석들이기 때문인지. 헷갈리네."

고트프리트가 차례로 밀려드는 마물들을 닥치는 대로 베어 넘겼다. 그는 성벽 위에서 소란스럽게 대화를 나누는 이들이 조금 부럽다는 생각을 하면서도 임무에 집중해 쉴 새 없이 마물들을 죽여 나갔다.

그 옆에는, 때는 지금이라는 듯이 수행을 시작한 메이린의 모습이 있었다.

8

적의 본거지에서 루미나리아 일행은 몰려드는 마물의 대군과 마수를 상대로, 맹공을 계속해서 막아내고 있었다.

"오, 드디어 레이드급이 납셨네."

상공의 마물을 거의 다 격추한 참에 루미나리아가 그것을 발견했다.

격전지가 된 캐슬 골렘의 주변. 몸길이가 20미터에 달하는 원숭이형 마수 '토멘트리지'가 느릿느릿 그들에게로 다가오고 있었다.

"재미있어지기 시작했다이거!"

"이거 거물이 와버렸구만⋯⋯!"

더더욱 신이 난 메이린과 달리 고트프리트는 조용히 숨을 죽였다. 이 자리에서 공방의 주축이라 할 수 있는 발렌틴은 현재 다른 마수 여러 마리를 상대로 분투 중이다. 때문에 그 절대적인 공격력을 어떻게 막아내야 할지 걱정하는 눈치였다.

마치 괴수 영화에 등장하는 원숭이의 왕 같은 그 마수는 괴력뿐 아니라 마법까지 다루는 강적이었다. 제아무리 아홉 현자라해도 만만치 않은 상대다. 심지어 아이젠파르드를 지키며 싸워야 하니 더더욱 그러했다.

바로 그 순간.

"고맙습니다, 준비가 끝났습니다!"

준비 개시로부터 약 5분. 전력 드래곤 브레스를 위해 힘을 모으던 아이젠파르드가 준비 완료 신호를 보내왔다.

"나이스 타이밍이야. 날려버려, 아이젠 군!"

준비하기가 힘들기는 해도 전력 드래곤 브레스는 산 하나를 날려버릴 만큼의 위력을 자랑한다.

그 힘 앞에서는 레이드급 마수라 해도 무사하지 못하리라. 방어력이 낮은 마수 정도는 일격에 죽일 수도 있다. 그것이 아이젠파르드의 전력 드래곤 브레스인 것이다.

이걸 사용하면 탱커는 필요 없다. 일격에 처리하지 못한다 해도 십중팔구는 만신창이 상태가 될 거다. 그 후에는 자신의 무기인 특대검으로 마무리하면 된다. 그렇게 생각한 고트프리트는 언제든 뛰쳐나갈 수 있도록 준비했다.

"네, 갑니다!"

곧 특대 사이즈의 일격이 작렬할 거다. 그 충격에 대비하고 있던 고트프리트는 다음 순간, 눈앞에서 일어난 일을 이해할 수가 없어서 "어?"하고 얼빠진 소리를 내고 말았다.

왜냐하면 차지 완료 후 발사를 하려던 순간 사라져 버렸기 때문이다. 그렇다, 아이젠파르드가 홀연히 그 자리에서 모습을 감춘 것이다.

수많은 마물과 마수가 득실대는 방에서 미라는 신호가 오기를 기다리고 있었다.

『준비됐습니다!』

아이젠파르드가 차지 완료 신호를 보내왔다.

『음, 그럼 가자꾸나!』

신호를 받은 미라는 다시 한번 자신의 위치를 확인했다. 그리고 워즈랑베르에게 몸을 밀착시키고 오른손의 손가락을 흘끔 쳐다본 후, 마지막으로 소환술사의 기능인 '후퇴의 인도'를 행사했다.

순간, 미라의 눈앞에 아이젠파르드가 나타났다. 떨어진 곳에 있던 소환체를 곁으로 불러들이는 기능을 사용하여 이동이 불가능한 풀차지 상태의 아이젠파르드를 강제로 이동시킨 것이다. 이 무수히 많은 마물과 마수가 대기하고 있는 방으로.

그렇다, 미라가 표적으로 지정한 것은 지상에서 날뛰고 있는 마수가 아니라 이 방에 모아둔 대기 전력이었다.

"좋아, 쓸어버려라!"

"네, 어머니!"

미라의 지시에 아이젠파르드는 일체의 망설임도 없이 그 힘을 해방했다.

새하얀 섬광이 허공을 꿰뚫는다. 응축된 파괴의 힘은 방 전체를 구석구석 꼼꼼하게, 순식간에 쓸어 나갔다.

직후, 온통 하얗게 물든 공간에서 모든 소리가 사라졌다.

그렇게 정적이 찾아왔다. 하지만 잠시 후, 절대적인 폭력에 의한 파괴의 물결이 그곳을 뒤덮었다. 그리고 강렬한 충격파가 공간 그 자체를 격렬하게 진동시키고 분쇄해 나갔다.

"흠, 아주 성공적이로군!"

산 하나를 날려버릴 만큼의 에너지가 실내에서 작렬했다. 그 위력은 압도적이라 방에서 대기하고 있던 거의 모든 표적은 흔적도 없이 사라져 있었다.

또한 그것은 아이젠파르드 역시 마찬가지였다. 그 파괴력 때문에 중거리에서 작렬시킨다 해도 아군까지 괴멸적인 피해를 입게 되는 것이 이 전력 드래곤 브레스의 가장 큰 단점이라 해도 과언이 아니었던 것이다.

그 때문에 아이젠파르드는 전력 드래곤 브레스의 발사가 끝나자마자 송환한 상태였다.

"이것 참, 눈앞에 그 광경이 펼쳐졌을 때는 이제 죽었구나 싶었습니다……."

워즈랑베르는 미라의 등 뒤에 딱 달라붙은 채 경직된 표정을 짓고 있었다.

전력 드래곤 브레스는 살아있는 자라면 누구나 죽음을 직감할 정도의 파괴의 빛을 초래했다.

하지만 놀랍게도 눈앞에 펼쳐진 방은 아직 아슬아슬하게 원형을 유지하고 있었다. 상당히 튼튼한 금속재를 사용한 모양이다. 벽과 천장이 무너져 전체적으로 심각하게 파손되기는 했지만 아직 방이라는 형태는 아슬아슬하게 유지하고 있다.

하지만 외부와 가까운 벽은 두께가 부족했던 것인지, 보기 좋게 망망대해를 파노라마로 내다볼 수 있는 상태가 되어 있었다. 오히려 작렬한 에너지의 태반이 그곳을 통해 방출되었기에 이 정도 피해로 그친 것일지도 모른다.

미라와 워즈랑베르는 아주 멀쩡한 상태로 그런 피해를 입은 방의 한가운데에 남아있었다.

"그나저나 실전에서 사용한 건 처음이지만, 터무니없는 효과를 지녔군그래."

그러한 기적을 일으킨 것은 일전에 고대지하도시에서 마텔에게 받은 '공절의 반지'의 힘이었다.

공간 자체를 왜곡시켜 절대 방어를 실현하는 그 효과는 아이젠파르드의 전력 드래곤 브레스조차도 완전히 막아낼 정도의 성능을 지니고 있었다.

하지만 그만큼 대량의 마나를 소비하고 마는데, 지금의 미라는 아직 두 번 발동할 수 있을 만큼의 여유가 있었다.

주변에 입힐 피해가 우려되어 지금까지는 전력 드래곤 브레스를 정면에 있는 적에게조차 사용할 수가 없었다. 하지만 이 반지가 있으면 자폭할 걱정 없이 얼마든지 사용할 수 있다는 사실이 증명되었다.

그 효과를 몸소 체험한 미라는 그로 인해 생겨난 가능성에 전율했다.

"이걸 연계 기술로 사용하면…… 흠, 재미있어질 것 같구나!"

약점 중 하나인 긴 차지 시간은 이번처럼 소울하울의 캐슬 골렘으로 보호해 달라고 하면 충분히 벌 수 있다.

그리고 '후퇴의 인도'에 의한 강제 이동과 공절의 반지를 통한 방어. 이 조합으로 인해 반칙급의 기습이 가능해진 것이다.

그런 결과에 대만족하며 미라는 검증을 하듯 주변의 상황을 확인해 보았다.

"호오. 그것을 견뎌내다니……."

너무도 무자비한 일격이었다. 하지만 이번에는 광대한 공간에 늘어선 마물과 마수들을 한꺼번에 날려버리고자 후리듯이 사용한 탓에 다소 위력이 분산된 듯했다. 그 파괴의 폭풍에 삼켜졌음에도 아직 몇 마리의 마수가 살아남아 있었다.

하지만 마수를 제어하고 있던 것으로 추측되는 검은 로프는 날아간 상태다. 따라서 마수들도 움직이기 시작했다. 하지만 온전한 몸 상태는 아니었다. 막대한 피해를 입은 탓에 거의 빈사 상태였다.

따라서 이 틈에 막대한 마나와 생명력으로 회복해버리기 전에 숨통을 끊어버리고 싶었다.

부상을 입었다고는 해도 결코 방심할 수 있는 상대가 아니기 때문이다. 오히려 상처 입은 상태이기에 성가신 일이 일어날지도 모른다.

더불어 모두 다 레이드급 마수였다. 본래는 상위 플레이어를 수십 명 모아서 싸워야 할 상대다. 아무리 미라라도 그러한 마수 여덟 마리를 혼자서 상대하는 건 무모하다고 할 수 있었다.

"그럼, 하다못해 합류할 때까지는 방해라도 하고 있도록 할까."

차분하게 회복하게 두지 않기 위해서. 그리고 다른 팀을 방해하지 못하게 만들기 위해 미라는 그 자리에서 마수들과의 결전을 개시했다.

마나 회복약을 벌컥 들이켠 후, 다시 아이젠파르드를 소환했다. 이어서 이리스의 후위로 붙여두었던 샤르위나만 남겨두고 다른 발키리 자매를 이 자리로 소환. 추가로 서포터인 레티샤와 무지개 정령 트윙클 팜을. 끝으로 거대한 마수에 대항하기 위해 이쪽도 거대한 낙원의 수호자 로츠 엘레파스와 거대한 뱀 움가르나를 투입했다.

미라 측은 아이젠파르드를 필두로 로츠 엘레파스와 움가르나가 각각 정면에 자리한 대형 마수의 발을 묶었다. 그 틈에 발키리 자매들이 사이를 누비고 마수에게 육박하여 맹공을 퍼부었다.

그러한 전선을 서포터인 레티샤와 팜이 보조한다.

레티샤는 신비로운 힘을 지닌 노래로 동료들을 고무시켰다. 그리고 팜 역시 비축된 막대한 지식과 지혜, 무지개 마법을 사용해 여러 방면으로 지원했다.

미라 역시 워즈랑베르를 송환한 후, 전선에서 분투했다.

부분 소환을 교묘하게 사용해 상대의 사각에서 공격하며 자신도 무장 소환으로 강화한 신체 능력을 구사하여 전장을 내달렸다.

"이건 어떠냐!"

움가르나가 한 마수의 몸을 강하게 옭아매고 있다. 하지만 그 힘은 건재해서 얼마 후면 그 속박에서 풀려나고 말 듯했다.

미라는 그곳을 향해 똑바로 돌진했다. 보기 좋게 빈틈을 찔러 구속하는 데 성공한 움가르나를 승리로 이끌기 위해서.

미라가 걸친 '세이크리드 프레임'의 등 뒤에는 두 자루의 광검이 떠올라 있었다. 그 중 한 자루를 오른손에 깃들게 한 후, 미라는 발버둥치는 마수의 배를 조준하고 주먹을 날렸다.

필살 '광검 펀치'다. 용솟음친 섬광이 파괴력으로 바뀌어 마수

의 배에 작렬했다.

그것은 '세이크리드 프레임'에 의해 격상된 미라의 신체능력에 성검 상크티아의 고유 능력, 광검이 기적적으로 융합된 필살기였다.

그 위력은 레이드급 마수에게도 통할 정도였다. 조금 전까지만 해도 마수는 움가르나의 구속에서 빠져나오려고 몸부림 치고 있었지만 지금은 꿈쩍도 안 했다. 숨통을 끊는 데 성공한 것이다.

"흠, 이것도 나쁘지 않군그래!"

여차할 때 접근전에서 비장의 카드로 써먹을 수 있을 것 같다. 미라는 광검 펀치의 위력과 실용성을 실감하며 그대로 움가르나와 함께 다른 마수에게로 향했다.

그리고 부분소환 등으로 서포트하다가 움가르나가 다시 마수를 구속하면 광검 펀치를 작렬시켰다.

대형 마수마저도 얼마 동안 구속할 수 있는 움가르나와의 상성은 매우 훌륭했다. 일반적인 상황에서는 절대로 노릴 수 없는 마수의 머리에 직격한 광검 펀치는 유감없이 그 위력을 발휘했다.

"언젠가는 광검 킥에도 도전하고 싶구나!"

쓰러지는 마수를 바라보며 미라는 다음 목표를 세웠다. 지금은 광검을 오른손에만 깃들게 할 수 있지만 언젠가는 발로도 할 수 있게 되고 싶다고.

전투 중에도 다음 실험에 관해 생각하며 미라는 닥쳐드는 마수를 상대로 계속 싸워 나갔다.

하지만 상대도 호락호락하지 않았다. 역시나 레이드급 마수는

만만한 존재가 아니라 학습을 하고 있었다.

지금까지는 미라 일행이 근소한 차이로 우위를 점했지만 어느 시점을 경계로 막상막하가 되어 소모전의 양상으로 전환되었다.

그 시점이란 바로 협공이다. 개별적으로 날뛰고 있던 마수들이 미라 일행을 공통된 적으로 인식하고 손을 잡은 것이다.

레이드급 마수들은 몸집이 거대할 뿐 아니라 순수한 완력과 마법도 사람보다 뛰어나다. 때문에 아이젠파르드의 전력 드래곤 브레스로 치명상을 입기는 했지만 그 전투력은 아직 건재했다.

그런 것들이 연계를 펼치자 성가시기 그지없었다.

"흐~음…… 아이젠파르드가 완전히 억제당하고 있군……."

남은 마수는 여섯 마리. 아이젠파르드는 그 중 세 마리의 마수에게 포위되어 있었다. 현시점에서의 최고 전력이 세 마리의 마수에게 붙잡힌 셈이다. 아무리 황룡 아이젠파르드라 해도 상대 역시 상급을 능가하는 마수 세 마리라, 수세에 몰릴 수밖에 없었다.

하지만 뒤집어 생각해 보면 아이젠파르드가 세 마리의 마수를 잡아두고 있다고 할 수도 있었다.

"역시 벌써 경계하고 있군그래."

움가르나와의 콤비네이션은 이미 인지한 모양이다. 마수들은 재빨리 서로를 지원하여 더 이상 구속을 할 수가 없는 상황이었다.

그렇다면 광검 펀치를 맞추기는 어려울 것이다. 다소의 접근전은 가능하지만 아무리 미라라 해도 레이드급 마수를 상대로 싸우면 압도적으로 불리할 게 분명하기 때문이다. 무장소환으로 두세

번은 치고받을 수 있을지도 모르지만 거기에도 한계가 있다.

그렇다면 또 하나의 비장의 카드인 펜리르를 소환해야 할까.

신수 펜리르. 지금은 아직 하루에 한 번, 심지어 10분 정도밖에 소환할 수 없지만 그 잠재 능력은 아이젠파르드를 능가한다. 그라면 확실하게 지금의 불리한 상황을 타개할 수 있을 거다.

하지만 강력한 것과는 별개로 비장의 카드이기도 하다. 앞으로 또 어떤 적이 나타날지 모르는 일인 데다. 카구라가 언급했던 대마수 '에컬게이드'가 확인되지 않았다.

따라서 미라는 펜리르를 온존해두기로 했다. 하지만 여차할 때에 대비해 마텔을 통해 준비하고 있어 달라는 말을 펜리르에게 전했다.

『언제든 괜찮대!』

마텔에게서 마음이 든든해지는 답변이 돌아왔다. 어떠한 긴급 사태에 빠진다 해도 펜리르라면 그걸 뒤집어줄 것이다.

『오오, 참으로 믿음직하구먼!』

그리고 그 말은 미라의 마음에 크나큰 안심감을 가져다주었다. 미라는 그 안심감 속에서 나머지 세 마리의 마수를 바라본 채 사령탑 역할에 집중하기로 했다.

발키리 자매와 로즈 엘레파스, 그리고 움가르나가 마수와 격렬하게 충돌하는 가운데. 미라는 다크나이트와 홀리나이트로 부족한 부분을 보충해 나갔다. 나아가 상황과 상태에 맞춰 레티샤와 팜에게도 지시를 날려, 그 현장에 적합한 지원을 실행해 나갔다.

그렇게 싸움이 시작되고서 20분 남짓이 경과했을 즈음.

대치 상태가 이어졌다. 하지만 서로 결정타를 날리지 못하고 서서히 소모되어갈 뿐이었던 상황이 순식간에 뒤바뀌었다.

느닷없이 등 뒤에 자리한 거대한 문에 구멍이 뚫리더니 그곳으로 증원군이 도착한 것이다.

"이거 참. 성가신 게 남아 있었네."

"그나저나 수천 마리의 마물과 백 마리는 됐던 마수가 이것밖에 안 남다니."

"수고했어, 할아버지. 바깥은 대충 정리했어."

소울하울과 루미나리이, 그리고 카구라가 합류한 것이다. 세 사람은 그곳에서 펼쳐지고 있는 괴수 배틀을 둘러본 후, 그대로 별 말 없이 전선에 참가했다.

그에 반해 메이린은 자신이 먼저라는 듯이 "나도 싸우게 해줘라해!"라면서 씩씩하게 돌입했다. 그리고 고트프리트 역시 "마무리는 내가 한다~!" 따위의 고함을 지르며 돌격했다.

악의 범죄조직 '이라 무에르테'의 본거지에 쳐들어가 미라 일행이 요란하게 날뛰고 있을 즈음. 정확히 대형 공간에서 전력 드래곤 브레스가 작렬한 순간.

절벽 바깥쪽에서 대기하고 있던 노인 일행에게도 그 충격의 여파가 느껴졌다.

"그럭저럭 거리가 있을 텐데 여기까지 진동이 오다니. 아무튼 작전대로 되고 있는 모양이네."

정면에는 깎아지른 듯한 절벽. 등 뒤에는 망망대해. 노인 일행의 팀이 이러한 장소에 있는 데에는 이유가 있었다.

엘리미제의 골렘이 절벽에 찰싹 달라붙어있다. 그런 곳에서 노인 일행이 대기하고 있었던 것은 눈에 띄지 않게 침입하기 위해서였다. 미라 일행이 난동을 피워서 충분히 주의를 끌 때까지 기다리고 있었던 것이다.

"그러면, 가까이 붙일게."

엘리미제가 조작하자 골렘은 마치 리프트처럼 절벽을 올라갔다.

하지만 그러던 도중――

"좋았어~ 드디어 행동 개시군!"

"음. 저 일격이 작렬한 지금이 바로 기회요."

소정의 위치까지 올라가기도 전에 라스트라다와 사이조가 움직이기 시작한 것이다.

이번에 작전을 실행하면서 팀을 둘로 나눈 데에는 의미가 있었다.

미라를 비롯한 제1팀은 양동이다. 마음껏 날뛰어 적의 전력을 깎아냄과 농시에 어딘가에 숨어 있을 보스의 주의를 끄는 것이 역할이다. 멤버도 그 역할에 맞게 선출했다.

그리고 노인 일행의 팀의 역할은 비밀리에 잠입하여 어딘가에 숨어 있는 보스를 발견해내는 것이었다.

"어머어머, 서두르면 안 돼. 충분히 주의하면서 가자."

아르테시아는 냉큼 절벽을 올라가 버리려던 두 사람의 목덜미를 덥석 잡아, 그대로 원위치시킴과 동시에 성술을 행사했다. 그러고는 지속 회복과 방어력 상승 등, 여러 가지 강화 성술을 잔뜩 걸었다.

그러는 동안 보기 좋게 나동그라진 라스트라다와 사이조는 조급한 마음을 억누르고 아르테시아의 분부대로 강화가 끝나기를 기다렸다. 그녀의 말을 거스른다는 선택지는 두 사람에게 없었다.

어쨌든 골렘이 목적지에 도달했다. 하지만 그들의 앞에는 지금까지 보아온 것과 같은 절벽의 바위벽이 있을 뿐이다.

"그나저나 찾아낸 게 용한걸."

어디서든 앞장을 서는 것이 철벽과 같은 방어력을 자랑하는 노인의 역할이었다.

노인은 감탄한 듯 중얼거리며 그 바위벽에 다가갔다. 그리고 그대로 벽 안으로 들어갔다.

그렇다, 그곳에는 술식을 사용해 절벽의 일부로 위장시킨 비밀 통로가 있었던 것이다. 심지어 언뜻 봐서는…… 아니, 뚫어져라 쳐다봐도 차이를 알아채기 힘들 만큼 감쪽같았다.

하지만 선행 조사 과정에서 카구라는 그것을 한눈에 간파했다.

설마 이토록 알기 어려운 장소를 통해 침입하리라고는 생각도 못하리라. 그러한 예상을 토대로 노인 일행은 비밀 통로를 통해 잠입하기로 한 것이다.

하지만 그렇다고 무조건 안심할 수 있는 것은 아니다.

"좋아, 수상쩍은 술식은 딱히 안 걸려있어."

"함정도 근처에는 없는 듯하오."

본거지에 들어서자마자 라스트라다와 사이조는 재빨리 주변을 조사했다. 그 결과, 아무 문제도 없었다. 의욕이 넘치는 두 사람이기는 했지만 신중함 역시 겸비하고 있기에 사이조뿐 아니라 라스트라다도 이쪽 팀에 편제한 것이다.

"좋아, 가볼까."

그렇게 부지런히 주의와 경계를 하면서도 이 기회를 놓치지 않고자 노인 일행은 적의 본거지를 수색하기 시작했다.

　파수견 대신 배치한 것인지. 적 본거지 내부 곳곳에도 마물이 있었다. 게다가 평범한 마물이 아니라 A랭크에 필적하는 강력한 마물들이었다.

　그러나 노인 일행은 A랭크를 능가하는 실력자들이다. 그 때문에 A랭크의 마물이라 해도 그들의 전진을 방해하지는 못했다.

　배회하는 마물들은 라스트라다와 사이조가 조용히, 능숙하게 처리해 나갔다.

　"내부에는 소수 정예를 배치해둔 것 같구려."

　마물이 울음소리를 내기 전에 입을 막는다. 마물이 마법을 사용할 낌새를 보이면 신속하게 봉한다. 그리고 알아채기 전에 목을 벤다.

　사이조의 잠입 공작 실력은 이곳에 있는 그 누구보다 뛰어났다. 그 기술은 아닌 게 아니라 모두가 상상하는 닌자의 그것이었다.

　"하지만 좁아서인지 대형 마물은 안 보이는걸. 그런 만큼 강력한 개체를 배치해둔 것 같지만!"

　멀리 떨어져서 잠재운 후, 슬그머니 숨통을 끊는다. 거미줄로 옭아매서 정확하게 급소를 찌른다. 그리고 증거가 남지 않도록 재로 만든다.

　라스트라다의 술식 중에도 은밀 행동에 적합한 것은 많았다.

그것으로 전투의 흔적조차 남지 않을 만큼 깔끔하게 마물들을 처리해 나간다. 그 모습은 마치 마술사를 보는 듯했다.

(역시 대단해. 대단하다는 말밖에 안 나와. 이런 상황인데도 들통날 만한 요소가 전혀 없어. 사이조 씨는 그렇다 치고, 라스트라다 씨까지 이렇게 굉장할 줄은 몰랐어. 알카이트에서는 첩보를 담당했다고 들었는데. 실력이 이 정도일 줄이야.)

두 사람의 실력을 목격한 노인은 그들이 숙달된 기술을 펼칠 때마다 혀를 내둘렀다.

겉모습부터가 닌자를 연상케 하는 사이조의 기술은 물론이고 열혈 히어로 바보 같은 평소 모습과는 전혀 다른 라스트라다의 공작원 스타일은 그야말로 감동스러울 지경이었다.

(그 소환 영감이나 루미나리아 씨와 메이린, 고트프리트 군이 이쪽에 있었다면 절대로 이렇게는 안 됐겠지!)

그는 그렇게 확신했다. 분명 틀림없이, 그 중 한 사람이라도 잠입팀에 있었다면 진작 요란한 흔적을 남겼을 거라고.

그렇기에 거듭 완벽한 팀원 구성이라고 생각하며 노인은 이를 제안해준 카구라에게 감사했다.

잠입 조사팀은 그렇게 순조롭게 '이라 무에르테' 본거지의 수색을 진행해 나갔다.

이곳은 마치 미로 같은 구조로 되어 있었다. 더불어 그것들을 구축하고 있는 것은 돌인지 금속인지 알 수 없는 소재였다. 벽도 바닥도 천장도 신비로운 광택이 도는 검붉은 무언가로 되어 있던 것이다.

게다가 좁은 통로와 작은 방, 그리고 무수히 많은 계단이 곳곳에 있다. 복잡하게 뒤엉켜 있을 뿐 아니라 비슷한 장소도 많아서, 주의를 기울여도 길을 잃을 것만 같을 정도다.

하지만 여기서 라스트라다의 강마술이 빛을 발했다. 미궁 박쥐를 통해 획득할 수 있는 강마술로 대략적인 전체상을 파악할 수 있었던 것이다.

나아가 사이조 역시도 무형비술을 통해 위치를 확인할 수 있었다.

두 사람이 뭉치면 지도가 필요 없다. 처음 찾은 미궁이라 해도 단번에 전체상을 파악할 수 있으리라.

더불어 아르테시아의 성술에 의한 강화가 보태어진 덕에 두 사람의 기술은 한층 더 날카로워졌다.

그 덕에 노인은 안심하고 사냥에만 집중할 수 있었다. 하지만 그럼에도 그의 머릿속에는 출발하기 전에 보았던 미라의 모습이 자꾸만 어른거렸다.

(큭…… 현혹되지 마라, 노인!)

겉모습만 취향 저격일 뿐 속은 딴판이라고 자신을 설득하며 노인은 눈꺼풀 안쪽에 떠오른 속옷 차림의 미라를 떨쳐냈다.

"어머, 인형이네."

몇 마리의 마물을 어둠에 파묻으며 얼마 동안 전진하던 중. 멀리 보이는 전방. 그곳에 사나운 마물이 아니라 기분 나쁜 모습을 한 사람 크기의 인형이 문득 나타났다.

마치 꼭두각시 인형처럼 덜컥덜컥 부자연스럽게 움직이는 모습이 매우 섬뜩했다. 그리고 그 오싹한 모습만 보아도 알 수 있겠지만, 그것은 스테아 퍼펫이라고 하는 불사 계열 마물이었다.

원념이 깃든 인형, 스테아 퍼펫. 정신 계열 마법을 사용하며 저주라는 성가신 힘도 지녔다. 하지만 전투력 자체는 그다지 높지 않다. A랭크 마물이 득시글한 이곳에서는 명백하게 수준이 낮은 상대였다.

게다가 이 팀에는 저주를 물리칠 뿐 아니라 불사 계열을 상대로 할 때 탁월한 성능을 발휘하는 성술을 다루는 아르테시아가 있다.

하지만 노인 일행은 더욱 긴장했다. 전투 능력으로만 보면 한참 뒤떨어지는 상대이기는 하지만, 왜 그런 마물이 이 장소에 배치되었는지를 모두가 알았기 때문이다.

그 이유는 스테아 퍼펫이 지닌 능력에 있었다.

바로 경보다. 마물 이외의 것을 발견하면 경보를 울려 마물들을 불러들인다. 마물이 모여드는 것은 그다지 큰일이 아니지만, 그 결과 침입 사실을 들키는 사태는 피하고 싶었다.

"저건, 나한테 맡겨."

그렇게 말하며 사령술사 엘리미제가 앞으로 나섰다. 그녀는 만들어낸 머드 골렘을 곧장 액체화시켜 땅바닥을 기어가게 했다.

스테아 퍼펫이 천천히 주변을 둘러본다. 진흙 웅덩이는 그 발치에 모여들어 서서히 퍼져 나갔다. 그리고 스테아 퍼펫이 다시 이동하려던 그 순간.

지면에서 단숨에 솟아난 머드 골렘이 눈 깜짝할 새에 스테아 퍼펫을 집어삼키고 말았다.

그러자 놀랍게도. 공격을 받으면 곧장 경보를 울려야 할 스테아 퍼펫이 꿈쩍도 하지 않았다.

"이거 훌륭한걸."

안정적이면서도 조용한 일 처리에 노인이 칭찬의 말을 보냈다.

끝으로 엘리미제가 다가가서 단검으로 머드 골렘의 위에서 스테아 퍼펫을 찔렀다. 그 일격으로 손쉽게 결판이 났다.

"이쯤이야."

살짝 의기양양해진 엘리미제는 대체 어떻게 한 것이냐는 노인의 질문에 답했다.

스테아 퍼펫이 경보를 울리지 않은 것은 머드 골렘에게 '영박 (靈縛)'을 부여해 두었기 때문이라는 듯했다. 그 상태로 이 머드 골렘 안에 가두면 불사 계열의 마물이 지닌 특수한 능력 중 태반을 봉인할 수 있다고 한다.

(섬세한 조작과 탁월한 전략. 역시 엘리미제 씨야.)

분명 미라 일행이었다면 경보를 울리기 전에 흔적도 없이 날려 버리면 그만이라는 소릴 했을 거다. 그런 광경이 너무도 눈에 선해서 노인은 엘리미제가 있어 다행이라며 안도했다.

노인 일행은 훌륭한 팀워크로 마물들을 처리하며 계속 안으로 들어갔다. 그렇게 다시 이전에 지난 것과 비슷한 작은 방에 들어섰을 때의 일이다.

"흐음, 기다리시오. 이 방, 어쩐지 위화감이 느껴지오."

겉으로 봐서는 무엇이 다른지 알 수가 없는 그 방을 둘러보며 사이조가 경계를 촉구했다.

"위화감이라고? ──언뜻 봐서는 지금까지 지나온 곳과 같아 보이는데⋯⋯."

노인은 걸음을 멈추고 주의 깊게 방을 둘러보았다. 딱히 다른 점은 보이지 않았다. 하지만 잠입 조사의 프로인 사이조의 직감과 능력을 무시할 수는 없는 일이다.

무언가가 있을지도 모른다.

"좋았어~ 어디 한번 살펴볼까!"

사이조의 말이 그렇다면 확인해 보자며 라스트라다가 곧장 행동을 개시했다. '감정의 인분(鱗粉)'이라는 강마술을 사용해 빛의 가루를 주변에 흩뿌린다.

그것은 미세한 압력, 그리고 마나의 변화 같은 것에 반응하여 깜박거리는 특성을 지녔다. 눈에 보이지 않는 적이나 모기보다도 작은 대상의 움직임을 포착하는 데 도움이 되는 술식이다.

또한 편리한 사용법이 하나 더 있었다. 바로 비밀문 등을 발견하는 거다. 틈새 등에서 새어나오거나 하는 미세한 마나 압력의 변화에 반응하는 것이다.

하지만 이번에는 평소와 다소 반응이 달랐다.

"어이쿠, 이거 심상치 않은데?"

방의 한구석. 라스트라다는 그쪽 벽을 바라보며 눈살을 찌푸렸다. 이어서 노인 일행도 그것을 보고 당혹스러운 표정을 지었다.

빛의 가루는 윤곽을 부각시켜 그곳에 비밀문이 있다는 사실을 말해주었다. 그러나 본래는 문과 벽의 경계선을 따라 희미하게 깜박거리는 정도의 효과만 있어야 했다. 하지만 지금은 어찌된 일인지 그곳 일부가 강렬하게 환해졌다가 어두워지기를 반복하고 있었다.

그곳에서 심상치 않은 양의 마나가 새어 나오고 있다는 증거인 셈이다.

라스트라다는 말했다. 저 앞에는 분명 일상과 동떨어진 상황이 기다리고 있을 것이라고.

"어머어머, 큰일이네."

"불길한 예감밖에 안 들어."

아르테시아와 엘리미제는 그곳에서 직감적으로 불길함을 느낀 모양인지 경계하고 있었다.

"그럼, 조사해 보도록 할까!"

명백하게 심상치 않다. 하지만 숨기고 있는 걸 보면 그에 상응하는 이유가 있을 터다. 하물며 교묘하게 숨겨진 이 섬 안에서도 꽁꽁 숨겨진 장소가 아닌가.

이 비밀문 안에 무엇이 있을까. 그것을 확인하기 위해 라스트라다는 곧장 문을 열 방법을 찾기 시작했다.

분명 저 안에는 상당히 꺼림칙한 게 있을 거다. 하지만 호랑이 굴에 들어가지 않고서는 호랑이를 잡을 수 없다.

어쩌면 저 안에 '이라 무에르테'의 보스가 숨어 있을지도 모른다. 노인 일행은 그런 기대감을 가슴에 품고 주변을 살폈다.

그리고 잠시 후, 문을 열 방법을 찾아낸 것은 역시나 사이조였다.

"아무래도 열쇠 역할을 하는 술구에 반응해 열리는 구조인 듯하구려. 상당히 수준이 높은 물건이오. 하지만 소생의 손에 걸리면——."

구조를 간파해낸 사이조는 뒷일은 자신에게 맡기라며 비밀문 앞에 섰다.

그리고 사이조가 부스럭거리기 시작하고서 1분 남짓이 지났을 즈음. 덜컹, 이라는 소리와 함께 비밀문이 열렸다.

"역시 사이조 씨. 술식에 의한 잠금장치도 열 수 있으시군요."

일부 예외를 제외하면 물리적인 잠금장치보다 술식에 의한 잠금장치 쪽이 뚫기가 어렵다. 하지만 그 정도 차이는 별 것 아니라는 듯이 깔끔하게 잠금장치를 해제해 보인 사이조의 솜씨를 노인은 칭찬했다.

그런 노인의 말에 사이조는 자신만만하게 답했다.

"아틀란티스의 마도기술은 세계 제일이라오!"

사이조가 손에 들고 있는 그것은 인술이니 닌자 도구 같은 것이 아니라 고성능 술식 해제용 술구였다.

편리한 것은 무엇이든 써먹는다. 그것이 사이조식 닌자도(道)인 것이다.

"이건…… 냄새가 지독하구려."

슬그머니 열린 비밀문의 틈새. 그곳에서 희미하게 공기가 새어나온 직후, 사이조가 얼굴을 찌푸리며 뒤로 물러섰다.

"확실히 이건, 심한걸……."

어디 보자, 하고 다가간 노인 역시 틈새에서 새어 나온 냄새를 맡자마자 그 자리에서 거리를 두었다.

그런 가운데 유일하게 그 냄새의 정체에 관해 말한 이가 있었다.

"이건, 시체 썩는 냄새야."

엘리미제였다. 사령술사인 탓에 그런 냄새를 접할 기회가 많아서인지, 단호하게 말하기는 했지만 그녀 역시 표정이 썩 좋지는 않았다.

"시체 썩는 냄새라니…… 그럼 이 앞에는……."

무언가의 시체, 혹은 좀비 같은 부류의 마물이 있다. 그렇게 생각한 노인은 노골적으로 혐오감을 표출했다. 그는 징그러운 것을 싫어했기 때문이다.

"어머, 어떻게 할까요……."

"이 냄새로 미루어 볼 때, 상당히……."

하지만 그러한 것에 익숙한 자가 더 드물 것이다. 노인뿐 아니라 아르테시아와 사이조도 내키지 않는다는 표정이다.

그리고 유일하게 내성이 있을 듯한 엘리미제는── 완강한 거절의 뜻이 담긴 눈으로 "난, 여길 지키고 있을게"라고 말했다. 죽음을 접할 기회는 많지만 그렇다고 익숙한 것은 아닌 모양이다.

"뭐, 겨우 찾아냈으니. 가보는 수밖에!"

이 안에는 명백하게 생리적 혐오감을 불러일으키는 것이 기다리고 있다. 냄새를 통해 직감되는 그런 사태 앞에서도 라스트라다는 전혀 흔들리지 않았다. 한참을 찾아다닌 끝에 겨우 마물 이외의 단서를 찾아낸 탓인지 오히려 만면에 미소를 짓고 있었다.

악의 조직의 비밀기지에 숨겨진 비밀문. 그 안에서 풍겨오는 부정(不淨)한 냄새. 그의 히어로 정신이 거기에 맹렬하게 반응한 모양인지, 어떻게든 정체를 밝혀내고 싶다고 온몸으로 말하고 있었다.

"가는 수밖에 없나아……."

라스트라다의 말은 일리가 있다고 생각하며 노인도 결심을 굳혔다. 입구가 숨겨져 있었다는 것은 이 안에 그렇게 해야 할 만한 무언가가 있다는 뜻이기도 하다. 조사하는 것 이외의 선택지는 없는 것이다.

하지만 시체 썩은 냄새가 가득한 장소에 그대로 무방비하게 들어설 수는 없는 일이다. 취향약(臭抗藥)을 먹는 것은 물론이고 유독가스가 발생하고 있을 가능성도 고려해서 아르테시아에게 청정한 호흡을 가능케 하는 성술을 걸어달라고 했다.

"좋아…… 가자……."

준비는 완벽하다. 완벽해지고 말았다. 하지만 이 안에는 분명 보고 싶지 않은 광경이 펼쳐져 있을 걸로 예상된다. 때문에 노인의 발걸음은 무거웠다.

하지만 정작 한 걸음을 내딛고 나면 계속 앞으로 나아갈 수 있기 마련이다. 그렇게 노인 일행은 비밀문을 지나 그 안으로 들어갔다.

"무리, 이런 분위기는, 무리야."

엘리미제가 가장 먼저 우는소리를 했다.

들어가면 들어갈수록 불쾌한 냄새가 들러붙고 정체 모를 무언가가 다가오고 있는 듯한 낌새가 느껴지기 시작했다.

취항약으로 억제하고는 있지만, 정신적으로 대미지를 주는 것 같은 냄새다. 더불어 노인과 사이조 이외의 술사 멤버들은 그 안에 소용돌이치고 있는 정체된 마나를 느끼고 있었다.

"이거 확실하게 뭔가 있군. 악의 연구소일까, 아니면 사악한 대간부의 등장인가?!"

명백하게 자연적으로는 존재할 수 없는 정체된 마나였지만, 라스트라다만은 그 존재 앞에서도 전혀 동요하지 않았다. 오히려 신이 나 있었다.

그렇게 기다란 통로를 100미터 남짓 따라 들어갔을 즈음. 드디어 숨겨져 있던 방에 도착한 노인 일행은 그곳에 펼쳐진 광경 앞에서 할 말을 잃었다.

"뭐야, 이게……."

"어머나, 너무해……."

노인은 혐오감을 노골적으로 표출했고 아르테시아는 침통한 얼굴로 고개를 푹 숙였다.

그곳은 이 거점 안에서 가장 넓은 방이었다. 높이는 20미터 정도. 폭도 50미터는 넘지 않을까 싶을 만큼 넓었다. 커다란 창고 같은 장소다.

그런 방에, 엄청난 숫자의 시체가 있었다.

대량의 마물뿐 아니라 야생동물은 물론이고 성수로 분류되는 것까지 곳곳에 널브러져 있다.

대체 이곳은 무엇일까. 묘지일까, 아니면 처리장 같은 것일까. 그러한 생각이 잠시 떠올랐지만, 그런 상식적인 것과는 거리가 먼 것 같다고 노인은 직감했다.

"보아하니 사람은…… 없는 것 같군."

천을 넘는 시체 더미 앞에서 모두가 움츠러든 가운데, 라스트라다가 앞으로 나아가 상황을 확인했다. 온갖 시체로 가득한 방을 둘러본 결과, 예상 가능한 것 중 아주 최악의 경우는 아니라고 전했다. 적어도 보이는 범위 내에 인간의 시체는 없다고.

"그야말로, 악의 소행이로구려."

이 장소는 무엇일까. 어떠한 의도로 이러한 장소를 만든 것일까. 그걸 조사하는 게 우선이다.

사이조는 너무도 악취미스러운 광경에 눈살을 찌푸리면서도 그 목적을 알기 위해 움직이기 시작했다.

그냥 시체를 모아둔 것뿐으로 보기는 어렵다. 평범한 시체 안치소라면 굳이 비밀문 안에 만들 필요가 없기 때문이다.

뭔가 비밀이 있을 거다. 그런 생각을 토대로 노인 일행은 흩어져서 방을 조사해 나갔다.

"이거 이상하네. 전부 상처 하나 없어."

많은 마물들의 시체를 둘러보고 다니던 아르테시아가 한 가지 공통점을 알아챘다.

바로 시체의 상태다. 보이는 범위에 있는 모든 시체에 눈에 띄는 상처가 전혀 없었던 것이다.

다시 말해서 싸움이나 부상 때문에 목숨을 잃은 것이 아니라는 뜻이다. 더불어 부패한 것들도 많은 것으로 보아 소재 등을 목적으로 사냥한 것도 아닌 듯했다.

과연 이 방의 의미는. 계속해서 얼마 동안 조사하던 중, 라스트라다가 "다들 이리로 좀 와주겠어?"라고 말했다.

"뭐야, 이건……."

노인은 라스트라다가 발견한 그것을 보고 숨을 죽인 채 신중하게 다가갔다.

무수히 많은 시체가 널브러진 넓은 방의 구석. 유달리 커다란 시체 더미의 안쪽. 그곳에 모종의 장치 같은 것과 그곳에 설치된 두 개의 커다란 그릇이 있었다.

"뭔가, 사악한 의식 같은 걸 할 때 쓰는 물건 같아."

엘리미제가 척 보고 느낀 감상을 입 밖에 내었다.

그녀의 말대로 그 장치 같은 것에는 복잡한 술식이 새겨져 있어서 척 보아도 수상쩍었다.

자세히 보니 돌로 된 층계를 오를 수 있게 되어 있고, 그 끝에는 관 같은 석제 상자가 놓여 있었다. 그리고 상자 아래쪽에서 그릇 위를 향해 가느다란 도관이 뻗어있는 모양새다.

"소생도 의식의 일종이기를 바랄 따름이오만……, 이것은……."

보이는 바로만 판단하자면 그것은 압착기에 가까웠다. 다시 말해서 위에 있는 상자에 무언가를 넣고 무언가를 추출하는 장치 같다.

또한 술식이 새겨진 것으로 미루어 과즙을 짜는 등의 평화로운 목적의 물건은 아닐 거다. 그리고 이러한 장소에 있는 시점에서 이미 이것이 어떻게 사용되는 것인지 하는 의문에 대한 답은 자연스럽게 도출된 것이나 다름없었다.

"이 검은 것은 피……는 아닌 것 같군."

너무도 기분 나쁜 상상이 머리를 스쳐서 노인 일행은 똑바로 쳐다보기가 꺼려졌다. 하지만 라스트라다는 왼쪽 그릇의 바닥에 남아 있던 새까만 그것에 주목했다.

액체처럼 보이는 그것은 마치 어둠을 졸인 것만 같을 만큼 깊은 검은색을 띠고 있어서, 보기만 해도 소름이 돋을 만큼 꺼림칙했다.

피 같은 단순한 물질이 아닐 것으로 추정되는 무언가를 지닌 물체였다.

"이쪽의 투명한 건…… 물……일 리는 없겠지."

라스트라다는 이어서 오른쪽 그릇의 바닥으로 시선을 옮겼다. 그곳에도 투명한 무언가가 아주 조금 고여 있었다.

얼핏 평범한 물처럼 보인다. 하지만 역시나 그것에서는 정체 모를 무언가가 느껴졌다.

그럼에도 조금 전에 보았던 검은 것과는 달리 섬뜩한 느낌은 들지 않았다. 하지만 느껴지는 것을 형용할 만한 말이 떠오르지 않을 만큼, 그것은 이상한 투명한 빛을 띠고 있었다.

10

"어머…… 이 느낌은 낯이 익은데."

정체불명의 장치. 그리고 그릇 바닥에 남은 검고 투명한 무언가. 과연 그 정체는 무엇일까. 이것은 무엇을 위한 것일까. 그런 의문이 떠오른 가운데, 검은 쪽을 조심스럽게 확인한 아르테시아가 그런 말을 입 밖에 냈다.

모두의 시선이 집중되자 아르테시아는 태평한 투로 "으음, 뭐였더라"라고 하며 생각에 잠겼다.

그릇 바닥에 남은 정체 모를 액체 같은 것. 아르테시아가 그것을 얼마 동안 빤히 쳐다보았다. 그리고 마른침을 삼키며 지켜보던 모두의 집중력이 끊기려 할 즈음에 그 답이 나왔다.

"맞아, 기억났어. 이건 마의 속성력이야."

속이 다 시원하다는 듯한 얼굴로 아르테시아가 손바닥을 주먹으로 두드리며 말했다. 그녀의 말에 따르면 그릇 바닥에 고인 검은 무언가에서는 마의 속성과 비슷한 힘이 느껴진다는 모양이다.

속성력. 그것은 자연계를 구축하는 요소 중 하나다. 주된 속성으로는 화(火), 수(水), 풍(風), 지(地), 뇌(雷), 빙(氷), 광(光), 암(暗)이 있다.

하지만 그러한 것과 별개로 분류되는 특별한 속성으로 성(聖)과 마(魔)가 있었다.

주로 천사나 성수 같은, 신역에 가까운 존재가 지닌 것이 성속성이다.

그에 반해 마속성은 악마나 마물이 지닌 경우가 많다. 또한 야생 동물 등이 마수로 변하는 것은 이 마의 속성력이 과도하게 축적된 결과이기도 하다.

그러한 사정 때문에 전체적으로 마속성은 좋지 않은 것이라는 이미지가 강했고, 또한 그 이미지대로 많은 재앙의 원인이 되어 오기도 했다.

그런 마의 속성력이 눈에 보일뿐더러 물질화되었다. 분명 그렇게 되도록 응축한 것이리라. 하지만 그 때문에 더더욱 그릇에 남아있는 그것이 명백하게 이상해 보였다.

"다시 말해서 이건, 마속성을 추출해서 모으기 위한 것이라는 뜻인가. 근데 이런 걸 모아서 뭘 어쩌려고……."

노인은 그릇 위로 시선을 옮겼다. 그곳에는 압착기처럼 생긴 의문의 장치가 있다. 그것이 대량의 마물에게서 마의 속성력을 쥐어짜기 위한 것이라면, 분명 납득이 되기는 한다.

하지만 동시에 다른 의문도 생겨났다.

하나는 이렇게 추출한 마속성을 어떻게 할 생각이었을까, 하는 것.

그리고 또 하나는, 그 옆에 있는 그릇이다.

"물건이 물건이니 말이오. 악행, 흉행에 사용하려 했을 거요. 허나 이 투명한 것은 그와 사뭇 달라 보이오만."

오른쪽 그릇. 그 바닥에 고인 것은 투명해서 왼쪽에 고인 마속성과 달리 소름이 돋을 만큼 으스스한 느낌은 들지 않았다. 다른 물체가 분명했다.

"한쪽이 마속성이니 이쪽은 성속성——……도 아닌 것 같고."

단순하게 반대 속성도 아닌 듯했다.

이 방에는 대량의 마물과 마수뿐 아니라 적지 않은 수의 성수와 영수 같은 부류의 시체도 있다. 그렇기에 노인은 그렇게 생각했던 것인데, 확인을 위해 들여다 본 아르테시아에게서는 아니라는 답이 돌아왔다.

성술에는 성속성을 다루는 술식이 많다. 그 사용자인 아홉 현자 아르테시아가 부정했다. 그 말인 즉, 이 투명한 물질은 완전히 다른 물건이라는 뜻이다.

그럼 무엇일까. 노인 일행은 생각에 잠겨 다시 뚫어져라 보았지만, 이쪽의 정체는 다들 짐작도 안 되는 듯했다.

"이런 곳에 있는 걸 보면 이로운 물건은 아닐 것 같은데 말이지. 어째서 불길한 느낌이 들지 않는 거지?"

오른쪽 그릇에 고인 투명한 액체. 그것은 이러한 장소에서, 그것도 수상쩍은 장치를 통해 추출된 것으로 보이는 물건이다.

노인은 마속성과 마찬가지로 성가신 물건일 거라 생각했다. 하지만 보이는 바, 느껴지는 바에 따르면 이것이 기피해야 할 물건 같지가 않아서 당황스러웠다.

"그렇구려. 마속성은 언뜻 보아도 오한이 들 정도이오만."

"응. 이쪽은 어쩐지 건강해질 것 같은 느낌이 들어."

사이조와 엘리미제 역시 같은 의견인지. 그다지 나쁜 물건 같지가 않다고 입을 모아 말했다.

그렇게 투명한 액체가 무엇일지 살펴보던 도중.

"음? 무언가가 다가오고 있군."

만약을 위해 입구 근처에 설치해 두었던 거미줄이 누군가를 감지했다고 라스트라다가 보고했다.

"배회하던 마물인가?"

이곳에 오는 동안, 거점 안을 배회하는 마물과는 몇 번이나 조우했다. 노인은 그것이 이곳에도 온 것일까 생각했다.

하지만 라스트라다가 의문을 제기했다.

"이렇게 비밀문 안쪽의 막다른 곳까지 올 것 같지는 않은데."

"듣고 보니 그렇구려."

비밀문은 지나온 뒤에 원래대로 닫아두었다. 다시 말해서 이곳까지 들어오려면 비밀문의 존재는 물론이고 그것을 여는 방법까지 알고 있어야만 하는 것이다.

그에 반해 지금까지 조우했던 마물들은 하나같이 힘만 센 개체였다. 그런 마물이 비밀문의 잠금장치를 풀 수 있을까.

"우선 상황을 살피자. 엘리미제 씨, 벽을."

적어도 비밀문을 열 지혜가 있는 상대다. 어쩌면 보스가 나타난 것일 가능성도 있었다. 그렇지 않다 해도 마의 속성력과 투명한 액체의 정체를 알 계기가 될지도 모른다는 생각에 노인은 관찰을 우선시하자고 제안했다.

다 함께 서둘러 그 자리를 벗어나, 그릇을 육안으로 확인할 수 있는 다소 떨어진 벽에 붙었다. 그러자 그런 노인 일행을 뒤덮듯이 머드 골렘이 펼쳐졌다.

그 머드 골렘에게는 '의태'의 힘이 부여되어 있었다. 그로 인해 순식간에 주위에 동화하여 눈 깜짝할 새에 노인 일행의 존재가 주변 풍경에 녹아들었다. 어지간히 의심을 품고 조사하지 않는 한 알아채지 못할 만큼 감쪽같았다.

(가까워지고 있군…….)

노인은 희미한 발소리에 집중했다.

역시 이곳에 있는 추출 장치가 목적이었는지. 그 누군가는 이 방에 오자마자 똑바로 이곳을 향해 오고 있었다.

대체 정체가 무엇일까. 그리고 저 흉흉한 마속성을 어떻게 하려는 걸까.

숨을 죽인 채 현장에 나타날 것을 기다리고 있자, 이윽고 발소리가 또렷하게 들려오기 시작했다.

(뭐지, 이 소리는…… 이상하도록 가벼운데.)

착, 착. 다가오고 있는 발소리는 어른의 그것과 사뭇 달랐다. 게다가 신발 소리라고 보기에도 위화감이 드는, 그런 발소리였다.

대체 누가 온 것일까. 모두가 마른침을 삼키며 지켜보던 중, 드디어 그것이 모습을 드러냈다.

"말도 안 돼……."

무심결에 노인이 중얼거렸다. 또한 사이조와 엘리미제 일행도 그것을 보고 긴장된 표정을 지었다.

"어머어머, 이거 일이 커진 것 같네."

평소 미소를 짓고 다니는 아르테시아도 이번만은 그럴 수가 없는지, 상대를 물끄러미 쳐다보며 속삭였다.

"과연. 곰곰이 생각해 보니 분명 그럴 가능성도 있었군."

대륙 최대의 범죄조직인 '이라 무에르테'. 네 명의 최고 간부를 통솔하는 보스의 정체로 상상해볼 수 있는 존재 중 하나. 그것을 암시하는 요소가 나타났다는 생각에 라스트라다는 납득한 듯이 쓴웃음을 지었다.

노인 일행의 뇌리에 그 존재를 떠오르게 한 자. 그는 검은 표피에 마른 나무를 긁어모은 듯한 몸을 하고 있었다. 얼굴은 잔인함을 응축한 듯 일그러져 있어, 보는 것만으로 섬뜩한 느낌이 들게 했다.

그것은 레서 데몬이었다. 그리고 레서 데몬이 있는 곳에는 흑악마의 그림자가 있다는 사실을 노인 일행은 넌더리가 나도록 잘 알았다. 물론 흑악마가 얼마나 커다란 재앙을 몰고 다니는지도.

"악마…… 아니, 흑악마라 들었소. 분명 녀석들이라면 이런 수법을 생각해 냈을 법도 하오."

인류에게 재앙을. 흑악마의 목적은 바로 그것이다. 그렇다면 범죄조직에 관여했어도, 나아가 그것을 조직했어도 이상할 게 하나도 없다.

이 마당에 와서 '이라 무에르테' 보스의 정체로 추측되는 것 중 유력한 후보로 흑악마의 존재가 부상되었다.

그 사실에 노인 일행이 흥분하고 있는 동안, 레서 데몬은 모종의 작업을 시작했다.

시체 더미에서 마물의 시체를 끌고 와서는 그릇 위에 자리한 석제 상자에 넣었다. 추가로 두 마리 정도를 더 던져 넣더니 새까만

덮개를 덮었다.

그러자 놀랍게도 석제 상자에 새겨진 술식이 희미한 빛을 내뿜기 시작했다.

그 빛은 서서히 석제 상자 전체로 퍼져 나갔다. 그리고 완전히 퍼지자, 그 소리가 울리기 시작했다. 부수고 짓이기는 듯한, 매우 기분 나쁜 소리가.

저 상자 안에서 무슨 일이 일어나고 있을까. 상상하기도 싫은 그것이 이루어지는 동안, 그릇 쪽에 변화가 일어났다. 흉흉한 마속성 액체와 투명한 액체가 흘러나와 그릇에 고이기 시작한 것이다.

예상한 대로 저 장치는 마물 등의 시체에서 마속성을 추출하기 위한 것이 맞았던 모양이다. 하지만 투명한 쪽의 정체는 아직 알 수가 없다.

레서 데몬은 그 추출 작업을 몇 번인가 반복한 후, 그릇에서 양쪽 액체를 각각 작은 병에 담았다. 그러고는 볼일이 끝났는지 그 자리를 벗어나 출구가 있는 곳으로 걸어갔다.

"좋아, 쫓아가자."

중요해 보이는 두 종류의 액체. 그것을 어디로 가지고 가는 것일까. 분명 그곳에 무언가가 있을 거라고 직감한 노인은 레서 데몬을 추적하자고 제안했다.

"그래, 가보자고!"

다들 그 의견에 찬성인지. 라스트라다가 대답하자마자 위장용 머드 골렘은 녹아서 사라졌고, 노인 일행은 다 함께 추적을 개시했다.

한편, 미라를 비롯한 양동 부대는 큰 전투에 마무리를 짓고 있었다.

루미나리아가 발사한 마술에 거대한 레이드급 마수가 쓰러진다. 마술의 여파로 강렬한 불꽃이 뛰는 가운데, 미라는 주변을 둘러보았다.

"흠, 방금 게 마지막 마수로군."

아이젠파르드의 전력 드래곤 브레스를 맞고도 여러 마리의 레이드급 마수가 일어났다. 본래는 한 마리를 쓰러뜨리는 데 십여 명이 달라붙어야 할 상대였지만, 부상을 입은 탓인지 루미나리아 일행의 전력이 합류하자 형세가 역전되었다. 그 결과 레이드급 마수를 모두 토벌하는 데 성공한 것이다.

"그나저나 그렇게 대미지를 입은 상태로도 미친 듯이 날뛰어대서 정말 환장하겠더라."

루미나리아 역시 레이드급을 일곱 명이서 상대하려니 죽을 맛이었다고 푸념을 했다. 특히 레이드급 마수쯤 되면 필설로 형용하기 어려울 만큼 격렬하게 최후의 발버둥을 치기 마련이다.

"음, 그러게 말이다."

푸념을 쏟아내고 싶어질 만도 하다며 미라도 동의했다. 그만큼 여섯 마리를 동시에 상대한 이번 싸움은 가열했던 것이다.

"더 많이 있던 걸 기습으로 거의 괴멸시키는 데 성공해서 다행이야."

아이젠파르드의 전력 드래곤 브레스가 아니었다면 온전한 상태의 레이드급뿐 아니라 무수히 많은 마물과 마수까지 상대했어야 했다. 카구라는 그것들과 정면으로 싸웠다면 분명 날짜가 바뀌었을 것이라고 말을 잇고서 안심한 듯이 웃었다.

"단숨에 이만큼 처리한 건 상당히 큰 성과라 할 수 있겠네요. 이로써 걱정했던 상대측 전력의 절반 이상은 없앴을 겁니다."

발렌틴은 마물과 마수로 가득했던 방을 둘러보더니, 이제 흔적도 보이지 않는다며 쓴웃음을 지었다. 그것들이 건재했다면 얼마나 성가셨을까. 그리고 그만한 숫자를 거의 다 죽인 전력 드래곤 브레스는 참으로 무시무시하고도 믿음직하다는 말도 덧붙였다.

대부분 성공적인 공략이었다는 의견을 내놓았지만, 메이린은 어쩐지 부족하다는 눈치였다.

"가능하면, 온전한 상태의 것과 싸워보고 싶었다이거."

여러 마리의 레이드급 마수와 동시에 싸웠다면 얼마나 큰 수련이 되었을까. 그것은 제아무리 아홉 현자라도 어려운 도전이라 할 수 있었다. 하지만 메이린은 진심으로 그 사실이 아쉽다는 표정이었다.

"맞아!"

게다가 메이린뿐이라면 모를까, 그에 동의하는 이가 있었다. 고트프리트다. 활약할 기회를 모두 미라에게 빼앗겼다는 이유 때문인지, 이쪽도 더 날뛰고 싶었다는 표정이다.

실제로 레이드급 마수를 상대로 싸웠음에도 그는 필살기를 하나도 써먹지 못했다. 부상당한 상대에게는 쓸 필요가 없었던 것이다. 그럼에도 마수의 목을 칼로 쳐냈으니 고트프리트의 전투력은 각별하다고 할 수 있었다.

"정말이지, 믿음직스럽군그래."

혼자서는 무리라도 두 명, 세 명이 모이면 할 수 있는 일이 비약적으로 늘어난다. 루미나리아 일행을 둘러보던 미라는 쉼 없이 고난에 도전했던 과거가 떠올라 미소를 머금었다.

그리고 뒤를 돌아보니, 그곳에도 믿음직한 동료들이 있었다.

이번에는 그런 동료들을 다소 무리하게 만들고 말았다. 등 뒤에 자리한 발키리 자매는 기진맥진해진 상태였다. 아이젠파르드 역시 다소 소모된 듯 보인다.

그럴 만도 한 것이 전력을 집중해 마수를 한 마리씩 격파해 나가는 동안, 나머지 마수를 붙잡아두고 있던 것이 바로 소환체들이었기 때문이다.

정면에서 막아냈던 발키리 자매도 상당히 소모됐다. 더불어 그 커다란 몸을 활용해 마수를 틀어막고 있던 로츠 엘레파스와 움가르나는 만신창이 상태였다.

하지만 알피나는 최전선에 있었음에도 불구하고 늠름한 자세를 유지하고 있었다. 아닌 게 아니라 끝까지 명령을 지켜내서인지 매우 당당해 보였다. 피곤함 따윈 아무것도 아니라는 표정이다.

그런 가운데 레티샤의 노래가 마치 BGM처럼 흘렀다. 피로를 치유하는 부드러운 선율이다. 그 정경은 마치 어느 게임의 엔딩 장면 같았다.

참으로 믿음직스러우면서도 유쾌하며 자랑스러운 동료들이다.

"다들 잘해 주었다. 로츠와 움가르나여. 수고 많았다. 푹 쉬고 있거라."

미라는 지금이라는 듯이 어리광을 피우는 팜을 안아주며 연전은 어렵겠다 싶은 두 동료를 치하하고서 송환했다. 그리고 이어서 발키리 자매에게도 시선을 보냈다.

카구라와 함께했던 사전 조사에서는 이곳 이외의 마물이나 마수의 대기 장소를 확인할 수 없었다. 또 있을 가능성은 남아 있지만 그럼에도 이곳을 처리했으니 적측의 전력은 상당히 감소됐을게 분명하다.

그러니 기진맥진한 그녀들에게도 휴식을 취하게 하는 게 좋으리라.

"엄호에 이어 마수와의 전투에서도 큰 도움을 받았구나. 그대들도 쉬거라."

그렇게 생각한 미라는 이어서 발키리 자매를 송환하려 했다. 그러자 알피나가 "주인님!"이라고 소리쳤다.

순간, 그 목소리에 가장 격렬한 반응을 보인 것은 알피나의 뒤에 정렬해 있던 자매들이었다. 체력이 한계에 달한 그녀들은 대체 무슨 소리를 하려는 것일까 겁에 질린 얼굴로 알피나를 쳐다보았다.

"마수를 타도했다고는 해도 아직 싸움은 끝나지 않은 듯 보입니다. 불초 알피나. 아직 여력이 있습니다. 부디 주인님의 곁에 있게 해주십시오."

알피나는 그렇게 말하더니 미라의 앞에 무릎 꿇었다. 일단락되기는 했지만 전투가 계속되고 있는 한, 주인의 검으로서 이 자리에 남고 싶다는 것이다.

"흠…… 알았다. 그렇다면 알피나는 이대로 이 몸과 함께 가자꾸나. 엘레티나, 플로디나, 엘리비나, 셀레스티나, 크리스티나, 수고 많았다. 이대로 쉬거라."

자세히 보니 확실히 동생들에 비해 알피나는 아직 여유로워 보였다. 따라서 미라는 알피나를 남겨두고 송환하기 위해 자세를 잡았다.

그러자 엘레티나 일행도 "주인님, 저희도"라고 입을 열었다. 하지만 미라는 그 말에 고개를 가로저어 답했다. 알피나와 달리 그녀들은 거의 한계다. 이대로 연전을 펼치기는 어려울 것이라 판단한 것이다.

하지만 거물이 이걸로 끝이라는 보장은 없다. 따라서 미라는 말을 이었다.

"상황이 상황이니, 어쩌면 또 모두의 힘을 빌리게 될지도 모른다. 그때를 위해 일단 돌아가 푹 쉬고 있어 주겠느냐."

많은 마물과 마수를 섬멸하기는 했다지만, 그렇다고 해서 방심할 수는 없는 상황이다. 상대의 전력을 완전히 파악한 것은 아니기 때문이다. 우수한 그녀들에게 의지해야 할 상황이 올 가능성도 충분히 남아있다. 그렇기에 일시 송환하는 것이다. 마나가 충만한 발할라에 돌아가는 편이 빨리 회복될 거다.

미라의 말에 엘레티나 일행은 "온 힘을 다해 쉬겠습니다!"라고 힘차게 답했다.

"그때까지 우리 자매의 명예는 제가 책임지겠습니다."

송환되는 자매들을 알피나는 그러한 말로 배웅했다. 그 모습은 실로 믿음직스럽고도 당당했다.

11

레이드급 마수 섬멸 후. 각자 다음 준비와 점검 등을 행하는 가운데, 소울하울은 마수의 시체를 조사하고 있었다.

"역시 있었어. 이게 제어 술식이군──."

레이드급 마수는 아홉 현자라 해도 쉽게 이길 수 있는 상대가 아니다. 결코 파수견 따위로 격하될 만한 존재가 아닌 것이다. 그럼 어째서 이러한 장소에서 얌전히 있었던 것일까.

그 원인으로 보이는 요소 하나를 소울하울이 밝혀냈다. 대체 누가 이런 조치를 한 것일까. 어떻게 이러한 술식을 구축한 것일까.

소울하울은 마수의 심장에 새겨진 술식을 해독하기 시작했다.

"과연. 생명을 매개로 각인한 건가──."

마수를 지배하는 것은 쉬운 일이 아니다. 따라서 그 술식에는 막대한 희생이 따른 듯했다. 하지만 그렇기에 소울하울은 가슴이 뛰었다.

"그렇군. 이거 재미있는걸. 다시 말해서 희생을 치르면 강대한 마수라 해도 뜻대로 조종할 수 있다는 건가."

희생. 그것만 준비하면 레이드급 마수라 해도 장기짝으로 쓸 수 있다. 그것을 체현해 보인 술식을 앞에 두고 소울하울은 엷은 미소를 지었다.

현시점에서는 그의 실력으로도 레이드급 마수를 사령술로 조종하는 게 불가능했다.

하지만 지금, 그 가능성이 생겼다. 희생이 필요하기는 하지만 소울하울에게 그것은 사소한 문제에 불과해서, 연구할 보람이 있겠다 생각하며 술식을 복사하기 시작했다.

신명광휘의 성배라는 물건을 완성시킨 반작용인지, 소울하울은 지금까지 시시하다는 눈을 하고 있었다.

하지만 지금은 달랐다. 그 눈은 새로운 장난감을 받은 어린애처럼 빛나고 있었다.

그런 소울하울과는 다른 관점에서 마수를 바라보는 시선이 있었다.

"그나저나 그만한 거물들이 모여 있었는데, 모든 개체에게서 소재를 회수했더라면……."

가난뱅이 정신이 돌아온 미라는 거의 무너져 내린 공간을 둘러보고는 아깝다며 분해했다.

이 방에 있던 마물과 마수는 여덟 마리를 남겨두고 모두 잿더미가 되었다. 전략적으로는 그렇게 하는 게 가장 확실하고 안전한 방법이었지만 아쉽게도 막대한 숫자가 불타 없어졌다.

말 그대로 모두 다 회수했다면, 아닌 게 아니라 알카이트 왕국의 국가 예산의 반년치에 맞먹는 금액이 되었을 거다.

그 때문인지 미라뿐 아니라 루미나리아도 조금 아깝다는 듯한 얼굴로 "그러게에"라고 말했다.

"밖에서도 어느 정도 쓰러뜨려서 그나마 다행이야."

또한 카구라도 동의하듯 답했다. 이스즈 연맹이라는 조직의 수장인 만큼, 돈 문제로 고민이 많은 모양인지, 돈의 소중함을 곱씹듯 공간에 널브러진 마수의 시체를 바라보았다. 이 자리에 남은 것은 얼마 안 되지만, 어느 정도는 소재를 회수하고 싶은 듯한 눈치였다.

그것은 레이드급 마수를 모두 쓰러뜨리고 이제 어떻게 움직일까 의논하던 때의 일이었다.

"그나저나 끝이 없네."

마치 슈팅 게임처럼 마물을 격추시키며 루미나리아가 푸념을 흘렸다.

대부분의 전력이 모여 있던 넓은 방은 괴멸시켰다. 하지만 이 거점에는 아직 순회 중인 마물이 남아 있다.

레이드급 마수와 격전을 치르는 소리에 이끌려온 것인지, 순회 중이었던 마물들이 모여들기 시작한 것이다. 어느 것 할 것 없이 지력보다 전투력이 뛰어난 A랭크급인 데다 쉴 새 없이 밀려들기까지 했다.

마물들의 전력은 고명한 모험가 그룹을 여럿 모아 만든 동맹팀이라 해도 버텨내기 어려울 정도로 강력했고, 전의도 높았다. 방심할 새도, 쉴 시간도, 정비 시간도 전혀 없는 타워 디펜스 게임 같은 상황이다.

하지만 이 장소에 있는 일곱 명은 일국을 짊어진 국가 전력들이다. 한 그룹밖에 안 되는 머릿수지만 총 전력은 어지간한 동맹

팀을 가볍게 능가했다.

"그나저나 저쪽 상황은 어떨는지 모르겠군. 슬슬 보스가 있는 곳을 특정해낼 때도 됐을 터인데."

적당히 잿빛기사를 흩뿌리고 뒷일을 알피나 일행에게 맡긴 후, 미라는 상자 형태의 술구를 흘끔흘끔 확인했다.

그 술구는 양측 팀이 연락을 취할 수 있도록 준비된 것이었다. 보스가 있는 곳을 특정해내면 연락이 오게끔 되어 있었지만, 아직 발견했다는 보고는 없었다.

미라 일행의 역할은 적의 주의를 끄는 것. 이만큼 요란하게 날뛰었고 마물과 마수를 대량으로 섬멸했다. 분명 노인 일행은 상당히 움직이기 쉬웠을 것이다.

하지만 연락은 아직 오지 않았다.

"으~음, 꽤 의문스러운 점이 많은 곳이라 시간이 좀 더 필요한 게 아닐까?"

카구라도 식신에게 자동 요격 지시를 내려두고 틈틈이 피스케를 날려 주변을 조사하고 있었다.

내부 구조가 미궁처럼 뒤엉켜 있는 곳이다. 저쪽에 전문가인 사이조가 있기는 해도 그렇게 쉽게 전진할 수는 없을 거라는 게 카구라의 예상이었다.

"어찌 되었건, 어떤 녀석일까."

소울하울은 보스를 만나는 게 기대된다며 대담한 미소를 지었다. 여러 마리의 골렘으로 마물을 쓰러뜨리고는, 쓰러뜨린 마물을 사령술로 조종해 다음 적을 처리하기를 반복하고 있다. 마치 좀비 영화의 한 장면 같은 광경이 펼쳐진 가운데, 그는 연구 노트에 무언가를 하염없이 적어나가고 있었다.

"이만한 준비를 할 수 있는 사람은 한정적일 것 같지만요. 몇 가지 가능성이 떠오르기는 했지만, 그런 것치고는 기운이 느껴지지 않아서 뭐라 말할 수가 없군요……."

발렌틴은 그 자리에서 움직이지 않고 결계를 전개하여 적을 가두고 불사르고 있었다. 이 정도의 조직을 만들어낼 수 있는 존재의 후보를 몇 명 떠올려본 모양이다.

하지만 그 예상을 뒷받침할 만한 흔적이 현재까지는 발견되지 않았다는 듯했다.

"……저러면서 할 일은 하고 있다는 말이지이."

고트프리트가 느긋하기만 한 미라 일행을 곁눈질로 흘끔거리며 투덜거렸다. 전장을 뛰어다니며 마물을 베어내고 있는 그는 즐거운 표정의 술사 두 명과 얼핏 보면 농땡이를 피우고 있는 것으로만 보이는 사역 계열 세 명을 보고 불만스러운 표정을 지었다. 자신의 육체를 가지고 부딪히는 것이야말로 싸움이라는 것이 그의 신조였던 것이다.

그리고 그런 고트프리트였기에 날뛰며 돌아다니는 또 한 사람을 절찬했다.

"자아, 다음이다해! 이제 좀 몸이 풀렸다이거!"

메이린이 물결처럼 밀려드는 마물쯤 아무것도 아니라는 듯이 맞닥뜨리는 족족 물리쳐 나갔다.

마물들은 동료조차 발판 삼아 덤벼들어 온갖 방향, 온갖 사각에서 밀려들었다. 그것을 종이 한 장 차이로 피하고 때리고 흘려 넘기는 메이린의 모습은, 그야말로 무투의 정수라 해도 과언이 아닐 정도로 세련되어 보였다.

호전적이라는 공통점을 지닌 메이린과 고트프리트. 하지만 그 전투 스타일은 정반대였다.

"질 수야 없지!"

검술에 압도적인 파괴력을 보태 마물을 쓸어나가는 것이 고트프리트의 전투방식이다.

그리고──.

"으음, 승부냐해? 나도 안 진다이거!"

메이린은 탁월한 권술과 교묘한 체술로 마물을 찍어 눌렀다.

두 사람은 쓰러뜨린 숫자를 겨루듯이 밀려드는 마물들을 닥치는 대로 쓰러뜨려 나갔다. 그리고 다음 적을 두고 쟁탈전을 벌이다가 끝내는 밖으로 뛰쳐나가고 말았다.

"나 원, 기운도 넘치는군."

그 모습을 배웅한 미라는 살며시 전방으로 시선을 돌리며 "이쪽도 기운이 넘치는구나" 하고 탄식했다.

미라의 전방. 그곳에는 인화(人化)의 술식으로 인간의 모습이 된 아이젠파르드가 있었다. 홀딱 반해버릴 정도의 기술을 선보이고 있는 메이린과 고트프리트의 모습을 보고 영향을 받은 것인지, 인간의 기술에 대한 동경심이 싹튼 듯했다.

용의 모습으로는 할 수 없는…… 아니, 압도적인 파워가 있기에 그다지 필요가 없는 기술을 보고 흉내 내며 연습하기 시작한 것이다.

"보십시오, 어머니! 어떻습니까?!"

적은 A랭크에 필적하는 마물이다. 하지만 아이젠파르드의 발차기가 작렬하자 찌부러진 채 날아가, 그대로 사령술로 조종되고 있는 마물들을 휩쓸려들게 했다.

아무리 봐도 아직은 흉내라 해야 할 그것은 기술이라는 영역에 속하지 않은, 순전히 아이젠파르드의 힘에 의한 일격이었다.

"음, 잘한다 잘해! 훌륭한 발차기였다!"

그럼에도 미라는 덮어놓고 칭찬했다. 황룡이라는 뛰어난 태생에 방심하지 않고 기술을 익히고자 힘쓰는 아들의 성장하는 모습이 그저 기뻤던 것이다.

그리고 아이젠파르드는 그런 미라의 말을 듣고 더더욱 의욕을 불살랐다.

"이것 봐……."

소울하울은 야금야금 늘리고 있던 지배하의 마물들이 차례로 여파에 휩쓸려 파괴되는 그 광경에 쓴웃음을 지었다. 하지만 저 팔불출한테 말해 봐야 소용없다는 사실을 알아서인지, 그저 지배하에 있는 마물들을 아이젠파르드의 주변에서 멀리 떨어뜨리기만 했다.

각자가 멋대로 마물들을 계속 쓰러뜨린 결과, 마물들의 공세가 그쳤다.

주변에는 수백에 이르는 마물들의 시체가 널브러져 있다. 또한 소울하울이 조종하고 있던 것들은 한구석에 깔끔하게 정렬해, 소재를 채취하기 쉬운 상태가 되어 있었다.

"다 해치웠나?"

이걸로 이 섬에 모아두었던 마물을 전부 섬멸한 걸까. 후속 부대는 없을까, 싶어서 루미나리아는 통로 안쪽을 응시했다.

"오, 뭐야, 이쪽에도 없어?"

"치이, 이래서는 승부가 안 난다해."

주위도 몽땅 섬멸했는지, 서로 마물을 쓰러뜨리려고 뛰쳐나갔던 고트프리트와 메이린도 돌아왔다. 이곳에 마물이 남아있을지도 모른다고 기대했던 모양이지만, 없다는 걸 알자마자 나란히 낙담한 듯했다.

"응, 이 주변 일대에는 이제 아무것도 안 남아있는 것 같아."

카구라가 그렇게 단언했다. 피스케를 날려 주변을 색적해본 결과, 마물의 그림자 하나 남지 않았다는 모양이었다.

"흐음~ 어찌해야 할는지. 아직 연락이 안 왔는데 말이다."

양동은 끝났다. 하지만 정작 중요한 노인 일행에게서는 아직도 연락이 없었다.

혹시 뭔가 불의의 사태라도 일어난 것일까. 그런 생각이 머리를 스쳤지만, 그럴 가능성은 낮다고 미라는 생각을 바꿨다.

저쪽은 절대 방어를 자랑하는 노인이 있다. 무슨 일이 있었다 해도 긴급 연락을 할 시간 정도는 얼마든지 벌 수 있을 거다.

"어떻게 된 걸까. 차라리 우리도 수색을 시작하는 수도 있겠지만, 그 방면의 프로가 있는 저쪽에 비해——."

양동 작전이 일단락되어 다시 집합한 참에 루미나리아는 한 가지 제안을 하려 했다. 하지만 다음 순간, 이 멤버로는 상당히 무리가 있겠다는 듯이 쓴웃음을 지었다.

노인의 팀에는 조사와 수색 분야에서 견줄 사람이 없는 실력을 지닌 사이조가 있다. 그런 그가 있는데도 여태 발견했다는 연락이 오지 않았다. 여기서 수색 능력이 부족한 양동 팀이 움직인들 아무 도움도 되지 않으리라는 게 루미나리아의 생각이었다.

"무슨 소릴 하는 게야. 이 몸에게도 그쪽 방면의 프로인 단원 1호와 멍슨 군이 있거늘. 상대가 사이조라 해도 뒤지지 않을 게다!"

그 둘을 합치면 뒤지지 않을 거다. 미라는 사이조와 경쟁이라도 하려는 듯이 주장했다. 그러자 카구라가 "맞아, 단원 1호 군이라면 충분히 가능성은 있다고 봐!"라고 힘껏 동의해 주었다. 그리고 얼른 소환하라는 듯이 미라를 바라본 채 기대로 가득한 표정을 지었다.

"아니, 좀 어려울지도 모르겠구나……."

그러고 보니 카구라가 있었다. 단원 1호를 소환해도 곧장 카구라에게 붙잡히고 말 테니 그 능력이 반감될 거다. 그래서는 사이조에게 대항할 수 없다.

더불어 단원 1호는 이리스의 호위로 두고 왔다.

완벽한 경비 태세가 구축된 무녀의 방에 있는 데다, 이리스를 위협하던 주범인 유그스트를 체포하였고 샤르위나도 함께 있다.

때문에 이리스의 놀이 상대라는 측면이 강했지만 그 또한 중요한 이유였다.

"그럼 다음은, 파괴 공작이라도 할까?! 어쩌면 튀어나올지도 모르잖아!"

마물은 이제 없다. 그렇다면 이 섬을 돌아다니며 닥치는 대로 파괴하다 보면 참다못한 보스가 나올지도 모른다.

아직 더 날뛰고 싶은지 고트프리트는 그런 소리를 하더니 주변을 둘러보며 특대검을 연습 삼아 휘두르기 시작했다. 실제로 그의 힘이라면 상당한 피해를 입힐 수 있을 거다.

그런 이야기를 하던 도중.

조용한 넓은 공간이 은은하게 흔들림과 동시에 무언가가 무너지는 듯한, 무언가가 박살 나는 듯한 소리가 멀리서 들려왔다.

미라 일행은 순간적으로 고트프리트를 쳐다보았다. 그러자 그는 무슨 일이냐는 듯이 뒤를 돌아보았다가 자신에게 시선이 집중되었다는 것을 알아채고는 "아니, 아직 아무것도 안 했다고!"라고 변명했다.

아무래도 고트프리트가 모종의 기술로 파괴하기 시작한 것은 아닌 모양이다.

그럼 무슨 소리일까. 귀를 기울이고 있자 그 소리는 연달아 들려왔다. 심지어 서서히 가까워지고 있는 듯이 느껴지기도 했다.

『그쪽으로 합류한다!』

갑자기 통신용 술구에서 그런 목소리가 들려왔다. 게다가 어쩐지 말투는 다급한 듯했고, 목표를 발견했느냐고 물어도 답이 없었다. 무척 당황한 모양이다.

"그럼 이 소리는……."

노인 일행이 다가오는 소리가 아닐까. 그렇게 직감한 미라는 이 소리의 행선지로 먼저 가 있고자 움직였다.

"꽤나 요란하게 사고를 치고 있는 모양이네."

미라에 이어 루미나리아도 말했다. 일방적인 연락과 들려오는 전투음. 상황으로 미루어 노인 일행에게 무슨 일이 생겨서 합류할 수밖에 없어진 것으로 추측된다.

"이 느낌…… 아니, 하지만, 그래도 다른데. 뭔가가 섞였어……?"

연달아 일어난 폭발이 연쇄적인 파괴로 이어진다. 소리가 가까워질수록 그것은 명확하게 격렬해졌다. 소리의 양상으로 미루어 상당히 격렬한 전투를 펼치고 있는 듯했다.

그런 가운데 발렌틴은 가까워지고 있는 기운에 집중했다. 알고 있는 듯한, 하지만 잘 아는 그것과는 다른 애매한 느낌에 눈살을 찌푸렸다.

"강적의 예감이 든다해!"

"자아, 무엇과 싸울 수 있을까!"

노인팀 역시 미라팀에 뒤지지 않는 전력을 지녔다. 경우에 따라서는 보스를 발견하자마자 붙잡는다는 작전도 세웠다. 그럼에도 합류하기 위해 후퇴 중이라니, 대체 어떤 상대일까.

강적의 냄새를 맡은 것인지, 메이린과 고트프리트 역시 뛰쳐나갔다.

"느긋하게 쉴 시간도 없네."

"적지니 당연하지."

연구 노트를 손에 든 소울하울이 넌더리가 난다는 듯한 표정을 짓자, 카구라가 그런 그의 등을 떠밀며 미라 일행을 쫓았다.

노인에게서 합류하겠다는 연락을 받았으니, 그들은 분명 섬의 중앙에 위치한 황야로 올 것이다. 실제로 소리는 그쪽으로 향하고 있었다.

대체 노인 일행은 어떠한 상황에 처한 것일까. 미라 일행이 황야 중간까지 돌아온 참에 그것이 나타났다.

조금 떨어져 있는 곳의 절벽이 폭발하여 커다란 구멍이 뚫리더니, 그곳으로 노인 일행이 달려오는 모습이 보였다.

사이조를 필두로 골렘을 모는 엘리미제, 아르테시아를 품에 안은 라스트라다가 그 뒤를 이었고 노인이 후미를 맡았다. 쏟아지는 화염탄 등을 노인이 막아내며 후퇴하고 있는 것이다.

"이거 원, 대체 무슨 상황인 게야?"

자세히 보니 노인 일행은 대량의 마물들에게 쫓기고 있었다. 마물들이 미라팀이 있는 곳으로 오지 않게 된 건, 그 대신 노인팀으로 몰려갔기 때문인 듯했다.

하지만 조금 전과 같은 마물들밖에 안 보였다. 노인 일행이라면 어렵지 않게 격파할 수 있을 상대들이다.

때문에 미라는 고개를 갸웃했다. 하지만 그러면서도 잿빛기사와 아이젠파르드에 빙무현호(氷霧賢虎) 진그랄라와 운디네를 새로 소환해 엄호를 지시했다.

몸길이가 4미터를 넘을 정도로 커다란 몸집을 지닌 진그랄라는 눈처럼 하얀 털가죽과 얼음 칼날 같은 발톱이 특징인 대호(大虎).

또한 그 힘은 운디네와 매우 상성이 좋았다. 운디네가 발사한 수탄은 단단한 얼음 칼날이 되어 마물을 닥치는 대로 찢어발겼다.

그리고 그를 계기로 메이린과 고트프리트가 앞다투어 무리 속으로 돌격했다. 나아가 루미나리아와 카구라, 소울하울도 엄호를 시작하자 노인 일행도 방향을 틀어 그대로 전선을 형성했다.

"노인이여, 대체 무슨 일이냐? 보스는 찾아낸 게냐? 아니면 마물에게 들켜서 이리된 것이야?"

대체 어떻게 된 상황인가. 미라는 곧장 노인에게 달려가 상세히 보고하지 않은 이유에 관해 물었다.

"아아~ 그게——."

그렇게 입을 연 직후, 노인은 잽싸게 방패를 들었다. 그리고 빠른 속도로 날아온 화염탄을 막아 강렬한 폭염이 일어난 가운데 긴장한 투로 "——반반, 이라고나 할까"라고 말을 이었다.

노인이 경계심 어린 눈을 한 채 닥쳐드는 마물의 무리 안쪽을 쳐다보았다. 화염탄이 날아온 방향을.

"뭣, 이라고……?"

무슨 일인가 하고 그쪽으로 시선을 옮겼던 미라는 그것을 발견하자마자 설마, 하고 숨을 죽였다.

그곳에서는 더욱 커다란 마물의 무리가 몰려오고 있었다. 하지만 문제는 그게 아니다. 그것을 통솔하고 있는 존재야말로 진짜 문제였다.

"이것 봐, 진짜야?"

"그래, 그런 거였구나……."

루미나리아, 그리고 카구라도 그것을 발견했는지 그 얼굴에 긴장감이 역력해졌다. 또한 소울하울은 "과연, 재미있는걸"이라면서 연구 노트에 적은 술식을 바라보며 대담한 미소를 지었다. 그 마수를 조종하는 술식이 그 존재의 소행이었다는 사실을 알게 되자 더더욱 흥미가 생긴 모양이다.

"이건……! 과연, 그래서 기운까지 일그러져 있었던 건가."

그럴 가능성은 분명 있었지만, 그것은 발렌틴이 잘 아는 기운이 아니었다. 하지만 최근, 그 변질에 관해 알게 되기는 했다.

노인 일행뿐 아니라 미라 일행까지 긴장케 한 그 상대.

그것은, 흑악마였다. 흉흉한 뿔에 검은 날개, 칠흑빛 몸. 그 얼굴은 이 세상의 악을 응축시켜 놓은 듯이 일그러져 있다.

잘못 볼 리가 없는, 흑악마의 모습 그 자체였다.

〈12〉

"설마 이런 장소에서 조우할 줄이야……. 아니, 이러한 장소이기에 조우한 겐가."

악마란 존재에 관해서는 발렌틴 일행과의 만남 덕분에 어느 정도 알고 있었다. 과거 악마는 천사와 함께 사람들을 보다 좋은 미래로 이끌어주는 존재였다.

하지만 마물을 다스리는 신의 검에 의해 악마를 변이시키는 힘이 확산됐고. 그 결과, 인류의 절대적인 적대자가 된 것이 눈앞에 있는 흑악마다.

심지어 이번에는 평범한 흑악마가 아니었다.

"참고로 공작 2위야."

노인은 덧붙여 말하고는 그대로 무슨 일이 있었는지를 짧고 간결하게 보고했다.

노인의 이야기에 따르면 조사 결과, 의문의 방에서 레서 데몬과 조우. 그를 따라가 보니 이 공작 2위가 있었다고 한다.

상황상 '이라 무에르테'의 보스는 이 자가 분명하다. 노인은 그렇게 직감했지만 역시 공작 2위라고 해야 할지. 보스의 위치를 알아냈다고 연락하려던 참에 들켜서 그대로 지금에 이른 것이라고 한다.

"얼마나 못된 악당일까 싶었더니, 이곳에도 흑악마가 얽혀 있었다니……."

미라는 그 사실에 놀란 동시에 납득했다. 흑악마에게 있어, 적인 인류끼리 싸우는 것만큼 유쾌한 일은 없을 거다. 그렇다면 이렇게 범죄조직을 만들어 인간들을 통솔하는 방법을 사용할 가능성도 충분히 있다.

이번 일이 바로 그런 경우다. 키메라 클로젠 때와 마찬가지다. 그 밖에도 규모의 차이는 있어도 흑악마가 관여하고 있는 범죄조직은 있으리라.

"성가시게 됐군그래."

공작급 악마를 상대하는 건 물론이고 앞으로는 그런 쪽도 고려해야 하나, 싶어서 미라는 탄식했다.

하지만 우선은 눈앞에 있는 상대부터 처리해야 한다.

이전에 키메라 클로젠 사건 당시, 그 발단을 만들어냈던 공작급과 전투를 벌인 적이 있었다. 최근에도 함께 싸웠던, 그리고 지금은 발렌틴의 동료가 된 흑악마 출신의 바르바토스가 바로 그 상대였다.

하지만 당시 싸웠던 바르바토스는 공작급이라 해도 신기의 반동으로 상당히 힘이 감소된 상태였다. 그 전투력은 간신히 후작 1위에 다다를까 말까 한 수준이었던 것이다.

하지만 이번에 조우한 공작 2위는 온전한 상태다. 다시 말해서 이전의 싸움과는 전혀 다를 것이다.

"그리고——…… 아아, 온 것 같군. 성가실 것 같은 덤이 하나 더 있어."

몰려드는 마물의 무리와 쏟아지는 불덩이. 가차 없이 덤벼드는 그것들을 능숙하게 막아내며 설명하던 노인은 끝으로 그렇게 말하더니 어느 한 지점을 가리켰다.

"허어, 저것은……!"

마물의 무리 안쪽, 그것을 조종하는 공작 2위보다 뒤쪽. 노인 일행이 뚫고 온 절벽의 구멍에서 거무죽죽하고 거대한 무언가가 느릿느릿 기어 나오는 것이 보였다.

"흐엑…… 뭐야, 저게…….."

"이야, 이 상황에 새로운 괴물까지 등장한다고?!"

척 봐도 오싹할 만큼 기분 나쁜 모습에 카구라는 등에 소름이 쫙 돋았다. 그에 반해 고트프리트는 명백하게 심상치 않은 적이 나타나자 더더욱 투지를 불사르기 시작했다.

"저 모습…… 그리고 기운……. 어렴풋이 느껴졌던 이 소름 돋는 느낌의 정체는, 저것이었나요."

그리고 발렌틴은 그것을 보자마자 슬픔과 분노를 곱씹는 듯한 표정을 지었다.

"흠, 역시 그러했나."

미라 역시 그런 발렌틴의 반응을 통해 모든 것을 알아챘다.

거무죽죽하고 거대한 그것과 비슷한 것을 이전에 본 적이 있었다.

우연히 발렌틴의 동료인 바르바토스와 만나 그대로 함께 싸웠던 사건 당시였다.

마물을 다스리는 신의 검에 건 봉인의 수호자였던 악마 마르코시아스. 그런 그와 처음 만난 방에서 싸웠던 이형(異形)의 악마 비스무리한 것.

지금 느릿하게 기어오고 있는 그것은 바로 그 악마 비스무리한 것을 보다 강력하게 진화시킨 듯한 존재였던 것이다.

"움직임은 느리지만 이대로 전열에 합류하면 상당히 위험할 것 같군요."

많은 수의 마물을 일격에 불살라 버리면서도 발렌틴은 악마 비스무리한 것을 최대한 경계하고 있었다. 저게 얼마나 성가신 상대인지 잘 알기 때문이다.

"그렇구나. 그때 싸웠던 녀석보다 강해 보이니 말이야. 저것과 공작 2위는 갈라놓는 게 좋을 게다."

미라 역시 그런 사태는 피하는 게 좋겠다고 판단했다. 그리고 "그대 혼자서, 어찌어찌 할 수 있겠느냐?"라고 말을 이었다.

악마 비스무리한 것에게 대응하는 데 전력을 할애할 경우, 전투 경험이 있는 미라나 메이린, 그리고 발렌틴이 그 역할을 맡아야 할 거다.

하지만 현시점의 전력으로는 공작 2위를 상대하는 것만으로도 벅차다. 여기서 세 명이나 빠질 수는 없는 일이다. 심지어 상대는 지난번과 비교도 안 될 만큼 거대한 데다. 보기만 해도 그 이상한 기운이 전해져 왔다.

따라서 이 셋 중 가장 확실하게 대응할 수 있을 듯한 한 사람을 보내기로 한다면 퇴마술사인 발렌틴을 꼽을 수밖에 없는 것이다.

발렌틴이 공작 2위와의 싸움에 남으면 상당한 우위성을 확보할 수 있을 거다. 하지만 위협적인 존재가 하나 더 출현하고 말았으니 어쩔 수 없다.

"괜찮을 겁니다. 적어도 공작 2위와의 분단은 확실하게 실행하겠습니다. 안 되겠다 싶으면 지원군을 부르면 되니까요."

발렌틴은 미라의 생각에 동의하며 전선으로 시선을 던졌다.

그곳에는 마물의 무리를 상대로 날뛰고 있는 메이린과 고트프리트, 알피나가 있었다. 더불어 루미나리아의 마술 공격과 캐슬 골렘의 포격으로 적의 숫자는 순조롭게 줄어갔다.

"문제는 어떻게 돌파하느냐 하는 건데요……."

하지만 공작 2위는 상공에 머무른 채, 마치 이쪽 전선의 전력을 분석하듯이 전체를 살피고 있었다. 이대로 움직이면 이쪽의 작전을 곧장 간파당하고 말 듯했다.

"그 문제는 이 몸에게 맡기거라."

미라는 자신만만하게 답하더니 그대로 캐슬 골렘의 안으로 뛰어 들어가서 이리 오라고 손짓을 했다. 그리고 슬금슬금 움직이는 데 이보다 뛰어난 자는 없을 거라고 호언장담을 하며 정적의 정령 워즈랑베르를 소환해 보였다.

"……표현이 다소 신경 쓰이기는 하지만, 들키지 않아야 하는 일이라면 맡겨만 주십시오."

가능하면 '슬금슬금'이 아니라 '은밀 행동' 등의 표현을 써주었으면 좋겠다. 그렇게 말하는 듯한 표정을 짓고는 있었지만 워즈랑베르는 가슴을 편 채 답했다.

"이거 마음이 든든하네요!"

양측은 이미 일전의 소동 때 안면을 튼 상태였다. 따라서 워즈랑베르의 능력을 잘 아는 발렌틴은 그 힘을 빌릴 수 있다면 걱정 없겠다며 납득했다.

"그럼 접근해서 분단할 테니, 뒷일을 부탁합니다."

워즈랑베르의 은폐 효과를 이용해 발렌틴은 모습을 감췄다. 그러고는 공작 2위의 위치와 거리를 꼼꼼하게 확인하고서 그대로 악마 비스무리한 것이 있는 곳을 향해 이동을 개시했다. 또한 이번에는 공작 2위의 눈을 속여야 하는 만큼 힘을 아끼지 않고 완전 은폐를 사용했다.

"그럼 조금 요란하게 움직여서 주의를 끌어야겠군그래."

완전 은폐 상태라면 정면에서 봐도 알아채지 못하겠지만 상대가 상대다. 신중을 기울이는 게 좋겠다는 생각을 한 미라는 양동 작전에 나섰다.

공작 2위와 악마 비스무리한 것이 나란히 있게 하지 않기 위해, 발렌틴의 분단 작전을 지원하기 위해 전열에 나서서 시선을 끌어 보자. 그렇게 생각한 미라는 그 즉시 지금까지의 연구와 특훈의 성과를 유감없이 발휘했다.

소환 가능 객체수는 이미 한계다. 하지만 미라는 거기서 샐러맨더와 가루다를 추가로 소환해 보인 것이다.

소환술사의 정점이 되고서도 방심하지 않고 더 높은 경지를 추구한 끝에 도달한, 한계 돌파다.

"그럼에도 갈 길이 먼 듯하니, 계속 정진할 수밖에!"

실전에 투입하는 것은 처음이지만 안정적으로 유지되고 있다. 그 반응을 확인하며 미라는 전장을 둘러보았다.

악마 비스무리한 것이 멀리서 서서히 다가온다. 그리고 공작 2위는 상공에 머무르고 있다. 이쪽의 동태를 살피고 있는 듯하지만 방심할 수는 없다. 공격할 틈을 찾고 있는 걸지도 모르기 때문이다.

미라는 어떤 상황에서도 신속하게 움직일 수 있도록 전투는 동료들에게 맡겨두고 위험한 그 둘을 계속 감시했다.

그렇게 마물의 무리가 절반 이하로 줄었을 즈음. 상대측도 여러 가지 전력을 구사하기 시작했다. 개중에서도 마수 한 마리의 자폭 공격은 상당한 위력을 지니고 있었다. 중심에서 강렬한 충격과 폭풍이 사방으로 퍼져 나가며 휘몰아쳤다.

그렇지만 동료들은 거의 피해를 입지 않아, 전투는 얼마 안 가서 재개되었다.

다만 유일하게 영향을 입은 것이 있었다. 폭풍에 광범위한 대지의 표면이 쓸려나가, 마물과 마수들이 짓밟은 탓에 거칠어졌던 지면이 어느 정도 평평해진 것이다.

그리고 지면을 걸으면 어떻게 되는가 하면——.

『대공, 요격!』

순간적으로 미라가 지시를 날린 순간, 알피나를 비롯한 소환체들이 일제히 반응했다.

대상은 공작 2위. 그것은 그야말로 사고나 다름없었다. 발렌틴 일행이 악마 비스무리한 것을 향해 가고 있다는 사실을 공작 2위가 알아채고 만 것이다.

또한 동시에 무엇을 노리고 있는지도 알아챈 것인지. 악마 비스무리한 것을 결계에 가둘 수 있는 거리에 접어들기 직전에 공작 2위가 움직였다.

순간, 그 움직임을 방해하고자 알피나 일행이 앞을 가로막았다.

강렬하고도 정확한 검격이 그 진행을 잠시 저지했다. 그리고 그 틈을 찔러 가루다가 지체 없이 공격, 폭풍을 두르고 돌격하여 상대를 크게 튕겨냈다.

그 직후, 진그랄라와 운디네의 합체 기술이 작렬했다. 초거대 얼음덩이를 통한 일격이다. 압도적인 질량을 동반한 탓에 공작 2위라 해도 그 충격의 영향을 받지 않을 수는 없었고, 더욱 멀리 떨어뜨려 놓을 수 있었다.

그럼에도 역시나 재빨리 자세를 바로잡아서, 아주 잠시밖에 시간을 벌지 못했다.

그러나 그 찰나의 순간이면 충분했다. 동료들의 연계 덕분에 충분한 힘을 모으는 데 성공한 아이젠파르드는 마지막으로 앞길을 가로막음과 동시에 강렬한 일격을 공작 2위에게 박아 넣었다.

아무리 공작 2위라도 아이젠파르드의 일격을 무효화할 수는 없어서, 그 몸이 멀리까지 날아갔다.

이로 인해 더 많은 시간을 벌었다. 그리고 그 덕에 작전을 성공시키는 데 충분한 시간을 확보할 수 있었다.

더 이상 숨어 다닐 필요는 없다. 완전 은폐를 해제한 발렌틴은 영창과 동시에 술식을 단숨에 전개하며 악마 비스무리한 것에게 육박했다.

그리고 정면으로 조준한 순간, 첫 번째 술식을 발동했다.

【퇴마술 : 거절하는 은의 말뚝】

그 즉시 하얀 퇴마의 화염이 소용돌이치더니 이윽고 거대한 백염의 말뚝이 되어 악마 비스무리한 것을 정면에서 때렸다.

순간, 백염과 폭음이 작열했다. 그리고 동시에 강렬한 충격이 퍼지더니 악마 비스무리한 것의 거대한 몸을 먼 후방으로 되돌려보냈다. 공격보다 충격과 제어에 중점을 둔 그 일격은 악마 비스무리한 것을 주전장에서 멀리 떼어놓았다.

하지만 발렌틴의 술식은 거기서 끝이 아니었다.

【퇴마술 : 봉인된 왕묘의 수호자】

이어서 영창하고 있던 결계술을 발동하자 박아 넣었던 거대한 백염의 말뚝이 부서지더니 결계로 재구축되었고, 그대로 악마 비스무리한 것을 가두었다.

"그럼, 그쪽은 부탁드리겠습니다!"

발렌틴은 그런 말을 남기고서 결계 안으로 뛰어들어, 악마 비스무리한 것과의 결전에 임했다.

"이로써 가벼운 마음으로 이쪽에 집중할 수 있겠군그래."

퇴마술 중에서도 특히 강고한 그 결계는 공작급이라 해도 간단히 파괴할 수 있는 것이 아니다. 따라서 이 상황에 해야 할 일은 하나뿐. 분단에 성공한 지금, 미라는 큰 역할을 해낸 워즈랑베르를 송환한 후 남아있는 위협── 실로 언짢아 보이는 공작 2위를 지그시 쳐다보았다.

"그래서, 어쩔까?"

마물의 무리의 제1파는 대충 정리했다. 하지만 대체 어디에 숨겨두었던 것인지. 공작 2위는 마물의 무리 제2진을 추가로 불러냈다. 루미나리아는 그 광경을 바라본 채 전선에서 날뛰고 있던 메이린 일행을 향해 집합 신호를 보냈다.

이번에는 각자 생각대로 자유롭게 싸우면 힘들겠다고 판단했기 때문이다.

그럴 만도 한 것이, 공작 2위 악마는 그야말로 차원이 다른 실력을 지녔기 때문이다. 노인 일행이 합류를 택해 이곳까지 되돌아온 것은 악마 비스무리한 것 때문만이 아니었다. 공작 2위 하나뿐이었다 해도 노인팀만으로 상대하기는 어렵겠다고 판단했기 때문이다.

공작 2위가 얼마나 강한가 하면, 상급 플레이어 수십 명이 필요한 레이드급 마수를 가볍게 능가할 정도다.

그보다 더 상위에 속하는, 아홉 현자와 십이사도 같은 최상급 톱 플레이어를 십여 명 모아 도전하는 게 당연한 강적, 그란데급에 상응하는 힘을 지닌 게 바로 공작 2위라는 존재다.

또한 조금 전 처리한 마물들은 그런 악마의 맹공을 버티며 철수하는 도중에 튀어나온 것이라는 모양이다.

그에 반해 이번에는 공작 2위가 손수 불러낸 마물의 무리를 상대해야만 한다. 보다 효율적으로 싸우지 않으면 공연히 전투 시간만 길어지고 말 거다.

"일단은, 전력을 나누는 게 좋겠구나."

마물의 무리가 차츰차츰, 그들을 궁지로 몰려는 듯이 다가오고 있다. 모두가 모여서 주변을 경계하고 있는 가운데, 미라는 극단적인 전력 분산을 제안했다.

이기지 못할 상대는 아니다. 하지만 발렌틴이 빠진 현재, 미라 일행의 인원수는 열한 명. 그란데급인 공작 2위를 상대하려면 이곳에 있는 모든 이가 덤벼야 한다.

그러나 저 악마는 다른 마물의 무리를 통솔하고 있다. 보아하니 직접적인 수하인지 하나같이 강력한 개체들이다.

게다가 무언가를 조작하기라도 한 것인지, 이전까지의 마물들에 비해 명백하게 이질적인 기운을 띠고 있었다.

미라는 손쉽게 해치울 수 있는 존재가 아님을 직감했다.

"따라서 마물들은, 이 몸들이 맡으마."

알피나에 진그랄라와 운디네, 가루다, 샐러맨더, 그리고 아이젠파르드. 그 앞에 선 미라가 말한 작전은 그것뿐이었다. 하지만 이곳에 있는 이들은 그 자리에서 미라의 말에 동의를 표하듯이 행동을 개시했다.

"누구인지는 모르겠지만 감히 이렇게까지 휘젓고 다니다니. 게다가 중요한 실험까지 망쳤군. 이 대가는 그 목숨으로 치러라."

소름 돋을 만큼 오싹한 목소리가 울렸다.

미라 일행이 움직이기 시작함과 동시에 공작 2위도 크게 움직였다. 수하인 마물들에게 공격 명령을 내린 것이다.

흑악마의 능력인지, 아니면 다른 무언가 때문인지. 마물들은 미쳐 날뛰며 돌진해 왔다. 심지어 그것도 모자라 무수히 많은 화염탄까지 쏟아졌다. 마치 지옥을 보는 듯한 광경이었다.

"그럼, 시작해보도록 할까."

"그래, 시작하자."

모두가 공작 2위와의 전투에 대비하는 가운데, 마물의 무리 앞에는 미라 일행과 노인만이 남았다.

쏟아지는 화염탄을 노인이 막는다. 그 사이에 미라는 단숨에 술식을 구축해 나갔다.

선술사의 기능인 '선주안(仙呪眼)'. 주변의 마나를 자신의 것으로 만들어 미라는 군세를 소환했다.

미라 일행의 후방을 가득 메울 듯이 무수히 많은 마법진이 퍼져 나간다. 그곳에서 도합 천에 이르는 잿빛기사들이 차례로 모습을 드러냈다.

심지어 그들은 평범한 잿빛기사가 아니었다.

활, 장창, 전투 도끼를 든 잿빛기사가 이백씩. 나머지 사백 기는 모두 성검 상크티아로 무장하고 있었다. 그렇다, 신생 군세의 실전 투입인 것이다.

"우…… 와아……."

군세가 후방에 위풍당당하게 도열하여 압도적인 위압감을 내뿜었다. 그 앞에 서자 과거의 트라우마가 되살아났는지, 노인은 경직된 미소를 지을 따름이었다.

그러자 그 직후, 공작 2위가 몸을 날렸다. 그곳에 나타난 군세를 위협으로 판단했는지, 마물의 무리를 뛰어넘어 선제공격을 하려는 것이다.

"어이쿠, 네 상대는 나라고!"

보다 흉악해진 군세와 또 시합을 하게 되면 어쩌나 하는 생각은 둘째 치고, 저것보다는 공작 2위를 상대하는 게 낫다는 듯이 노인은 흑악마를 요격했다.

상대가 손에 든 검은 대검을 잿빛기사의 군세를 향해 휘두르자, 노인은 그것을 대형 방패로 받아냄과 동시에 '쐐박의 쐐기'를 사용해 억지로 공작 2위와 일대일 상황을 만들었다.

그 압도적인 방어로써 필요한 시간을 벌어내는 것. 이것이야말로 노인의 진면목이라 해도 과언이 아니었다.

"흥…… 용감하구나, 인간."

신비로운 강제력으로 인해 노인 이외의 상대에 대한 공격이 봉인되었음에도 공작 2위는 냉정하게 검은 대검을 겨누었다. 그리고 가차 없이 노인에게 덤벼들었다.

그 맹공은 몹시도 가열하여, 무장소환을 한 미라가 방어에 집중한다 해도 몇 초 만에 칼을 맞고 쓰러질 정도였다.

하지만 노인은 그것을 정면에서 받아내고 견뎌냈다. 우직하게 대형 방패를 들고 모든 참격을 막아냈다. 이것이야말로 진정한 성기사의 모습이라는 듯이 탁월한 탱커로서의 면모를 보였다.

"그에 비해 솔로몬은 어쩌다가 그렇게 되어버린 겐지."

같은 성기사라는 게 믿기지가 않는다. 그런 생각을 하면서도 미라는 군세를 완성시켰다.

"또 큰일을 맡기는구나, 부탁하마."

그렇게 말한 미라의 앞에는 잿빛 기사의 군세를 이끌기 위한 발키리 자매들이 있었다.

궁수 부대를 엘레티나가, 전투 도끼 부대를 셀레스티나가, 장창 부대는 이리스를 엄호 중인 샤르위나 대신 알피나가 맡았다.

그리고 성검을 장비한 나머지 사백 기는 플로디나, 엘리비나, 크리스티나가 담당했다.

자매들은 그나마 어느 정도 휴식을 취한 모양인지, 기합에 찬 목소리로 "맡겨만 주십시오"라고 답하더니 그대로 마물의 무리에게로 향했다.

곧이어 옆으로 늘어선 잿빛기사 성검 부대와 마물의 무리가 격돌했다.

잿빛기사들은 대형 방패로 적의 기세를 억제했고, 직후에 알피나의 호령과 동시에 장창 부대가 빈틈으로 날카롭게 창을 내질러 전선의 마물들을 꿰었다.

하지만 그것만으로 기세가 줄어들 상대가 아니다. 더욱 흉포해진 마물은 동료의 시체를 밟고 뛰어 올랐다.

"지금이야, 발사!"

때를 헤아리던 엘레티나가 신호를 내렸다. 일제 발사된 화살이 장창을 뛰어넘은 마물들을 모조리 격추해 나간다.

무수히 많은 마물이 그대로 힘을 잃고 곤두박질쳐, 장창 부대의 뒤쪽에 떨어졌다. 개중에는 아직 숨통이 끊어지지 않은 것들도 남아 있었다.

"이쪽이랑 이것도. 응, 빠뜨린 거 없지?"

"으음~ 이제 괜찮아요!"

엘리비나와 크리스티나가 살아남은 개체의 숨통을 끊어 나갔다. 성검 부대는 대부분 플로디나에게 맡겨둔 채, 두 사람은 몇 기의 잿빛기사만 대동하고 유격대로서 움직이고 있었다. 살아남은 것이나 빠져나온 마물을 정확하게 처리해 나간다.

과연 발키리 자매다. 훌륭한 연계로 흉악한 마물들의 발을 묶어두고 있었다.

더불어 아이젠파르드와 진그랄라, 운디네의 연계도 건재해서, 능숙하게 양쪽 옆에서 마물의 무리를 공격하여 적의 전력을 깎아냈다.

나아가 하늘에서 공격하는 가루다와 광범위의 공격을 제압하는 샐러맨더의 상성도 좋았다. 적이 뭉쳐 있는 곳을 발견하면 그곳에 화염탄을 퍼붓는다.

또한 아이젠파르드는 사람의 모습으로 날뛰고 있었다.

이번에는 엘리비나나 크리스티나의 전투방식에 흥미가 생긴 모양인지. 근처에 있던 플로디나의 예비용 검을 빌려서는 그걸 들고 요란하게 싸워대기 시작했다.

"음음, 역시 이 몸의 아들이로군. 검술 실력도 천하일품이야!"

호쾌하게 적을 베어 나가는 아이젠파르드의 모습을 본 미라는 자랑스럽다는 듯이 말하더니 고개를 돌려 "어디 보자, 저쪽도 슬슬 괜찮을 것 같군그래"라며 후방을 확인했다.

그곳에는 커다란 성벽을 지닌 성이 솟아나 있었다. 소울하울의 캐슬 골렘. 심지어 완전판이었다.

본성에 수많은 포대가 배치된 성벽은 그야말로 최종 결전 모드 같은 분위기를 띠고 있었다. 이쪽 광경에서도 압도적인 박력이 느껴졌다.

후위 부대는 안전한 성 안에서 엄호할 준비를 마쳤다. 레티샤와 팜 역시 지원을 개시했다.

그것을 확인한 미라는 손을 흔들어 신호한 후, 그대로 전열에 끼어 유격대 노릇을 했다.

휴식을 취했다고는 해도 발키리들은 좀 전까지 격전을 치른 뒤다. 그 부담을 조금이라도 줄여주기 위해 미라도 분투했다.

"흠, 이렇게 하면 무기도 다소 다룰 수 있겠군!"

아니, 정말로 그녀들을 위한 것인지, 아니면 자신의 실험을 위한 것인지는 모르겠다. 아이젠파르드의 모습을 보고 몸이 근질근질해진 듯도 보였다.

세이크리드 프레임을 두른 미라는 검과 장창, 전투 도끼를 들고 질주했다.

무장소환의 어시스트 효과 덕분에 그럭저럭 무기를 다룰 수 있게 된 미라는 지금이 기회라는 듯이 그 성능을 확인했다.

"잠깐 안 본 사이에 더더욱 근접 클래스 같아진 것 같지 않아?"

캐슬 골렘의 최상층. 그곳에서 마물의 무리의 동향을 확인하고 있던 루미나리아는 자진해서 전선으로 돌진하는 미라의 모습을 보고 투덜댔다.

"할아버지도 참, 또 저렇게 앞으로 나가다니……."

본래 소환술사는 근접전이 서툴다. 아니, 약하다고 해도 될 정도다. 하지만 그 약점을 극복한 미라는 자연스럽게 앞으로 나가는 경향이 있었다.

"뭐, 저게 정리되면 돌아오겠지."

딱히 신경 쓸 일은 아니라는 투로 담담하게 말한 소울하울은 석관 앞에서 이런저런 작업 중이었다. 그에게는 아내이자 최대 전력 중 하나인 일리나의 무장을 악마전용으로 바꾸고 있는 것이다.

또한 그 모습은 여성의 시체를 사용해 옷 갈아입히기를 즐기고 있는 별종으로만 보여서 카구라 일행은 아주 떨떠름한 표정이었다.

"좋아, 다들 준비는 됐지?!"

얼마 후, 흑악마의 일격을 받아내며 노인이 외쳤다. 밀려들던 마물의 무리는 미라 일행의 활약으로 상당히 밀어낸 상태다. 이 정도면 공작 2위와의 싸움에 마물이 난입할 일은 없을 거다.

그것을 확인한 지금, 드디어 본격적인 싸움의 막이 올랐다.

"기다렸다해!"

"좋았어, 간다!"

"불타오르는 정의를, 실컷 맛보아라!"

노인과 강제로 일대일 싸움을 해야 했던 공작 2위에게 메이린과 고트프리트, 라스트라다가 달려들어 그 기세를 이용해 통렬한 일격을 박아 넣었다.

"지긋지긋한 사슬이 사라졌군. 괜찮은 건가? 이래서는 나를 막을 수 없을 텐데."

세 명의 일격을 두 손으로 막아낸 공작 2위는 그 팔의 틈새로 붉은 눈을 번뜩이며 웃었다.

세 사람의 참전으로 조건이 깨져 '쇄박의 쐐기'의 효과가 해제된 것이다.

그러면 적은 자유로워진다. 공작 2위는 네 사람을 뿌리치듯 날개를 펼쳐, 전투력이 낮은 상대, 우선적으로 제거해야 할 대상을 향해 단숨에 달려갔다.

공작 2위가 처음으로 눈독을 들인 것은 성가신 보조 행위를 하고 있는 레티샤와 팜, 그리고 근접전이 서툰 후위진이었다.

압도적인 힘에 의해 나가떨어진 노인 일행은 자세를 바로잡았지만 이미 방어하기에는 늦은 것으로 보이는 거리까지 공작 2위가 접근해 있었다.

"우선은 거기 있는 두 마리다."

성벽을 넘어 가장 높은 망루에 접어든 공작 2위는 차가운 눈빛으로 레티샤와 팜을 바라보았다.

공작 2위의 표적이 된 이상 보조에 특화된 둘은 저항도, 방어도 할 수 없었다.

그 순간——.

"그렇게 쉽게는 안 되지!"

라스트라다가 펼친 거미줄이 공작 2위를 잡았다.

유연하면서도 지극히 가느다란 그것은 '하늘 거미의 강사(剛絲)'. 눈에 보이지 않을 만큼 얇고 가벼운 그것은 땅에서 하늘을 향해 집을 만드는 게 가능했다.

하지만 공작 2위의 힘이 있으면 이 정도는 쉽게 찢을 수 있었다.

다만 그 순간 아주 짧은 빈틈이 생길 수밖에 없었고, 이를 만들어내는 것이 라스트라다의 목적이었다.

공작 2위가 거미줄을 떨쳐낸다. 라스트라다는 그런 그에게 단숨에 달려들어 더없이 완벽한 타이밍에 화려한 날아차기를 먹였다.

"라이더 스트라이크!"

모두가 꿈꾸는 특촬물에서 본뜬 필살기, 라이더 스트라이크. 기세가 실린 그 일격은 공작 2위를 성벽 밖으로 밀어냈다.

"소용없다!"

그러나 어디까지나 술사인 라스트라다의 체술에는 한계가 있어서. 다음 순간 발을 붙잡혀 그대로 땅바닥으로 내던져졌다.

공작 2위는 다시 성벽을 뛰어넘어 일직선으로 후위진을 향해 날아갔다.

그 궤적을 추적하듯, 아래쪽에서 섬광처럼 빛나는 칼날이 날아들었다.

아슬아슬하게 시야에 들어가지 않을 위치와 각도에서 던져진 그것은, 수리검이었다. 성벽 뒤에 사이조가 숨어있었던 것이다.

"복병인가!"

수리검은 완벽한 타이밍에, 최대한의 속도로 던져졌다. 하지만 더없이 완벽한 일격이었음에도 그 기습은 실패했다. 공작 2위의 반응 속도가 그만큼 빨랐던 것이다.

공작 2위는 총알 같은 속도로 날아든 그것을 종이 한 장 차이로 피해 보였다. 심지어 다음 순간에는 능숙하게 몸을 틀어 자세를 바로잡음과 동시에 화염탄까지 던졌다.

순간, 지상에서 지옥의 불꽃이 작열하여 일대를 불살랐다.

공작 2위가 상공에서 수리검을 피하고서 1초도 채 지나지 않았다. 그야말로 눈 깜짝할 새에 사이조는 잿더미가 되어버린 것이다.

"베고 지나가겠소."

한 명은 잡았다── 라는 생각에 공작 2위의 마음에 잠시 싹튼 방심. 사이조는 그 틈을 찔러 상공에서 일격을 선사했다. 닌자도에 의한 혼신의 참격을 그 등에 박아 넣은 것이다.

"……재미있군."

금속과 금속이 부딪힌 듯한 날카로운 소리가 강렬하게 울리더니, 이어서 공작 2위의 목소리가 들려왔다.

하지만 놀랐다기보다는 감탄했다는 듯한 뉘앙스가 담긴 목소리였다.

거목도 베어버릴 정도의 참격이었지만 그 몸에는 작은 흠집이 남았을 뿐. 공작 2위는 냉정하기만 했다.

"큭…… 역시 단단하구려!"

참격의 반동을 이용해 더욱 높이 솟아오른 사이조는 공중에서 한냐 가면*을 쓰고 칼을 집어넣더니 왼손으로 인을 맺었다.

【인법 : 현신투두(現身鬪斗)】

몸 안에서 투기가 부풀어 오른 다음 순간, 사이조가 다섯 명으로 늘어났다.

───────

*한냐 가면 : 일본의 극인 노(能) 등에서 여성의 질투와 원한을 표현한 원령의 가면.

닌자인 사이조는 독특한 '투술'을 다루었는데, 분신 등도 그 중 하나였다.

그리고 무엇보다도 사이조는 실체를 동반한 분신이 특기였다.

"그렇군. 조금 전 잿더미가 된 건 가짜였나."

공작 2위는 사이조의 5연격을 두 팔로 막으며 상대의 기술을 이해했다. 수리검을 던졌을 때, 이미 본체는 위에 있었던 것이라고.

이 분신은 상당한 고등 기술이다. 그렇게 분석하면서도 공작 2위는 씨익 웃었다.

다섯 명의 사이조가 또다시 반동을 이용해 하늘로 솟아올랐다.

닌자도가 아닌 도수공권을 통한 공격임에도 그 일격은 묵직했다. 그럼에도 사이조의 주먹으로는 공작 2위의 몸에 흠집 하나 낼 수 없었다.

"빠르지만 가볍군. 그 정도로는──."

위력을 확인한 공작 2위는 별것 아니라는 눈으로 사이조를 바라보았다.

그 직후.

"큭……!"

사이조의 주먹을 막은 두 팔이 폭염에 휩싸였다.

【인법 : 주천양화(朱天陽華)의 인】

그것은 닿은 곳에 인(印)을 새기고, 폭쇄시키는 닌자의 기술이었다.

"조금은 먹혀든 것 같구려. 방금 것은 소생의 주특기. 그 인은 새기면 새길수록 위력이 강해질 거요."

이번에는 분신을 이용해 다섯 개를 새겼다.

그 기술은 상급 마물조차도 즉사시킬 만큼의 힘을 지닌 것이었다.

"과연, 닌자란 족속은 성가시군."

공작 2위는 폭염 속에서 웃고 있었다. 그 두 팔은 건재해서 큰 피해는 없어 보였다.

하지만 전혀 효과가 없었던 것은 아니다. 그곳에는 미세한 흠집이 새겨져 있었다.

"닌자라고 숨어 다니기만 하진 않소!"

조금이라도 대미지는 입는다. 그 사실을 확인한 사이조는 그 후, 단숨에 맹공을 퍼부었다.

하늘을 달리는 것은 딱히 선술사만의 특기가 아니다. 분신을 포함한 다섯 명의 사이조가 허공을 박차고 적에게 육박했다.

교묘하게 연계를 취하며 격투전을 펼쳐 나간다.

허와 실이 뒤섞인 고속 공중전은 그야말로 달인의 영역에 있다고 할 수 있는 공방이었다.

사이조는 사방팔방에서 정밀한 일격을 날렸다. 하지만 공작 2위는 그것을 간파하고 흘려 넘겼으며, 날렵하게 피해 나갔다.

인을 경계하고 있는지 결코 몸이 닿지 않게끔 공작 2위는 움직이고 있다.

다음에 다섯이 아니라 열, 아니 스물, 쉰 개의 인을 한꺼번에 새긴다면 그 위력은 공작급이라 해도 무시할 수 없을 정도일 거다.

하지만 그렇기에 공작 2위는 사이조의 두 팔을 유심히 살펴서 이를 회피하고 있었다.

수리검 말고도 여러 수단을 동원해 견제했지만 공작 2위의 집중력은 끊기지 않았다. 사이조가 인을 새기고자 움직이면 즉시 그것을 파악해 대처에 나섰다.

인에는 공작 2위에게 대미지를 입힐 가능성이 있지만, 맞지 않으면 의미가 없다.

등 뒤에서 분신이 몸을 던져 공격했지만, 공작 2위는 빠르게 반응하여 손이 닿기 전에 떨궈냈다.

"이쪽이오!"

날카로운 목소리와 함께 두 명의 분신이 좌우에서 공작 2위에게 육박했다. 그것은 등 뒤로 의식을 돌린 순간의 빈틈을 찌른 완벽한 타이밍에서의 공격이었다.

"어딜!"

공작 2위는 그것에조차 반응해 보였다. 날개로 대기를 때려 충격파를 발생시켜, 분신의 타이밍을 아주 조금 엇나가게 한 것이다.

그리고 공작 2위는 그 찰나의 빈틈을 찔러 좌우를 후렸다.

찢겨 나간 분신이 안개처럼 흩어진다.

하지만 사이조의 기습은 끝이 아니었다. 후방과 좌우. 양쪽 모두 상대의 주의를 끌기 위한 것이었다.

사이조는 조용히, 신속하게 아래쪽에서 접근하고 있었다.

근소한 시간차로 내지르는 무음의 일격, 《봉마복멸(縫魔覆滅)》. 얼마 동안 상처를 입었다는 사실조차 알 수 없다는 어둠의 암살

권이다.

"거기다!"

사이조의 주먹이 닿기 직전. 공작 2위의 눈이 번뜩이더니 아래쪽에서 육박한 사이조를 포착했다.

직후, 검은 파동이 사이조를 덮쳤다.

"큭……!"

목표 달성을 앞에 두고 들통 난 사이조는 검은 파동을 아슬아슬하게 회피하고 분풀이를 하듯 수리검을 던졌다.

공작 2위는 미소를 지은 채 그 수리검을 매우 손쉽게 튕겨냈다.

그 직후——.

거대한 얼음덩이가 상공에서 운석처럼 쏟아져 공작 2위에게 직격했다.

공작 2위는 얼음덩이와 함께 땅바닥으로 곤두박질쳤다. 그 압도적인 질량과 속도는 버텨내는 것을 허락지 않는 일방적인 폭력에 가까웠다.

"좋았어, 명중!"

대지를 뒤흔들고 대기를 요동치게 하는 충격이 퍼지는 가운데, 루미나리아가 승리의 포즈를 지으며 입꼬리를 치올렸다.

그렇다, 그것은 극대마술에 의한 통렬한 일격이었던 것이다.

그리고 이 일격을 적중시킨 것은 사이조가 주의를 끌어준 덕분이라 할 수 있었다.

고의적으로 인이라는 카드를 내보이고 그것을 경계하게 한 것뿐 아니라 분신을 통해 의식을 분산시켜, 루미나리아가 술식을 준비하고 있다는 걸 못 알아채게끔 만든 것이다.

"역시 루미나리아 공이오. 이만한 위력을 내려면 소생은 얼마나 많은 인을 새겨야 할는지."

얼음덩이는 균열이 가고 깨져나간다. 그 일격이 만들어낸 구멍 앞에서 사이조는 쓴웃음을 지었다.

착탄할 때 깨지지 않은 얼음의 강도도 그렇고, 대체 얼마만큼의 마나를 응축한 것일까. 사이조는 그 끝을 알 수 없는 위력을 보고 터무니없다는 생각을 했다.

그것은 레이드급 마수조차도 무사하지 못할 위력이었다. 하지만 크레이터 중심부가 조용히 들썩거리더니 웬 그림자가 불쑥 일어났다.

"이놈, 인간 따위가……."

방금 것은 공작 2위에게도 먹혀든 모양인지. 그 몸에는 몇 개의 상처가 나 있었다. 그리고 그 얼굴에는 차가우면서도 뜨겁게 불타는 분노가 도사리고 있었다.

13

"그래, 어떠냐~ 인간 따위에게 상처를 입은 기분이~."

깨진 얼음덩이 아래에서 분노를 표출하고 있는 공작 2위에게 루미나리아가 큰 소리로 도발하듯 말했다.

그러자 그 순간, 크레이터의 중심이 폭발했다.

아니, 그것은 공작 2위가 도약한 반동에 의한 것이었다. 터무니없는 각력으로 도약한 공작 2위는 그대로 곧장 루미나리아를 노렸다.

포탄을 능가하는 속도로 육박한 공작 2위의 돌진력은 무시무시해서, 요격에 나선 사이조를 호쾌하게 날려버렸다.

게다가 스쳐 지나며 사이조가 새긴 인을 기폭했는데 움찔하는 낌새도 없었다.

"나를 잊으면 섭섭하지!"

그런 주장과 함께 고트프리트가 공작 2위에게 육박했다. 그는 성벽 위에 서 있다가, 정면에서 다가오는 적을 맞이하고자 공작 2위에 뒤지지 않을 속도로 몸을 날렸다.

흔히 볼 수 없는 검사의 공중전이다. 공작 2위의 검과 고트프리트의 특대검이 교차한다.

하지만 그 공방은 순식간에 결판이 났다. 미세하게 각도를 틀어 막아낸 공작 2위가 그대로 고트프리트를 흘려 넘긴 것이다.

상대와 달리 날개가 없는 고트프리트는 그대로 포물선을 그리며 날아갔다.

그러나 성과도 없이 가볍게 뿌리쳐진 것은 아니었다. 공작 2위의 주의를 끈 짧은 시간 동안 루미나리아가 다음 마술을 완성시킨 것이다.

『——저편으로부터 충만하여, 미래를 비추어라!』

【마술 : 백일(白日)의 대화(大火)】

하얗게 불타는 화염구가 발사되었다.

응축된 열에너지가 허연빛을 내뿜는다. 평범한 사람이 다룰 수 있는 한계를 넘어선 화염의 힘으로 주변 일대가 급격하게 뜨거워졌다. 바작바작 살갗을 태우는 화염이 구체를 이루어 하늘을 꿰뚫는다.

"그게 뭐 어쨌다는 거냐!"

회피가 불가능한 타이밍에 발사된 그것을 향해 공작 2위가 정면으로 돌진했다.

그러고서 호쾌하게 칼을 휘두르자, 놀랍게도 화염구가 두 동강 났다.

"오오, 제법인데?!"

몸이 불타는데도 가장 짧고 빠른 궤도로 돌진해오는 적의 모습을 보고 루미나리아가 한 걸음 물러섰다.

"자아, 이걸 받아 봐라!"

그런 반응을 보일 만큼 얼음덩이의 일격이 먹혀든 것이리라. 공작 2위의 분노는 모두 루미나리아에게 향하고 있었고, 그녀가 동요한 듯한 낌새를 보이자 유열에 찬 미소를 지은 채 덤벼들었다.

공작 2위가 칼을 내려친다.

그 날카롭고도 격렬한 일격은 루미나리아를…… 그 환영을 베었다.

환영을 남기는 회피 기능, '미라주 스텝'이다. 루미나리아 정도의 술사가 처음 맞붙은 상대에게 사용할 경우, 그것은 공작급마저도 속일 수 있다.

심지어 루미나리아의 그것은 너무도 선명해서 잠시 동안은 환영을 베었다는 것조차 모를 정도였다.

따라서 공작 2위가 루미나리아를 재인식하고 다시 덤벼들기까지 약간의 빈틈이 발생했다.

그리고 카구라는 그 빈틈을 놓치지 않았다.

【식신 초래 칠성노화(七星老花)】

눈 깜짝할 새에 식부가 악마를 둘러싸더니 오각뿔 형태의 결계를 형성했다.

그러나 그것은 가둬두기 위한 게 아니었다.

"너 이놈……!"

악마가 칼을 휘두를 때마다 결계에 금이 갔다. 이제 두세 방이면 파괴되리라.

하지만 카구라 일행이 한발 빨랐다.

"소울하울 씨!"

"그래, 네 차례야, 일리나."

카구라의 신호와 동시에 악마에게 덤벼든 것은 대악마 병장으로 무장한 일리나였다. 《영령재탄》으로 되살아난 그녀가 지닌 전투 도끼에는 식부가 붙어 있었다.

『파군일성, 이치를 드러내라. 이에 부여하는 것은 파마의 일격이니.』

카구라의 그 말과 함께 식부가 무지갯빛으로 빛나며 결계와 호응했다.

일리나가 전투 도끼를 내려쳤다. 거목조차도 양단할 수 있을 듯한 힘이 담긴 일격이다.

그리고 전투 도끼가 결계에 닿은 순간, 그 모든 힘이 해방되었다.

무구의 특성을 극한까지 끌어올리는 《칠성노화 파군》. 그 효과를 통해 증폭된 것은 소울하울이 대악마용으로 마련한 전투 도끼였고, 그 효과는 제아무리 공작 2위라 해도 무사하지 못할 정도였다.

"큭……."

일리나의 일격은 무시무시했고, 역할을 마친 결계가 깨지자 공작 2위는 그 충격의 여파로 공중으로 튕겨 나갔다.

상대는 척 봐도 상당한 부상을 입었다. 흑악마에 특화된 것인 만큼 루미나리아의 얼음덩이보다 많은 대미지를 입힌 듯 보였다.

"그래, 그런 거였군. 네놈들은 천인(天人) 나부랭이였나……."

하지만 그럼에도 공작 2위에게는 아직 충분한 여력이 남아 있었다. 날개를 펼쳐 급제동하더니 그대로 천천히 땅에 내려서서 차분하게 루미나리아 일행을 둘러보았다.

더불어 어떻게 된 일인지 분위기가 바뀌어 있었다. 조금 전까지의 태도만 보면 더더욱 분노할 법도 했지만, 오히려 그의 목소리에는 냉정함이 깃들어 있었다.

"자아, 이제부터 시작이군."

"그래, 이제 시작이야."

공작 2위의 분위기가 달라진 것을 확인하고 루미나리아와 카구라는 경계도를 최대까지 끌어올렸다.

소울하울 역시 그 변화를 보고 여러모로 전장을 조정하기 시작했다.

성벽의 포문을 열고 포수 골렘을 배치, 그리고 각소의 포탑을 전개하여 최종 결전 모드로 이행해 나간다.

"긴장 바짝 하고 가자."

"그래!"

공작 2위의 정면으로 돌아든 노인과 고트프리트는 다음 움직임에 대응하기 위해 자세를 잡았다.

그런 가운데, 메이린이 한 걸음 앞으로 나섰다.

"다음은 나다이거! 내가 상대한다해!"

상대는 한 수 위인 공작급 흑악마다.

그래서인지 메이린은 기쁨을 억누르지 못하고 일대일로 싸우려 했다. 하지만 이번만큼은 그럴 상황이 아니었다.

"메이린 씨, 이건 팀 배틀입니다. 아시겠죠?"

못을 박듯이 노인이 말하자 메이린은 동요한 투로, 또한 어쩐지 아쉽다는 듯이 "……아, 안다이거!"라고 답하며 한 걸음 물러섰다.

과거에 솔로몬과 덤블프에게 몇 번인가 혼이 난 탓에 그녀도 일단 어느 정도 학습한 것이다. 팀 배틀이라고 할 때는 팀 배틀을 해야 한다는 것을.

"혼자 덤비든 한꺼번에 덤비든 상관없다. 자아, 싸워보자!"

공작 2위는 여유롭게 소리쳤다.

사람에게 해를 입히는 것이 목적인 흑악마는 사람을 깔보는 경향이 있다. 그러한 경향은 특히 작위가 높을수록 현저하게 나타났다.

하지만 전투를 통해 상대의 실력을 파악하고, 인정함으로써 태도를 바꾸기도 한다.

상대를 대등한 실력자로 인식한 흑악마는 전사로서의 일면을 내보인다. 고작 인간이라며 깔보지 않고, 거만함을 버리고, 대등한 적으로 대하며 이를 타도한다. 그렇게 완전한 전투 모드가 된 흑악마는 이전보다 훨씬 강해진다.

작위를 지닌 흑악마와의 진짜 싸움은 그 순간부터 비로소 시작되는 것이다.

시간을 조금 거슬러 올라, 마물의 무리와 전투 중인 미라는 최전선에서 주먹을 휘두르고 있었다.

칼과 장창 등을 사용해보기는 했지만, 역시 맨손이 가장 편하다는 사실을 깨달은 것이다.

로브가 나부껴도 아랑곳하지 않고, 잘 챙겨 입은(억지로 입은) 속바지를 전적으로 믿고 뛰어다닌다. 이렇게 했으니 카구라와 아르테시아에게 혼나지 않을 거라 믿으며.

"흠, 퍽 괜찮군."

무장소환과 선술의 상성은 좋았다.

여러 조합을 확인한 미라는 만족스럽게 주변을 둘러보았다.

더욱 흉포해진 마물의 무리는 조금 전보다 더 큰 힘을 지니고 있었다.

힘에 의존해 날뛰고 있는 것뿐이지만, 그 파괴력은 소국을 하룻밤 만에 멸망시킬 수 있을 정도다. 어지간한 수준의 병사가 상대라면 제아무리 뛰어난 전략을 가지고 있어도 강행돌파 당하고 말 그런 기세였다.

하지만 그런 마물들의 상대는 보다 세련된 전술을 익힌 발키리 자매와 군대로서의 운용에 적응한 '군세'였다.

이들로 이루어진 군은 이전보다 뛰어난 작전 수행 능력을 지니고 있었다. 아닌 게 아니라 흉포한 마물의 무리가 상대라도 틀어막을 수 있을 정도다.

"전원 방어 태세!"

플로디나가 명령을 내리자마자 성검 부대가 전면에 대형 방패를 내밀고 충격에 대비했다.

마물들이 그곳으로 돌격해 온다. 그 돌진력은 상당해서 강인한 잿빛기사조차도 어느 정도 진형이 무너지고 말았다.

하지만 발키리 자매들이 통솔하는 '군세'는 어떠한 상황에서도 최대한의 힘을 발휘한다.

곧장 후열에서 보조 병력이 투입되어 진형을 재구축했다.

이어서 장창 부대와 궁수 부대도 순조롭게 활약을 펼쳤다. 루미나리아 일행과 공작 2위가 싸우는 곳으로는 한 마리도 보내지 않겠다는 의지가 느껴지는 철벽의 방어선이 형성된 것이다.

"흠, 순조로워 보이는군."

방어선 앞쪽에서는 셀레스티나가 이끄는 전투 도끼 부대가 활약 중이다. 대형이라 속도가 느린 대신 지극히 튼튼한 마물들을 상대로 선전을 펼치고 있다.

탱커 역할을 할 만한 마물은 모두 그녀들이 막고 있는 상태다.

하지만 마물들도 호락호락하지 않은 개체가 곳곳에 섞여 있었고, 이게 꽤나 성가셨다.

진그랄라와 운디네가 그것들을 상대로 분투하고 있었지만 스태미나와 마나가 많이 소모되어 송환했다.

또한 가루다도 동시에 돌려보냈다. 하늘을 나는 마물 전체를 혼자서 맡아 괴멸시킬 정도의 활약을 펼친 탓에 소모가 심했던 탓이다.

지금은 미라와 아이젠파르드, 샐러맨더가 중심지에서 요란하게 날뛰고 있는 상황이다.

"어디 보자, 이쪽도 슬슬 정리가 되기 시작했군그래."

자세히 보니 전투를 시작했을 때에 비해 마물들의 수가 절반 이하로 줄어들어 있었다. 이미 그만큼의 마물을 처리한 것이다.

그럼에도 미라 일행의 기세는 누그러들지 않았다.

오히려 기세를 더욱 가속시키기 위해 미라는 로자리오 소환진을 전개했다.

『원환에서 오라, 칠흑의 파괴자여』

【소환술 : 론섬바론】

소환진이 빛나기 시작했다. 하지만 다음 순간에는 검게 물들더니 어둠과도 같은 구멍이 생겨났다.

그 구멍에서 검은 털로 뒤덮인 거구의 숫양이 나타났다.

성수 론섬바론. 듬직한 체구에 검은 얼굴, 그리고 용맹한 검은 뿔을 지닌 모습은 흔한 양과 너무도 달랐다.

양이라고 하면 온후한 이미지를 떠올리기 일쑤지만, 바론을 보고 그렇게 느낄 이는 한 사람도 없을 거다.

바론은 마치 폭군과도 같은 인상을 풍겼고, 싸우는 모습은 그 인상과 같이 거칠었다.

"자아, 바론. 마음껏 날뛰어 보거라."

미라가 허가를 내리자마자 바론은 요란하게 마물들을 쓸어내기 시작했다.

부상을 입는 것도 아랑곳하지 않고 싸우는 탓에 장기전에는 적합하지 않지만, 승리가 코앞인 상황에서 바론은 최고 효율의 폭발력을 발휘하는 동료였다.

그 돌진은 중전차와도 같아서, 여러 마리의 마물을 한꺼번에 날려버렸다.

또한 몸길이가 6미터도 더 되는 바론은 무척 눈에 띄는지, 몇몇 마물이 그쪽을 주목했다.

그러자 성검 부대를 돌파하려는 마물들의 숫자도 줄어들어, 방어선을 돌파한 것들을 처리하고 있던 엘리비나와 크리스티나가 전선으로 나올 기회가 생겼다.

"지금이라면 나갈 수 있겠어!"

"아, 저도 갈래요~!"

두 사람은 지금이라는 듯이 최전선으로 나아갔다. 그리고 밀려드는 마물을 하나둘씩 베며 바론에게 몰려든 마물들을 협공했다.

그 성과는 훌륭했다. 몹시 흥분한 탓인지 마물들은 주의를 분산시키는 책략에 약한 모습을 보였다.

요란하게 날뛰는 바론에게 덤벼들면 엘리비나 일행이 옆에서 공격한다. 그러면 마물들은 반사적으로 저항해 왔다.

더욱 깊이 파고들자 마물들의 포위망이 무너지기 시작했고, 그 틈에 바론이 호쾌하게 돌파했다.

그리고 뿔뿔이 흩어진 마물들을 부지런히 전진한 '군세'가 집어삼켰다.

그렇게 마물의 무리는 착실하게 줄어들어서, 미라 일행은 잠시 후 마물들을 모두 섬멸시켰다.

"흠, 훌륭하구나."

이제 살아남은 마물은 없다. 그 사실을 확인한 미라는 의기양양하게 서서 칭찬해달라는 듯이 눈빛을 보내는 바론을 "잘했다"라는 말로 치하해주었다.

바론은 기쁜 듯이 발을 구르며 울음소리를 냈다.

그러자 아이젠파르드도 가만히 있지 않았다. "어머니, 어머니!" 하고 달려와서는 기대에 찬 표정을 지은 것이다.

"으…… 음, 그대도 잘했구나."

사람의 형태로 싸웠지만 역시 아이젠파르드라 해야 할지. 예상대로 우수한 전과를 올렸다.

하지만 피가 튀어도 전혀 신경 쓰지 않고 날뛰었던 것인지. 온몸이 피투성이인 데다 피에 젖은 칼과 미소 때문에 얼핏 보면 악몽에 나올 듯한 살인귀처럼 보였다.

그런 아이젠파르드가 어머니의 칭찬에 기뻐하던 그때.

문득 바론이 움직임을 멈추고 돌아보았다.

동시에 알피나도 "주인님, 저쪽도 시작된 것 같습니다"라고 말하며 곁으로 다가왔다.

"아슬아슬하게 제때에 맞춘 셈이로군."

그것은 루미나리아 일행이 공작 2위와 격전을 펼치고 있는 또 하나의 전장을 두고 한 말이었다.

그 적이 두른 분위기가, 박력이, 위압감이, 그리고 무엇보다도 주변을 뒤덮은 마나가 변화하고 있었다.

드디어 공작 2위가 제 실력을 발휘하려는 모양이다. 지금까지와는 비교도 안 될 만큼 공기가 무거워지기 시작했다.

"어디 보자……."

그 사실을 알아챈 미라는 이어서 또 하나의 전장으로 시선을 돌렸다. 발렌틴과 악마 비스무리한 것이 있는 곳으로.

(저쪽은…… 오, 이건 문제없겠군그래.)

치열한 전투가 펼쳐지고 있는 결계 안을 살펴본 미라는 그곳에서 바르바토스의 모습도 확인할 수 있었다.

지원군으로서 결계 내부로 직접 전이한 것이리라. 악마 비스무리한 것과 싸울 때, 바르바토스 역시 그 상대로 적합한 이들 중한 명이었다.

이제 저쪽은 내버려둬도 될 것 같다.

"그럼, 이 몸들도 합류하자꾸나!"

적은 공작 2위. 전력은 조금이라도 많은 편이 좋다. 그 사실을아는 미라는 '군세'를 이끌고 주전장으로 향했다.

그러던 도중. 바론이 무언가를 주장하듯 발을 구르더니 미라에게 뜨거운 눈빛을 보냈다.

"호오, 저걸 해치우고 싶은 게냐."

바론의 몸짓을 보고 미라는 그가 무엇을 하려는 것인지를 곧장알아챘다.

아닌 게 아니라 그것은 그의 천성 같은 것이라, 생각하고 말 것도 없이 바론에 관해 잘 아는 미라에게는 지극히 당연한 일이었다.

"뭐어, 좋다. 있는 힘껏 들이받아 주자꾸나!"

그렇게 바론에게 답한 후, 미라는 이어서 크리스티나에게로 고개를 돌리고는 미소를 띤 채 "그럼 이왕 하는 거——"라고 말을이었다.

"한 명씩, 확실하게 죽여주지."

검은 대검을 들고 공작 2위가 차분하게 다가왔다.

그 정면에 선 노인은 "내가 있는 한 그건 불가능할걸"이라고 답하고서 방어를 더욱 강화했다.

"좋아, 어디 해보라고."

고트프리트는 특대검을 어깨에 짊어진 채 도발적으로 답하더니, 웃는 얼굴로 덤비라고 했다.

"바라던 바다해!"

오히려 일대일이라도 전혀 상관없다고 생각하는 메이린은 눈을 반짝반짝 빛내며 공작 2위를 바라보았다.

"이 스타 저스티스, 언제든 상대해주마!"

라스트라다는 때는 지금이라는 듯이 포즈를 취하더니 가면까지 쓰고 결전 모드에 돌입했다.

"아아, 멋진 기백이다. 그렇기에——."

앞에 늘어선 강자들을 상대로 공작 2위가 투지를 불살랐다. 그 눈이 전사 특유의 것으로 물들어가던—— 그때.

무언가 희미한 소리가 나는가 싶더니 잠시 후, 엄청난 굉음과 함께 그것이 공작 2위의 등 뒤에까지 도달했다.

"——흠?! 우, 오오오오오오!"

갑자기 부풀어 오른 기척에 뒤를 돌아본 공작 2위는 순간적으로 코앞까지 다가온 바론의 뿔을 받아냈다.

하지만 그 중량과 속도에 의한 충격은 보통이 아니었다. 허를 찌른 공격을, 자세를 낮추고 받아냈음에도 공작 2위는 가볍게 날아가 버렸다.

심지어 거기서 끝이 아니었다. 기세가 오른 바론은 씩씩한 울음소리와 함께 다시 한번 돌진했다.

그 속도는 바론의 거구에서는 상상도 되지 않을 정도라, 눈 깜짝할 새에 도달해 그를 뿔로 받았다.

"오오~ 언제 봐도 터무니없는 힘으로 날뛰는구나."

바론의 노도와 같은 맹공. 그것은 방어를 포기했을 뿐 아니라 자신의 목숨마저 건 결사의 특공이었다.

육체의 한계를 넘어선 힘을 발휘하면 그 대가가 모두 자신에게로 돌아오기 마련이다.

하지만 소환시에는 그렇지가 않다. 술식에 편입된 방호의 힘이 그러한 위험요소를 대신 맡아주기 때문이다.

"일격이 이렇게나 무겁다니……!"

이번에는 손에 든 칼로 뿔을 막았지만, 기세는 죽이지 못해 허공에 떠올랐다.

하지만 그럼에도 달인과 같은 반응을 해보였다. 추격을 위해 공중으로 도약한 바론을 흘려 넘김과 동시에 강렬한 참격을 가한 것이다.

그 일격으로 바론은 방호력이 바닥나 강제 송환되었다. 그럼에도 그는 매우 만족스러워 보였다.

바론은 온 힘을 다해 날뛰는 걸 좋아하다 보니, 한계를 넘거나 중간에 반격을 받거나 해서 강제 송환되는 것까지가 한 세트였기 때문이다.

"나 원, 유쾌한 짐승이로군."

빛 속에서 사라져 가는 바론을 바라보며 공작 2위는 호전적인 그 기개는 나쁘지 않았다며 웃었다.

그렇게 폭풍이 지나간 듯 느껴지는 짧은 공백의 시간.

바론의 거구는 압도적인 존재감을 지니고 있었고, 그렇기에 그것은 동시에 무언가를 숨기기 위한 벽 역할을 하고 있었다.

"크리스티나 슬래시!"

강제 송환의 빛을 뚫고 튀어나온 크리스티나가 눈물 어린 눈으로 공작 2위에게 덤벼들었다.

그것은 2단 기습이었다. 광학미채 망토를 몸에 두르고 정적의 힘으로 숨긴 성검을 짊어진 채 크리스티나는 날뛰는 바론의 긴 털에 숨어 있었던 것이다.

몇 번이나 나가떨어질 것 같았음에도 필사적으로 달라붙어서 버틴 그녀는 그 노력 덕분에 더없이 완벽한 순간에 허를 찔렀다.

크리스티나의 필살검은 응축된 마나를 작렬시키는 것. 그 일격은 크리스티나의 평소 이미지와 전혀 다른 위력을 지니고 있었다.

내려친 성검이 공작 2위를 땅에 처박았다.

그 충격은 강렬해서 공작 2위가 땅바닥에 충돌하자 주변 일대의 땅이 통째로 들썩였다.

하지만 강렬한 섬광과 부풀어 오른 마나의 폭발을 동반한 기술인 탓에 크리스티나 역시 근거리에서 역풍을 맞고 "꺄~악~" 하고 하늘을 날아가서 '군세'의 근처에 추락하기 시작했다.

바론에 이어 다른 이들에게 지지 않겠다는 기세가 담긴, 몸을 던진 일격이었다.

"아아, 역시 발키리로군. 상당한 위력이다."

그러한 말과 함께 공작 2위가 깊이 팬 지면에서 벌떡 일어났다.

겉모습은 아무 일도 없었던 것처럼 보였고, 태도에서 역시 여유가 보였다.

"말도 안 돼~……."

그녀의 최대 기술인 크리스티나 슬래시. 그것으로도 생채기 정도의 부상만 입은 상대의 모습을 보고, 크리스티나는 놀란 얼굴로 고개를 푹 숙였다.

"흠, 크리스티나 슬래시를 맞고도 저 정도라니. 공작 2위쯤 되니 아주 성가시기 그지없군그래……."

미라는 느긋한 걸음으로 다가오는 적을 바라보며 쓴웃음을 지었다.

크리스티나 슬래시는 레이드급 상대에게도 통할 위력을 지녔다. 심지어 당시보다 연구가 진행된 지금의 그 기술을 맞고도 아무렇지 않다니.

대체 얼마나 공격을 퍼부어야 쓰러뜨릴 수 있는 걸까. 역시 그란데급은 터무니없는 존재라는 생각과 함께 미라는 마음을 다잡으며 노인 일행과 합류했다.

"나 원, 마수가 이쪽으로 도망쳐온 줄 알고 쫄았잖아. 이전보다 훨씬 격렬하게 날뛰던데."

"그나저나 기습을 2단으로 준비하다니, 호쾌한걸? 그 무법자 히어로 같은 작전, 난 마음에 들어."

"둘 다 전보다 강해진 것 같았다해. 나중에 대련하게 해주라 이거!"

합류하자마자 노인 일행이 바론과 크리스티나의 분투에 관한 감상을 늘어놓았다.

미라는 어깨를 으쓱하며 "그다지 대미지는 없어 보이지만 말이다"라고 답한 후, 크리스티나를 흘끔 쳐다보고서 "음, 그러자꾸나"라고 메이린에게 답해주었다.

메이린과의 대련. 그건 꽤 좋은 훈련이 되겠다고 생각하며.

"이거 놀랍군. 이토록 빨리, 저 마물들이 전멸할 줄이야."

공작 2위는 여유로운 태도로 미라 일행의 앞에 서더니 대량의 마물들의 시체가 널브러진 방향을 확인하며 중얼거렸다.

미라의 실력을 잘못 파악했다고. 하지만 그럼에도 공작 2위는 초조해 하는 낌새가 전혀 없었다.

초조해 하기는커녕 마침 잘됐다는 투였다.

그리고 그 이유는 금방 밝혀졌다.

"그럼, 그쪽도 다음 단계로 넘어가도록 할까."

공작 2위는 그렇게 말하더니 씨익, 기분 나쁜 미소를 지었다. 그러자 놀랍게도, 느닷없이 섬 전체가 흔들리기 시작했다.

"뭘 할 작정인지는 모르겠다만, 쉽지는 않을 게다."

흔들림은 꼭 지진 같았지만, 상대의 언동으로 미루어 그가 무언가를 한 것이 분명해 보인다.

그렇게 확신한 미라는 그렇기에 다시 공격했다.

한 줄기 섬광이 하늘을 내달린다. 그것은 멀리서 전진해 오고 있는 '군세' 안에서 발사된 엘레티나의 화살이다.

특별한 술식을 건 화살은 손쉽게 음속의 벽을 돌파해 정확히 공작 2위의 머리에 직격했다. 보고 피하는 것은 불가능할 정도의 완벽한 한 발이었다.

하지만 그 위력을 증명하는 듯한 충격음이 울리는 가운데, 미라는 눈살을 찌푸렸다.

엘레티나의 화살은 공작 2위의 머리에 맞았지만 희미한 상처를 남겼을 뿐. 그 화살촉은 표피를 뚫지 못했기 때문이다.

직후, 엘레티나의 화살은 홍련의 불꽃과 함께 폭발했다.

그것이 깊이 박혔다면 상당한 대미지를 입힐 수 있었을 테지만, 공작 2위의 튼튼한 피부 앞에서는 무의미했다.

"면이 아닌 점(點)으로의 공격에도 이 정도라니……"

미라는 이렇게나 단단할 수 있나, 싶어서 어이가 없어졌다.

특수합금으로 된 화살과 위력을 격상시키기 위한 술식. 그것은 현 단계에서 엘레티나의 필살기라 할 수 있는 일격이었지만 공작 2위에게는 이 역시 찰과상만 입을 수준인 모양이다.

"너무 초조해 하지는 마라. 지금부터가 진짜 시작이니. 잘 알 텐데."

공작 2위는 분위기 깨지 말라는 듯이 웃으며 오른손을 치켜들었다.

그러자 직후, 시야 곳곳에서 검은 아지랑이 같은 것이 떠올랐다.

"무어냐, 저건……."

"저 검은 거, 어디선가……."

"음? 뭔가 익숙한 느낌이 드는데."

대체 무슨 일인가 하고 미라가 경계하자 노인과 라스트라다도 반응했다.

서서히 흘러나온 검은 아지랑이. 그 중에서도 특히 미라가 전멸시킨 마물의 무리가 있던 곳 근처는 벌써 새까맣다고 해도 될 정도로 짙은 아지랑이로 가득했다.

그 정체는 무엇일까. 미라가 주의 깊게 살펴보던 중, 노인이 한 가지 가능성을 입 밖에 냈다.

"아마, 마의 속성력일 거야."

"그래, 이 느낌은, 그 장소에 있던 것과 같아."

그러자 라스트라다 역시 동의하듯 답했다. 그 말로 미루어 그는 그것을 본 적이 있는 모양이었다.

"마…… 라고?"

마의 속성력. 확신하듯 말한 두 사람에게 미라가 무슨 소리냐고 묻자 라스트라다가 답했다.

섬을 수색하던 중에 발견한 의문의 방. 레서 데몬과 조우한 그곳에는 마물 등의 시체에서 마의 속성력을 추출하는 장치가 있었다고.

그 장치의 그릇에 남겨져 있던 검은 물질. 마의 속성력을 응축한 그것과 주변에 떠오른 검은 아지랑이에서 느껴지는 기운이 같다는 듯했다.

"그러한 것을, 이만큼 모아서 무얼 할 생각이지······?"

그것을 흡수해 파워업이라도 하려는 걸까.

그러한 방법도 있지 않을까 싶었지만, 자세히 보니 공작 2위는 느긋하게 자리하고 있을 뿐이었다. 검은 아지랑이를 어떻게 할 낌새조차 안 보인다.

또 조금 전처럼 기습을 하지 않을까 경계하고 있는 것이리라. 일이 끝날 때까지는 방어에 집중할 생각인지 빈틈이 보이질 않았다.

"뭔가, 저쪽으로 가고 있다해."

메이린이 말한 대로 검은 아지랑이는 일정 방향으로 흘러가고 있었다.

"흠······ 그러고 보니 저 장소에만 산이 있군."

이대로 내버려두면 검은 아지랑이는 섬의 서쪽에 다다르게 될 거다.

절벽으로 인해 폐쇄된 섬 안에는 황야가 펼쳐져 있었지만, 그 서쪽에만 작은 산이 있었다.

대략 300미터 정도 떨어진 곳에 위치한 산이다. 얼핏 보면 이렇다 할 특징도, 신경 쓰이는 요소도 없는 평범한 산이었다.

심지어 높이는 50미터 남짓밖에 안 되는 언덕 같은 산이다.

마의 속성력은 그런 곳으로 향하고 있다.

그것에 어떠한 의미가 있을까. 응축해서 파워업이라도 할 속셈일까. 모종의 대규모 술식의 촉매로 쓰려는 걸까.

정확히는 알 수 없지만 흑악마가 꾸민 일이니 분명 좋지 못한 일일 거다.

(어디, 일단은──.)

굳이 기다려 줄 필요는 없다. 상대에게 빈틈이 없다 해도 손을 쓸 방법은 있다.

그런 미라와 같은 생각에 다다른 이가 있었던 모양인지. 다음 순간, 성벽에 배치된 모든 포탑이 일제히 불을 뿜었다.

"우오오?!"

공작 2위에게 어떻게 한 방 먹여줄까 궁리하던 미라는 느닷없이 울린 포성에 자신도 모르게 비명을 질렀다.

그와 동시에 공작 2위가 짜증난다는 듯이 산이 있는 방향으로 시선을 돌렸다.

미라가 무언가를 하려는 것을 알아채고 주의하고 있었던 탓에 완전히 다른 방향에서의 공격에 대한 반응이 늦어진 모양이다.

성벽에서 발사된 수십 발의 포탄이 언덕에 착탄하더니, 일제히 폭염을 일으켰다.

귀를 찢을 정도의 폭음. 그리고 충격이 울린다. 작은 요새 정도는 가볍게 날려버릴 일방적인 파괴의 힘이 작렬했다.

그것은 장치가 되었건 술구가 되었건, 무언가가 있다 해도 흔적도 남기지 않고 날려버릴 정도로 과도한 화력이었다.

"뭣이라…… 저것은 설마……."

회색 연기와 분진이 뭉게뭉게 피어오른다. 그 틈새로 희미하게 보이는 그것을 확인한 순간, 미라는 믿을 수가 없다는 듯이 입을 열었다.

"이것 보셔, 웃기지 말라고…….."

노인 역시 확인된 일부를 통해 그 정체를 알아챈 모양인지, 쓴 웃음을 지은 채 뺨을 실룩거리며 "장난하는 것도 아니고" 하고 중얼거렸다.

"나 원, 촌스럽군. 이 미학을 이해하지 못하는 건가."

공작 2위는 한숨을 내쉬더니 날갯짓을 한 차례 해서 바람을 일으켜, 연기와 분진을 날려버렸다.

탁 트인 시야에 무너지고 파괴된 언덕과 이형의 존재의 모습이 보였다.

그렇다, 언덕은 평범한 땅이 아니었다. 그것은 공작 2위의 비장의 카드라 할 수 있는 마수를 숨겨둔 곳이었던 것이다.

"전에 본 적 있다이거! 무지막지하게 강한 녀석이었다해!"

"또 거물이 나왔군. 좋아, 보스전은 이래야지!"

그 모습을 본 메이린과 고트프리트는 곧장 흥분해서 외쳤다. 전투광의 영역에 한 발을 걸치고 있는 두 사람에게 이 상황은 바라마지 않던 것이었던 모양이다.

하지만 나머지 사람들은 하나같이 얼굴을 찌푸리고 있었다.

그럴 만도 한 것이, 날아가 버린 언덕 아래서 나타난 것은 수십 미터에 달하는 거구를 자랑하는 대마수, 에퀼게이드였기 때문이다.

쓰러뜨리려면 많은 수의 최상위급 플레이어가 필요한 괴물, 대마수 에퀼게이드. 네 다리는 거목처럼 두껍고 발톱은 바위처럼 거대하며 금속보다도 단단하다.

모습은 늑대처럼 씩씩하면서도 코뿔소 같은 뿔을 지녔다. 그 힘을 증명하듯 번듯한 뿔이다.

한없이 흑색에 가까운 청색 털이 온몸을 뒤덮고 있어 밤의 어둠을 연상케 한다는 이유로 월영(月影)의 지배자라 불리기도 한다.

그리고 거대한 몸집을 통해 짐작되는 것처럼 그란데급의 힘을 지녔다.

"고생깨나 하겠구나……."

"그러게, 고생 하나는 아주 실컷 하겠어……."

공작 2위를 상대하는 것만 해도 벅차건만 에컬게이드까지 합류하면 죽을 맛일 거다.

상황에 따라서는 철수도 시야에 둘 필요가 있겠다고 생각하며 미라 일행은 경계 자세를 취했다.

하지만 모두가 긴장한 표정을 짓고 있던 중, 메이린이 그 위화감을 알아챘다.

"어떻게 된 거냐해, 안 움직인다이거?"

승부를 겨룰 거라며 투지를 불사르던 메이린이 어라, 하고 고개를 갸웃하는 것을 보고 미라 역시 그것을 알아챘다.

"저건…… 혹시 죽은 겐가……?"

그렇다, 무너진 언덕 안에서 나타난 에컬게이드는 노출된 상태로 움직일 낌새가 없었던 것이다.

그것은 마치 파헤친 묘지에서 시체를 발견한 상황과 비슷해 보였다.

"아아, 정말로 촌스럽군. 나 원…… 이래서는 절망도 반감되지 않나."

설마 조금 전의 포격으로? 그런 생각이 미라의 뇌리를 스친 순간, 공작 2위가 짜증스럽게 중얼거리며 성이 있는 방향을 노려보았다.

뉘앙스로 미루어 포격을 두고 한 말이 분명했다.

그렇다면 역시……. 미라 일행은 그렇게 생각했지만 에퀼게이드에 관한 지식이 그럭저럭 있었기에 그럴 리는 없다고 생각을 바꿨다.

그 정도의 포격으로 쓰러뜨릴 수 있는 상대가 아니기 때문이다.

다시 말해서 에퀼게이드는 시체 상태로 저곳에 있었다고 생각하는 게 타당할 것이다.

단순히 생각하면 그냥 묘지다. 하지만 의미심장한 공작 2위의 태도로 미루어 볼 때, 뭔가 비밀이 있을 듯했다. 예를 들자면, 에퀼게이드를 움직이게 하기 위한 비밀이.

실제로 상대는 연출을 방해한 것에 화가 난 것으로만 보였고, 지금도 무언가를 기다리는 듯이 느껴졌다.

더불어 아직도 건재한 검은 아지랑이는 차츰차츰 모여들고 있다. 이걸로 끝이 아니라고 결론을 내리기에는 충분한 재료라 할 수 있는 것이다.

"노인이여, 녀석의 발을 묶어다오."

그 말인즉, 현시점에는 아직 계획이 실행되지 않았다는 뜻이기도 하다.

요컨대 공작 2위의 계획을 저지할 수 있을지도 모르는 것이다. 그란데급 두 마리를 동시에 상대해야 하는 사태를 피할 수 있을지도 모른다.

그렇게 생각한 미라는 공작 2위의 방해를 막기 위해 노인에게 부탁하고 곧장 움직이기 시작했다.

"음? 그래, 알았어."

갑작스러운 부탁이었지만 노인 역시 그 가능성에 관해 생각하고 있었는지, 신속하게 반응했다.

미라가 움직이자 그걸 경계하고 있던 공작 2위도 잽싸게 움직였다.

노인은 그 사이에 끼어들어 곧장 '쇄박의 쐐기'로 붙잡아 억지로 일대일 상황을 만들었다.

"이놈…… 또 이거냐!"

"그래, 다시 한번 어울려 주셔야겠어."

노인이 건재한 이상, 그에게서 멀리 떨어질 수 없다. 또다시 그런 상황에 처하자 공작 2위는 짜증스럽게 외치며 덤벼들었다.

【성기사 기능 : 강철의 몸】

그 자리에서 움직일 수 없게 되는 대신 강인한 방어력을 얻게 되는 성기사의 진수라 할 수 있는 기능. 그를 통해 노인은 상대의 맹공을 계속 견뎌냈다.

칼로, 대형 방패로, 때로는 몸으로 막아낸다. 조금이라도 시간을 벌기 위해서.

"어디 보자, 어떻게 하면 녀석의 계획을 박살낼 수 있을까."

정면에 에퀼게이드의 시체가 우뚝 솟아 있다. 30미터를 넘는 거구를 올려다보며 미라는 좋은 생각이 바로 떠오르지 않는다며 투덜거렸다.

움직이기 전에 에퀼게이드를 해체, 혹은 완전히 파괴해버리는 방법도 있다.

하지만 대상은 시체라 해도 그란데급이다. 그 튼튼한 체모와 표피는 건재해서 움직일 수 없을 만큼 파괴하려면 시간이 얼마나 걸릴지 모를 일이다.

"역시 저쪽을 어떻게든 하는 게 빠르려나."

미라는 고개를 돌려 둥실둥실 몰려드는 검은 아지랑이에 주목했다.

라스트라다의 말에 의하면 그것은 마의 속성력 그 자체라고 한다.

악마를 제외하고 마속성을 지닌 대표적인 존재로는 마물과 마수가 있다. 하지만 속성력 자체가 이렇게 또렷하게 눈에 보인 적은 지금까지 한 번도 없었다.

『정령왕, 이런 경우에는 어쩌면 좋겠는가?』

고민하기 전에 물어보는 게 좋겠다. 듬직한 아군이 있는 미라는 마속성에 유효한 대처법은 없는지 정령왕에게 물었다.

『하필이면 순수한 마의 속성력이 이렇게까지 흘러넘치다니. 흑악마가 생각할 법한 일이로군──.』

정령왕의 말로는, 마의 속성력이 이렇게까지 눈에 확실하게 보이는 일은 본래 있을 수 없다는 모양이다.

하지만 눈에 보일 만큼 구현화되었기에 그 대처법은 간단하다고 한다.

『속성력이라는 것은 간단히 간섭할 수 있는 게 아니다. 허나 지금의 상태라면 이야기가 달라지지. 상극인 성속성 그 자체를 부딪히면 상쇄할 수 있을 터. 그리고 상크티아의 힘이라면 가능할 거다.』

그것이 정령왕이 알려준 대처법이었다.

구현화하여 간섭할 수 있게 된 마속성에는 이쪽도 성속성을 구현화시켜 맞서면 된다는 것이다.

그리고 성검 상크티아에는 그 힘이 있다는 모양이다.

『오호, 그러한 힘도…… 고맙네, 정령왕!』

감사 인사를 한 후, 미라는 밀려드는 검은 아지랑이 앞에서 곧장 성검 상크티아를 소환했다.

현재, 검은 아지랑이가 에컬게이드의 시체에 어떠한 영향을 줄지는 알 수 없다. 하지만 흑악마가 꾸민 일인 이상, 저지하는 게 좋을 거다.

미라는 성검 상크티아를 들고 속속 모여드는 검은 아지랑이에게 달려들었다.

세이크리드 프레임에 의한 어시스트 효과의 도움을 받으며 미라가 휘두른 성검은 또렷한 궤적을 그리며 검은 아지랑이를 갈 랐다.

하나, 둘, 셋. 에퀼게이드의 시체에 접근하지 못하도록 미라는 차례차례 성검을 휘둘렀다.

하지만 그러던 도중, 미라는 문득 알아챘다.

"흐음…… 어째 줄고 있는 것 같지가 않군……."

성검의 힘에 의해 검은 아지랑이는 갈라짐과 동시에 흩어졌다.

하지만 그것은 뿔뿔이 흩어지기만 하고, 조금 지나면 다시 모여 검은 아지랑이로 돌아갔다.

그렇다, 지금은 단지 쫓아내고 있을 뿐, 상쇄라는 표현과는 거리가 멀었던 것이다.

게다가 아직도 여기저기서 솟아나고 있어서 조금 더 지나면 모두 쫓아내지도 못하게 될 거다.

이게 대체 어떻게 된 일일까.

그냥 성검 상크티아를 휘두르기만 해서는 안 되는 것인가. 미라가 다시 한번 그렇게 묻자, 마속성을 소멸시키려면 상크티아에 감춰진 진정한 힘을 이끌어낼 필요가 있다는 답이 돌아왔다.

또한 세이크리드 프레임과의 콤비네이션으로 어떻게든 안 되겠냐고 묻자 보아하니 어려울 것 같다는 것이 정령왕의 답이었다.

검에 통달한 달인만이 성검 상크티아의 진정한 힘을 이끌어낼 수 있다는 듯했다.

(진정한 힘이라…… 그걸 이끌어내면 어떻게든 된다 이 말이지!)

아직 보지 못한 힘이 있다는 사실을 알게 된 미라는 다시금 연구열을 불살랐다.

진정한 힘이란 어떠한 것일까. 그것을 이끌어내면 어떻게 바뀔까. 무척 궁금했다.

하지만 미라의 역량은 어디까지나 세이크리드 프레임의 보조를 기반으로 한 것일뿐, 달인에는 크게 못 미친다. 따라서 자신의 힘으로는 방법이 없을 듯했다.

하지만 이 자리에는 그것이 가능할 듯한 이가 있었다.

그 중 한 명은 노인이다.

공작 2위급의 맹공을 연달아 막아낼 만큼 그의 힘은 방어에 치중되어 있었지만 검술 실력도 상당하다. 하지만 지금은 상대의 발을 묶는 게 고작인 상태다.

두 번째 후보는 고트프리트.

하지만 그는 술사가 많은 이 전장에서 귀중한 전위진이다. 여차할 때를 위해서라도 공작 2위의 곁에서 떨어지게 할 수는 없는 일이다.

"뭐어, 그 둘에게 의지하지 않더라도 이 몸에게는 강한 아군이 있지."

밀려드는 검은 아지랑이를 쫓아내며 미라는 믿음직한 동료들에게로 시선을 돌렸다.

캐슬 골렘의 문 앞. 그곳에는 아이젠파르드와 성을 수호하듯 도열한 '군세', 그리고 그들을 통솔하는 발키리 자매의 모습이 있었다.

그런 자매들 중에서도 크리스티나는 몇 번인가 상크티아를 사용한 적도 있다. 상성은 좋을 터다.

더불어 마나 조작에 능한 그녀라면 상크티아의 진정한 힘을 이끌어낼 가능성은 있다.

유일하게 불안한 점이 있다면, 정령왕이 말한 대로 그것을 해내는 것은 쉬운 일이 아니라는 거다.

과연 평소 훈련에도 소극적인 크리스티나가 그 영역에 속해 있을까.

(……살짝 걱정이로군.)

다른 사람도 아니고 크리스티나가 아닌가. 미라는 괜찮다고 단언할 수 없을 듯하다는 생각이 들어 쓴웃음을 지었다. 하지만 그렇게 생각하자 가장 적합한 자가 있다는 결론에 다다랐다.

그렇다. 알피나다.

검과 진지하게 마주하고 쉼 없이 자신을 연마하는 그녀라면 성검 상크티아에 숨겨진 진정한 힘을 이끌어내 줄 것이다.

크리스티나도 그만큼 훌륭하게 다루지 않았던가. 알피나라면 더욱 확실하게 성공하리라.

무엇보다도 발할라에서 일주일 정도 생활하는 동안, 알피나에게는 매일 상크티아를 빌려준 적도 있었다.

그때의 적응력을 고려하면 오히려 알피나 이외의 후보자는 없을 듯했다.

『알피나여, 잠깐 이리로 와주겠느냐.』

『알겠습니다!』

미라가 부르자 알피나는 곧장 답하더니 바람처럼 달려왔다.

신속하게 대령한 그녀는 무릎을 꿇으며 "무슨 일이십니까"라고 물었다.

"음, 실은 말이다――."

미라는 에걸게이드와 검은 아지랑이에 관한 고찰을 간결하게 이야기한 후, 그 대처법에 관해서도 알려주었다.

그리고 "그대에게 부탁하고 싶다만, 해주겠느냐"라고 하며 성검 상크티아를 내밀었다.

"아아, 주인님……! 이러한 임무를 제게 맡겨주시다니……!"

주인이 의지해주는 것을 극상의 기쁨으로 여기는 알피나. 성검 상크티아를 앞에 둔 그녀는 전에 없었다 해도 과언이 아닐 정도의 환희로 가득한 반응을 보였다.

"이 목숨과 바꾸어서라도 반드시 주인님이 뜻하신 결과를 내보이겠습니다!"

알피나는 그렇게 답하더니 한껏 심호흡을 한 후, 공손하게 두 손을 내밀어 성검 상크티아를 받아 들었다.

"아니, 그렇게까지 할 필요는 없다만……."

미라는 일일이 과장스러운 반응을 보이는 알피나를 보고 쓴웃음을 지었다. 하지만 다음 순간에는 당혹감을 감출 수가 없었다.

"아아…… 드디어 이 날이……."

전장에서 성검을 하사받은 알피나가 감개무량하다는 듯이 흐느껴 울었기 때문이다.

그녀에게 전장이라는 장소에서 주인에게 특별한 검을 하사받는다는 것은 절대적인 신뢰의 증표이자 최대의 영예이기도 했다.

따라서 오늘은 특별한 날인 것이다. 알피나는 하염없이 감격의 눈물을 흘리며 감동에 몸을 떨었다.

"아~…… 알피나여, 빨리 좀……."

알피나는 모든 행복을 손에 넣은 사람 같은 얼굴로 성검 상크티아를 쥐고 있다.

미라는 그런 그녀에게 서둘러달라고 재촉했다. 그러고 있는 동안에 검은 아지랑이가 코앞까지 다가와 있었기 때문이다.

"갑니다──!"

전방이 새까맣게 물들어가는 가운데, 유열에 젖은 알피나. 하지만 직후에 눈을 번쩍 뜨더니, 그야말로 눈으로 좇기도 어려운 속도로 성검 상크티아를 힘껏 휘둘렀다.

일섬.

날카롭게 펼친 검술은 이미 상식의 영역을 넘어서 있었다.

알피나의 만감이 서린 일격. 그것은 그야말로 티 없이 맑고 푸르른 하늘 그 자체였다. 소리조차 가르며 날아간 참격은 그 순간, 검은 아지랑이를 모두 없애 버렸다.

그 후로 얼마간 기다리며 상황을 살폈지만, 검은 아지랑이가 다시 나타나는 일은 없었다.

그렇다, 알피나는 성검 상크티아의 진정한 힘을 이끌어낸 것뿐 아니라 눈앞에 있는 것은 물론이고 여기저기서 솟아나는 검은 아지랑이까지 뿌리째 없애버린 것이다.

"정말이지, 차원이 다르구나……."

무장소환으로 검을 쓸 수 있게 되어 남 못지않은 검사가 되었다고 생각했던 미라는 그 위업을 보고 뼈저리게 깨달았다.

진짜 달인 앞에서 그 정도는 어린애 장난이나 다름없는 수준이었다는 것을.

진정한 힘을 이끌어낸다는 것은 어떤 것인지. 그렇게 하면, 그에 성공하면 무엇이 바뀌는지. 이제 그런 것은 아무래도 좋다는 생각이 들 만큼, 알피나의 검격은 강렬하고도 화려하고 압도적이었다.

"훌륭하다, 알피나여. 이 몸이 평가할 자격이나 있는지 모르겠다만, 훌륭한 일격이었다. 역시 그대에게 맡기길 잘했구나."

너무도 탁월한 알피나의 검기(劍技). 그것을 다시금 눈앞에서 본 미라는 자신의 감상을 표현할 말이 떠오르지 않아서 흔해빠진 말을 입 밖에 내는 게 고작이었다.

"칭찬해주셔서 영광입니다!"

하지만 알피나에게 그러한 것은 전혀 상관이 없었다. 주인에게 칭찬을 받은 것만으로 승천해 버릴 듯한 표정이었다.

그렇게 검은 아지랑이를 일소한 것도 잠시뿐.

"뭔가 있다……!"

미라는 에걸게이드에게 다가오는 자의 그림자를 포착하자마자 뛰쳐나갔다.

그리고 기세를 이용해 걷어찬 상대는, 슬금슬금 암약하는 레서 데몬이었다.

대체 무슨 꿍꿍이속이었는지는 모르겠지만, 레서 데몬은 그대로 바위벽에 격돌한 후, 알피나의 칼을 맞고 신속하게 처리되었다.

"흠, 이게 무엇이지?"

"조심하십시오, 주인님. 뭔가 이상한 힘이 느껴집니다."

레서 데몬의 숨통을 끊은 순간. 알피나의 검은 레서 데몬이 가지고 있던 작은 병도 같이 베었다.

깨진 작은 병의 내용물이 레서 데몬의 시체에 쏟아졌다.

과연 작은 병의 내용물은 무엇이었을까. 그 작은 병으로 무엇을 하려고 했던 걸까.

미라 일행이 레서 데몬의 행동에 의문을 품고 있던 중, 놀랍게도 레서 데몬 본인이 그 답을 제시했다.

"크큭, 키키킥……."

어떻게 된 일인지. 알피나가 완전히 숨통을 끊었을 터인 레서 데몬이 되살아난 것이다.

"뭣, 이라고……?"

"이게 대체……."

미라와 알피나는 그 광경 앞에서 숨을 죽였다.

술식이 전개된 낌새는 없었으니 술식은 아니다. 게다가 소생은 사람이 다루는 술법은 물론이고 세상에 수없이 많은 마법으로도 불가능한 일이었다.

하지만 그 상황을 통해 한 가지 가능성을 도출할 수 있었다.

저 작은 병의 내용물은, 혹시 부활의 효과를 지니고 있었던 게 아닐까.

"이거 일이 성가셔질 것 같군."

그러나 무조건 부활할 수 있는 물건 같지는 않다. '죽은 지 얼마 되지 않았을 것'과 같은 모종의 조건이 있을 터다.

하지만 그 효과는 절대적이었다.

미라는 부활한 레서 데몬을 그 즉시 처리한 후, 에퀼게이드의 시체로 시선을 옮겼다.

분명 레서 데몬은 작은 병을 에퀼게이드에게 사용해 부활시키려 했을 거다.

하지만 작은 병만으로 부활시킬 수 있었다면 검은 아지랑이에는 무슨 의미가 있었던 걸까.

처음에 했던 예상이 틀렸을지도 모른다. 미라는 그렇게 생각했지만 검은 아지랑이는 소멸했고 레서 데몬도 막았다. 더불어 그 레서 데몬에게서 발생된 원념체도 상크티아의 일격을 맞고 연기처럼 흩어졌다.

이로써 일단은 에퀼게이드가 움직일 걱정은 하지 않아도 될 것이다.

"하지만 이대로 내버려둘 수는 없는 일이지."

그렇게 결론을 내린 미라는 제2, 제3의 레서 데몬이 나타날 사태를 고려하여 크리스티나를 이곳으로 불러들였다.

"……."

허둥지둥 달려온 크리스티나는 미라 일행에게 합류하자마자, 마치 기적이라도 목격한 듯한 얼굴로 멍하니 알피나를 쳐다보았다.

성검 상크티아를 손에 든 알피나의 표정이 믿을 수 없을 만큼 온화했기 때문이다.

다른 사람의 눈에 그것은 미세한 변화였다. 하지만 오랜 시간을 함께 보내온 크리스티나에게는 놀랄 만한 변화였던 것이다.

"수고가 많습니다, 크리스티나. 주인님의 분부대로, 이곳의 경계를 부탁하겠어요."

그렇게 말하는 알피나의 목소리 역시 크리스티나의 귀에는 한없이 부드럽게 들렸다.

"아, 네, 맡겨주세요!"

마치 분노라는 감정만 사라진 듯했다.

그만큼 성검 상크티아를 손에 쥔 것이 기뻤던 것이리라. 기쁨이 모든 감정을 능가하고 있다.

알피나는 공작 2위와의 싸움으로 돌아갔다. 크리스티나는 두 사람을 배웅하며 제발 저 상태가 계속되게 해달라고 간절하게 기도했다.

"설마 이렇게까지 방해를 할 줄이야. 차라리 통쾌할 지경이군."

에퀼게이드의 시체와 그 근처를 지키는 크리스티나의 모습을 본 공작 2위는 태세를 재정비하듯 물러서서 미라를 노려보았다.

미라가 다시 돌아와 보니 전황은 다소 진정되어 있었다.

다만 정면으로 맞섰던 탓에 노인은 상당히 소모된 듯했다. 곳곳에 상처가 보이는 데다 공작 2위 앞에 선 멤버도 고트프리트로 바뀌어 있었다.

또한 측면에는 메이린과 라스트라다, 등 뒤에는 사이조가 버티고 있다.

넷이서 포위하여 미라 일행을 방해하지 못하도록 막고 있었던 것이다.

그렇게 모두가 치고받는 동안 에퀼게이드의 부활의 싹을 잘라 낸 미라는 처절한 전투가 있었다는 것을 짐작케 하는 흔적을 쳐다보고 감사 인사를 했다.

"잘 풀린 모양이네."

"음, 이로써 우선은 저것이 움직일 일은 없을 게야."

공작 2위가 어지간히도 격렬하게 날뛰었던 것인지, 미라는 노인 이외의 동료들도 상처를 입은 것을 확인하며 답했다. 공작 2위와 에퀼게이드를 동시에 상대해야 하는 사태는 피한 것 같다고.

"그럼 됐어. 이제 눈앞에 있는 이 녀석에게 집중하자고."

아르테시아의 성술로 회복을 마친 노인은 다시 공작 2위의 정면으로 돌아가 대형 방패를 들었다.

그와 동시에 이번에는 고트프리트 일행의 회복이 시작되었다.

"정말이지 성가시군.""

다소 부상을 입혀도 회복하는 노인 일행의 모습을 보고, 공작은 얼굴을 찌푸리더니 그렇게 중얼거리며 몸을 날렸다.

그 표적은 성가신 힐러인 아르테시아다.

하지만 레이드와 그란데급과의 전투를 수십, 수백 번 치러온 미라 일행의 포진은 철벽같았다.

성벽 상공에 카구라의 식신인 《주닌오키나(十人翁)》가 늘어서 있다. 음양술 최강의 결계술인 그것은 공작 2위라 해도 간단히는 뚫을 수 없는 물건이다.

'주닌오키나'는 적의 전진을 방해하려는 듯이 결계를 전개했다.

그렇게 상대의 움직임을 잠시 멈추자, 성벽에 자리한 포대가 불을 뿜었다.

포탄은 직격하지는 않았지만, 공작 2위의 옆에서 작렬했다.

그리고 폭염에 휩싸여 있는 동안, 루미나리아의 마술이 그 폭염과 함께 모든 것을 날려버릴 폭풍을 일으켰다.

"좋았어, 잘 돌아왔다!"

고트프리트는 그 즉시 튕겨져 나온 공작 2위에게 육박해 있는 힘껏 특대검을 때려 넣었다.

강렬한 충격이 퍼지고 대기가 떨리는 가운데, 직격을 당한 공작 2위의 신음소리가 희미하게 울렸다.

그 직후, 상대가 날린 발차기를 맞고 고트프리트가 허공에 떠올랐다.

하지만 그 사이에도 노인 일행은 다시 포위망을 완성시켰고, 이어지는 공격을 사이조가 막자마자 라스트라다가 공작 2위의 측면에서 기습을 가했다.

강력한 산성 구체를 쏘는 강마술이다. 그것을 맞은 공작 2위의 표피가 약간 짓무르며 타들어갔다.

그 순간 메이린의 화염을 두른 주먹이 박혔다.

"이것이 동료, 이것이 연계란 것인가. 보면 볼수록 성가시군."

대형 마수를 가볍게 죽일 정도의 공격을 맞고서도 공작 2위는 버티고 서서 칼을 휘둘러 주변을 휩쓸었다.

그 검압에 의해 메이린과 사이조가 크게 뒤로 밀려났다. 라스트라다도 그 자리에서 버티는 게 고작인 상태다.

고트프리트는 어찌어찌 착지했는지 특대검을 짚어지듯이 자세를 잡고 다시 덤벼들 기회를 엿보고 있다.

노인은 천천히 거리를 좁히고 있었다.

공작 2위는 그러한 주변을 흘끔 쳐다보더니, 부상을 입은 것도 아랑곳하지 않고 웃기 시작했다.

그리고 기분 나쁜 미소를 띤 채 "이거 재미있군, 죽이는 보람이 있겠어"라고 말함과 동시에 눈이 서서히 붉게 물들었다.

"흠…… 이것은……."

지금까지 느낀 적이 없는 분위기다. 공작 2위도 제 실력을 발휘하고 있는 줄 알았건만, 설마 그다음 단계가 있었을 줄이야.

그런 예감 속에서 이제 한계라는 사실을 깨달은 미라는, 그 즉시 후위진에 합류하기로 결정했다.

"알피나는 이대로 노인 일행을 엄호하거라. 나는 성까지 후퇴하도록 하마."

무장소환으로 전위에 지지 않을 방어력을 얻기는 했다. 또한 공격력도 갖추었다고 생각했지만 알피나의 검을 본 순간, 그것이 자만이었음을 미라는 깨달았다.

따라서 그란데급을 상대로 한 무모한 싸움은 여기서 멈춰야겠다고 판단을 내린 것이다.

"알겠습니다, 주인님. 저에게 맡겨주십시오!"

성검을 하사받은 것뿐 아니라 주인에게 대신 최전선에 서라는 명령을 받은 탓인지 알피나는 전에 없이 힘차게, 의욕으로 가득한 목소리로 답했다.

<16>

전장에서 후퇴한 미라가 캐슬 골렘의 정위치에 도착했을 즈음, 전선에서 가열한 전투가 펼쳐지고 있었다.

노인은 후위진에게 가는 길을 완전히 틀어막는 방어선이 되겠다는 듯, 딱 버티고 서서 적의 공격을 막아내고 있다. 그 중에서도 특히 강력한 공격 등은 모두 노인이 끼어들어 대신 막았다. 그야말로 탱커의 귀감이라 할 수 있는 활약이었다.

고트프리트는 작은 빈틈이나 공격이 끝나는 타이밍 등을 노렸다가 일격을 때려 넣었다.

절대적인 안정감을 뽐내는 탱커가 있기에 그 역시 최대한의 실력을 발휘할 수 있었다. 그 일격을 경계하는 것인지, 공작 2위는 동작이 큰 공격을 하지 않게 되었을 정도다.

덕분에 아르테시아의 회복에도 어느 정도 여유가 생겨났다.

메이린과 라스트라다도 과거의 경험 덕인지 이전과 비교해도 손색이 없는 연계를 이루고 있다.

거미줄에 의한 행동 방해와 환영으로의 교란, 때로는 보호 술식을 사용하는 등. 라스트라다의 보조 덕분에 메이린은 최대한의 공격력을 발휘할 수 있었다.

더불어 사이조도 빈틈을 파고들며 상대의 의식을 분산시켰다.

그 사이사이에 알피나가 덤벼든다.

성검 상크티아와 알피나의 검기가 합쳐지자 공작 2위로서도 경계하지 않을 수 없는 힘이 되었다.

알피나가 폭풍처럼 칼을 내지르면 공작 2위가 정면에서 되받아친다.

그리고 그로 인해 작은 빈틈이 발생할 때마다 고트프리트가 날카로운 일격을 박아 넣는다.

그에 이어서 타이밍을 살피던 루미나리아가 마술을 날린다.

추가타를 가하듯 날아간 작렬한 광선은 순식간에 폭발 에너지로 바뀌어 폭염을 일으켰다.

"오~ 무서워라~……."

일격 후, 그 즉시 질주해 대피한 고트프리트는 그 파괴력을 다시금 확인하고서 쓴웃음을 지었다.

또한 이만한 마술을 가차 없이 퍼붓는 루미나리아와 익숙하다는 듯이 이미 추격에 나선 메이린, 라스트라다의 모습을 보고 있자니 어이가 없었다.

"아직은 순조롭지만, 그래도 그란데급을 상대로 방심할 수는 없는 일이니 말이다……."

현재까지는 호각을 이루고 있다. 완벽한 연계를 취하고 있는 노인을 비롯한 전선팀은 착실하게 적의 체력을 깎고 있었다.

그러나 결코 방심할 수 없다.

아르테시나는 계속해서 회복과 보조에 전념하고 있고, 카구라도 상황에 적합한 엄호를 하느라 벅찼다.

아무리 애를 써도 생길 수밖에 없는 후위에 대한 사선 등은 모두 카구라가 없애고 있는 상태다. 아르테시아와 루미나리아를 술식에 집중시키기 위해 식신 조작을 하느라 바쁘기도 했다.

소울하울과 엘리미제는 골렘을 운용해 전장을 유리하게 바꾸고 있다.

상대가 날리는 화염에서 벗어나기 위한 참호와 방벽, 나아가 라스트라다와 사이조가 기습하기 쉽도록 몸을 숨길 수 있는 차폐물과 입체적으로 움직이기 위한 발판 등. 많은 것들을 차례로 변화시켜 나간다.

게다가 자유자재로 변화하는 엘리미제의 머드 골렘이 전장 전체에 퍼져 있어서 공작 2위가 이걸 이용하려 하면 반응해서 방해하도록 되어 있기까지 했다.

또한 팜은 탱커인 노인을 강화하는 데 집중하고 있고, 레티샤도 주로 방어를 지원하기 위해 열창하고 있었다.

그 정도의 보조가 더해져 겨우 호각을 이루고 있다. 한 시도 방심할 수 없는 상황이라 할 수 있는 것이다.

"그럼, 이쪽도——."

만약 전선에 있는 노인 일행이 무너질 경우, 태세를 재정비하기 위한 시간을 '군세'로 벌어야 한다. 어떠한 상태에서도 대응할 수 있도록 대비해 두는 것이 그란데급과 전투를 할 때의 철칙이다.

그 때문에 미라는 '군세'와 발키리 자매들의 방호를 수복하며 대(對) 흑악마용 진형에 관해 논의했다.

그러던 도중 "어머니, 어머니!"라는 목소리가 들려와 돌아보니 성문 앞에서 대기하고 있던 아이젠파르드가 전선에 나가고 싶다는 소릴 했다.

"아니, 그대는 말이다……."

미라의 주력인 아이젠파르드가 전선에 참가하면 더욱 유리해 지기는 할 것이다.

하지만 이러한 상황…… 노인 일행이 분투하고 있는 상황 등에 서는 늘 후위진을 보호하기 위해 아이젠파르드를 대기시켜두었다.

바로 그 거대한 몸 때문이다. 아이젠파르드가 전선에 참가하면 그 체격 때문에 노인 일행에게 방해가 될 수 있는 것이다.

(아니, 생각해 보니 지금의 모습이라면 이전처럼 되지는 않을 듯도 하군.)

일찍이 미라는 의기양양하게 아이젠파르드를 전선에 투입한 적이 있는데, 그때마다 솔로몬을 비롯한 전선진에게 방해된다는 소리만 들었더랬다.

그래서 이번에도 평소처럼 후위진 방어선까지 물려두었던 것 인데 지금의 아이젠파르드는 인화의 술식으로 인간의 모습이 되 었다.

용의 모습일 때에 비해 파워 등은 떨어졌다지만 전선에서 싸울 만큼의 전투력은 있다.

그렇다면 어쩌면. 그런 생각이 미라의 뇌리를 스친 순간이었다.

"이것 보셔, 장난해?"

"어머어머, 큰일이네."

루미나리아와 아르테시아의 말을 듣고 돌아보니 캐슬 골렘 후 방으로 접근해오는 마수의 모습이 눈에 들어왔다.

"허어…… 아직 남아 있었던 겐가."

이미 상당한 숫자를 토벌했을 터다. 아닌 게 아니라 하루 동안의 토벌 숫자로는 신기록을 세웠을 정도다.

그럼에도 섬 안쪽에서 추가로 나타났다. 대체 얼마나 많은 마수를 이 섬에 모아둔 걸까.

나타난 마수는 세 마리라 지금까지 쓰러뜨린 숫자에 비하면 그리 대단치 않았다.

하지만 문제는 그 종류였다.

레이드급까지는 아니라도 최상급 플레이어가 한 명은 붙어 있어야 할 정도로 강력한 개체들뿐이었던 것이다.

"하지만 보아하니, 마지막 카드 같은 느낌이야."

소울하울의 시선 끝에는 세 마리의 마수를 이끌 듯이 걸어오는 레서 데몬의 모습이 있었다.

그는 에컬게이드를 못 쓰게 된 대신, 공작 2위가 레서 데몬에게 데려오게 한 게 아닐까 예상했다.

실제로 지금까지 조우했던 마수와는 분위기가 달라 보였다.

마치 공룡 같은 모습의 마수 '밸리언트 렉스'.

온몸을 뒤덮은 장갑 같은 표피가 특징적인 마수 '나이트로드 디시스'.

그리고 수십 개의 촉수를 지닌 이형의 마수 '디그리즈 로치즈'.

세 마리 모두 본 적이 있는 마수였지만 곳곳에 다른 점이 있었다.

"개조 마수, 라고 해야 할까."

"저 짜깁기에 어느 정도의 효과가 있을까."

그렇다, 평범한 마수가 아니라 개조를 한 흔적이 보였던 것이다.

하지만 급하게 움직이게 한 탓인지, 일그러진 접합부에서는 피가 흐르고 있었다.

개조 마수는 완성품이 아닐지도 모른다. 하지만 이 시점에 내보낸 것으로 미루어 볼 때, 상당한 전력을 지녔을 터다.

"할아버지, 어떻게 나눌까? 피스케라면 그쪽에 가세시킬 수 있는데."

"흐음~ 글쎄다……."

가능하다면 공작 2위와의 싸움에 집중하고 싶지만 무시할 수 있는 상대가 아니다. 게다가 개조가 어느 정도의 변화를 일으켰을지도 알 수 없다. 어정쩡한 전력으로 대응했다가는 뜨거운 맛을 보게 될지도 모른다.

"둘이서 어떻게든 해보도록 할까. 어떠냐, 소울하울."

최소한 세 명, 개조 정도에 따라서는 그 이상이 필요할 듯하지만 미라는 일체의 망설임도 없이 그렇게 말했다.

그러자 소울하울도 "그래, 그래도 상관없어"라고 답했다.

"알았어, 그럼 두 사람한테 맡길게."

"오케이, 부탁 좀 하자고."

두 사람의 힘을 믿어서인지, 카구라와 루미나리아는 그렇게 답하자마자 다시 주전장에 의식을 집중했다.

"너무 무리하면 안 돼."

아르테시아 역시 이 두 사람이라면 괜찮을 거라고 납득한 모양이다.

그리고 엘리미제는 두 사람이 어떻게 대응할지 신경 쓰이는 듯했다. 특히 같은 사령술사인 탓인지 소울하울이 신경이 쓰이는 눈치다.

하지만 전선은 한시도 방심할 수 없는 상황이다. 이러는 동안에도 노인의 방어를 무너뜨린 공작 2위가 고트프리트와 라스트라다에게 통렬한 일격을 먹이고 있었다.

때문에 엘리미제는 불만스러운 얼굴로 다시 전선팀을 보조하기 시작했다.

머드 골렘으로 방해하게 만들어 추격을 막은 직후, 메이린이 정면을 맡아 간신히 재정비에 성공했다.

그렇듯 현시점에서도 아슬아슬한 상태인 것이다.

그렇기에 최소한의 인원으로 개조 마수에 대응할 필요가 있었고, 다소 덜 집중하더라도 운용이 가능한 사역 계열 두 사람이 나서는 게 최선이라 할 수 있었다.

"자아, 소울하울이여. 첫 공격은 맡기마."

"그래, 맡겨둬."

그런 말을 주고받으며 미라와 소울하울은 다시 성의 후방에 집중했다.

상대는 본래 두 명 가지고는 완벽하게 대응할 수 없을 듯한 세 마리의 마수. 심지어 개조된 탓에 어떤 힘을 지니고 있을지 알 수 없다.

게다가 접근 중인 적 중에는 레서 데몬 세 마리도 존재했다.

흑악마의 사자로서 암약하는 레서 데몬 역시 여러모로 귀찮은 능력을 지니고 있는 경우가 많아서 성가신 상대다.

하지만 사역 계열인 두 사람이 함께하면 그 불리함을 뒤집을 여지는 충분히 있다. 술자 본인은 약할지라도 그 가능성이야말로 사역 계열의 강점이라 할 수 있었다.

또한, 미라에게는 약하다는 말이 해당되지 않았다.

"그럼, 시작해 보실까."

개조 마수들과의 거리가 100미터 이하가 된 순간, 소울하울의 그러한 말과 함께 성벽에 배치된 포대가 일제히 불을 뿜었다.

굉음과 함께 발사된 포탄은 그대로 개조 마수와 레서 데몬이 있는 곳 근처에 착탄했다.

"그럼 부탁하마, 아이젠파르드. 온 힘을 다하거라."

"자아, 다녀와, 일리나."

개조 마수에 대응하기 위한 '군세'는 숫자가 숫자이다 보니 전개하는 데 시간이 걸리지만, 지휘를 발키리 자매에게 맡겨둔 덕에 문제는 없었다.

따라서 초반에 발을 묶어두기 위해 두 사람은 처음부터 최대의 화력을 전선에 투입했다.

활활 타오르는 폭염 속에서 개조 마수와 레서 데몬이 모습을 드러냈다.

아이젠파르드와 일리나가 그 진행 방향에 내려선다.

일리나는 대마수용 장비로 교체한 상태로, 거대한 전투 도끼를 손에 들고 선 모습은 역전의 마수 사냥꾼과도 같은 박력을 지니고 있었다.

그 옆에는 인간 형태의 아이젠파르드가 서 있다.

완전 무장 상태인 일리나와 나란히 선 탓인지 경장비 상태의 아이젠파르드는 그다지 위압적으로 보이지 않았다.

하지만 지금부터 시작될 전투에서는 거의 발치에 뭐가 있는지 주의할 필요가 없을 것이다. 따라서 미라에게 온 힘을 다하라는 지시를 받은 아이젠파르드는 다시금 황룡의 모습으로 돌아갔다.

상대는 두 명뿐이라고 생각했는지 옅은 미소를 짓고 있던 세 마리의 레서 데몬은 느닷없이 나타난 황룡의 모습을 보고 놀란 듯 멈춰 섰다.

그것은 위압감 같은 것으로는 설명할 수 없는, 공포를 내재한 존재감에서 비롯된 현상이었다.

그런 가운데 일리나는 한 걸음에 접근해, 그대로 전투 도끼를 내려쳐서 눈 깜짝할 새 레서 데몬 중 한 마리를 두 동강 냈다.

나머지 두 마리 역시 직후에 아이젠파르드가 날린 축소판 드래곤 브레스를 맞고 소멸했다.

레서 데몬은 이래저래 성가시지만 미라와 소울하울이 자랑하는 최강의 전력 앞에서는 아무 의미도 없었다.

그 후, 성가신 원념체가 출현했지만 저주할 것이 근처에 없어서인지 그대로 소멸했다. 역시 특수한 존재인지 개조 마수는 저주의 대상이 되지 않는 모양이다.

하지만 다음 순간, 세 마리의 개조 마수가 느닷없이 몸부림치기 시작했다.

아무래도 레서 데몬이 그들을 제어하고 있었던 모양인데, 그런 그들이 완전히 사라지자 지금까지 얌전히 있던 개조 마수들이 날 뛰기 시작한 것이다.

"성공이로군."

"그래, 예상이 맞았어."

이성도 제어도 잃고 폭주하기 시작한 개조 마물은 무턱대고 덤벼들었다.

그 모습에 미라와 소울하울은 씨익 웃었다. 아무리 강한 힘을 지녔어도 지성과 전략이 없는 상대에게 대처하는 것은 어렵지 않다.

그리고 두 사람은 그러한 부분을 레서 데몬이 보충하고 있을 거라 예상했더랬다.

그 이유는 바로 위치였다. 본래 강자의 뒤에 숨기 일쑤인 레서 데몬이 개조 마수의 앞에 있었다. 그것은 곧, 그렇게 하지 않으면 유도할 수 없을 만큼 개조 마수의 사고력이 손상되었다는 증거라 할 수 있었다.

그렇기에 먼저 두뇌 역할을 하고 있던 레서 데몬을 쓰러뜨려 개조 마수의 위험성을 대폭 낮춘 것이다.

"자아, 빨리 처리하자꾸나. 그때보다는 훨씬 편할 테니 말이야."

"그래, 마키나 가디언에 비하면 이 정도쯤이야."

무엇보다도 레이드급을 둘이서 격파한 실적과 경험이 이 상황에서 큰 도움이 되었다. 서로를 잘 알기에 그 움직임도 예측할 수 있는 것이다.

아이젠파르드와 일리나, 그리고 발키리 자매가 이끄는 '군세'는 날뛰는 개조 마수와 격렬하게 부딪혔다.

제어에서 벗어났다고는 해도 그 힘은 엄청나서, 개조 마수의 일격은 매우 묵직했다.

아이젠파르드의 방호와 '군세'가 백, 이백씩 짓뭉개졌다.

그럼에도 미라 일행이 승리하리라는 사실에 변함은 없었다.

"좋아, 거기다!"

아이젠파르드가 꼬리로 일격을 가해 보기 좋게 중심을 무너뜨렸다. 그대로 깔아뭉개듯이 올라타자마자 영거리에서 드래곤 브레스를 작렬시킨다.

땅바닥이 패이고 날아감과 동시에 머리가 사라져 밸리언트 렉스는 활동 중지 상태가 되었다. 아이젠파르드는 그대로 일리나를 지원하기 시작했다.

"아아, 근사해, 일리나. 어엿한 마수 사냥꾼 같아."

일리나는 작은 몸집으로 대형 개조 마수인 나이트로드 디시스와 호각으로 싸웠다.

격렬하게 공격을 주고받는 그 모습은 소름이 돋을 만큼 힘찼고, 동시에 덧없는 분위기의 아름다움을 내포하고 있었다.

하지만 외피가 단단한 탓인지 일리나의 전투 도끼로도 개조 마수를 완전히 절단하지는 못했다.

그때 뛰어든 아이젠파르드가 개조 마수에게 불의의 일격을 작렬시켰다.

개조 마수는 일리나에게 완전히 정신이 팔려 있었는지, 그 일격은 대미지 이상의 영향을 주는 데 성공했고 치명적인 빈틈을 발생시켰다.

그리고 소울하울이 그 순간을 놓칠 리가 없었다.

성벽의 포문에서 한 발의 포탄이 발사되더니 그것이 개조 마수의 얼굴에 직격했다.

하지만 얼굴 가죽이 지독하게도 질긴 탓에 별다른 효과는 없었다. 그럼에도 그 충격으로 인해 몸이 뒤로 젖혀져 목이 훤히 드러났다.

순간, 일리나가 도약했다. 그리고 그 목을 향해 거대한 전투 도끼를 휘둘렀다.

"참으로 호쾌하군그래."

"그것도, 일리나의 매력이야."

작은 몸으로 휘두른 거대한 전투 도끼. 그 날은 날카롭게, 그리고 처참하게 나이트로드 디시스의 목을 쳐냈다.

철퍽 떨어지는 머리와 뿜어져 나오는 피보라. 그리고 아무 일도 없었다는 듯이 그 광경 속에 서 있는 일리나의 모습.

미라조차도 쓴웃음을 지을 수밖에 없는 광경이었지만 덧없는 분위기의 일리나와 참극이라는 표현이 절로 떠오르는 장면이 자아내는 대조가 끝내준다고 소울하울은 말했다.

그가 말하길, 피와 죽음과 미녀의 조합이야말로 완성된 미의 형태 중 하나라는 모양이다.

"흠, 도통 모르겠구나."

그 감성은 이해할 수가 없다며 흘려들은 후, 미라는 마지막으로 남은 개조 마수에게 시선을 돌렸다.

발키리 자매와 '군세'가 상대하고 있는 것은 디그리즈 로치즈였다.

개조의 영향인지 무수히 많은 촉수에는 본래 없었던 날카로운 발톱이 돋아나 있었다. 그리고 그 촉수를 힘에 의존해 휘둘러 '군세'를 쓸어버리고 있다.

어지간한 공격으로는 튕겨져 나올 만큼 힘이 센 데다 접근조차 어려울 정도로 격렬하게 날뛰어 공격과 방어를 한꺼번에 하고 있었다.

궁수 부대가 발사한 화살도 태풍처럼 날뛰는 촉수로 인해 허무하게 격추되었다.

그런 디그리즈 로치즈를 상대로 발키리 자매들은 잘 버티고 있었다.

버티고 버틴 끝에, 드디어 반격의 때가 왔다.

성벽에서 일제 포화를 실시하자 절반의 촉수가 방어에 나섰다.

그렇게 발생한 본체의 작은 빈틈을 향해 일리나가 투척한 전투 도끼가 직격. 자세를 무너뜨리는 데 성공했고, 그와 동시에 촉수의 움직임이 약간 둔해졌다.

"크리스티나 디스트로이 슬래시!"

만반의 준비 끝에 크리스티나가 뛰쳐나갔다.

에컬게이드의 시체를 지키던 그녀가 특별히 합류한 것이다.

샐러맨더와 교대한 크리스티나는 이게 이번 전투에서 활약할 마지막 기회라는 사실을 간파하자마자 자신의 자랑거리인 필살기를 내질렀다.

그 이름은 크리스티나 디스트로이 슬래시. 흠, 크리스티나를 디스트로이하겠다는 건가? 그렇게 들리기도 하는 기술이지만 문제는 없었다.

크리스티나가 휘두른 칼에서 방출된 무수히 많은 빛의 칼날이 촉수를 너덜너덜하게 만들며 꿰뚫었다.

그러자 디그리즈 로치즈가 비명을 질렀다. 고통을 호소하듯이, 그리고 분노를 표출하듯이.

하지만 그 비명을 들어줄 자는 없었고, 크리스티나의 뒤에서 끝을 내겠다는 듯이 언니들이 움직이기 시작했다.

"그럼 이걸 시험해 보도록 할까."

움직임이 약간 굼떠진 촉수. 그것에 난 상처를 후벼 팔 기세로 엘레티나가 날린 화살이 꽂히더니 폭발했다. 엘레티나의 장기인 폭렬 인챈트 화살이다.

그 효과는 절대적이라 촉수 하나가 끊어져 날아갔다.

그렇게 뚫린 방어의 틈새로, 엘리비나와 플로디나가 뛰어들었다.

"크리스티나가 공격의 물꼬를 틀다니, 뭔가 납득이 안 되는데."

"그런 소리 말고 가죠."

폭풍처럼 몰아치던 촉수를 돌파한 두 사람은 그대로 재빨리 최단거리로 질주해 디글로즈 로치즈의 두 눈을 베었다.

또다시 비명소리가 울렸다. 그걸 신호 삼아, 이번에는 셀레스티나가 뛰쳐나갔다.

"끝내 보이겠어요!"

그 기세에 반응한 것인지, 디그리즈 로치즈가 촉수로 요격을 시도했다. 하지만 눈으로 좇을 수 없는 탓에 정확성이 떨어져 조준이 엉성해졌다.

그 덕에 셀레스티나는 손쉽게 그것을 피해 스쳐 지나며 몇 가닥을 베어내는 곡예에 성공했다.

게다가 셀레스티나의 차례는 아직 끝나지 않았다.

"저에게도 필살기가 있다고요!"

모든 무기를 능숙하게 사용할 수 있기에 셀레스티나에게는 필살기가 필요치 않았다.

하지만 크리스티나의 활약에 지지 않고자 특훈을 거듭한 끝에 그녀 나름의 필살기를 만들어냈다.

또한 그것은 미라와의 상담 덕분에 생겨난 기술이기도 했다.

"갑니다!"

셀레스티나는 한층 더 큰 기합성을 내지르며 단검을 투척했다.

다루기 쉬운 소형 단도는 눈에 보이지 않을 정도의 속도로 하늘을 가르고 디그리즈 로치즈의 중앙부에 꽂혔다.

하지만 상대의 체격에 비해 단검이 입힌 상처는 경미했고, 거의 대미지를 입지 않았는지 이번에는 비명조차 지르지 않고 촉수를 계속 휘둘러댔다.

셀레스티나는 때때로 육박하는 촉수를 피하고 베며 두 자루, 세 자루, 단검을 던졌다.

그리고 다섯 번째 단검이 꽂힌 순간 몸을 날려 거리를 벌리더니 그대로 높은 하늘로 도약했다.

디그리즈 로치즈의 머리 위, 촉수의 사정권보다 훨씬 높은 곳까지 도약한 셀레스티나는 드디어 진짜 무기를 꺼냈다.

빛의 입자가 모여들어 거대한 도끼의 형상을 이루었다.

아니, 그것은 차라리 기요틴의 날과 같이 심플한 모습을 하고 있어서 자르는 데에 특화된 형태의 쇳덩이라 해도 과언이 아니었다.

셀레스티나의 키보다 훨씬 긴 것은 물론이고 전체 길이가 10미터는 될 듯한 거대한 날을 지녔다. 거인이라 해도 무기로 사용할 수 없을 듯한 물건이다.

그러한 것을 꺼내 뭘 어쩌려는 것일까.

미라가 기대 섞인 눈빛으로 지켜보는 가운데, 셀레스티나는 그 도끼날의 뒷부분에 발을 얹으며 소리쳤다.

"이것이 저의, 진(眞) 거수 사냥꾼입니다!"

중력에 이끌려 낙하함과 동시에 가속한 셀레스티나의 손에는 빛의 실 같은 것이 반짝이고 있었다.

그것은 조금 전 던진 단검으로 이어져 있다.

단검은 디그리즈 로즈의 중심부 근처에 꽂혀 있었다. 그리고 실은 정확히 그 장소로 유도하기 위한 도선인 것이다.

실을 당겨 더욱 가속시킨 거대한 날은 강인한 촉수의 방어를 손쉽게 절단하고 그 중심을 향해 날아간다.

그리고 셀레스티나의 훌륭한 조작으로 인해 보기 좋게 디그리즈 로치즈의 정수리로 파고들어 몸뚱이를 두 동강 내었다.

지면에 날이 닿자, 가벼운 땅울림과 함께 디그리즈 로치즈가 둘로 갈라져 땅에 쓰러졌다. 즉사했다는 사실을 확인할 필요조차 없을 정도의 광경이었다.

"설마 두 동강을 낼 줄이야…… 터무니없이 날카롭구나."

그 필살기는 섬세하면서도 호쾌했다. 미라는 마수급이 이렇게
나 깔끔하게 두 동강 날 줄은 몰랐다고 하며 놀랐고, 동시에 기뻐
했다. 훌륭한 필살기를 완성시켰구나, 라고 생각하며.

"어떠신가요, 주인님!"

셀레스티나는 완벽하게 기술이 성공한 탓인지 기대로 가득한
얼굴이다.

하지만 두 동강 난 디그리즈 로치즈의 몸 사이에서 나온 그녀
의 모습은 정말이지 처참했다.

눈 깜짝할 새에 베기는 했지만 셀레스티나는 그 날과 함께 한
가운데까지 들어갔었다. 다시 말해서 피로 목욕을 한 듯한 상태
인 것이다. 그 때문에 셀레스티나는 머리부터 발끝까지 마수의
피로 뒤덮여 있었다.

그럼에도 표정은 발랄해서 엽기적이라는 느낌을 받을 수밖에
없는 상태였다.

"으…… 음, 실로 훌륭한 일격이었다."

하지만 저 디그리즈 로치즈를 일격에 양단한 것은 칭찬받아 마
땅한 일이다.

미라는 그 점을 제대로 칭찬한 후, 덧붙여 말했다.

"──허나 방호막은 악성(惡性)을 띤 것만 막을 수 있으니 말이
다. 좀 더 다듬는 편이 좋겠구나……."

독액과 같은 것이라면 소환시 술식에 포함된 방호막이 반응해

보호해줄 테지만, 디그리즈 로치즈의 피는 무해했던 탓에 셀레스티나의 온몸을 물들였다.

원래대로였다면 마수를 쓰러뜨린 영웅의 개선이라는 그림이 되었어야 했지만, 지금은 어쩐지 악역 같은 인상이 강했다.

"네……? 앗!"

어지간히도 필살기를 미라에게 보여주고 싶었던 것인지, 셀레스티나는 그 말을 듣기 전까지 자신이 어떤 상태인지 알아채지 못했던 모양이다. 피투성이가 된 갑옷과 머리카락을 보고 놀라서는 하늘을 향해 "이게 뭐야~!"라고 소리쳤다.

셀레스티나의 신 필살기. 그것은 이제 막 완성된 탓에 아직 개량의 여지가 있을 듯했다.

$$\langle 17 \rangle$$

세 마리의 개조 마수를 처리한 미라와 소울하울은 성의 뒷문을 통해 다시 주전장인 진영으로 돌아와 루미나리아 일행과 합류했다.

발키리 자매와 '군세'는 일단 성 안으로 들어와 정렬하여 잔존 전력을 확인 중이다.

또한 아이젠파르드는 또다시 인간의 모습이 되어 미라의 옆에 떡 버티고 있었다. 이번에는 소울하울의 호위를 맡아 서 있는 일리나의 흉내를 내려는 모양이다.

"해서, 어떤 상황이냐?"

"변화는 있었어?"

전황은 어떠냐고 묻자 다소 방어 중심으로 흘러가고 있다고 루미나리아는 답했다.

"애초부터 아슬아슬했으니까. 단숨에 무너지지 않도록 하는 게 고작이야. 바로 지원해줘."

그렇게 말하며 루미나리아는 마술로 지원 공격을 했다. 소울하울의 포격 대신 루미나리아가 엄호 사격을 해서 간신히 적의 기세를 억누르고 있었던 모양이다.

공격 담당인 루미나리아가 지원을 맡는 바람에 그만큼 공격력이 부족해져 밀어붙이지 못하게 된 것이다.

안 그래도 그란데급을 상대하기에는 인원수가 아슬아슬하거나 조금 부족했다. 한 사람 한 사람의 역할이 상당히 무거운 것이다.

그리고 소울하울의 정확한 포격 지원과 진형 조작은 반격의 계기를 만들거나 태세를 정비하는 데 중요한 요소였다. 따라서 지금은 상대가 기세를 몰아 단숨에 공격해 오는 것을 완전히 무마하지 못하고 있는 상황이었다.

"그래, 바로 시작하도록 하지."

재빨리 일리나의 장비를 교체하며 전선의 상황을 확인한 소울하울은 방금 말한 것과 같이 곧장 지원 공격을 개시했다.

노인은 방어 일변도고 고트프리트는 견제로 인해 접근하지 못하고 있다.

메이린과 라스트라다, 그리고 알피나는 용맹하게 공격했지만 공작 2위는 강력한 마법으로 반격했다.

사이조 역시 계속해서 상대에게 위치를 파악당해 장기인 은둔 기술을 사용하지 못하고 있는 상태다.

"그럼, 반격이다."

충분한 포격 지원만 있으면 반격할 여유도, 근접할 기회도 생겨난다.

루미나리아가 공격에 주력하면 그 강력한 마술 공격에 대응하기 위해 공작 2위는 방어에 마법 자원을 할애해야만 한다.

또한 포격으로 인한 폭염과 굉음은 모습을 감추는 데 적절한 눈속임이 되었다.

성벽에서의 지원 포격이 재개되자 노인 일행은 서서히 공세로 전환하기 시작했다.

각자가 맡은 역할이 명확했기에 그것이 딱 들어맞았을 때의 효과는 눈에 보일 정도로 또렷이 나타났다.

그러나 다시 우위를 점했다고 생각하고 몇 분이 지났을 즈음.

"흐음~ 조금 어려울 듯하군……."

루미나리아의 공격 지원. 아르테시아의 회복. 카구라의 유격과 보조. 소울하울과 엘리미제의 지형 조작과 포격. 그리고 미라와 레티샤, 팜에 의한 강화.

후위진의 지원은 모두 이상적으로 이루어지고 있는 상태다.

하지만 전황에 이상이 발생했다. 노인이 서서히 밀리기 시작한 것이다.

"어머어머 노인 군, 조금 지친 것 같아."

회복을 위해 노인을 집중적으로 보고 있었기 때문인지 아르테시아가 재빨리 그 변화를 알아챘다.

그렇다, 스태미나가 바닥난 것이다. 노인은 계속해서 공작 2위의 정면에 서서 그 맹공을 혼자서 받아내고 있었다.

바꿔 말하자면 탱커인 노인이 안간힘을 썼기에 미라와 소울하울이 개조 마수와 싸우는 동안 부족해진 전력을 보충하고 동료를 지켜낼 수 있었던 것이다.

하지만 그렇게 버텨낸 탓에 그는 거의 모든 스태미나를 소비하고 말았다.

그 결과, 노인의 방어가 한발 늦는 일이 늘어서 고트프리트와 라스트라다가 통렬한 일격을 맞았다.

노인뿐 아니라 전선에서 싸우고 있는 일동도 지친 모양이다.

"잠시 쉬게 하는 게 좋을 것 같아."

"음, 그렇구나."

카구라의 말에 미라도 동의했다. 이대로 전투를 계속할 경우, 노인에 이어 전위진 전체가 무너질 것이라고.

따라서 일단 그들을 쉬게 할 필요가 있다. 개중에서도 특히 노인의 스태미나는 반드시 회복시켜야만 한다.

하지만 그를 대신할 탱커는 그리 흔치 않다. 공작 2위가 상대이다 보니 더더욱 그러했다.

"오, 상황이 좀 바뀌었는데?"

문득 루미나리아가 그렇게 말했다.

자세히 보니 전선에서의 포지션에 변화가 있었다. 저쪽에서도 노인의 스태미나 고갈을 고려한 것인지, 그를 대신하듯 공작 2위의 정면에 선 자가 한 명 있었다.

"자아, 승부다해!"

메이린이다. 동료들을 걱정해서인지, 아니면 단순히 공작 2위와 정면에서 붙어보고 싶었던 것뿐인지, 때는 지금이라는 듯이 일대일 승부에 나섰다.

이런 상황에서도 메이린은 평소와 같아 보였다.

하지만 지금은 오히려 잘된 일이다. 싸움을 걸면 응해주는 것이 신조인지, 아니면 작위를 지닌 악마들의 격식 때문인지, 놀랍게도 상대가 그 제안을 받아들였기 때문이다.

전위진을 쉬게 할 준비를 하고 고트프리트와 라스트라다를 치료할 시간이 필요한 지금으로서는 바람직한 전개라 할 수 있었다.

문제는 메이린이 얼마나 시간을 벌어줄 것인가 하는 거다.

미라는 레티샤가 부르던 노래를 스태미나 회복으로 변경해달라고 하며 발키리 자매에게 지시를 내려 '군세'를 움직이기 시작했다.

메이린에 이어서 전력을 더 투입해 더 많은 시간을 벌려는 속셈이다.

"미안해, 실수했어."

"훌륭한 반격이었어!"

그러는 동안 고트프리트와 라스트라다가 돌아왔다. 메이린과 공작 2위의 일대일 승부가 시작된 참에 서둘러 후퇴한 것이다.

원거리에서의 치유로 정평이 나 있는 아르테시아였지만 그래도 가까이 있는 편이 효율이 좋기 때문이다.

"괜찮아, 괜찮아. 어떤 상처든 낫게 해줄게. 하지만 무리는 하면 안 돼."

아르테시아가 성술로 두 사람의 상처를 치유해 나간다.

그 실력은 대륙 제일이라 상대가 즉사하지만 않는다면 완벽하게 치유해낸다고 일컬어질 정도였다.

하지만 제아무리 아르테시아라 해도 순식간에 그렇게 할 수는 없다. 치명상을 입었다면 더더욱.

(참으로 지독한 상처로군. 무장소환이 없는 상태의 이 몸이라면 일격에 당할지도 모르겠구나…….)

강고한 무구를 장착한 고트프리트도 조금 전의 일격에 뼈가 몇 대나 부러졌을 정도의 부상을 입었다.

라스트라다 역시 강마술을 통해 제때에 방어를 했음에도 한쪽 팔이 뚝 부러졌다.

하지만 그럼에도 두 사람이 멀쩡한 것은 고통을 완화시키는 팜의 새로운 정령마법 덕분이었다.

"고통이 먹먹한 정도에서 그치니까 좋네. 집중력이 끊기지 않으니까!"

"부상의 정도를 알기 어려워진다는 게 난점이다만."

고트프리트가 멋진 정령마법이라고 칭찬하자 미라가 결점도 있다고 답했다. 통증에 둔해진다는 것은 그만큼 몸의 한계를 알아채기 어려워진다는 뜻이기도 하다고.

어디까지나 치료를 받으러 돌아오게 하기 위한 보험인 것이다.

미라는 회복되고 있는 두 사람의 상태를 살피며 공작 2위가 얼마나 위협적인 존재인지를 새삼 실감했다. 이만큼 지원을 쏟아붓고 있는데도 겨우 승기(勝機)가 보일까 말까 한 상대라니.

하지만 실감함과 동시에 속에서 무언가가 활활 타오르기 시작하기도 했다.

(상대가 상대이니, 한계를 넘어서는 수밖에!)

지금은 언제든 메이린과 교체할 수 있도록 아이젠파르드와 '군세'를 대기시키고 있다.

하지만 상대는 공작 2위다. 아이젠파르드라 해도 소환시의 방호에 의해 어느 정도 힘이 억제되고 있는 상태라 유리하다고 할 수는 없다.

발키리 자매가 지휘하는 '군세' 역시 공작 2위를 상대로 얼마나 버틸 수 있을지 알 수 없다.

과연 노인 일행이 완전히 회복될 때까지 버틸 수 있을까.

그렇게 생각한 미라는 더욱 강력한 적을 상정하며 연구했던 이 런저런 소환술 운용법을 모조리 동원해도 괜찮은 상황이 아닐까, 하고 실험 정신에 시동을 걸기 시작했다.

이미 검증은 몇 번이나 했다. 실전에서 어디까지 통할지를 확인하는 것만 남은 책략도 몇 개나 있다.

더불어 한정적이기는 해도 충분한 시간을 확실하게 벌 수 있는 비장의 카드도 여전히 남아있다.

그런 생각을 하는 동안에도 메이린과 공작 2위는 격전을 펼치고 있었다.

(이것 참 무시무시하군. 저 녀석, 실력을 얼마나 올린 게야. 괜히 수행이니 뭐니 하며 쏘다닌 게 아니군그래.)

양측은 물러나지 않고 수십, 수백 번의 공격을 주고받았다. 자세히 보아도 완전히 파악하기 어려울 정도의 기술의 응수가 이어진다. 마치 격투 만화를 보는 듯한 광경을 바라보며 미라는 아주 감탄한 듯이 웃었다.

기술만 가지고 공작 2위와 저렇게까지 막상막하로 겨루다니.

메이린과 공작 2위는 그렇듯 치열하게 싸웠지만, 그 싸움도 끝이 다가오고 있었다.

서로 부딪치고 깎아내고 자세를 바로잡기를 열네 번 반복했을 즈음.

이번 공격으로 결판이 날 것을 깨달았는지 양측 사이에 감돌던 공기가 급격하게 얼어붙기 시작했다.

마주 본 채 자세를 잡은 공작 2위와 한껏 숨을 내쉬는 메이린.

팽팽한 긴장감 속에서 바람조차 잦아든 순간. 찰나의 시간에 상황이 움직였다.

메이린과 공작 2위의 모습이 사라진 듯 보인 다음 순간. 몇 중으로 중첩된 충격음과 진동이 울린 직후, 마치 위치를 뒤바꾼 듯이 양측이 서로를 등진 모양새로 모습을 드러낸 것이다.

"이것 참……."

순식간에 서로 교차하는, 그 명장면을 이 눈으로 직접 보게 될 줄이야. 미라는 놀란 동시에 긴장된 얼굴로 승부의 행방을 확인하고자 현장을 응시했다.

"이렇게 가슴이 뛴 건 오랜만이었다이거……."

먼저 무릎을 꿇은 것은 메이린 쪽이었다. 상당한 부상을 입은 것인지 기쁜 듯 미소를 짓고는 있어도 이마에 땀이 배어나 있었다.

"인간의 몸으로 나와 이렇게까지 맞서다니, 대단하군."

그에 반해 공작 2위는, 만족스러운 얼굴로 서 있다. 하지만 메이린에게 맞은 일격의 효과가 상당했는지 그 얼굴에는 고통이 배어나 있었다.

게다가 그뿐만이 아니었다. 공작 2위가 마무리를 하기 위해 몸을 돌린 순간. 손에 들고 있던 대검이 두 동강 난 것이다.

노인의 방패를 수없이 두들겼고, 고트프리트의 특대검과 부딪혔던 대검이. 상당한 수준의 무기일 터인 검이 척 보아도 너덜너덜해져 있었던 것이다.

"과연…… 한 방 먹었나."

칼자루를 버린 후, 공작 2위는 훌륭하다며 메이린에게 칭찬의 말을 보냈다.

상대를 행동불능 상태에 빠뜨릴 정도의 일격을 날릴 수는 있지만, 공격의 중심이라 할 수 있는 대검을 잃었다. 그러니 이 싸움은 무승부라면서 공작 2위는 웃었다.

"보아하니 지원을 끊은 것 같군."

승부를 지켜본 미라는 어이가 없다는 듯이 쓴웃음을 지었다.

공작 2위의 일격이 어지간히도 위력적이었는지, 메이린은 어쩐 일로 고통스러운 얼굴을 하고 있었다.

일대일 승부를 하게 됐을 때, 메이린은 자신의 힘만으로 싸우기 위해 동료들의 지원 효과를 모두 거부하고는 했다. 표정으로 미루어 이번에도 그랬던 모양이다. 고통을 완화시키는 팜의 마법이 효과가 없다.

하지만 지금은 그래서 다행이라고도 할 수 있었다.

"자, 교대다. 이다음은 이 몸들이 맡으마."

메이린과 공작 2위의 승부는 무승부로 결판이 났으니 그대로 물러나게 하기 위해 미라는 '군세'를 움직였다.

"으으…… 알았다이거."

다른 사람도 아니고 메이린이다. 만약 고통을 완화했다면 분명 제2라운드라면서 다시 도전했을 거다. 그렇기에 메이린이 치료를 받게 하기 위해서는 고통이 있는 편이 나았던 것이다.

"다음은 너희인가. 이만한 숫자에 의한 전력을 이토록 간단히 전개하다니, 정말이지 상상도 못했던 일이었다."

엘리미제의 머드 골렘이 슬그머니 메이린을 운반하는 가운데, 발키리 자매와 '군세'가 교대하듯이 앞으로 나왔다.

숫자로 밀어붙일 수 있을 정도로 많았던 마물들을 정면에서 숫자로 되밀어낸 '군세'의 존재는 공작 2위에게도 예상치 못했던 요소인 듯했다.

사실 어디서 데려오지 않고서도 천에 달하는 기사를 그 자리에서 도열할 수 있다는 것은 상대의 입장에서 보면 반칙이나 다름없을 것이다.

그렇기에 공작 2위는 짜증스럽게 '군세'를 노려보더니 그대로 전투를 개시했다.

"자아, 이 틈에 끝내거라."

제아무리 발키리 자매가 이끄는 '군세'라 해도 공작 2위가 상대인 이상, 괴멸도 시간문제일 것이다.

현재 고트프리트와 라스트라다를 완치시킨 아르테시아가 이어서 메이린을 치료하기 시작한 참이었다.

하지만 상처는 나았어도 다들 스태미나 소모가 심한 탓에 아직 온전한 상태라고는 할 수 없었다. 시간을 좀 더 벌 필요가 있을 듯했다.

"이 즈음이 한계이려나……."

발키리 자매가 이끄는 '군세'와 공작 2위와의 싸움이 시작되고서 30분 정도가 경과했다.

일격으로 '군세'를 쓸어버리는 공작 2위를 상대로 미라 일행은 진형과 전술로써 대항했다.

한 기가 아니라 여러 기가 공격을 받아내어 돌격을 막고, 셀레스티나 일행이 파상 공격을 가하여 공격을 분산. 궁수 부대의 일제 사격으로 적의 기세를 깎아나간다.

그럼에도 공작 2위의 기세는 수그러들 줄을 몰라서, 만반의 대비를 한 '군세'를 압도적인 힘으로 제압했다.

양측의 싸움은 전쟁 그 자체라 할 정도로 격렬했다.

게다가 그란데급에 필적하는 공작 2위가 상대이다 보니 미라로서도 전선을 유지하는 데 한계가 있었다.

팔백은 남아 있던 '군세'는 이제 헤아릴 수 있을 정도로 줄었고, 분투 중인 발키리 자매도 만신창이가 되었다.

유일하게 알피나만이 씩씩하게 상대하고 있는 상태다.

하지만 본래 최상위 플레이어 십여 명이 달라붙어야 상대가 된다고 일컬어지는 적을 상대로 여기까지 버틴 것만 해도 충분한 성과라 할 수 있었다.

실제로 미라 일행이 시간을 번 덕분에 다른 동료들은 완벽하게 태세를 정비한 상태였다. 이 정도면 비장의 카드는 아직 온존해 두어도 될 듯했다.

"이제 됐어. 이대로 내가 이어받지."

노인이 그렇게 말하며 캐슬 골렘에서 뛰쳐나왔다. 피로한 낌새가 전혀 보이지 않는 걸음걸이였다.

"사령관은 쉬고 있으라고."

"자아, 2차 작전 개시다."

"역시 군세공. 덕분에 안심하고 쉬었소."

이어서 라스트라다, 고트프리트, 사이조가 전선으로 돌아왔다.

체력뿐 아니라 기력도 충만해졌는지, 그 걸음걸이는 가볍고도 힘찼다.

"저 '군세', 다음에 나도 대련하게 해주라이거!"

진화한 '군세'의 싸움을 본 탓인지 메이린은 그런 말을 남기고 힘차게 뛰쳐나갔다.

노인을 필두로 한 번 맞서본 자들은 '군세'와의 두 번째 시합을 거절하는 경우가 많았지만 메이린에게는 붙어볼 맛이 나는 상대로 보이는 모양이다.

"음, 얼마든지 시켜주마!"

그리고 미라 역시 그러한 상대가 적은 탓에 곧장 답했다.

그런 메이린에 이어 '시험해보고 싶은 술식이 있다'면서 루미나리아와 소울하울이 말을 이었고 카구라 역시 "아, 나도~"라면서 편승했다.

과거에는 그런 식으로 아홉 현자들끼리 실험적으로 시합을 거듭하며 연구를 했던 것이다.

"상관없다. 이 몸도 마찬가지니."

지금까지도 이런저런 것들을 시험했지만, 실험하고 싶은 것은 아직 많았다. 그렇기에 미라 역시 최상급 마나 포션을 들이켜고서 씩씩하게 답했다.

서로가 서로를 이용해 발전한다. 그런 매드 사이언티스트 같은 일면을 엿본 엘리미제는 그렇기에 아홉 현자는 대륙 최강이라 칭송받는 것이며 은의 연탑이야말로 최대의 연구 기관으로 여겨지는 것이라고 납득했다.

또한 동시에 서로를 잡아먹으려는 것처럼 느껴지는 네 사람의 분위기에 식겁하기도 했다.

"벌써 전부 회복한 건가……. 이래서 무리 지은 인간은 골치가 아프단 말이지."

얼마 남지 않은 '군세'를 송환하고 발키리 자매도 다시 불러들인 참에 노인 일행이 교대하듯이 선선에 늘어섰다. 그런 그들을 바라보며 공작 2위는 탄식하듯 중얼거렸다.

혼자서는 공작급을 당해낼 수 없지만 여럿이 모이면 이를 뒤집을 만큼의 힘을 발휘하는 것이 인간이라는 존재다. 그러한 장면을 넌더리가 나도록 보아왔다고 짜증스럽게 중얼거린 후, 공작 2위는 미소를 띤 채 "하지만 그렇기에 밟아주는 보람이 있지"라고 말했다.

하지만 그렇게 시작된 2차전은 미라 일행의 우세로 흘러가고 있었다.

미라가 시간을 버는 동안 상처와 체력을 완전히 회복한 데다 공작 2위를 공략하기 위한 작전과 도구류 등의 준비도 마친 상태였기 때문이다.

게다가 그뿐만이 아니라, 느긋하게 쉬며 '군세'를 상대로 날뛰는 상대의 움직임을 관찰할 수 있었다는 점도 크게 작용했다.

"어이쿠, 그렇게 나올 줄 알았지!"

작은 동작으로 내쏜 화염탄을 노인이 재빨리 받아냈다. 지금의 노인 일행은 공작 2위의 습관적인 동작이나 자주 사용하는 기술과 마법까지 완벽하게 파악하고 있었다.

더불어 메이린이 대검을 부러뜨린 것도 큰 영향을 미쳤다.

그러한 요소들이 합쳐진 덕에 조우와 동시에 시작된 1차전에 비해 훨씬 쉬운 싸움이 될 듯했다.

또한 그러한 우위를 점하기 위해 분투한 발키리 자매는 캐슬 골렘 내부에 자리한 방에서 휴식 중이다. 공작 2위를 상대하며 소모된 탓에 그녀들 역시 한계라 해도 과언이 아닐 만큼 지쳐 있었다.

그럼에도 다음 싸움에 대비해 창문을 통해 적을 관찰하고 있으니, 그녀들도 상당히 호전적이라 하지 않을 수 없었다.

그런 발키리 자매의 공헌 덕에 노인은 완전히 부활했다. 강력한 마법을 쓸 조짐이 보이면 끼어들어서 이를 받아내고 후위진을 노린 공격까지 모두 막으며 활약했다. 아주 믿음직한 탱커다.

"속도 더 낼 수 있다이거! 어쩔 거냐해?"

"그래, 좋아, 어울려주지!"

메이린과 고트프리트는 공격의 중심이 되어 착실하게 공작 2위에게 대미지를 입혀 나갔다.

또한 공작 2위라 해도 무시하지 못할 공격력을 지닌 두 사람이기에 주의를 끌 수 있었고, 상대가 집중하지 못하도록 계속해서 잽싸게 움직이며 빈틈을 노렸다.

"이쪽은 넷이다!"

"소생도 넷이오!"

라스트라다와 사이조도 보다 복잡한 콤비네이션을 펼쳤다.

그런 동시에 경쟁이라도 하듯 환영과 분신을 만들어내 상대를 농락하며 빈틈을 유도해서 기습을 시도하는 등, 상대의 입장에서는 매우 귀찮은 작전을 구사해 싸워나갔다.

나아가 전위진이 그렇게 교묘하게 주의를 분산시킨 덕에 후위진은 강렬한 지원 공격을 퍼부을 수 있었다.

미라 일행은 공작 2위라는 거물 대악마를 상대하면서도 순조롭게 전투를 이어나갔다.

소모는 상대 쪽이 더 심하다. 이대로 가면 충분히 밀어붙일 수 있다.

하지만 공작 2위가 현재 상태에 안주할 리도 없었다.

"정말 훌륭하다, 인간들. 이대로 가면 이쪽이 패배하는 것도 시간문제인가."

여러 합을 겨룬 후 후방으로 물러난 공작 2위는 자신이 열세에 처했다고 냉정히 판단하고는, 그렇게 말하며 웃어 보였다.

그렇게 패색이 짙은 것을 인정하면서도 승리는 양보하지 않겠다는 듯한 태도로, 어딘가에 숨기고 있던 그것을 꺼냈다.

"어디, 그렇다면 지금보다 불리해지기 전에 비장의 카드 하나를 써보도록 할까."

공작 2위가 꺼내든 것은 검은 액체가 가득한 의문의 작은 병이었다.

"그건 아까 그……?!"

노인은 보자마자 그것이 응축된 마속성이라는 사실을 알아챘다. 요컨대 악마에게는 힘의 원천이나 다름없는 물건이다.

"저것은 설마?!"

그리고 그것을 본 미라의 뇌리에도 같은 가능성이 떠올랐다. 혹시 전해 들었던 그것과 같은 물건이 아닐까.

그것은 마물 퇴치 부적 소동 이후에 발렌틴이 이런저런 이야기를 들려주었을 때의 일이었다. 이야기 중에 저것과 비슷한 물건이 등장했었다.

그 소동의 마지막 국면. 그 마을에 있던 흑악마 라이아플레벤은 작은 병에 들어있던 검은 액체를 들이켜고 막대한 힘을 얻었다고 한다.

만약 그것과 같은 물건이라면. 무엇보다도 공작 2위가 그러한 물건을 사용한다면 어떻게 될까.

따라서 미라는 순간적으로 흑검을 하늘에서 쏟아지게 했다.

노인도 공작 2위가 그것을 사용하는 걸 저지하기 위해 뛰쳐나갔다. 이어서 상황을 알아챈 사이조와 라스트라다도 움직였으며, 카구라와 루미나리아도 방해를 위한 술식을 썼다.

하지만 여기서 크게 뒤로 후퇴했던 상대의 행동이 빛을 발했다.

공작 2위가 검은 액체를 들이켜는 데는 1초면 충분했고, 그 거리는 1초 동안 좁힐 수 없을 만큼 절묘했던 것이다.

적은 공작급 흑악마. 방심할 수 없는 상대이기에 거리를 완전히 좁히지 않고 신중하게 대응한 결과 발생된 거리였다.

"——……."

검은 액체를 들이켠 공작 2위가 씨익 웃은 직후, 흑검과 사이조의 수리검, 그리고 라스트라다의 전격이 직격했다. 이어서 카구라와 루미나리아의 술식도 작렬하여 폭염이 치솟았다.

"한발 늦었나……!"

모든 공격이 한발 늦었다. 그 상황을 자신의 눈으로 확인한 노인은 그 위치에서 멈춰 재빨리 방패를 들고 다음 동향에 대비했다.

마속성 액체를 들이켠 공작 2위는 이제 어떻게 나올까. 누구를 노릴까. 어떤 순간에 공격해 올까.

"자아…… 언제든 덤벼라."

어떤 공격을 해오건 이 방패 뒤로는 못 간다. 노인은 그렇게 결의하며 활활 타오르는 폭염을 바라보았다.

또한 고트프리트 일행도 언제 상대가 뛰쳐나올지 모르는 상황 앞에서 긴장한 표정이었다.

그러나 공작 2위는 공격해오지 않았다.

폭염에 가려진 지금이야말로 허를 찌를 기회인데도 그 자는 그 자리에 멈춰 서서 활활 타오르는 폭염이 바람에 흩어질 때까지 기다리고 있었다.

그리고 겨우 모습이 보이게 되자 두 팔을 펼치고 "근사하군!"이라고 외쳤다.

"어떤가, 느껴지는가, 인간? 이 끓어오르는 힘이! 넘칠 듯한 마나가! 엄청난 충족감과 고양감이군. 이 정도로 효과가 있을 줄이야!"

유열에 젖어 얼굴을 일그러뜨려 미소 지은 공작 2위의 모습은 조금 전과 달라져 있었다.

체격은 한층 더 커졌고, 표피도 더욱 두꺼워진 듯 보였다.

더불어 두르고 있는 분위기와 몸에서 배어나오는 마나가 상식의 영역을 벗어나 있다.

그 압박감은 공작 1위에 필적하지 않을까 싶을 정도라 미라 일행은 더욱 경계심을 끌어올렸다.

순간, 공작 2위가 발을 내딛는가 싶더니 그 주먹이 노인의 코앞까지 다가와 있었다.

"핫……!"

날카로운 금속음이 울림과 동시에 공작 2위의 주먹이 멈췄다.

방심하지 않고 대비하고 있었던 덕에 노인은 그 일격을 대형 방패로 완전히 막아냈다.

어정쩡한 수준의 성기사였다면 방패와 함께 날아가고도 남았을 일격이었다. 하지만 노인은 버텨냈다. 오히려 그가 아니었다면 그것을 막아내지 못했을 거다.

"뭐야……?!"

하지만 그럼에도 그러한 말을 내뱉은 것은 노인이었다.

분명 막아낸 주먹에 아직 힘이 실려 있었기 때문이다. 서서히, 하지만 극적으로 공작 2위의 주먹에 실린 기운이 강해졌다.

노인은 그에 대항하여 되밀었다. 하지만 힘과 중량의 차이 때문인지 단순한 힘겨루기가 시작되자 불리해졌다.

시시각각 노인은 밀려났다.

그 직후——.

"이건 어떠냐!"

한걸음에 돌진한 고트프리트가 공작 2위의 목을 향해 특대검을 휘둘렀다. 노인과 힘겨루기를 하느라 움직이지 않는 그 목은 절호의 표적이라 할 수 있었다.

게다가 그뿐만이 아니었다. 이어서 메이린의 날아 무릎차기가 공작 2위의 옆구리에 작렬했고, 라스트라다가 연사한 강사탄은 등을, 사이조의 칼은 양쪽 다리의 힘줄을 정확하게 강타했다.

마치 미리 연습한 듯한 완벽한 콤비네이션이 성공한 것이다. 심지어 공격 하나하나가 상위 중에서도 손에 꼽을 정도의 강자들의 것이었다.

아무리 강인하다 해도 이만한 공격을 맞고도 무사할 리가 없다.

실제로 더욱 장갑이 두꺼워진 공작 2위의 몸에는 또렷한 상처가 나 있었다.

하지만 그럼에도 상대의 기세는 수그러들지 않았다.

"흐음!"

부상 따위는 아랑곳 않고 그대로 주먹을 끝까지 휘두른 것이다.

"큭──?!"

그것은 권격이라기보다는 거의 던지기에 가까웠다. 공작 2위가 내지른 주먹은 마치 노인을 쏘아 보내듯이 공중으로 날려 버렸다.

"자아, 어쩔 것이냐?!"

탱커가 허공으로 날아간 지금, 후위진을 보호하던 절대적인 방어막은 없다.

공작 2위는 그 두 눈에 날카로운 빛을 머금은 채, 일체의 망설임도 없이 다음 한 걸음을 내디뎠다.

그 한 걸음은 대지를 뒤흔들 만큼 격렬했고, 그로 인한 충격은 고트프리트 일행의 자세까지 흔들리게 했다. 때문에 누구도 그 도약을 막을 수가 없었다.

공작 2위가 후위진에게 육박했다. 검은 액체를 통한 강화로 노인조차 밀쳐낼 수 있는, 폭발적인 힘을 얻은 그 적을 상대로 접근전을 벌이면 후위진은 불리해질 수밖에 없다.

세이크리드 프레임을 장착한 미라라 해도 한두 번 맞붙는 게 한계일 거다. 공작 2위의 힘은 그만큼 불어나 있었다.

"이 앞으로는 못 갑니다!"

"――!"

공작 2위가 거의 미라 일행에게 도달한 순간. 기합을 넣고 호위하고 있던 아이젠파르드가 지금이라는 듯이 뛰쳐나왔다. 심지어 팔만 먼저 용의 모습으로 되돌려 일격을 가하기까지 했다.

청년이 접근해 왔다 싶은 직후, 용의 발톱이 눈앞에 나타났으니 상대도 간이 철렁했을 것이다.

정통으로 맞은 공작 2위는 그 기세와 위력에 의해 땅바닥에 내동댕이쳐졌다.

아이젠파르드는 멈추지 않고 추가 공격을 가했다. 황룡의 모습으로 돌아감과 동시에 철기둥 같은 꼬리를 내려친 것이다.

"큭…… 그 거대한 용이 어디로 갔나 했더니만…… 네놈도 인간으로 변할 수 있는 부류였나."

공작 2위의 눈이 닿지 않는 장소에서 변신한 덕분인지, 아이젠파르드의 공격은 보기 좋게 적의 허를 찔렀다.

하지만 공작 2위는 그 또한 버텨 보였다. 두 발이 땅에 처박힌 가운데서도 그 일격을 막아낸 것이다.

"좋아, 그대로 있어."

재빨리 상황을 확인한 소울하울이 짧게 말했다.

강인한 마수의 뼈조차 쉽사리 부수는 일격을 완전히 막아내는 건 쉬운 일이 아니다. 하지만 공작 2위는 손쉽게 그 일을 해냈다.

그러나 황룡의 일격이다 보니, 그 충격을 견디며 다음 행동에 나서기 전에 작은 빈틈이 생길 수밖에 없었다.

소울하울이 조종하는 일리나가 완벽하게 그 순간에 파고들었다. 그리고 꼬리를 막아 텅 빈 배에 전투 도끼에 의한 강렬한 일격을 박아 넣었다.

"지금 것은 꽤 먹혀든 듯하구나."

아이젠파르드가 자세를 바로잡음과 동시에 공작 2위의 모습이 보였다.

대 악마전용 장비로 무장한 일리나의 일격은 엄청난 효과를 거둔 듯했다. 공작 2위의 한 팔이 절반 정도 뜯겨나간 데다 배에도 깊고 커다란 상처를 냈다. 인간이라면 치명상이라 할 수 있을 정도의 상처다.

부상 정도로 미루어 볼 때, 만족스럽게 움직이기는 어려울 듯했다. 확실하게 상대의 전력이 깎여나갔음을 알 수 있는 치명상이다.

"미안해, 지금 돌아왔어!"

그리고 그때 노인이 내려섰다. 허공으로 날아간 그를 카구라가

273

피스케로 받아내, 그대로 이곳까지 데려온 것이다.

한쪽 팔을 못 쓰게 되었으니 공격력도 상당히 떨어졌을 터. 그렇다면 이제 노인의 방어를 돌파하는 것은 불가능할 것이다.

다시 미라 일행이 우위를 점했다.

모두가 그렇게 생각한 순간.

"무기…… 그래, 인간들이 사용하는 특수한 무기란 것도 성가셨지."

그렇게 말하며 웃는 공작 2위의 몸이 빠른 속도로 회복되었다. 거의 뜯겨나간 팔은 울퉁불퉁한 근육으로 뒤덮이고 깊이 도려진 배도 흠집조차 남기지 않고 원상복구되었다.

"이것 보셔, 그런 효과도 있는 거야……?"

루미나리아가 넌더리가 난다는 투로 중얼거렸다.

그 또한 마속성 부스트에 의한 것인지. 자기 치유 능력도 극적으로 향상된 듯했다. 어지간한 공격으로는 금방 회복하고 말 듯하다.

"그럼, 다음은 최대 파워를 시험해 볼까."

공작 2위는 다시 붙은 팔의 상태를 확인하더니 대담한 미소를 띤 채 노인에게 걸어갔다.

"그래, 덤벼라!"

공작 2위 앞에서 노인은 더욱 중심을 낮추어 자세를 잡았다.

그 직후, 공작 2위는 힘차게 발을 디디며 다시 한번 강렬한 일격을 날렸다.

작전이니 잔기술 같은 것을 걷어치운, 정면 승부다. 그 주먹이

다시금 노인이 든 대형 방패에 작렬하자, 조금 전보다 더욱 격렬한 충격음이 울려 퍼졌다.

"큭……!"

최대 파워라고 선언한 대로 그 일격의 위력은 크게 증가해 있었다. 아닌 게 아니라 이전이 승용차였다면 이번에는 트럭에 치인 게 아닐까 싶을 만큼 차원이 다른 충격이 노인의 팔에 밀려들었다.

하지만 노인은 초중량급의 압력을 느끼면서도 이를 악 물고 그것을 받아냈다.

하지만 이번에도 거기서 끝이 아니었다. 상대는 다시금 주먹에 힘을 주었다.

노인은 더욱 안정적으로 버티고자 자세를 잡았지만 힘의 차이가 역력해서, 서서히 밀리기 시작했다.

이대로 가면 조금 전의 일이 되풀이될 거다. 또다시 멀리 날아가 버릴 거다.

"지, 금!"

하지만 당연히 노인은 그 대응법을 준비해두었다.

공작 2위의 주먹에 유달리 큰 힘이 실린 순간을 간파하여, 노인이 이 흑악마전에서 처음으로 '투술'을 사용한 것이다.

【투술 대형 방패 : 리액트 퍼지】

흘러넘친 투기가 대형 방패로 흘러들더니 강력한 에너지로 변환되어 그 현상이 일어났다.

"이건……!"

노인의 장기이자 단련을 거듭해온 그 기술은 바로 '반사'. 대형 방패로 받아낸 공격의 에너지를 두 배로 돌려보내는 것이다.

그야말로 철벽과도 같은 노인에게 걸맞은 '투술'이라 할 수 있었다.

공작 2위가 날린 전력을 다한 일격. 그것이 지금 두 배의 에너지를 지닌 충격파가 되어 상대의 온몸을 꿰뚫었다.

둔탁한 소리가 울림과 동시에 공작 2위의 몸이 허공으로 홱 떠올랐다.

직격이다. 노인이 방출한 《리액트 퍼지》는 최대한의 효과를 발휘하여 상대에게 통렬한 대미지를 입혔다.

"과연…… 이것이 네놈의 기술인가——."

일찍이 개개인의 힘으로는 압도했음에도 흑악마들은 패배했다. 그들은 그 이유를 인간과의 차이에서 발견함과 동시에 이해했다.

인간의 연계, 인간의 도구, 그리고 인간의 기술. 그러한 것들이 합쳐져서 절대적인 차이마저 뒤집을 만큼의 힘이 생겨난 거다.

하지만 거기서 끝이 아니다. 인간의 집념과 용의주도함, 그리고 교활함이라는 것도 잊어서는 안 되는 요소였다.

잠시 후, 허공을 날아가던 공작 2위에게 한 줄기 빛이 비치더니, 대지를 뒤흔들 정도의 충격과 강렬한 폭염이 퍼져 나갔다.

루미나리아의 마술이다. 노인의 반사로 인해 온몸의 장갑이 깨진 공작 2위에게 가차 없이 일격을 박아 넣은 것이다.

심지어 추격은 거기서 끝이 아니었다. 미라와 카구라, 소울하울과 엘리미제, 라스트라다, 고트프리트가 그 뒤를 이었다.

단번에 숨통을 끊고자 각자 그 즉시 펼칠 수 있는 최대의 기술을 날린 것이다.

"큭……."

굉음과 충격이 퍼짐과 동시에 공작 2위가 땅바닥을 나뒹굴었다. 비척거리며 일으킨 몸은 상처투성이라, 얼마나 큰 대미지를 입었는지 쉽게 알 수 있을 정도였다.

"다음, 간다해."

그런 공작 2위 앞에서 자세를 잡은 메이린은 지체 없이 몸을 날려 혼신의 일격을 박아 넣었다.

【선술 지 : 백화일촉(白火一觸)】

하얗게 보일 정도로 활활 타오르는 화염이 작렬하여 무시무시한 폭발력으로 공작 2위를 날려버렸다. 마무리에 걸맞은 강렬한 일격이다.

노인이라 해도 버텨내지 못할 정도의 연격. 너무도 일방적인 집중 공격이라 이번에는 공작 2위도 무사할 수 없었다.

일어난 공작 2위의 표피는 깨지고 갈라지고 짓물렀고, 두 팔과 다리까지 부러져 있었다. 이미 일어난 것 자체가 이상한 상태다.

하지만 그러한 상태임에도 그 얼굴에는 미소가 떠올라 있었다.

"아아, 멋지군……. 이 고통마저도 기분 좋을 정도야."

어쩐지 황홀하다는 듯이 중얼거리자마자 그 몸이 급속도로 수복되기 시작했다. 깨지고 갈라졌던 표피는 다시 붙고, 두 팔과 다리 역시 힘을 되찾았다.

게다가 그뿐만이 아니었다. 조금 전에 비해 더욱 강인해 보이도록 변화한 것이다.

"이거 큰일이로구나……."

"어엉, 그러게 말이야."

미라와 루미나리아는 성가시기 그지없다며 쓴웃음을 지었다.

안 그래도 방심할 수도 없고, 그럴 여유는 더더욱 없는 상태의 공작 2위가 상대이건만. 어찌어찌 유효타를 가했다고 생각했더니 전혀 먹히지 않은 듯한 반응을 보이다니. 넌더리가 날 만도 했다.

카구라에 노인, 소울하울과 엘리미제 역시 미라와 같은 심정인 듯했다.

그에 반해 미라 일행과 다른 반응을 보이는 자들도 있었다.

"빈사 상태가 될 때마다 파워업한다 이건가. 참 끝내주는 전개인걸!"

"이렇게 튼튼한 상대는 오랜만이다해!"

"좋아좋아, 그럼 이번에는 두 동강을 내보실까!"

실로 라스트 보스 배틀 같다며 라스트라다는 전의를 불태웠다. 메이린은 의기양양하게 지금까지 사용할 상대가 없었던 기술을 시험해볼 수 있겠다고 했다. 그리고 고트프리트는 베는 보람이 있다며 기합을 넣었다.

이 정도로 위험한 적이 앞에 있는데도 세 사람은 전혀 문제없다는 듯한 반응이었다.

지금까지 자신이 키워온 기술과 믿음직한 동료들이 함께 있기에 그럴 수 있는 것이리라.

"나 원……."

정말이지 천하태평해 보이는 세 사람. 어쩐지 바보 같은 그들의 모습에 노인은 어이가 없었지만, 그렇기에 살며시 미소를 지으며 최전선에 섰다.

"자아, 이런 이상할 정도의 회복에는 한계가 있기 마련이야. 그 한계가 올 때까지 몇 번이고 반복해주겠어."

그렇게 말하며 노인이 대형 방패를 들자 모두가 "오오" 하고 답했다. 그리고 경이로운 회복력을 지닌 공작 2위와의 장기전이 시작되었다.

그 싸움은 치열하기 그지없었다.

초반에는 균형을 이루었지만 치명상을 입고 회복할 때마다 전황은 공작 2위에게 유리한 쪽으로 기울어져 갔다.

하지만 미라 일행도 지지 않았다. 그럴 때마다 새로운 전술, 새로운 술식, 새로운 기술을 구사해 상황을 뒤집어 나간 것이다.

〈19〉

공작 2위와의 결전은 장기전의 양상을 띠었지만, 그럼에도 미라 일행은 전의를 불태우며 계속해서 팀 워크를 발휘했다.

『알피나는 그대로 주의를 끌거라. 엘레티나는 소울하울의 포격을 기다려라. 셀레스티나여, 라스트라다를 보조해 주겠느냐. 팜, 노인에게 '무지갯빛 방패'를 써라. 레티샤는 '신록의 멜로디아'를 부탁하마.』

미라는 전황을 분석하며 상황에 맞는 지시를 내렸다.

소환술은 여러 가지 상황에 대응이 가능한 유연성을 지닌 술법이지만 할 수 있는 일이 많은 만큼, 그것을 완벽하게 활용하기가 어려웠다. 하지만 미라는 경험과 지식을 토대로 그 가능성을 완벽하게 이끌어내고 있었다.

게다가 새로운 전력도 투입했다.

미라가 추가로 투입한 새로운 전력. 그것은 세이크리드 프레임을 장착한 발키리 자매였다.

지난번에는 유그스트를 구속할 때 사용했지만 이번에는 강화를 위해 활용한 것이다. 아직은 실험 단계라 완성과는 거리가 멀었지만 그럼에도 자매들의 힘을 30퍼센트는 격상시켰다.

특히 알피나와의 상성이 좋아서, 안 그래도 다른 자매들에 비해 출중했던 실력이 더욱 월등해졌다.

그 덕에 현재는 고트프리트와 나란히 검을 휘두르며 전선을 지탱하는 전력으로서 맹활약 중이었다.

루미나리아는 마술로 대미지 딜러라는 역할에 충실하고 있었다. 지금까지 하고 있던 견제 등은 소울하울에게 전부 맡기고 효율적으로 대미지를 입히는 데 특화된 포대로 활약했다.

이렇게 된 그녀의 공격력은 타의 추종을 불허할 정도로 압도적이다.

"역시 제대로 된 성기사가 있으니 마음 놓고 쏠 수 있네."

노인을 비롯한 전위진이 분투하는 가운데 상대에게 발생한 작은 빈틈. 루미나리아는 그 짧은 순간을 결코 놓치지 않았다.

장기인 '영창 유지'와 '이중영창'을 구사하여 특대 마술을 박아넣으며 확실하게 적의 체력을 깎아낸다.

그러한 마술서로서의 역할에 충실하고 있었다.

"아, 진짜, 라스트라다 씨! 글쎄, 그 날아차기는 회피하니 쓰지 말라니까!"

"어머어머, 또 평소의 못된 버릇이 나오기 시작한 것 같네. 나중에 혼을 내줘야겠어."

카구라와 아르테시아는 지원에 집중하여 전위진을 보조하고 있었다.

전위진이 막아내지 못할 공격이 오거나 강렬한 일격을 맞았을 때는 곧장 카구라가 결계 등을 사용해 엄호했다.

그런 가운데서도 가면 히어로처럼 필살 날아차기를 날렸다가 격추당하는 라스트라다의 뒤치다꺼리를 하는 것은 고역이었다.

그리고 아르테시아는 회복에 주력했다. 보조 등은 모두 카구라에게 맡기고 노인 일행이 온전한 상태로 움직일 수 있도록 정비하고 있는 것이다.

이 두 사람의 적절한 지원 덕분에 상대가 한 수 위인 공작 2위인데도 노인 일행은 대등하게 겨룰 수 있었다.

"좋아, 지하 통로는 이 정도면 되려나. 사이조 씨에게 전해줘."

"응, 알았어."

소울하울과 엘리미제는 방해와 견제를 담당하고 있다.

전장에는 이미 소울하울이 만든 수많은 작은 탑과 요새와 방벽, 참호, 비밀 통로 등이 배치되어 있었다.

사이조 등은 특히 이러한 것들을 이용해 교묘하게 적의 인식에서 벗어나서 몇 번이고 기습에 성공했다.

또한 메이린이 입체적으로 움직이기 위한 발판으로도 유용했다. 눈에 보이는 발판과 '공활보'를 통한 공중에서의 궤도 변화로 공작 2위가 움직임을 예상하기 어렵게 하고 있는 것이다.

작은 탑에 설치된 대포는 계속해서 적을 조준한 상태로 상대의 움직임을 방해하거나 견제하기 위해 여러 가지 포탄을 발사했다.

특히 엘리미제와 협력해 만든 머드 골렘을 토대로 한 진흙탄은 공작 2위의 움직임을 제한하는 데 큰 효과가 있었다.

방벽은 공작 2위가 쓰는 광역 마법을 피하는 데 도움이 되었고, 땅에 파둔 참호는 공작용 골렘의 이동 통로로 쓰였다. 게다가 엘리미제의 머드 골렘도 이 참호를 사용해 공작 2위의 발치로 숨어

들어서는 때때로 발을 옭아매고 있었다.

상대의 입장에서 보면 실로 교활한 복병이 아닐 수 없을 것이다. 게다가 발치를 지나치게 의식하면, 이번에는 전위진과 루미나리에게 빈틈을 보이게 된다.

공작 2위에게는 홈그라운드나 다름없는 장소였지만 이제 그 우위성이 거의 사라진 지 오래다.

하지만 미라 일행은 그렇게까지 무대를 만들고 각자 제 역할을 하고서야 겨우 공작 2위와 대등하게 맞서고 있는 상태였다.

상위 레이드급 마수가 상대라도 이미 다섯 마리는 토벌했을 대미지를 입혔음에도 적은 건재하다. 공격의 기세가 수그러들 기미가 없다.

"자아, 아무 일도 없으면 이대로 계속 밀어붙일 수 있을 듯하다만……."

당장 쓰러뜨리기는 어렵겠지만 이대로 소모시키면 확실하게 쓰러뜨릴 수 있다.

숫자가 많은 만큼 미라를 비롯한 연합팀은 대응력이 뛰어나다. 일대일로는 승산이 없는 상대지만 현재 상황을 계속 유지하면 머지않아 승리할 수 있을 거다.

하지만 미라 일행은 어렴풋이 느끼고 있었다.

정말, 이대로 이길 수 있을까.

그리고 실제로 얼마간 싸움을 계속하다 보니, 그 불안감이 적중했음을 알 수 있었다.

"비장의 카드를 사용해도, 이렇게까지 대응을 하다니…… 역시 네놈들은, 모험가나 트레저 헌터 나부랭이가 아니구나. 게다가 흔한 천인들과도 달라…… 그렇다면——."

공작 2위는 동작은 커도 접근할 엄두가 나지 않는 업화로 주변을 쓸어내고는 그대로 크게 거리를 벌린 채 그러한 말을 입 밖에 냈다.

보아하니 유명한 모험가나 트레저 헌터가 이 지도에 없는 섬을 찾아내 의기양양하게 쳐들어왔다고 생각했던 모양이다.

하지만 싸우다 보니 그런 어수룩한 상대가 아님을 깨닫게 된 것이다.

그래서인지 공작 2위는 그 자리에서 자세를 풀더니 설명하듯이 말했다.

"나는 아스타로트 라스 리딜하우트. 바르나레스에서 북방을 지배하며 해장(骸葬)기사단을 이끄는 공작이다."

통성명이다. 기사로서, 또한 자신의 모든 것을 걸고 싸우겠다는 의미를 담아 입 밖에 낸 그것은 흑악마 아스타로트가 절대 지지 않겠다는 각오를 다졌다는 증거이기도 했다.

또한 아스타로트는 숨겨진 의도는 아무것도 없다는 듯한 태도로 가만히 서서 미라 일행을 바라보았다.

속임수를 쓸 생각은 없어 보인다. 하지만 그의 통성명에는 이쪽이 누구인지 알고 싶다는 또렷한 의도가 담긴 듯 느껴졌다.

그렇다고 굳이 저쪽의 긍지에 응해줄 필요는 없었다.

하지만 이곳에 있는 자들은 모두 장군으로서의 책임과 긍지를 지니고 있었다.

"니르바나 황국군 대장 및 특수 작전군, 십이사도의 일원, 성기사 노인."

노인은 한 걸음 앞으로 나서서 당당하게 신원을 밝혔다. 그 행동거지와 기백, 그리고 기사다운 모습은 모두가 동경하는 영웅 그 자체였다.

그렇게 노인이 신원을 밝히고 나자 다른 이들도 이어서 기합을 넣고 나섰다.

"아틀란티스 왕국군, 특수집행부대, 이름 없는 사십팔장군의 일원, 검사 고트프리트다!"

"마찬가지로 아틀란티스 왕국군, 특수집행부대, 이름 없는 사십팔장군의 일원, 밀정 사이조요."

아틀란티스 소속의 두 명도 신원을 밝히며 앞으로 나섰다.

이러한 전개를 좋아하는지 고트프리트는 힘차게 답했고, 대대적으로 나서는 걸 선호하지 않는 사이조는 어쩔 수 없이 맞장구를 치는 듯한 투였다.

"알카이트 왕국군, 국왕 휘하 특수전략부, 아홉 현자의 일원, 강마술사 라스트라다, 등장!"

"알카이트 왕국군, 국왕 휘하 특수전략부, 아홉 현자의 일원, 무도선술사 메이린, 출진이다해!"

이어서 라스트라다와 메이린도 신원을 밝혔다. 특히 이 두 사람은 이러한 전개가 취향인지, 보란 듯이 포즈까지 취하고 있었다. 당당하기가 이를 데 없다.

그렇게 전위진의 통성명이 끝나자 다음은 후위진 차례라는 듯이 공작 2위가 시선을 옮겼다.

그러자 루미나리아가 의기양양하게 앞으로 나섰다.

"알카이트 왕국군, 국왕 휘하 특수전략부, 아홉 현자의 일원, 마술사 루미나리아가 바로 나다!"

말과 동시에 저절로 불똥이 튀도록 연출한 것인지, 빛의 입자가 반짝반짝 빛나며 루미나리아의 주변을 밝히는 모습은 어쩐지 몹시 특별해 보였다.

"어머어머, 다음은 내 차례일까? 으음, 알카이트 왕국군, 국왕 휘하 특수전략부, 아홉 현자. 성술사인 아르테시아라고 해요."

"나는 알카이트 왕국군, 국왕 휘하 특수전략부, 아홉 현자. 음양술사 카구라야."

아르테시아는 조금 소심하게, 카구라는 간결하게 신원을 밝혔다.

분위기에 휩쓸려서 한 것이기는 했지만, 루미나리아가 멋대로 연출을 추가한 탓에 그 간결함이 오히려 거물 같은 느낌을 주었다.

"알카이트 왕국군, 국왕 휘하 특수전략부, 아홉 현자. 사령술사 소울하울이다. 뭐, 기억할 필요는 없어."

이어서 소울하울은 말을 마치자마자 관심 없다는 듯한 얼굴로 한 걸음 물러섰다.

통성명에 무슨 의미가 있다는 건지 모르겠다. 얼핏 보면 그렇게 말하는 듯한 태도 같았지만, 속마음은 그렇지 않았다. 그런 인상을 주는 것이 그가 추구하는 쿨함이었던 것이다.

"아틀란티스 왕국군, 특수집행부대, 이름 없는 사십팔장군의 일원, 사령술사 엘리미제예요."

미라를 흘끔 쳐다보더니 엘리미제가 순서를 이어받아 신원을 밝혔다. 하지만 마지막에 꾸벅 고개를 숙이는 바람에 그녀의 그것은 통성명이라기보다는 자기소개처럼 보였다.

"이 몸은——."

그렇게 다른 이들의 통성명이 끝나고 드디어 자신의 차례가 되자 미라는 어떻게 할까 고민했다.

이대로 흐름에 따라 신원을 밝힐 것인가, 아니면 어디까지나 현재 자신의 신분인 모험가 미라라는 이름을 쓸 것인가. 어느 쪽을 택해야 할까.

모험가인 미라가 덤블프라는 사실은 국가기밀이다. 그것을 가장 경계해야 할 상대인 흑악마에게 밝히는 건 언어도단이다.

"——알카이트 왕국군, 국왕 휘하 특수전략부 통괄, 아홉 현자의 일원, 소환술사 덤블프가 바로 이 몸이다!"

언어도단이기는 하지만 미라는 거짓을 섞지 않고 딱 잘라 말했다. 이러한 장면에서 거짓 신분을 밝혀서는 아홉 현자로서 체면이 서지 않는다는 듯이.

그리고 그에 대한 동료들의 반응은 제각각이었다.

노인과 사이조, 카구라, 엘리미제 일행은 왜 그걸 솔직하게 말하느냐는 듯이 쓴웃음을 지었다.

그에 반해 고트프리트와 라스트라다, 루미나리아는 미라의 과감한 행동에 잘했다는 듯이 환호했다.

"아틀란티스의 이름 없는 사십팔장군에 니르바나의 십이사도, 그리고 알카이트의 아홉 현자라. 많은 동포들이 네놈들에게 패했다고 들었다. 과연, 나를 이렇게까지 몰아붙인 것도 이해가 되는군."

아스타로트는 과거의 일을 말한 것이리라. 삼신국방위전과 그 이전의 일. 그것은 모두가 신나서 날뛰었던 시대의 일이지만 역사적 사실로 인식하고 있는 듯했다.

30년 전. 이곳에 있는 이들은 공작급을 비롯해서 수많은 흑악마를 쓰러뜨렸다. 그렇기에 아스타로트는 그런 영웅들이 모인 현재의 상황에 놀란 눈치였다.

"게다가 아홉 현자라고? 정보에 따르면 아직 여덟이 행방불명 상태고 그 중 한 명의 제자만이 모습을 드러냈다고 하던데——."

그렇게 말하며 아스타로트는 주변을 둘러보았다. 그리고 아홉 현자라고 밝힌 일곱 명을 보더니 어이가 없다는 듯이 웃으며 "——대부분이 이곳에 모여 있다니, 이 무슨 일이란 말인가"라고 말했다.

"뭐어, 요컨대 어떻게 해서 특정한 것인지는 모르겠지만 이런 말도 안 되는 연합군이 이곳에 온 것은 우연도 뭣도 아니었다는 건가."

아스타로트는 잠시 망설이더니 최종적으로 그러한 결론에 도달했다.

발각되지 않도록 망망대해를 떠돌고 있는 '이라 무에르테'의 본거지. 그 항로는 상선 등 여러 가지 루트를 피하도록 설정해 두었다.

그러한 배들에게 우연히 발견되는 일은 있을 수 없다.

조난 끝에 우연히 도달했거나 보물을 찾아 계획 없이 모험을 하던 중에 우연히 발견한 것이라면 모를까. 하지만 이곳에 있는 이들이 그런 경우일 리가 없다.

또한 국가 전력급이 팀을 이루어 모였다면 당연히 상응하는 목적이 있을 것이다. 그를 통해 아스타로트는 임무 수행을 위해 국가 전력을 이 장소로 보내온 것임을 깨달았다.

"그래…… 특정된 건가. 그렇다면 더 이상 카드를 숨길 필요가 없겠군."

미라 일행이 이곳에 있다는 것은 이미 이 본거지의 위치가 각국에 탄로 났다는 뜻이기도 하다.

그 사실을 깨달은 아스타로트는 이 마당에 와서 비장의 카드를 꺼내 보였다.

"뭣, 이라고……?!"

아스타로트가 두 팔을 펼친 직후, 이변이 일어났다. 그것도 눈앞에서만이 아니라, 섬 전체가 진동함과 동시에 검은 빛이 대지에 퍼지고 선이 그어졌다.

게다가 곳곳에 떠오른 검은 빛은 어느 규칙성을 띠고 있었다. 놀랍게도 마법진을 그리고 있었던 것이다. 그렇다, 광대한 섬의 지면에 거대한 마법진을 만들려 하고 있는 거다.

"이것 봐, 이거 보통 일이 아닌데?"

루미나리아는 차례로 떠오르는 검은 빛을 확인하며 긴장된 표정을 지었다.

섬 전체로 퍼진 마법진 곳곳에 기호며 문자가 떠올라 의미를 이루고 힘을 발현시키고 있다.

아스타로트가 한 말이 사실이라면 이는 비장의 카드라 할 만한 무언가의 등장을 암시하는 것이리라.

그렇다면 이대로 완성되게 둘 수 없다. 하지만 용의주도하게 준비해두었던 만큼, 그 마법진은 미라 일행이 행동에 나설 새도 없이 완성되고 말았다.

대지가 맥동하고 주변 일대에 검은 빛이 가득해졌다.

그 효과는, 이 마법진이 초래한 것은, 아스타로트가 준비해둔 비장의 카드란 대체 무엇일까.

미라 일행이 경계하는 가운데, 마법진은 그 힘을 발휘했다.

놀랍게도 지금까지 미라 일행이 쓰러뜨린 마물과 마수의 시체에서 검은 무언가가 배어 나오기 시작한 것이다.

그것은 마의 속성력이었다. 하지만 그렇게 배어나온 것이 다른 일을 일으키지는 않았다. 그 현상은 마법진에 의한 부차적인 효과에 불과했다.

"자아, 결전을 치러볼까."

깊고 무거운 목소리로 아스타로트가 웃었다.

자세히 보니 아스타로트의 몸은 한층 더 커져 있고, 힘이 가득차다 못해 넘치고 있었다.

그리고 그 힘은 과시용이 아니었다. 눈싸움 끝에 노인을 비롯한 전위진과 아스타로트가 충돌했다.

노인은 전혀 방심하지 않고 온 힘을 다해 상대와 맞섰다. 상대가 공작 2위의 힘이라 해도 막아낼 만큼의 실력을 지닌 그였지만 다시 시작된 결전에서는 초반부터 밀리고 있었다.

막는 게 고작인 것은 물론이고, 몇 번이나 방어가 무너지고 만 것이다.

그때마다 다른 전위진이 끼어들어 위기를 모면했지만 고트프리트 일행도 완전히 막아내지 못해서 수세에 몰리고 있었다.

"흠, 아무래도 이것은 마속성을 강화하기 위함인가 보군……."

명백한 열세인 가운데 후위진은 더욱 지원을 강화하며 전체적인 상황을 파악하기 위해 애썼다.

보이는 범위 안에 새겨진 문자열과 기호. 마법진에 의한 술식은 형상과 배열 등에 따라 여러 가지 의미를 띠었다. 그 조합은 그야말로 무수히 많고, 나아가 제한과 제약도 많다.

때문에 구축된 마법진은 복잡한 문양을 띠기 일쑤였다.

더불어 거기 사용된 것은 악마가 다루는 특수한 마법에서 비롯된 것이다. 요컨대 미라 일행에게 익숙한 술식이나 마법과는 여러모로 다른 것이다.

하지만 그럼에도 일정한 법칙이라는 것이 존재했고, 술사의 정점에 군림하고 있는 아홉 현자가 그것을 이해하지 못할 리가 없었다.

"꽤 크네. 또 뭔가 있을 것 같아."

"그래, 상당히 중첩된 듯한데."

카구라와 소울하울도 그 크기며 복잡하게 뒤엉킨 술식을 분석하여 어느 정도 해독한 모양이다.

그리고 당연히 미라도 재빨리 그것을 파악하여 곧장 다음 행동에 나섰다.

"이 몸이 어떻게든 해보마. 잠시 시간을 벌어주겠느냐."

구구와이즈를 소환해 하늘로 날려 보낸 미라는 그렇게 말하자마자 '의식동조'를 통해 시야를 전환했다.

구구가 보는 광경이 눈에 비친다. 하늘 위로 올라갈수록 대지에 그려진 마법진의 전체상이 시야에 가득 펼쳐졌다.

(흠, 과연…… 터무니없는 숫자의 마법진이 중첩되어 있군.)

전체를 조감한 결과 이 악마의 비장의 카드가 수백에 달하는 마법진을 조합하여 성립된 것을 알 수 있었다.

그 밖에도 전체상을 파악한 덕에 이를 상세히 해독할 수 있게 되었다.

아무래도 이 마법진은 마물의 생명을 양식 삼아 마속성을 극한까지 증폭시키는 것인 듯했다.

동력으로 쓰인 마물의 생명은 미라 일행이 쓰러뜨린 것으로 충당했다.

천을 넘는 숫자의 마물의 생명이다. 그렇다면 원동력이 고갈되어 이 마법진이 바로 멈추는 일은 일어나지 않을 거다.

게다가 이 마법진의 효과는 절대적이다.

아스타로트의 힘이 극한까지 증폭된 현재 상태로는 분명 이쪽이 먼저 힘이 다하고 말 것이다.

그렇기에 미라는 신속하게 마법진을 해석하기 시작했다. 더불어 알피나만 전선에 남기고 둘째 이하의 자매를 그 자리에서 후퇴시켰다. 다른 역할을 맡기기 위해서.

적의 맹공은 가열하기 그지없어서 노인 일행은 반격의 실마리를 잡기는커녕 막아내기도 어려워졌다. 후위진의 보조 덕분에 가까스로 그 자리에 버티고 있는 상태다.

하지만 애초에 노인 일행이 아니었다면 10초도 안 되어 돌파되었을 거다. 종이 한 장 차이라도 버티고 있는 것은 그들의 실력이 탁월하기 때문이다.

그리고 그렇기에 미라는 그런 동료들에게 그 자리를 맡기고 마법진 분석에 주력할 수 있었다.

(저기가 이렇게 연결되고…… 여길 통해서――.)

마법진을 형성하고 있는 기호와 문자열, 그리고 여러 가지 도형.

얼핏 보면 불규칙적으로 배치된 게 아닐까 싶을 만큼 복잡했지만 거기에는 명확한 규칙성이 존재했다.

소환술에 통달한 데다 모든 술법에 관한 지식도 풍부하기에, 아홉 현자라는 지위에 오를 만큼 연구를 했기에 미라는 그 마법진의 구조를 속속들이 파악할 수 있었다.

규칙성에 따라 마법진을 구성하는 요소를 도출해내고, 상승효과를 내는 요소를 간파해 나간다.

그렇게 분석 개시로부터 5분이 경과했을 즈음, 미라는 그 마법진의 취약점까지 알아내는 데 성공했다.

『지금부터 지시하는 장소로 즉시 이동해서 이를 파괴해라――.』

치밀하게 고안되고 구축된 거대 마법진. 그 구조는 예술적일 정도였고, 그것을 구성하는 무수한 마법진을 닥치는 대로 부순다 해도 마나가 순환하는 회로가 교체되도록 이어져 있어서, 그 효과를 소멸시킬 수 없도록 되어 있었다.

이를 파괴하려면 거대 마법진 전체를, 아닌 게 아니라 섬 전체를 날려버리는 수밖에 없다고 할 수 있을 정도의 대규모 장치다.

현재로서는 그럴 수가 없다.

하지만 미라는 그렇게 하지 않고도 어떻게든 할 수 있는 방법을 찾아냈다. 그것은 마법진의 술식을 해독할 만큼의 지식을 지녔고, 그 의미에도 정통하기에 도출해낸 돌파구였다.

『네, 맡겨만 주십시오!』

엘레티나를 비롯한 발키리 자매가 그렇게 답하자마자 섬 이곳 저곳으로 흩어졌다.

엘레티나 일행은 아스타로트가 알아채지 못하도록 조용히, 하지만 신속하게 달려갔다.

이제 시간 싸움이다. 자매가 미라의 지시를 완벽하게 실행하면 마법진의 효과는 소실되고 다시 총 전력에서 이쪽이 앞서게 된다.

하지만 지금은 강화된 공작 2위를 상대하고 있는 탓에 그 일분 일초가 무시무시하게 짧게 느껴졌다.

"이렇게나 무거운 걸 연발하다니……. 벌써 손에 감각이 없어지기 시작했어."

강렬한 아스타로트의 일격을 계속해서 막아내던 노인은 거의 한계에 달한 상태였다. 더 이상 대형 방패를 든 손에 힘이 들어가지 않아, 온몸을 써서 들고 있는 게 고작이었다.

하지만 그러한 상황에서도 노인은 혼신의 힘을 다해 아스타로트의 앞을 가로막은 채 동료들을 지켰다.

"이야아, 엄청나네. 강화 미스릴로 된 벽이라도 때리고 있는 기분이야."

고트프리트는 크게 어깨숨을 쉬며 두 손이 저릿한 걸 얼버무리려는 듯 미소 지어 보였다.

아스타로트의 표피는 고트프리트가 말한 것처럼 철벽 정도가 아니라 미스릴벽이라도 되는 듯한 강도를 자랑하고 있었다.

다소 상처를 낼 수는 있어도 절단은 불가능하다는 게 통감될 정도로 칼날이 박히지 않았다.

하지만 그럼에도 그는 조금이라도 발을 묶어둘 겸 온 힘을 다해 칼을 휘둘렀다.

"흐음, 어찌해야 할는지……."

참호에 잠복한 사이조 역시 난감한 상태였다. 완벽한 타이밍에 기습을 한들 그 표피에 막히고 만다.

하지만 그럼에도 시간은 어느 정도 벌 수 있다. 아스타로트에게 빈틈이 생겨나는 순간, 그것이 의도한 것인지 아닌지를 판별하고서 곧장 기습을 가한다.

"……이런 긴장감은 오랜만이다해!"

현시점에서 유일하게 유효타를 먹일 수 있는 것은 메이린이었다. 선술을 통해 충격을 내부까지 전달함으로써 표피의 경도와 상관없이 대미지를 입힐 수 있기 때문이다.

하지만 그렇기에 아스타로트는 철저하게 메이린을 경계했고, 그런 탓에 힘을 모을 시간이 약간 필요한 그 일격을 도저히 맞출 수가 없었다.

그러나 메이린이 그렇다고 손을 놓고 있을 리가 없었다. 오히려 그 눈은 더더욱 빛나고 있었다.

"서둘러줘, 사령관……."

라스트라다는 그러한 격전 속에서 자신의 공격이 통하지 않는데도 극적인 활약을 보이고 있었다.

거미줄을 통한 방해 말고도 안개와 환영 등을 교묘하게 구사하여 멀리서 파괴 활동에 힘쓰고 있는 엘레티나 일행의 모습을 완벽하게 은폐했다.

그 덕분에 엘레티나 일행의 활동을 더욱 가속시킬 수 있었을 정도다.

"아아, 역시 주인님의 검…… 훌륭합니다."

알피나는 중간 정도의 위치에 서서 아스타로트가 후위진을 견제하듯 날린 마법을 성검으로 베어내고 있다.

세이크리드 프레임에 의한 신체 강화가 보태진 덕에 알피나는 온갖 마법을 확실하게 격추시켰다.

그 훌륭한 활약 덕분에 노인은 부담을 크게 덜 수 있었다.

"……."

그런 알피나의 옆에는 일리나가 서 있다.

그녀는 아스타로트가 전위진을 돌파해 왔을 때, 이를 막을 벽으로써 대기하고 있었다.

대 악마 장비가 효과적이라 몇 번인가 알피나와 함께 아스타로트를 되밀어내는 데 성공했다.

　하지만 그때 크게 손상된 탓에 한 번이라도 더 공격을 받으면 와해될 상태였다.

20

전위진은 밀려나면서도 어떻게든 버티고 있다.

후위진은 그들을 떠받치듯 지원과 공격을 행했다.

양측의 연계는 아주 척척 맞아떨어져서 조금의 빈틈도 보이지 않을 만큼 완벽했다.

하지만 그럼에도 증폭된 아스타로트의 힘이 서로 협력하는 연합팀의 힘을 상회했다.

고트프리트와 사이조는 강렬한 일격을 맞고 성 근처까지 날아갔다.

두 사람은 뼈까지 대미지를 입어서 아르테시아가 긴급 치료를 시작했다.

라스트라다는 환영을 유지해야 하다보니 크게 움직일 수가 없었다. 엘레티나 일행의 활약 덕분에 마법진이 상당히 변화한 상태이기 때문이다. 지금 환영이 사라지면 이쪽의 노림수를 적이 알아챌 거다.

그러니 방해 공작은 계속되어야 한다.

메이린은 아스타로트와 여러 차례 치고받는 도중에 두 손에 부상을 입었다.

고트프리트가 예로 들었듯이, 아스타르토의 표피는 미스릴벽과 같은 강도를 자랑했다. 메이린은 그걸 몇 번이나 온 힘을 다해 두들긴 것이다.

그 모습은 상당히 처참해서 아르테시아가 성술사로서 전투 중지를 권할 정도였다.

현재는 카구라가 준비한 결계 안에서 미라가 소환한 아스클레피오스의 치료를 받고 있었다.

그렇게 서서히 전위가 무너진 끝에 마지막까지 서 있던 노인에게도 결국 한계가 찾아왔다.

"자아, 어쩔 테냐. 주워도 상관없다."

노인이 끝내 무릎을 꿇고 말았다. 손을 벗어난 대형 방패가 땅에 떨어졌다.

아스타로트는 그 모습을 흘겨보며 주먹을 쥐었다. 노인이 방패를 줍는 게 빠를지, 아스타로트가 주먹을 내지르는 게 빠를지 알 수 없는 상황이다.

"큭…… 조금만 더 하면 될 터인데……!"

거대 마법진은 섬 전체에 퍼져 있다. 파괴할 부분은 해석이 끝났고 엘레티나 일행 역시 진력하고 있지만 모든 것을 파괴하려면 시간이 더 필요했다.

"어머니, 제가 가겠습니다!"

아이젠파르드가 그렇게 외쳤다.

그는 후위진을 보호하는 최대의 전력으로 대기하고 있었다. 하지만 지금은 최전선에 나아가야 하지 않겠느냐고 스스로 판단하고 진언한 것이었다.

"그대……."

전위진이 만족스럽게 움직일 수 없게 된 지금, 확실히 전선을 지탱하는 역할을 맡길 적임자는 아이젠파르드뿐일 거다.

그렇게 판단하고 의견을 내놓게 된 아이젠파르드의 성장을 기뻐하며 미라가 그것을 승낙하려고 한 그 순간.

"아니, 내가 시간을 벌 테니, 너는 거기에 있어. 그게 가장, 안정적일 테니까."

소울하울이 그렇게 말한 순간, 미라의 머릿속에 정령왕의 목소리가 울렸다.

『뭔가 샐러맨더가 갑자기 움직이기 시작했다며 허둥대고 있군.』

그리고 직후, 전선에 격진이 일어났다.

거대한 그림자가 폭풍처럼 질주하더니 아스타로트를 강렬하게 들이받은 것이다.

"허어, 저것은……!"

그 모습을 본 미라는 놀라움을 금할 수가 없었다. 왜냐하면 돌진한 그것이 그란데급 대마수 에퀼게이드였기 때문이다.

아스타로트가 비장의 카드 중 하나로 준비했던 에퀼게이드의 시체. 미라 일행은 힘을 합쳐 그것의 부활을 저지하는 데 성공했다.

그리고 레서 데몬들이 또 수작을 부리지 못하도록 크리스티나를 보초로 배치한 후, 그 역할을 샐러맨더가 이어받았는데 놀랍게도 지금 그것이 움직이고 있는 것이다.

『레서 데몬이 가까이 오지 못하도록 감시했고 몇은 처리했다. 그러니 맹세코 아무 일도 없었다는군.』

자세히 보니 에퀼게이드의 꼬리에 샐러맨더가 달라붙어 있었다. 그런 그가 직전까지의 상황을 정령왕을 경유해 전해왔다. 듣자하니 레서 데몬 등과는 상관없이 느닷없이 움직이기 시작했다고 한다.

"그렇다면 혹시……?!"

그 원인은, 그 이유는. 미라는 설마 하는 얼굴로 소울하울에게 고개를 돌렸다.

그러자 그는 어쩐지 의기양양하게, 그리고 대담하게 미소 지어 보였다. 바로 그거라고.

그렇다, 소울하울은 방치되어 있던 에퀼게이드의 시체를 사령술로 지배해 버린 것이다.

"허나, 무슨 수로?"

골렘을 만들어내는 것 외에도 언데드 계열 마물을 조종하고 시체 등을 지배해 뜻대로 조종하는 것이 바로 사령술이다.

하지만 사령술에 관한 전문적인 지식도 있는 미라이기에 이 상황에 놀랄 수밖에 없었다.

왜냐하면 한계가 있기 때문이다. 에퀼게이드는 레이드급조차 능가하는 그란데급 대마수다. 소울하울의 실력이 아무리 뛰어나도 사령술로 어떻게 하는 것은 불가능할 터였다.

하지만 현재, 소울하울은 실제로 그 일을 해내보였다.

노인 일행이 후퇴하는 가운데, 최전선에서 에퀼게이드가 아스타로트를 상대로 날뛰고 있는 이 상황은 모두 소울하울이 의도한 것이다.

역시 그란데급이라고 해야 할지, 팽팽한 싸움이 이어졌다.

아니, 파워업한 만큼 아스타로트가 우세하기는 했다.

그러나 에컬게이드 역시 나름 동급이었다. 게다가 소울하울의 술식에 의한 강화 덕분인지 보기와 다른 속도로 육박하여, 조금의 여유도 허락지 않고 있었다.

그렇게 싸우는 모습으로 미루어 볼 때, 에컬게이드는 완전히 소울하울의 지배하에 있는 듯했다.

또한 꼬리에 달라붙어 있던 샐러맨더는 요란하게 떨쳐져 나가, 그 격전지에서 잽싸게 성벽이 있는 곳으로 돌아왔다.

"이야, 끝내주네. 뭘 어떻게 하면 저렇게 되는 거야?"

미라에 이어 루미나리아 역시 대체 뭘 한 것이냐고 물었다.

그것은 술사의⋯⋯ 아니, 아홉 현자의 천성인지. 미라뿐 아니라 모두가 소울하울에게 귀를 기울이고 있었다.

게다가 엘리미제는 거의 숭배자 같은 표정이 되어 있었다.

"아아, 그건 말이야――."

이목이 집중된 가운데, 소울하울은 그 경위를 간결하게 이야기했다.

듣자하니 조금 전에 베껴 적은 술식을 응용하여 사령술에 편입시켜 보았다고 한다.

베껴 적은 술식이란 레이드급 마수들의 심장에 새겨져 있던 것을 말한다.

그를 통해 마수를 조종하고 있었다는 것을 해명한 그는 놀랍게도 이 짧은 시간에 술식을 해석하여 사령술에 응용할 수 있는 수준까지 완성하고 만 것이다.

그 실험을 겸한 실전이 바로 이것이라고 말한 후, 소울하울은 에컬게이드의 움직임을 살피며 미세 조정을 해나갔다.

그러자 크게 움직일 때마다 동작이 변화하여 군더더기가 없어졌다.

그 결과, 에컬게이드는 아스타로트를 능가하지는 못해도 충분히 붙잡고 있을 수 있을 정도의 잠재력을 발휘하기 시작했다.

쓰러뜨리지는 못하더라도 노인 일행이 회복할 시간은 충분히 벌 수 있을 듯하다.

또한 이대로 가면 엘레티나 일행의 작업도 늦지 않게 끝날지도 모른다.

소울하울이 대마수 에컬게이드를 사령술로 지배한 덕에 어느 정도 시간을 벌 수 있었다.

노인 일행의 상처는 아르테시아와 아스클레피오스가 모두 치유했고 체력 쪽도 어느 정도는 회복했다.

그리고 섬 전체에 퍼져 있는 마법진의 해체도 눈앞으로 다가왔을 즈음.

"그래…… 이것은, 내 마법을 본뜬 술식을 짜 넣은 것이로군."

끝내 아스타로트가 에컬게이드의 결점을, 소울하울의 술식에 남은 구멍을 간파해냈다.

짧은 시간에 완성한 데다 아직 실험 단계인 탓에 급조된 새 술식은 상당한 취약성을 내포하고 있었다.

여러 차례 부딪히며 아스타로트는 에컬게이드를 움직이고 있는 술식을 느끼고 알아챈 것이다. 소울하울이 무엇을 참고해 그 술식을 구축했는지를.

"그렇다면, 이제 끝이다."

아스타로트가 살며시 거리를 벌리더니 손을 내밀었다.

그러자 어찌된 일인지. 용맹하고도 과감하게 날뛰고 있던 에컬게이드의 움직임이 딱 그치고 말았다.

이어서 미라는 에컬게이드가 그대로 이쪽을 향해 몸을 빙글 돌리는 모습을 목격했다.

격전을 펼치고 있던 아스타로트와 에컬게이드. 양측은 지금 마치 동맹군처럼 나란히 서 있었다.

"이봐라, 저건 설마……?"

"그래, 뺏겼어."

설마 하는 마음에 미라가 묻자, 소울하울은 담담하게 답했다.

아스타로트가 구성한 술식을 토대로 한 것이 원인인 모양이다. 사령술에 의한 지배권을 그대로 저쪽이 덮어쓰고 말았다며 소울하울은 헛웃음을 지었다.

"이것이 사령술인가. 인간의 술식은 다룰 수 없지만…… 이거라면 간단한 명령은 내릴 수 있겠군."

인간이 다루기 위해 조정하여 진화시켜온 아홉 종류의 술법. 설령 술식을 흉내 낸다 해도 악마는 사용할 수 없었지만 소울하울이 개량한 그것에 포함된 악마의 술식이 일부나마 반응을 한 모양이다.

아스타로트가 사령술을 통해 지배하고 있는 에컬게이드의 조작권을 얻고 말았다.

그것을 확인한 전위진의 반응은 제각각이었다.

"이야아, 일이 성가셔졌네!"

고트프리트는 성문 앞에서 허탈한 미소를 지었다.

파워업한 아스토르트도 모자라 대마수 에퀼게이드까지 적이
되었다.

최소한 지금과 비슷한 전력이 한 팀은 더 필요한 상황이다. 제
아무리 그라도 여유를 잃을 수밖에 없었다.

"이거 상황이 어려워졌는걸."

노인 역시 표정이 험악했다. 아스타로트뿐이라면 모를까, 그의
몸은 하나뿐이다. 그런 상황에 에퀼게이드가 참전하면 모두를 지
키기 어려워질 것이라며 고민에 빠졌다.

"후퇴도 시야에 넣어둬야 하지 않겠소?"

사이조도 떨떠름한 얼굴이다.

완전히 지배하지는 못 한다지만 그란데급 괴물이 늘어났다. 그
냥 날뛰기만 해도 상당한 피해를 줄 것으로 예상된다.

최악의 상황도 염두에 두어야 할까.

그런 생각으로 노인 일행은 경계했지만, 아홉 현자에 속한 메
이린과 라스트라다는 변함없는 반응을 보였다.

"휴식 시간은 끝인 것 같다해!"

펄쩍 뛰어 일어난 메이린은 의욕이 넘치는 얼굴로 준비운동을
시작했다.

"그래, 맞아. 하지만 조금만 더 기다리자고."

당장에라도 뛰쳐나갈 것 같은 메이린을 가만히 만류한 라스트라다는 성문이 있는 방향을 스윽 가리켰다.

그곳을 보니 성문이 조금 열려 있었다.

"뭐어, 시간은 충분히 벌었으니 되었나."

한편, 성벽 위 후위진영. 실수를 저지른 소울하울을 엘리미제가 걱정스러운 눈으로 바라보는 가운데, 미라는 어이없어 하면서도 그렇게 말했다.

빼앗겼다고는 해도 에컬게이드가 아스타로트와 싸우는 동안 엘레티나 일행이 거대 마법진의 마지막 요소를 파괴한 것이다.

주변을 둘러보니 섬 전역에 퍼져 있던 마법진의 빛이 사라지더니 눈 깜짝할 새에 효력이 사라지기 시작했다.

"뭐냐, 이건…… 어떻게 된 거냐?!"

아스타로트도 마속성 부스트의 효력이 사라진 사실을 알아챈 모양인지. 무슨 일인가 하고 주변을 둘러보더니 흩어져 있는 발키리 자매를 확인하고는 그럴 리가 없다는 듯이 눈을 둥그렇게 떴다.

그럴 만도 했다. 비장의 카드로 쓰기 위해 설치한 거대 마법진은 아무리 파괴하더라도 효력이 유지되도록 몇 중으로 대비를 해둔 물건이었다.

하도 복잡하다 보니 술식을 구축한 아스타로트 본인조차 난해해서 이를 해제하는 것은 불가능하다고 단언할 수 있을 정도였다.

때문에 아스타로트는 당황할 수밖에 없었다. 대체 무엇을 어떻게 해서 이 거대 마법진을 무력화한 것이란 말인가.

"흠, 놀랐군, 놀랐어."

아스타로트의 모습을 바라보며 의기양양한 미소를 지은 채, 미라는 그대로 소울하울에게 말했다.

"바로 지금이다."

"그래, 맞아."

소울하울이 그렇게 답하자마자 미라를 비롯해서 루미나리아와 카구라, 아르테시아가 재빨리 몸을 숙였다.

그리고 대체 무슨 소리냐는 듯한 표정을 짓고 있던 엘리미제에게도 엎드리라고 재촉했다.

"저기, 이건⋯⋯?"

시키는 대로 몸을 숙인 엘리미제는 더더욱 의아한 눈치였다.

그러자 다음 순간, 소울하울의 입에서 영창이 흘러나왔다.

『짧은 시간, 은밀히 어루만지고 은근히 안는, 그 온기.

싸늘한 손은 헤매일 뿐, 이 손에도 닿지 않네.

잿빛 눈동자는 허공을 향하고 있어, 이 모습조차 비추질 않네.

고동은 잦아드는 비처럼 애매하고, 눈물보다도 불규칙적으로 시간을 새기네.

목소리는 쉬고 숨은 그치네. 마지막 속삭임마저 바람에 빼앗겼다네.

하지만 하나의 마음은 통하니.

함께 외치자. 다시금 만날, 그 날을 위해.』

【사령술 : 석별의 불】

자아낸 말에 호응하듯 사령술이 발동한다.

섬광이 치솟고 거대한 무언가가 충돌한 듯 묵직한 충격이 캐슬 골렘을 흔들었다.

그리고 직후, 단말마의 포효 같은 폭음이 대기를 진동시키고 파괴의 물결이 주변 일대를 가득 메웠다.

그것은 에퀄게이드를 제물로 한 소울하울의 뒤처리 같은 것이었다.

악마의 마법을 응용한 것이 화가 되어 기껏 지배한 에퀄게이드를 빼앗기고 말았다.

하지만 이번 것은 소울하울이 짧은 시간에 구축한 첫 실험용 술식이기도 했다.

그리고 실험에 실패는 따르기 마련이고, 당연히 실험에 미친 아홉 현자들에게 그런 위험은 일상적이라 할 수 있을 정도였다.

따라서 실험 단계의 술식에는 여러 가지 안전장치를 준비해두는 것이 상식이기도 했다.

그 중 하나가 이것이다.

소울하울은 조작권을 잃게 될 때에 대비해 에퀄게이드를 지배하는 술식 말고도 모든 것을 초기화할 술식도 새겨 넣었던 것이다.

"오오~ 그란데급이라 그런지 상상 이상의 파괴력이로군!"

충격파가 머리 위로 지나간다. 그리고 불기둥과 빛과 열이 높이 퍼져 나가 하늘을 온통 붉게 물들인다.

에퀄게이드를 불씨로 한 술식은 아이젠파르드의 드래곤 브레스를 능가할 듯한 위력을 발휘했다.

미라 일행은 조금이라도 몸의 일부를 내밀면 눈 깜짝할 새에 목숨까지 달아날지도 모르는 현상들이 옆에서 일어나고 있는 가운데, 삐걱삐걱 비명을 지르는 성벽에 몸을 맡긴 채 그 폭풍이 지나가기를 기다렸다.

"굉장했어. 다들 괜찮아?"

화염의 폭풍이 가라앉자 아르테시아가 가장 먼저 동료들의 상태를 확인했다.

보아하니 캐슬 골렘의 성벽이 버텨준 모양이다. 미라 일행은 동료들이 무사한지를 확인하듯 둘러보며 몸을 일으켰다.

"생각보다 더 위험했어. 성벽을 강화하지 않았으면 성이 통째로 날아갔을지도 몰라."

소울하울 역시 그란데급을 실험 재료로 쓴 것은 처음이라 그 힘이 초래한 파괴에 놀라면서도 감탄한 듯이 말했다.

그러고는 상상을 초월하는 위력에 웃으며 몸을 일으켜 붕괴되기 직전인 성벽을 확인하고 수복해 나갔다.

"나 원, 위험천만이로구만. '용해윤회' 정도면 됐을 터인데."

폭심지를 보니 방벽이니 참호니 공작용 골렘 같은 것들까지 몽땅 사라져 있었다. 조금이라도 유리하게 싸우기 위해 전장을 조정해 놓았음에도 불구하고, 지금 그곳에는 두 번째 크레이터가 만들어져 있었다.

"무슨 소리. 그란데급으로 실험할 기회인데, 당연히 최대 위력이 어느 정도인지 시험해 봐야지."

해볼 기회가 흔치 않은 실험이기에 한계에 도전한다. 소울하울은 매우 당연하다는 듯이 그렇게 답하더니 실로 후련하다는 듯이 "좋은 데이터를 뽑았어"라고 말했다.

아홉 현자의 실험은 온갖 비상사태까지도 고려해서 이루어진다. 다만 한 가지 문제가 있다면, 그것은 주변에 미칠 피해까지는 염두에 두지 않는 경향이 있다는 점이다.

"나 원, 아무리 그래도 지나쳤다."

그럭저럭 떨어져 있었던 덕에 경미한 피해만 입었지만, 엘레티나 일행이 있는 곳까지 영향이 미쳤다. 거대 마법진을 정지시킨 공로자는 지금 땅바닥에 엎드린 채 모래먼지 범벅이 된 상태였다.

"그러게, 처음이면 더더욱 차근차근 해야지."

루미나리아 역시 그럴싸한 소리를 입 밖에 내며 어이가 없다는 듯이 웃었다.

참고로 이 두 사람은 아홉 현자 중에서도 특히나 많은 피해를 일으킨 이들이다.

"그건 됐고, 그 녀석은 어떻게 됐어?"

비교적 얌전하게 실험을 하는 카구라는, 너희가 할 말은 아니라는 듯이 두 사람을 노려보며 말했다. 지금은 실험보다 중요한 일이 있지 않냐고.

"어이쿠, 그러했지!"

그러고 보니, 하고 미라 일행은 전장을 둘러보았다.

그만한 대파괴가 일어났었으니, 어쩌면 어딘가로 날아가 버렸을지도 모른다.

처음에 아스타로트가 있던 장소는 에컬게이드의 옆. 요컨대 폭심지 바로 옆이었다. 그 파괴의 폭풍 중심에 있었던 셈이다.

그렇다면 무사하지는 못할 것이다.

하지만 공작 2위는 특출하다 할 정도로 강하다. 마속성을 증강시키는 마법진을 무효화하기는 했지만 검은 액체를 통한 파워업을 한 상태다. 따라서 내구도가 장난이 아닌 것이다.

설령 이번의 '석별의 불'이 아이젠파르드의 드래곤 브래스에 필적하는 위력을 지녔다 해도, 반드시 그 일격으로 쓰러뜨릴 수 있다고 장담할 수는 없을 정도다.

그래서 미라 일행은 전장을 꼼꼼히 둘러보았다. 그리고 가장 먼저 발견한 아르테시아가 "어머, 저기 있네" 하고 입을 열었다.

"음, 어디냐?!"

아르테시아가 가리킨 방향으로 고개를 돌리고 응시한 미라는 그곳에 있던 아스타로트의 모습을 발견했다.

장소는 두 번째 크레이터 근처.

역시 아스타로트는 건재했다. 두 팔을 교체시킨 자세로 몸을 보호해, 그 파괴의 폭풍을 견뎌낸 것이다.

상식을 벗어난 내구력이다.

하지만 아무리 그래도 멀쩡하지는 않았다. 아스타로트의 온몸에 금이 간 듯한 상처가 무수히 나 있었다.

그럼에도 아스타로트는 움직여서 후위진 쪽으로 시선을 돌렸다.

"끝을 내자, 다들!"

폭풍은 지나갔다 말을 듣고 성문에서 가장 먼저 뛰어나간 것은 라스트라다였다.

아스타로트의 상태를 보고 지금이 기회라고 판단한 그는 일직선으로 질주했다.

이제 환영을 유지할 필요는 없다. 모든 마나를 하나의 술식에 쏟아 붓는다.

『숲의 은자, 고독한 노구여.

걱정 말라, 벗은 언제나 이곳에 있으니.

일어나겠다면 그 손을 잡아주마. 함께라면 어디든 갈 수 있으니.

자아, 함께 이 길을 개척하자.』

【강마술 환수 : 만군의 낭왕(狼王)】

자아낸 마나는 라스트라다를 감싸 그의 모든 것을 변모시켰다.

직후, 몸길이가 2미터를 넘는 늑대인간이 된 라스트라다가 내려섰다.

그는 바람처럼 가속하여 검은 발톱으로 아스타로트의 몸에 일격을 가했다.

인간을 까마득히 뛰어넘는 강인한 팔과 날카로운 발톱은 균열 투성이의 아스타로트의 몸을 깊이 파고들고 찢었다.

균열은 초 단위로 빠르게 붙었지만 라스트라다는 그에 지지 않겠다는 듯이 계속 찢어발겼다.

상처를 회복하는 데 상당한 속성력을 소비하고 있는 데다, 일격을 맞을 때마다 충격으로 자세가 무너지는 바람에 아스타로트는 버티는 것이 고작이었다.

그때, 라스트라다가 추가 공격을 가했다.

마나로 형성시킨 검은 늑대가 떼를 지어 아스타로트에게 달려든 것이다.

그리고 다음 순간, 라스트라다가 재빨리 그곳에서 힘껏 뒤로 몸을 날려 단숨에 거리를 벌렸다.

직후에 루미나리아의 목소리가 들려왔다.

『밤하늘에 울리는 머나먼 노랫소리, 성스러운 처녀가 피로 물들 때, 별이 이름도 없는 노래를 부르면, 달은 이름도 없는 춤을 춘다.

멸망의 시간은 지금, 이 손에 드리웠느니. 그 모습을 보지 말라. 죽음은, 빛으로써 초래될지니.

모든 것은, 오로지 당신을 위한 것. 멸망은, 그저 나를 위한 것.

날갯짓하여 모여 세상에 울려라. 마음을 잣는 하늘의 노래여.』

【고대마법 제3절 : 망국의 왕녀(카타스트로프 마타)】

영창을 마친 루미나리아가 늑대 떼가 발을 묶어두고 있던 아스타로트에게 추가 공격을 날렸다.

순간, 눈부신 빛이 루미나리아의 손에서 뻗어나가더니, 똑바로 아스타로트에게로 향했다. 그리고 한 줄기 빛이 닿은 순간 강렬하게 부풀어 올랐다.

그것은 파괴만을 내포한 빛. 감싸 안은 모든 것을 소멸시킨다는 순수한 의미만이 담긴 마술이었다.

빛은 정적 속에서 기분 나쁜 소리를 내며 소용돌이치더니 예고도 없이 물거품처럼 소멸했다.

"이것까지 견디다니……."

아스타로트는 아직도 건재했다. 조금 전보다 더 상처를 입기는 했지만 비틀대며 일어난 그의 몸은 강렬한 투지로 가득했다.

"여전히 갑작스럽군그래."

"기회가 있을 때 몰아치는 게 전술의 기본이잖아."

가차 없는 루미나리아의 추격에 어깨를 으쓱했지만 굳이 말하자면 미라 역시 같은 부류였다. 루미나리아의 말에 "그 말이 맞아"라는 말로 동의를 표한 후, 소울하울이 일제 포격을 가했다.

비틀거리며 한 발짝을 내디딘 아스타로트를 중심으로 착탄한 포탄의 수는 오십에 달했고, 차례로 작렬하며 굉음을 냈다.

아무리 튼튼하다 해도 저만큼 부상을 입은 몸으로 포격을 견디기란 힘들 것이다.

게다가 포성이 그치자마자 추가 공격이 발사되었다.

『무곡일성(武曲一星), 이치를 드러내라. 이는 만멸(萬滅)의 장이니.』

카구라의 장기인 '칠성노화' 술식 중 하나다. 이번 무곡은 식신의 한계 강화로, 카구라가 초래한 기린(麒麟), 린베에가 거대화하여 넘치는 힘을 두른 채 아스타로트에게 향했다.

포격으로 인한 연기가 자욱한 가운데, 그것을 가르고 육박한 린베에는 그 기세 그대로 돌진하여 자신에게 깃든 힘을 모두 해방했다.

직후, 린베에를 중심으로 대지가 다섯 갈래로 쪼개지더니 그대로 융기하여 아스타로트를 집어삼켰다.

집속된 대지의 힘. 자연 그 자체라고도 할 수 있는 힘은 차원이 다른 에너지를 지니고 있었다.

융기한 대지의 기둥이 깨지자 더욱 깊은 상처를 입은 아스타로트의 모습이 보였다.

대미지는 확실하게 축적되고 있다.

확실하게 승기가 넘어왔다는 생각에 미라 역시 당연하다는 듯이 준비시켜 두었던 그것의 차례가 왔다고 말해주었다.

『크리스티나, 지금이다!』

캐슬 골렘의 성문 안. 이 일격을 위해 잽싸게 복귀시켰던 크리스티나가 마나 차지를 마친 상태로 뛰쳐나갔다.

"목표 포착! 가라~! 진 크리스티나 슬래——시!"

이 기회에 끝나겠다는 듯이 크리스티나는 칼을 내리쳤다.

벼려낸 마나는 빛이 되어 아스타로트에게 작렬했다. 미라뿐 아니라 알피나도 유일하게 인정한 기술인 만큼 그 위력은 절대적이다.

그렇기에 아스타로트도 상당히 힘이 소모되었는지. 진 크리스티나 슬래시를 맞고는 혼신의 힘을 다해 그 자리에서 뒤로 물러났다.

하지만 그곳에는 이미 다음 상대가 기다리고 있었다.

"이 싸움, 나만의 것이 아니다이거. 그러니까 끝내도록 하겠다해."

아스타로트의 정면에 내려선 메이린은 오른손을 뒤로 무르고 포즈를 취했다.

그러자 오른손에서 마나가 흘러나와 하얗게 빛나기 시작했다. 그날, 미라와 메이린이 아담스가의 정원에서 붙었을 때, 마지막에 보여주었던 기술이다.

하지만 이번 것은 그때 보여준 술식과 달랐다. 그 술식은 완전한 상태가 아니었다.

"그래, 와라. 이미 씨앗은 다 뿌려두었다. 이제 강자와 싸우다 패하는 것도 나쁘지 않겠지."

아스타로트는 대담한 미소를 지은 후, 언제든 덤비라는 듯이 자세를 취해 보였다. 패배를 앞두고 있음에도 승자와 같은 풍격이 느껴지는 모습이다.

"……간다해!"

순간, 앙칼진 기합과 함께 메이린은 사라졌다.

아니, 사라진 듯 보이는 것뿐이다. '축지'를 사용해 순식간에 사방팔방으로 뛰어다니고 있다.

그것은 그야말로 찰나의 순간. 1초 정도 만에 일어난 일이었다.

하지만 메이린에게는 그걸로도 충분했다. 그 짧은 시간을 거치자 메이린의 오른손에서는 하얀 마나의 띠가 한계까지 길게 나부끼고 있었다.

【선술내전 지 : 천년광로(千年洸路)】

아스타로트가 반격한다. 메이린은 그 빈틈을 노려 상대의 배에 주먹을 박아 넣었다. 그 순간, 잔류하던 하얀 마나의 띠가 순식간에 주먹으로 집속되었다.

그 일격은 사람의 주먹이 날릴 수 있는 것이 아니었다.

굉음과 충격. 그것이 퍼지는 것이 눈에 보일 정도로 강렬하고도 가열한 일격은 명중과 동시에 아스타로트를 날려버렸다.

"저렇게 멀리…… 뭐, 잘된 일이기야 하지만."

위력이 얼마나 되었던 것인지, 아스타로트는 수백 미터나 떨어진 섬의 가장자리에 우뚝 선 바위산에 격돌하여 그대로 처박혔다.

이곳에서 추가 공격을 하려면 상당한 비거리와 정확도가 필요할 것이다.

하지만 미라는 오히려 멀리 날아가서 잘됐다고 생각하며 그것을 바라본 직후, 발렌틴이 있는 방향을 흘끔 쳐다보았다.

(저 녀석에게는 미안하지만, 바르바토스의 의견을 우선하도록 하마──.)

발렌틴은 흑악마를 원래대로 되돌리기 위해 노력하고 있었다. 그는 어떠한 상태든 포기하지 않았지만, 때때로 그게 무모한 짓이 될 때도 있다.

그리고 미라는 일전의 마물 퇴치 부적 소동 당시 바르바토스에게서 중요한 이야기를 들었다. 그것은 무슨 짓을 해도 백악마로 되돌릴 수 없는 상태가 있다는 것과 그것을 구분하는 방법이다.

"자아, 그대의 차례다, 아이젠파르드!"

지금의 아스타로트는 바르바토스에게 들었던 그 상태와 모든 특징이 일치했다. 따라서 전투가 벌어진 지금은 쓰러뜨리지 않으면 이쪽이 당할 뿐이다.

미라가 외치자 성문이 열리더니 아이젠파르드가 그곳을 통해 모습을 드러냈다. 그 발걸음은 매우 신중했다.

그 모습을 배웅하는 노인 일행은 하나같이 쓴웃음을 짓고 있었다.

왜냐하면 아이젠파르드의 온몸에 마나가 가득한 데다 그 입에서는 응축된 힘이 흘러넘치고 있었기 때문이다.

그것은 전력 드래곤 브레스를 초월한, 한계 돌파 드래곤 브레스의 준비가 완료된 상태였다.

그렇다, 크리스티나에 이어 아이젠파르드 역시 대기하며 차지하고 있었던 것이다.

"이것 봐, 어쩌려고 그래, 저거⋯⋯."

전에 본 적이 없을 만큼의 힘을 모은 아이젠파르드의 모습에, 루미나리아는 무슨 일이 일어날지 상상이 안 된다며 뺨을 실룩거리며 웃었다.

"조금만 기다려, 10초⋯⋯ 아니, 5초만 더. 보강할 테니까."

소울하울 역시 명백하게 식겁한 표정을 짓더니 성벽의 강도를 한계까지 끌어올렸다. 나아가 아래에 있는 노인 일행을 향해 성벽 뒤가 아니라 성 안으로 들어오라고 통보했다.

"아르테시아 씨, 우리도 가요."

"응, 그래."

카구라는 주변에 방어용 결계를 쳤고, 아르테시아 역시 대충격 강화 술식을 사용해 방어를 강화했다.

『어머니, 언제든 쏠 수 있습니다!』

표적을 포착한 아이젠파르드가 드래곤 브레스를 쏠 자세를 취했다.

뒤에서는 크리스티나가 허겁지겁 후퇴해 성문으로 뛰어들고 있었다. 또한 나머지 발키리 자매도 그 자리를 벗어나 크게 거리를 벌렸다.

그렇게 준비가 끝났음을 확인한 미라는, 끝내 명령을 내렸다.

"쏴라, 아이젠파르드!"

미라의 지시가 떨어진 직후, 아이젠파르드가 한계 돌파 드래곤 브레스를 발사했다.

극한까지 응축된 파괴의 격류가 공간을 꿰뚫는다.

거기에 담긴 에너지는 인간의 상식을 초월한 것이라, 그 여파만으로 대지는 패이고 공간은 왜곡되었으며 근처에 있는 만물을 먼지로 돌려보냈다.

그렇듯 무시무시한 에너지가 바위벽에서 기어 나온 아스타로트에게 날아가, 직격했다.

그것은 빛부터 시작되었다. 눈부시기 그지없는 섬광이 순식간에 퍼지더니 이어서 굉음과 충격파가 덮쳐들었다.

"이것 참 강렬하군그래……!"

생각했던 것 이상의 위력과 영향을 확인한 미라는 아주 만족스럽게 고개를 끄덕이며 아이젠파르드가 남긴 전과를 좇아 먼 곳을 바라보았다.

"저렇게나 떨어져 있는데 이 정도 여파라니, 얼마나 센 거야."

"보강해두길 잘했군."

루미나리아와 소울하울 역시 결과를 보고 쓴웃음을 지은 채 과연 황룡이라고 칭찬했다.

미라 일행이 목격한 광경. 그것은 헛웃음이 나올 정도로 처절했다.

터무니없는 여파가 밀려들 줄 알고 긴장했지만, 그것은 에컬게이드의 자폭에는 못 미쳤다.

왜냐하면 극한까지 응축된 한계 돌파 드래곤 브레스는 바위벽에 충돌하자마자 그대로 거대한 구멍을 뚫고 관통해 버렸기 때문이다.

다시 말해서 폭심지가 섬에서 한참 떨어진 바깥쪽에 형성된 것이다.

대체 어디까지 날아간 것인지. 먼 곳에서 울린 천둥소리 같은 굉음이 한참동안 울렸다. 상당히 먼 곳, 그것도 바다 속에서 작렬한 모양이다.

"그래서 할아버지. 그 녀석은 어떻게 됐어?"

아스타로트가 있던 바위산에는 커다란 구멍만이 뚫려 있을 뿐이다.

그만한 위력이었으니 제 아무리 공작 2위라 해도 견딜 수 있을 리가 없다.

그러나 방심은 금물이다. 확인할 필요는 있을 거다.

따라서 미라는 아래층에 있는 메이린에게 물었다. 아스타로트가 어떻게 되었는지 알겠느냐고.

"이제 어디서도 안 느껴진다이거. 우리의 승리다해."

메이린은 그렇게 답했다.

그것은 '생체감지'를 통한 조사 결과였다.

무도가로서, 그리고 선술가로서 달인의 경지에 오른 메이린은, 미라는 비교도 안 될 정도의 범위를 정확하게 탐지할 수 있었다.

　그런 메이린이 한계 돌파 드래곤 브레스가 직격하고 3초 후에 아스타로트의 생체반응이 완전히 소멸했다고 말한 것이다.

　그렇다, 소멸이다. 드래곤 브레스에 삼켜져 날아간 게 아니라 소멸한 것이다.

　"그렇다는구나."

　아스타로트는 어떻게 되었는가. 카구라의 질문에 들은 바대로라고 답한 후, 미라는 그대로 레티샤와 팜이 있는 무대로 다가가 노고를 치하하는 말을 건네고서 송환했다.

　이렇게 '이라 무에르테'의 보스와의 싸움은 미라 일행의 승리로 끝났다.

21

시간을 조금 거슬러 올라가, 주전장인 장소에서 멀리 떨어진 지점에서 또 하나의 결전도 시작되었다.

공작 2위와의 싸움을 미라 일행에게 맡긴 발렌틴은 자신이 맡은 악마 비스무리한 것을 포착하자마자 격렬하게 공격을 퍼부었다.

"좋아, 충분히 통하는 것 같아."

마물을 다스리는 신의 검. 그 힘에 의해 생겨난 고깃덩이에서 태어난 악마 비스무리한 것은 막대한 마의 힘을 지녔다. 또한 마와 맞서는 데 특화된 퇴마술이 잘 통하지 않는다는 특징이 있기에 발렌틴과의 상성은 그다지 좋은 편이 아니다.

하지만 이전의 경험을 통해 발렌틴은 그 대책을 빈틈없이 준비했다.

퇴마의 화염이 잘 통하지 않는다면 공격은 순수한 화염인 창염(蒼炎) 하나로만 하면 그만이다.

그 대신, 마속성을 띤 공격에는 충분히 효과가 있으니 퇴마술의 자원을 모두 방어에 투자할 수 있었다.

결과적으로 악마 비스무리한 것은 강력한 개체이기는 했지만, 발렌틴은 이를 충분히 억제할 수 있었다.

"그나저나 이게 뭐지? 이전에 싸웠던 것과는 조금 다른 것 같은데……."

하지만 상대도 제법이었다. 정면으로 맞선 괴물은 창염이 위험하다는 것을 깨닫자마자 이미 불탄 몸의 일부 등을 사용해 그것을 교묘하게 막아내기 시작했다.

예전 마르코시아스가 있었던 방에서 조우한 악마 비스무리한 것에는 없었던, 지능이 느껴지는 행동이다.

뭔가 이유가 있을 것 같다고 생각한 발렌틴은 공격보다 방어를 우선해서 상대의 움직임을 차분하게 관찰하기 시작했다.

화염 공격에 대한 반응. 퇴마의 화염에는 내성이 있다고 인식하고 있는지 경계할 낌새조차 없다. 하지만 창염에는 주의를 기울이는 모습을 몇 번이나 확인할 수 있었다.

또한 결계도 마찬가지라 가두려고 했더니 이를 알아채고 빠져나가고자 움직였다.

눈에 보이는 상대를 힘으로 공격하는 것뿐이었던 이전의 악마 비스무리한 것과는 그야말로 수준이 다르다.

강인한 힘과 민첩한 몸동작. 그리고 이쪽의 수단을 파악하고 전개하는 전략들. 아닌 게 아니라 악마 비스무리한 것이 아니라 흑악마와 싸우고 있는 듯했다.

"그렇다면, 이걸로!"

방심은 금물이라는 생각에 발렌틴은 작전을 바꾸어 여러 가지 패턴으로 한꺼번에 공격을 퍼부었다. 상대의 실력을 온전하게 헤아릴 수 없는 지금, 장기전이 벌어지면 불리해질지도 모른다. 따라서 단기 결전으로 몰고 가 처리할 요량이다.

그렇게 특대 창염이 직격한 직후. 두꺼운 고깃덩이가 문드러져 벗겨진 순간, 발렌틴은 그 안에 있는 그것을 보고 무의식중에 손을 멈추고 말았다.

"그럴 수가…… 하지만, 그런 건가."

마물을 다스리는 신의 검에 의해 생겨난 고깃덩이. 그것이 뭉쳐서 사람 같은 형상이 된 존재가 이전에 만난 악마 비스무리한 것이었다.

하지만 지금 발렌틴이 싸우고 있는 그것은 비슷하면서도 다른 존재다. 놀랍게도 고깃덩이로 뒤덮인 중심부에 흑악마가 있었던 것이다.

상태만 놓고 보면 그날, 그때 만난 악마 마르코시아스와 비슷하다.

마물을 다스리는 검에 침식되면서도 자신과 함께 봉인하여 이를 억제하고 있었던, 그 마르코시아스와 비슷한 상태다.

하지만 이번에는 당시에 비해 결정적으로 다른 점이 있었다.

"이런…… 이렇게까지 되어버리면…….”

그것은 침식 정도다. 억지로 봉인해 침식을 막았던 마르코시아스의 모습을 확인했기에 확실하게 알 수 있었다. 눈앞에 있는 흑악마는 마물을 다스리는 신의 힘에 의해 완전히 침식된 상태라는 것을.

또한 동시에 깨달았다. 눈앞에 있는 그는, 이미 틀렸다는 사실을.

완전히 침식되어 버린 지금의 상태에서 백악마로 되돌리는 것은 불가능하다. 그것이 당사자이기도 한 마르코시아스의 견해다.

만약 비슷한 상황과 맞닥뜨리면, 상대가 완전히 침식되었다는 사실을 알게 되면, 그때는 영혼의 해방을 우선할 것. 그것이 그 사건 이후 발렌틴이 소속된 조직에서 정한 새로운 규정이었다.

"설마, 이렇게 빨리, 그때가 올 줄이야."

이전의 소동으로부터 얼마 지나지 않았음에도 그때가 와버리자 발렌틴은 고뇌에 빠졌다.

하지만 동시에 그 존재를 통해 추리할 수 있는 것도 있었다.

그것은 그 마물 퇴치 부적 소동에 이 공작 2위도 얽혀 있었으리라는 것이다.

오히려 눈앞에 있는 완전 침식 상태의 악마 비스무리한 것의 상태로 미루어 볼 때, 이곳이 그 중심이었을 것으로 볼 수도 있을 듯했다. 그날 만난 흑악마 라이아플레벤을 뒤에서 조종하고 있었던 것도 저 공작 2위는 아니었을까.

누가 뭐래도 공작급이다. 그렇다면 부하 흑악마도 있었으리라.

그런 부하를 암약시키고, 나아가 실험체로도 사용한 결과가 그날의 소동이었고 눈앞에 있는 악마 비스무리한 것이라고 추측하기에는 충분한 상황이다.

"조사해 보면, 더 많은 것들이 나올 것 같군."

노인 일행에게 간결하게 들은 내용만으로도 이곳이 상당한 실험 시설이었으리라는 것을 추측할 수 있었다. 지금까지 조우했던 마물과 마수, 그리고 눈앞에 있는 희생자의 상태로 보건대, 도대체 얼마나 극악무도한 연구가 이루어졌을까. 그리고 그에는 어떠한 목적이 있었을까. 많은 비밀이 숨겨져 있을 듯하다.

"어쨌든 지금은 저 악마를 제압하는 게 우선인가."

그 연구를 해석하면, 어쩌면 완전 침식 상태에서 해방시킬 수단이 발견될지도 모른다.

그야말로 기적과도 같은 가능성이다. 하지만 발렌틴은 포기할 수가 없어서 재생이 시작된 악마 비스무리한 것과 싸우며 지금 할 수 있는 일을 시험해 나갔다.

완전 침식된 그에게 할 수 있는 게 뭐 없을까. 백악마로 되돌아 올 가능성은 없을까. 발렌틴은 자신이 가진 모든 수단을 동원해 타개책을 찾았다.

하지만 효과는 없었다. 평소 사용하는 도구뿐 아니라 실험 중인 이런저런 것들도 사용해 보았지만, 악마 비스무리한 것에는 조금도 효과가 없었다.

"역시, 방법이 없는 건가……!"

저 공작 2위는 동료를 이런 상태로 만들어 뭘 어쩌려고 한 것일까. 이건 아직 과정에 불과한 걸까. 무슨 목적으로 이런 짓을 한 걸까.

그리고 어떻게 하면 구할 수 있을까.

발렌틴은 가열한 일격을 결계로 막고 차례로 쏟아지는 마탄을 멸마의 화염으로 떨궈냈다. 서서히 정확도가 오르고 있는 공격을 견디며 마음속으로 계속해서 고민했다.

그렇게 발렌틴이 고민과 망설임에 빠져 있던 그때, 문득 전이용 금속 막대가 빛났다.

"불온한 기운이 느껴져서 와봤더니, 이런 것과 싸우고 있었습니까."

직후, 바르바토스가 전이해 오자마자 덤벼드는 악마 비스무리한 것에게 가차 없이 마법을 박아 넣었다.

"발리, 친구를 도우러 갔다 온다더니 이게 대체 무슨 상황입니까……."

악마 비스무리한 것이 날아가서 나뒹구는 모습을 확인한 후, 바르바토스는 재빨리 주변을 둘러보고 평범한 전장이 아니라는 생각에 쓴웃음을 지은 채 발렌틴에게 고개를 돌렸다. 이어서 "그리고, 왜 또 저것과 싸우고 있는 겁니까"라는 질문도 덧붙였다.

전이 표식으로 사용되는 술구. 발렌틴 일행이 지닌 그것에는 전이할 곳의 상태를 파악하는 기능도 내포되어 있었다. 바르바토스는 그것을 통해 전해진 악마 비스무리한 것의 기분 나쁜 기운을 감지한 것이다.

그리고 뭔가 좋지 않은 일이 벌어진 것은 아닐까 걱정이 되어 달려온 것인데, 그곳은 여러 명의 거물들이 격돌하는 대전장이었던 것이다. 당황스러워 할만도 했다.

"그나저나 이렇게 빨리 맞닥뜨리다니. 일단 저 자는 이제 쓰러뜨리는 수밖에 없습니다. 저도 돕도록 하죠."

어쨌든 발렌틴이 친 결계 너머는 굉음과 폭염이 소용돌이치는 전쟁 지대다. 하지만 바깥과 격리된 이곳은 그렇지 않았다. 무엇보다도 그날보다 처참한 상태가 된 흑악마가 눈앞에 있다.

주변 상황뿐 아니라 발렌틴이 들고 있는 도구 등을 통해 상황을 파악한 바르바토스는 악마 비스무리한 것을 바라보며 말했다. 하다못해 영혼만이라도 구제하자고.

그렇게 말한 바르바토스의 얼굴에는 한 가지 각오가 깃들어 있었다. 그렇기에 자신이 저 세상으로 보내주는 역할을 맡겠다는 각오가.

"……알겠어. 그 방법밖에 없으니까."

이 이상 자신의 고집만 내세우며 싸울 수는 없다. 게다가 무엇보다도 마음속으로는 처음부터 그렇게 해야만 한다는 사실은 알았다.

영혼의 구제를 우선시해야 한다. 그것이 현시점에서 할 수 있는 최선이니.

발렌틴은 그렇게 마음을 다잡고 자세를 잡았다. 그리고 바르바토스도 강한 의지를 가슴에 품고 나란히 섰다.

그렇게 발렌틴 일행과 악마 비스무리한 것의 치열한 싸움이 본격적으로 시작되었다.

바르바토스의 참전으로 전황은 발렌틴 일행 쪽으로 크게 기울어졌다. 특히 방어가 완벽해서 악마 비스무리한 것의 어떠한 공격도 통하지 않았다.

그렇다고 해서 그대로 밀어붙일 수 있는 상대는 아니었다. 무엇보다도 재생되는 고깃덩이는 완전히 소멸시키기가 어려운 데다 베어내면 독자적으로 움직이기까지 했다.

언제 어디서, 어떻게 기습을 해올지 모를 일이라 분열하면 개별적으로 결계를 쳐 가두었다. 만약의 경우에 대비해 놓치지 않기 위해서라도 항상 전체를 의식하고 긴장해야만 하다 보니 정신적 소모가 컸다.

그 내구력은 압도적이라, 이것이 탱커로서 합류했다면 일이 매우 성가셔졌을 거다. 심지어 고깃덩이가 끊임없이 튀기라도 했다면 후위진을 방어하는 데 상당한 자원을 할애해야만 했으리라.

일찌감치 분단해서 결계에 가둔 지금이 분명 최선의 상황이리라. 발렌틴은 그렇게 확신했지만 성가신 적이라는 사실에 변함은 없었다. 그 상식을 벗어난 재생력과 끝없이 증식하는 고깃덩이 앞에서 일진일퇴를 반복했다.

어쨌든 장기전에 돌입하여 긴 시간 동안 관측을 한 덕에 발렌틴 일행은 점차 상대의 특징과 취약점 등을 간파할 수 있었다.

(……과연, 당신이었나요.)

그리고 긴장감 속에서 싸우던 중, 바르바토스는 악마 비스무리한 것의 정체도 알아냈다. 지난번에 이어 이번 희생자도 바르바토스의 지인이었던 모양이다.

(하지만 왜 그가 이곳에?)

다만 라이아플레벤 때와는 크게 다른 점이 있어서 바르바토스는 거기에 큰 의문을 품었다.

바로 그의 존재 자체에 관한 의문이었다.

(그날…… 그는 그 대전 당시, 삼신장의 손에 죽었을 텐데…….)

대륙 전토에 걸쳐 벌어진 대전, 삼신국방위전. 그것은 인류뿐 아니라 수많은 흑악마도 죽어간 처절한 전쟁이었다.

바르바토스는 그때의 일도 기억했다. 그리고 지금은 악마 비스무리한 것이 되고만, 눈앞에 있는 그가 당시에 목숨을 잃는 모습을 목격했더랬다.

상대는 인류 최강인 삼신장. 그 일격에서 벗어날 방도는 없었고, 구사일생의 여지도 없었다. 그의 목숨은 완전히 스러졌었다.

하지만 악마란 전생하는 존재다. 따라서 삼신장에게 당하기는 했어도 시간이 지나면 언젠간 전생할 수 있다.

(하지만 아직 10년도 지나지 않았으니 그럴 순 없을 텐데. 대체 무슨 일이…….)

전생했기에 그는 이곳에 있는 것이리라. 그것은 알겠지만, 그렇기에 문제였다. 전생할 수는 있다지만 그러려면 최소한 100년은 필요하기 때문이다.

"아, 이거 큰일이군요!"

이래저래 생각을 하는 동안에도 전투는 막바지에 돌입하고 있었다. 불리하다고 판단했는지, 악마 비스무리한 것은 마지막 수단을 사용했다. 급격하게 비대화하기 시작한 것이다.

결계 안에서 폭발하면 큰일이라며 바르바토스는 초조함을 감추지 못했다.

"이쪽으로!"

하지만 이곳에는 발렌틴이 있다. 바르바토스는 곧장 몸을 돌려 다중 전개된 결계로 뛰어들었다.

직후, 강렬한 파열음과 함께 고깃덩이가 폭발했다. 그 모습은 자폭을 한다기보다는 무수히 많은 질량탄을 난사하는 것만 같았다.

어쨌든 이상하리만치 강인한 고깃덩이가 폭발한 것이다. 직격했다면, 엄청난 충격에 무사하지 못했을 거다. 실제로 다중 전개한 발렌틴의 결계를 몇 장이나 깨뜨릴 정도의 위력이었다.

"발리, 지금이 기회입니다. 결계에 가둬두세요. 이대로 끝을 내겠습니다!"

사방으로 흩어진 대량의 고깃덩이가 각각 움직이기 시작한다. 하지만 움직이기 시작한 직후에는 느려서 이것들을 처리할 절호의 기회이기도 했다.

"뭐?! 아, 알았어!"

결계를 재전개하고 무수히 많이 분열한 고깃덩이까지 봉인하려면 터무니없이 많은 품이 든다. 아닌 게 아니라 일시적으로 전투에서 이탈해야만 할 정도다.

다시 말해서 바르바토스에게 본체를 상대하는 일을 완전히 맡겨야 한다는 뜻인데, 실제로 흩어진 고깃덩이들을 그대로 방치할 수도 없었다. 이것들이 날뛰기 시작하면 상당히 일이 귀찮아질 것이기 때문이다.

효율을 따지자면 그게 제일이다. 발렌틴은 대량의 고깃덩이를 창염으로 불태우며 대처가 다소 늦어질 듯한 것들은 결계를 사용해 날뛰지 못하도록 가둬 나갔다.

그렇게 발렌틴이 이리저리 뛰어다니는 가운데, 바르바토스는 악마 비스무리한 것의 본체와 마주했다.

"괜찮습니다. 지금 당장 해방시켜 드리겠습니다."

대부분의 고깃덩이를 퍼뜨린 악마 비스무리한 것은 현재, 평범한 흑악마와 비슷한 상태였다.

하지만 겉모습만 그런 거다. 그 눈과 움직임에서는 이성이라 부를 만한 것을 느낄 수 없었다. 폭력과 폭주를 반복하는, 가엾은 꼭두각시 그 자체다.

"이 힘…… 이렇게 끔찍할 수가. 하지만 제대로 치고받기는 어려울 것 같군요."

마물을 다스리는 신의 검의 힘에 의해 심하게 왜곡된 악마의 능력. 그를 이용해 날린 악마 비스무리한 것의 공격은 본체까지 상처 입힐 정도의 악의로 가득했다. 실제로 강력한 자기 재생 능력에 의지해 몸을 사리지 않고 일격을 가하고 있다.

온몸에 들러붙어 있는 마의 장기(瘴氣)는 더더욱 성가셨다. 본체를 좀먹으며 감돌고 있는 그것은 온갖 마법에 대한 내성이 있는 것은 물론이고 흡수해버리는 특성까지 지녔다.

그렇기에 정면 승부는 무리다. 무엇보다도 현재 바르바토스의 목적은 더 이상 괴롭지 않게 하는 것이었다.

악마 비스무리한 것이 몸통박치기를 하려는 듯 돌진해 온다. 마의 장기를 증대시키고 있는 그 모습은, 그야말로 같이 죽기 위한 자폭 공격을 하려는 듯 보인다. 닿거나 가까이 가서는 안 되는 상황이다.

"이것도 안 통하나요."

간신히 회피한 바르바토스는 작은 빈틈을 찔러 견고하게 벼려낸 마나의 창을 내질러 보았지만, 모조리 무효화되어 쓴웃음을 지었다.

하지만 그럼에도 희미한 미소를 띤 채 다시 한번 악마 비스무리한 것의 정면을 틀어막았다.

순간, 악마 비스무리한 것이 포효하며 돌진해 왔다. 조금 전보다 장기가 짙고, 빠르다.

"크……윽!"

바르바토스는 그것을 정면으로 받아냈다. 자폭 공격에 가까운 그것을 제대로 받아내는 것은 명백하게 어리석은 짓이다.

하지만 당연히 그에게도 생각이 있었다.

직후, 악마 비스무리한 것의 등 뒤에서 마법이 발동했다. 그것은 직전에 바르바토스가 설치해둔 마나의 창 마법이다.

전진의 기세는 수그러들지 않았지만, 무수히 출현한 마나의 창이 악마 비스무리한 것의 등으로 쇄도했다. 하지만 두꺼운 장기는 그 마법들을 모두 막고 흡수했다.

"기다리게 해서 미안합니다. 리치리브라. 지금, 편하게 해드리죠."

순간, 악마 비스무리한 것—— 리치리브라를 뒤덮고 있던 마의 장기가 옅어졌다. 아니, 정확히는 마나의 창을 막는 등에 많이 할애된 상태다.

그런고로 정면으로 받아낸 지금, 바르바토스의 눈앞에는 훤히 드러난 그의 몸만 있었다.

이 타이밍을 노렸던 바르바토스는 방어에 쓰던 마속성의 힘을 모두 오른손에 집중시켰다. 그리고 작은 목소리로 기도함과 동시에 리치리브라의 가슴을 손으로 찔렀다.

마로써 마를 상쇄한다. 바르바토스는 리치리브라의 안에서 소용돌이치는 가장 정체된 기운이 있는 부분을 내부에서 직접 폭파시킨 것이다.

변이되었다고는 해도 주요 기관을 잃으면 악마 비스무리한 것이라 해도 무사할 수 없다.

리치리브라는 바르바토스의 품에 안긴 채 먼지로 돌아갔다. 그때, 희미하게 입이 움직였지만 흘러나온 것은 말이 아니라 이성이 담기지 않은 신음소리뿐이었다.

"미안해. 또 동족을 처리하게 해서……."

고깃덩이의 처리를 마친 발렌틴은 먼지를 배웅하는 바르바토스를 바라보며 비통하게 말했다.

"아뇨, 신경 쓰지 마십시오. 오히려 앞으로의 일을 생각하면 저에게 맡겨주시는 편이 낫다고 생각하니까요. 뭐니 뭐니 해도 악마의 손에 쓰러진 악마는 전생 기간이 본래의 것보다 짧아지거든요."

꽤나 낙담한 듯 보이는 발렌틴에게 바르바토스는 아무 문제도 없다고 단언했다. 아닌 게 아니라 미래를 염두에 두자면 이렇게 하는 게 낫다는 말까지 덧붙였다.

"뭐, 그런 거야?!"

예상치 못한 이점에 놀란 발렌틴은 그렇다면야, 하고 다소 납득한 듯이 고개를 들었다.

"오히려 이건 저의 속죄이기도 하니까요. 지금은 흑으로 물들어 있는 동료들도 언젠가 저에게 고맙다고 할 겁니다."

바르바토스는 미소 지은 채 "그러니 지금 은혜를 베풀어두는 것도 나쁘지 않죠"라고 말을 이었다.

하지만 그것은 이 자리에서 지어낸 바르바토스의 거짓말이었다. 악마의 전생에 필요한 기간과 조건은 엄밀한 규정으로 정해져 있었다. 따라서 누구에게 쓰여졌는지는 상관이 없는 것이다.

다만 바르바토스는 자신이 죽인 영혼을 빠르게 '하늘의 피안 사당'으로 보내는 방법을 알았다.

악마의 영혼을 조금이라도 빨리 본래 있어야 할 장소로 보내면, 그만큼 전생의 카운트다운도 빨리 시작된다. 따라서 아주 거짓말은 아니기도 했다.

"어이쿠, 이거. 아무래도 저쪽도 결판이 난 것 같군요."

"아! 공작 2위라도 저런 걸 정통으로 맞으면――!"

뒤를 돌아보니 아이젠파르드가 호쾌한 드래곤 브레스를 작렬시키고 있었다. 공작 2위 정도의 실력이라도 그게 직격하면 버티지 못할 거다. 그 사실을 아는 발렌틴은 하다못해 그만이라도 어떻게 할 수 없을까 하는 생각에 달려 나갔다.

아니, 달려 나가려 한 참에 바르바토스가 제지했다.

"그의 상태는, 전에도 본 적 있잖아요. 그렇다면 아실 텐데요."

무슨 짓을 하건 백악마로 되돌릴 수 없는 상태가 있다. 그리고 그것은 발렌틴도―― 그 변질을 꿰뚫어본 장본인인 발렌틴이기에 누구보다도 잘 알 것이라고 바르바토스는 말했다.

"응…… 그렇지. 그 말이 맞아."

지금까지의 연구 끝에 밝혀진, 손을 쓸 방도가 없는 마지노선. 공작 2위에게는 그것을 넘어버린 듯한 징후가 분명 있었다.

그리고 이를 억지로 되돌릴 경우, 더욱 비참한 결과가 나온다는 사실도 알았다.

그렇기에 다시금 설득을 받아 냉정함을 되찾은 발렌틴은 빛 속에서 사라져 가는 공작 2위의 모습을 가만히 지켜볼 따름이었다.

〈22〉

"그러고 보니 말이야. 분위기에 취해서 쓰러뜨린 감도 있는데, 뭐랄까…… 이것저것 캐내지 않아도 됐던 거야?"

마물과 레서 데몬 등이 아직 남아있지 않은지 확인하기 위해 흩어지기 직전. 문득 고트프리트가 그런 의문을 입 밖에 냈다.

흑악마인 동시에 '이라 무에르테'의 보스이기도 했던 아스타로트. 그렇다면 그는 막대한 정보를 파악하고 있었을 텐데, 그게 모조리 어둠 속에 파묻히지는 않았을까 하는 게 고트프리트는 걱정인 듯했다.

"분명 중요한 정보를 제법 쥐고 있었겠지——."

그 말이 맞다고 노인은 고개를 끄덕이며 답했다. 하지만 돌이켜 보면 조우하고서 곧장 전투가 벌어졌고, 그대로 결판이 나 지금에 다다른 것이다. 문답을 할 상황이 아니었다.

게다가 상대는 공작 2위의 흑악마였다.

"——하지만 물어본다고 대답을 해주진 않았을걸."

노인이 이어서 한 말과 같이, 흑악마에게서 정확한 정보를 얻어낼 수는 없었을 거다. 흑악마란 무릇 그러한 존재이기에.

"그러할 테지. 완전히 구속한 상태에서 심문해도, 입도 뻥긋 안 했을 게야."

미라 역시 노인의 의견에 동의했다. 하위 흑악마라면 모를까, 공작 2위를 상대로는 어림도 없었을 거라고.

지금까지 정보를 입수할 때는 카구라의 자백술이 큰 도움이 되었다. 하지만 그것은 카구라의 탁월한 음양술 기술과 강한 마력을 합친, 힘으로 제압하는 기술에 가까웠다.

따라서 한 수 위인 아스타로트를 상대로는 그러한 효과를 내지 못할 것이다.

"요컨대 착실하게 조사하는 수밖에 없다 이건가."

고트프리트는 주변의 바위산을 둘러보며 한숨 섞인 투로 중얼거렸다. 이 광대한 섬을 구석구석 조사해서 '이라 무에르테'에 관한 정보를 모아야만 하는 거냐고.

"그런 셈이지."

실제로 미라 일행이 할 수 있는 것은 '이라 무에르테'의 본거지인 이 섬을 철저하게 조사하는 것뿐이다.

하지만 그 점에 있어서는 믿음직한 동료가 있었다.

첩보에 능한 사이조를 비롯해서 많은 전문 조사원이 비공정에서 대기 중인 것이다.

"좋아, 그럼 우선 안전 확인부터 끝낼까."

노인은 그렇게 말하고서 누가 어디를 확인할지 배정하기 시작했다.

이곳의 보스인 아스타로트를 쓰러뜨린 데다 대량의 마물과 마수, 그리고 레서 데몬 등을 토벌했다.

하지만 이게 전부라는 보장은 없다. 아직 섬 어딘가에 적이 숨어 있어도 이상할 게 없는 것이다. 개중에서도 메이린의 '생체감지'로 찾을 수 없는 불사 계열 마물 등은 특히 성가시다.

따라서 조사원을 투입해 본격적으로 조사를 시작하기 전에 완전한 안전을 확보할 필요가 있었다.

노인은 색적 능력이 높은 자와 그렇지 않은 자를 한 팀으로 묶어 지명했다.

그렇게 각자 누구와 팀이 될지 이야기하던 중이었다.

"다들 수고 많으셨습니다."

그러한 말과 함께 또 하나의 전투를 맡았던 발렌틴이 합류했다. 게다가 전장을 나누기 전에는 없었던 바르바토스도 함께였다.

"어라? 늘었네?"

"이분은 또 누구시오?"

낯선 얼굴을 본 노인과 사이조가 물음표를 띄웠다. 고트프리트와 엘리미제 역시 누구지? 하고 바르바토스에게 주목했다.

"소개하죠. 이쪽은 바르바토스. 흑악마였지만 지금은 백악마가 된 상태입니다."

"여러분, 반갑습니다. 바르바토스라고 합니다."

그렇게 발렌틴이 소개하자 바르바토스가 정중하게 고개 숙여 인사했다.

"이분이 전에 말씀하신. 과연, 그렇군요."

"이야기를 듣기는 했지만, 이렇게나 인상이 바뀌다니."

누구인지를 파악하자마자 노인 일행은 하나같이 납득하더니, 흥미롭다는 얼굴로 바르바토스를 관찰하기 시작했다.

상당히 사정이 복잡한 데다 신중하게 공개할 필요가 있는 정보이기는 했지만, 악마에 관한 이야기는 노인과 고트프리트 같은 자들에게도 전해진 상태였다.

다만 발렌틴과 인연이 있는 미라 일행과 달리 정보로만 알고 있었던 그들은, 흑악마와 백악마의 차이를 실제로 확인하고는 이렇게까지 달라지는 것이냐며 놀란 표정을 지었다.

"이거 공통점은 뿔뿐이구려."

"아주 흥미로워."

사이조와 엘리미제는 그 대비를 확인하고 나자 더더욱 흥미가 동한 모양이다.

그러한 모습을 보이는 이들을 바라보며 루미나리아 일행은 이해한다며 고개를 끄덕이고 있었다. 흑악마를 잘 알고 있기에 온화한 백악마를 보면 더욱더 신기한 느낌이 들 수밖에 없는 것이다.

그렇게 다 같이 얼굴을 마주하고 '잘 부탁해'라고 인사를 나누고 난 후, 정보 교환이 시작되었다.

우선 미라 일행이 벌인 전투의 흐름과 결과에 관해 발렌틴 일행에게 전달했다.

"──그렇게 된 게다. 미안하지만 이전에 들었던 징후가 확인되어서, 하늘로 돌려보냈다."

공작 2위의 이름은 아스타로트. 그리고 그가 사용한 의문의 도구 등 여러 가지에 관해 이야기한 후, 미라는 끝으로 그렇게 사과의 말을 덧붙였다.

이전에 알려준 구분법을 통해 아스타로트를 백악마로 되돌릴 가능성이 없다는 사실을 알아내어 안전하고도 확실한 승리를 우선시했다고.

"아뇨, 아쉽기는 하지만 그렇다면 어쩔 수 없죠."

어쩔 수 없는 일도 있기 마련이다. 그 사실을 아는 발렌틴은 모두가 무사해 다행이라고 답했다. 하지만 그 얼굴에는 약간의 분한 감정도 떠올라 있었다. 무리라는 것을 알아도 아직 딱 잘라 포기할 수가 없는 모양이다.

"제 쪽에서도 감사 인사를 드리겠습니다. 동료가 일으킨 불미스러운 일을 매듭지어 주셔서 감사합니다. 언젠가 그가 백악마로 돌아오게 된다면, 분명 여러분께 고마워할 겁니다."

바르바토스의 입에서도 감사의 말이 나왔다. 그 침식에서 해방되어 제정신으로 돌아온 현재의 그는 흑악마로서 행해온 모든 일들이 후회되는 눈치였다. 그렇기에 미라 일행이 이러한 음모를 정면에서 분쇄해주어서 아스타로트도 고마워할 거라고 말한 것이다.

또한 다른 사람도 아니고 저지당한 자신이 하는 말이니 틀림없을 것이라고 단언하기까지 했다. 다만 마지막 말은 미라 일행뿐 아니라 발렌틴을 향한 것이기도 했다.

이어서 발렌틴측의 정보가 공유되었다. 설마 이 섬에서 다시 조우하게 될 줄 몰랐던 악마 비스무리한 것과의 싸움과 그때 알아챈 여러 수수께끼에 관해서.

"──그렇게 격파했지만, 여러모로 조사해야 할 것이 산더미처럼 많군요."

마물을 다스리는 신의 검. 그 힘에 침식당한 악마에서 생겨난 기분 나쁜 고깃덩이. 악마 비스무리한 것이라고 부르는 그것은 그 고깃덩이가 모여들어 흑악마와 같은 형태를 이룬 것에 불과 했다.

하지만 이번에는 달랐다. 그 안에는 흑악마 그 자체가 존재했 던 것이다.

"어쩐지 기운이 무겁다고 생각했더니, 안에 있었던 겐가⋯⋯."

이전에 악마 비스무리한 것을 직접 본 적이 있는 미라는 어렴 풋이 존재감의 강도가 다르다는 것을 느꼈더랬다. 하지만 설마 그게 안에 든 흑악마 때문이었을 줄은 몰랐다며 침통해 했다.

"악마 비스무리한 것⋯⋯ 저번에 얘기한 그건가. 그렇다면 그 일과 이 일은 이어져 있다는 뜻이군."

보고만 들었던 노인은, 악마 비스무리한 것은 그러한 느낌이구 나, 하고 납득하며 그 연관성을 짚어냈다.

"우리가 오기 전에 장로네가 해결했다는 그거구나. 그쪽도 뒤 로 흑악마와 이어져 있었다고 들었는데, 어쩌면 좀 전의 그 녀석 이 진짜 흑막일 가능성도 있는 건가."

이어서 소울하울이 핵심에 가까운 이야기를 하자 발렌틴과 바 르바토스도 같은 생각에 다다랐는지 분명 그럴 것이라고 답했다.

"요컨대 그거구만. 상황으로 미루어 볼 때, 이곳에서는 그 검의 연구도 하고 있었다. 이건가."

"그렇게 되겠군요."

마물을 다스리는 검이야말로 악마를 흑악마로 변모시킨 원흉이다. 그리고 이 '이라 무에르테'의 본거지에서는 그에 관한 연구가 이루어졌을 가능성이 있다. 이거 일이 썩 복잡해질 것 같다고 미라가 중얼거리자 발렌틴도 동의하듯 고개를 끄덕였다.

"그래서, 보고만 들어서 자세히는 모르겠지만, 그럼 뭐가 어떻게 되는 건데?"

누군가 그 힘을 계속 악용하면 일이 성가셔진다. 거기까지는 알겠지만 결과적으로 어떤 성가신 일이 일어나는 것이냐고 고트프리트가 물었다.

다만 이 질문에 대한 명확한 답을 가진 이는 없었다. 발렌틴과 바르바토스가 속한 조직 역시 그에 관해서는 연구 단계에 있었다. 아직은 악마를 침식한다는 것과 기분 나쁜 고깃덩이가 발생된다는 것밖에 판명되지 않은 것이다.

"그 검의 힘에 관해서는 아직 의문점이 많거든요."

발렌틴은 그렇기에 이곳에서의 조사를 통해 그 연구 내용이 밝혀지기를 기대한다고 말을 이었다.

"하지만 관련이 있을지는 모르겠지만 한 가지 신경 쓰이는 점이 있습니다."

마물을 다스리는 검이 관여되어 있을지. 아니면 그와 상관없는 일일지. 그것은 아직 판단할 수 없지만 이곳에서 행해졌을지도 모르는 연구 중 하나는 추측된다고 바르바토스가 입을 열었다.

추측의 내용은 무엇일까. 미라 일행이 관심을 보이자 바르바토스는 작은 정보까지 정리하여 설명해 주었다.

우선 그는 악마 비스무리한 것 안에 있던 흑악마에 관해 말했다.

그 이름은 리치리브라. 오래 전부터 알고 지낸 사이인 동시에 흑악마로 타락하고서도 몇 번인가 얼굴을 마주한 적이 있었다고 한다.

그런 리치리브라와 마지막으로 만난 것은 약 9년 전. 그렇다, 마족과 인류의 처절한 싸움—— 삼신국방위전 당시였던 것이다.

"말하기가 좀 꺼려지지만, 저 역시 그 전쟁에 참전했습니다. 그리고 그때 그—— 리치리브라가 삼신장이라 불렸던 한 사람에 의해 토멸된 것을 분명히 확인했습니다. 악마의 힘에도 끄덕하지 않고 완벽하게 그를 물리친 그 광경은 이렇게 본래의 상태로 돌아온 지금도 무서운 기억으로 이 눈에 새겨져 있죠."

리치리브라라는 흑악마는 그때 완전히 토멸되었다. 그렇게 말한 바르바토스는 그렇기에 이곳에 리치리브라가 있었던 것이 몹시도 이상하다고 말을 이었다.

"실은 그때 간신히 살아남았을 가능성은 없는 건가?"

죽었을 터인 리치리브라가 악마 비스무리한 것의 본체가 되어 있었다. 이 상황을 통해 유추할 수 있는 가능성은 그 정도가 아닐까, 라고 노인이 예측하자 고트프리트가 "그 삼신장이 그런 실수를 할 리가 없잖아"라고 단언했다.

"그 장군들은 괴물 중에서도 괴물이니 말이오. 그 상황에서 살아남는 것은 불가능하오."

이어서 사이조 역시 삼신장을 상대로 달아날 수 있을 리가 없다고 단언했다. 또한 그 옆에서 엘리미제도 "응, 무리야"라고 동의하며 힘껏 고개를 끄덕였다.

"아아, 그러고 보니 너희는 경험자였지."

삼신장에 대한 고트프리트 일행의 반응과 일종의 신뢰. 그것을 본 루미나리아는 납득했다는 듯이 웃었다.

"흠, 그대들이 그렇다면 무리일 테지."

미라 역시 어쩐지 놀리는 듯한 눈으로 세 사람을 쳐다보며 웃었고, 카구라 일행도 동정 비슷한 감정이 담긴 표정을 지었다.

그도 그럴 것이 아틀란티스 왕국은 플레이어 국가 중에서 유일하게 삼신국에 싸움을 건 나라였다. 그리고 아틀란티스가 자랑하는 '이름 없는 사십팔장군'은 삼신장에게 완전히 박살 났다는 이야기도 플레이어들 사이에서 유명했다.

요컨대 세 사람은 삼신장의 힘을 직접 목격한 것이다. 그들이 그렇다고 하니, 흑악마가 그 상황에서 살아남아 탈출하는 것은 불가능했을 거다.

리치리브라라는 흑악마는 삼신국 방어전 당시 토멸됐다. 그것은 흔들리지 않는 사실이라고 바르바토스도 단언했다.

하지만 리치리브라는 악마 비스무리한 것이 되어 이곳에 있었다는 것 역시 분명한 사실이다.

"그럼 아까 그 에컬게이드처럼 사체를…… 가만, 아아, 그러고 보니 무리인가."

남은 방법은 시체를 회수해 재활용하는 것. 그런 생각이 고트프리트의 머리에 떠올랐지만 중간에 악마의 특성을 떠올리고는 스스로 부정했다.

"그렇죠. 삼신장 앞에서 살아 돌아오는 건 불가능합니다. 더불어 악마라는 존재는 죽으면 먼지로 돌아가니 시체는 남지 않아요."

발렌틴은 그 말이 맞다고 고개를 끄덕인 후, 삼신장에게 쓰러졌다면 뿔 조각조차 그곳에서 가지고 나올 수 없었을 거라고 말을 이었다.

"아~ 뿔이나 뭐 그런 게 소재로서 남기는 했지. ──가만, 그러고 보니 공작급의 소재라, 살짝 아깝네."

왜 이곳에 리치리브라가 있었던 것일까. 그런 이야기를 하던 중, 문득 고트프리트가 먼 곳으로…… 아스타로트가 날아간 부근으로 눈길을 돌리며 중얼거리자 갑자기 미라 일행의 눈빛이 달라지기 시작했다.

"그렇군, 그건 좀 후회되는구나."

"이번에는 그것까지 고려할 여유가 없었으니까."

미라가 일리 있는 말이라고 고개를 끄덕이자 루미나리아도 아까운 짓을 했다며 말을 이었다. 이어서 소울하울과 카구라도 그러한 상황이기는 했지만 아깝다는 생각이 든 것은 사실이라며 동의를 표했다.

악마 소재는 매우 희귀하고 유용하기 때문이다. 소재를 회수할 것까지 생각해서 힘 조절을 할 수 있는 상대가 아니었다고는 해도 공작급의 소재쯤 되면 사용할 곳이 넘쳐난다. 그리고 그러한 것들이 없어서 못 쓰는 곳이 바로 은의 연탑이라는 연구기관이었다.

"에엑……?"

만약 그날 토멸됐다면 소재로 쓰였을지도 모른다. 탐욕스러운 미소를 지은 미라 일행을 보며 바르바토스는 부르르 몸을 떨었다.

"미안. 다들 악의는 없어. 저건 직업병이라고 해야 할지, 마음에 밴 게이머 정신이라고 해야 할지. 뭐, 앞으로 소재를 얻기 위해서라는 이유로 흑악마와 싸울 일은…… 아마 없을 거야."

"하다못해 단언해주셨으면 좋겠는데요."

"그러고 싶지만 이 사람들이라면 겸사겸사 저질러버릴지도 모른다 싶어서."

미라 일행은 이미 악마의 사정에 관해 알고 있다. 더불어 무슨 일이 생기면 연락을 해달라고 언질도 해두었다. 그렇기에 무턱대고 흑악마를 쓰러뜨리려 하지는 않겠지만, 이번처럼 피치 못할 경우에는 과연 어떻게 할까.

미라 일행을 잘 알기에 발렌틴의 믿음은 흔들리고 있었다.

"자아, 소재는 둘째 치고 왜 죽은 흑악마가 이곳에 있었는가 하는 것 말이다만. 이전에 악마는 전생한다고 하였지? 전생한 것은 아니냐?"

분위기를 수습하려는 듯이 본론으로 돌아간 미라는 이전에 발렌틴에게 들은 악마의 기초적 정보에 관해 언급했다.

죽은 악마는 훗날 동일 개체로서 다시 전생한다. 그리고 이것은 천사도 마찬가지라, 카구라도 이제야 기억이 났다는 듯이 "아아, 그랬지?"라고 말했다.

죽었을 터인 리치리브라가 있었던 이유는 단순히 전생했기 때문은 아닌가. 그리고 모종의 경위를 통해 이곳에 다다라 악마 비스무리한 것의 본체가 된 것은 아니냐는 추측이다.

"그럴 가능성은 낮다고 봅니다——."

전생했다는 설에 반대의견을 낸 것은 바르바토스였다.

그 이유는 다른 게 아니라 시간이라고 한다. 리치리브라가 삼신장에게 토멸되고서 10년 정도밖에 되지 않은 현재로서는 아직 전생이 불가능하다는 모양이다.

"우리가 다음에도 동일한 존재로서 전생하려면 많은 공정이 필요합니다. 그리고 그것은 10년 정도 만에 완료될 만한 것이 아니죠."

바르바토스의 말에 따르면 아무리 빨라도 100년은 걸린다고 한다. 그렇기에 리치리브라가 이곳에 있었다는 사실 자체가 매우 이상한 것이다.

하지만 발렌틴 일행이 상대했던 그는 진짜 리치리브라였다.

"그러니 이건…… 가설이지만——."

이게 대체 어떻게 된 상황일까. 수수께끼만 깊어지는 가운데 바르바토스가 한 가지 가능성을 제시했다.

그것은 '전생을 앞당기는 방법'이 있을지도 모른다는 것이다.

"흠…… 이러한 장소니 말이야. 가능성이 있어 보이는 이야기로군."

상황으로 미루어 볼 때, 이 장소에서 마물을 다스리는 신의 검의 연구가 행해졌을 가능성은 높다. 그 검이 지닌 힘은 선량한 악마를 지금의 사악한 흑악마로 변모시키고 만 원흉이다. 그렇다면 그 힘이 전생에까지 영향을 미쳤어도 이상할 것은 없다.

"실험 시설 같은 장소도 많았어. 게다가 실제로 전생이 앞당겨 졌을지도 모르는 악마까지 있었으니, 그 중 하나는 정말로 그런 실험을 하던 곳일지도 모른다는 건가."

"어느 것 할 것 없이 처음 보는 시설들이었으니 말이오."

이 거점 안에서 노인 일행은 온갖 실험 시설을 발견했다. 게다 가 보기만 해서는 무슨 실험을 했는지 알 수 없는 곳들뿐이었다. 따라서 전생과 관련된 실험을 한 장소가 있었어도 이상할 게 없 다면서 사이조도 고개를 끄덕였다.

"그 액체가 고여 있던 장치가 있는 장소가 수상해."

그런 예상을 입 밖에 낸 것은 엘리미제였다. 마물과 마수뿐 아 니라 영수의 시체까지 널브러져 있었던 시설. 죽음으로 가득한 장소이기에 그 끝에 자리한 전생과도 관련이 있을지 모른다고 생 각한 것이다.

"아스타로트와 조우한 장소도 수상했지. 실험이라기보다는 의 식이라도 할 듯한 방이었으니, 완전 그럴싸하잖아?!"

이어서 라스트라다가 후보를 거론했다. 아스타로트뿐 아니라 악마 비스무리한 것이 된 리치리브라도 그곳에 있었다는 모양이 다. 척 봐도 악의 비밀 결사 같은 분위기로 가득한, 끝내주게 수 상한 곳이었다고 말하는 그의 얼굴은 약간 기뻐 보였다.

"어쨌든 보스는 처치했으니 말이다. 이제 이곳에 있는 모든 것 을 철저히 조사하면 뭔가 나올 테지."

이 섬은 대륙 최대의 범죄조직 '이라 무에르테'의 본거지다. 그만큼 귀중한 정보가 무수히 많이 숨겨져 있을 거다.

그 중에 악마의 전생을 앞당기는 방법 같은 게 있다면 그야말로 큰일이다. 경우에 따라서는 공작급 흑악마가 차례로 부활해버릴 가능성도 있다.

"만약 전생과 관련된 무언가가 있다면 저희 쪽에도 공유하고 싶은데, 괜찮을까요?"

하지만 흑악마를 구제하고 백악마로 되돌리는 활동을 하고 있는 발렌틴 일행의 조직에게, 그것은 매우 유익한 정보였다. 그렇기에 뭔가 발견하면 알려달라고 발렌틴은 부탁했다.

"음, 알았다, 알았어. 일이 잘 풀려 그대들이 모든 흑악마를 백악마로 만들어주면 걱정할 일도 없어질 테니 말이다."

"네에, 조사 후에 뭔가 나오면 정리한 정보를 제공하도록 하죠."

정보의 내용으로 말하자면 국가 단위를 넘어선 기밀이라 할 수 있다. 결코 공공연히 밝혀서는 안 되는 비밀이다. 하지만 발렌틴이 소속된 조직이라면 문제없을 거라며 미라는 고개를 끄덕였다. 노인 역시 니르바나측을 대표하여 이를 승낙하겠다고 답했다.

대충 이야기가 마무리되어 잔당을 찾아 섬멸하는 단계로 넘어갔을 즈음.

"무어냐, 무슨 일로 그렇게 복잡한 표정을 짓고 있는 게야?"

문득 미라는 메이린이 가만히 입을 다문 채 눈살을 찌푸리고 있다는 사실을 알아챘다.

이럴 때는 늘 뒷일은 맡기라며 달려 나가고는 했는데, 어째 상태가 이상했다.

메이린을 잘 아는 미라이기에 그런 태도에서 위화감을 느낀 것이다. 그녀는 누구보다도 감이 좋다. 미라는 신경 쓰이는 점이라도 있었느냐고 말을 걸었다.

"그때, 그가 씨앗은 다 뿌려두었다고 했다이거. 그 의미에 관해 생각하고 있다해."

메이린은 눈살을 찌푸린 채 신음하며 그렇게 답했다.

대체 무슨 소리냐고 묻자, 마지막에 대치한 그 순간, 패배를 직감한 아스타로트는 대담한 미소를 지은 채 그러한 말을 입 밖에 냈다고 한다.

"씨앗……이라? 흐~음, 신경 쓰이는 말이기는 하군."

참으로 막연한 말이다.

씨앗을 뿌렸다는 말은 여러 가지 의미로 해석할 수 있기 때문이다.

게다가 하필이면 대범죄조직인 '이라 무에르테'의 보스이자 공작 2위인 흑악마가 마지막에 남긴 말이니 성가신 일의 불씨가 될 게 뻔하다. 결코 무시할 수 없는 말이다.

"신경 쓰이네……."

"또 성가신 선물을 남겨두고 갔구만……."

바위벽에 뚫린 구멍을 바라보며 카구라와 루미나리아가 중얼거렸다.

메이린이 그 말을 들은 것이 사실이라면 이걸로 다 해결됐다고 볼 수 없기 때문이다.

"뭐라고 해야 할지, 좀 전에 했던 이야기가 현실이 될 우려가 생겼군요."

어쩌면 전생을 앞당기는 연구는 완성되었을지도 모른다. 그런 가능성을 가장 먼저 떠올린 것은 발렌틴이었다.

"그것만은, 어떻게 해서든 막아야지."

씨앗이 싹텄을 때, 흑악마가 차례로 부활한다. 노인은 그런 일이 벌어지면 또 삼신국방위전과 같은 전쟁이 일어날 거라고 걱정스러운 투로 말했다.

많은 이들이 희생된 그때와 같은 전쟁은 두 번 다시 보고 싶지 않다. 그런 비통함이 얼굴에 드러나 있었다.

"어찌 되었건 내버려둘 순 없겠군요. 이 일에 관해서는 저희 쪽에서도 추적 조사를 해보죠."

발렌틴은 '이라 무에르테'가 저지른 악행에서 끝난 게 아니라, 대륙을 집어삼킬 흑악마의 모략으로 이어질지도 모른다면 조직도 동원할 수 있을 거라고 말했다.

전문가인 그들이 일찌감치 움직여준다면 매우 든든할 것이다.

다만 그 씨앗의 정체는 아직 예상만이 가능한 정도다. 어쩌면 더욱더 무시무시한 무언가가 숨겨져 있을지도 모른다.

"어쨌든 지금은 이 섬을 샅샅이 조사하십시다. 그 씨앗이라는 것에 다른 의미가 있을지도 모르니 말이오."

아스타로트가 그렇게까지 자신만만하게 말했을 정도니, 상당한 준비가 필요했을 거다. 그렇다면 모종의 정보가 남아있을 터.

그렇게 말한 사이조는 고트프리트와 함께 담당 장소의 안전을 확보하기 위해 떠났다.

"그것도 그렇군."

이 자리에서 생각만 하고 있어서는 죽도 밥도 안 된다. 그리고 거점은 이렇게나 거대하다. 분명 많은 정보가 잠들어 있을 것이다. 그 중에는 씨앗이라는 것의 진정한 의미를 짐작할 만한 무언가도 있으리라.

그렇다면 빨리 조사를 개시할 수 있도록 하는 게 상책이다.

그렇게 결론을 내리자마자 미라 일행은 섬 전체를 돌아다니며 안전을 확보해 나갔다.

또한 그러던 도중에 바르바토스가 조직으로 귀환했다. 이번 일에 대해 보고하고 추적 조사를 위한 부대 편성을 위한 회의를 진행하기 위해서다.

"성가신 일로 번지지 말아야 할 터인데 말이다."

"흑악마가 굳이 그런 말을 남겼을 정도니 그러지 않기가 더 어렵겠죠."

잔당 처리를 위해 이곳저곳을 둘러보던 미라와 발렌틴은 가볍게 정보 교환을 하며 향후의 일에 관해서도 의논했다.

발렌틴의 말에 따르면 이번 일은 한발 늦었을 가능성도 지극히 높다고 한다. 따라서 저지가 아니라 상황에 따라 재빨리 전개할 수 있도록 준비하는 것을 목표로 하기로 했다.

(……아, 그러고 보니 펜리르 공의 힘을 빌리지 않고 끝나고 말았군.)

펜리르는 언제든 부르라고 해주었다. 엄청난 비장의 카드가 필요한 상황에 빠지면 도와달라고 준비를 시켰더랬지만, 결국 현재의 전력과 동료들의 힘만으로 극복해낸 것이다.

그만한 강적을 상대로 이만큼 싸운 게 용하다고 자화자찬을 한후, 미라는 이것도 모두 여차하면 펜리르가 있다는 정신적 지주가 있었던 덕분이었음을 새삼 곱씹었다.

『마텔 공, 펜리르 공에게 감사 인사를 전해주시겠는가. 펜리르 공이 대기해 주었던 덕에 안심하고 싸움에 임할 수 있었다고.』

대비책을 마련해두면 여유가 생기기 마련이다. 특히 펜리르라는 특별한 전력은 미라에게 매우 커다란 마음의 지주가 되어주었다. 그것은 아무리 경험이 있어도 얻을 수 없는, 귀중한 이점이었다.

『그래, 알았어. 그러면…… 그가 일어나면 그렇게 전해줄게.』

감사의 마음을 곧장 전해주었으면 했지만, 마텔에게서는 나중에 전해주겠다는 답이 돌아왔다.

듣자하니 펜리르는 이제나저제나 하고 기대하며 자신의 차례를 기다리고 있었다는 모양이다. 하지만 끝까지 부르지 않은 채싸움이 끝났다고 마텔이 전하자, 그대로 토라져서 잠들어 버렸다고 한다.

상대가 상당한 거물이라, 신참으로서 기대에 응할 수 있도록 의욕을 불사르고 있었건만 그러한 결말에 다다른 것이다.

심지어 결과적으로 거의 고참들만 활약해서 승리한 모양새가 되었다. 그래서 더더욱 토라진 것이라고 마텔은 말했다.

『그게…… 뭣이냐. 이번에는 다른 이들도 있었더래서 말이네. 결과적으로 펜리르 공이 나설 정도가 아니었던 게지──.』

감사 인사를 하려고 했더니만 자신도 모르는 새에 펜리르가 토라져 버렸다. 예상치 못한 사태에 당황한 미라는 이유며 변명을 늘어놓아 펜리르의 기분을 풀어줄 방법을 마텔에게 물었다.

『──분명 그냥 소환해주기만 해도 될 거야. 이 장소는 아무래도 좁으니까. 딱히 용건이 없더라도, 아닌 게 아니라 놀이 상대만 해줘도 기뻐할 거야. 신수라는 이유로 거물 취급을 받고 있지만, 볼일이 없는데 말을 걸었다고 실례라고 생각할 늑대는 아니니까.』

그것이 마텔의 답이었다.

신수 펜리르는 압도적인 힘을 지녔다. 특별한 존재이기에 그에 걸맞은 상황에 불러야 하지 않을까, 하고 망설였던 미라의 속마음을 마텔이 지적했다.

굳이 말하자면 지인이기는 하지만 세계적인 슈퍼스타를 홈 파티에 부르는 게 어쩐지 망설여지는 것과 비슷한 심리다.

하지만 펜리르는 규모 같은 것을 전혀 신경 쓰지 않는다는 모양이다. 오히려 그런 사소한 일로 거리낌 없이 말을 걸어주는 걸 더 좋아할 것이라는 게 마텔의 감상이었다.

『흐~음, 그러했던 겐가……. 그럼 언젠가 이 몸이 부흥시킨 자랑거리인 성역이라도 보여주도록 할까!』

소환술 연구의 일환으로 황폐해진 성역 몇 곳을 되살린 적이 있는데, 그런 성역을 성수와 영수의 정점에 군림하는 신수 펜리르에게 보여주는 것은 물론이고 조언 같은 것도 받을 수 있다면 그보다 유익한 일은 없을 거라며 미라는 의욕을 불살랐다.

신수라고 해서 지금까지는 자중하고 있었지만, 상대가 그렇다면 더 이상 망설일 필요는 없다.

『역시 펜리르 공. 참으로 아량이 넓군! 벌써부터 기대되는군 그래!』

신수의 시점은 지금까지 한 번도 고려해보지 못한 요소다. 대체 어떤 조언을 받을 수 있을까. 어떤 깨달음을 얻을 수 있을까.

의기양양하게 마물을 처리하고 나아가며 미라는 기대에 젖어 앞으로의 계획을 세웠다. 또한 신이 난 그 표정을 보고 발렌틴이 뭐 좋은 일이라도 있었느냐고 묻자 미라는 대담한 미소를 띤 채 "비밀이다"라고만 대꾸했다.

『미라 씨는 여러모로 극단적이란 말이지.』

마텔은 어이가 없다는 투로 말했지만, 그 말에는 아이를 지켜보는 어머니 같은 따스함이 담겨 있었다.

미라 일행이 섬 전체를 확인하고 돌아다닌 지 세 시간 남짓이 지났을 즈음.

작은 방과 창고 등에 십여 마리의 마물과 두 마리의 마수, 그리고 다섯 마리의 레서 데몬이 남아 있었지만 어렵지 않게 격파했다.

그 후, 만장일치로 남은 적의 전력은 없다고 판단되자 비공선에 연락을 취해 조사대를 상륙시키기 시작했다.

하늘에서 내려온 비공선은 섬의 중앙부에 착륙했다. 처음으로 발을 내디딘 것은 그림다트에서 파견된 사관들이었다.

"우와아, 뭘 어떻게 하면 이렇게 되는 거야……."

사관 중 한 명은 한 걸음씩 내디디며 주변을 둘러보고는 가장 먼저 그러한 감상을 입 밖에 냈다.

그림다트에서 1개 군단을 맡고 있는 그는 그 지위에 걸맞은 경험을 쌓았고, 수차례의 사선을 넘어온 강자이기도 했다.

그렇기에 처참한 전장도 많이 보아왔다. 하지만 지금 이곳에 펼쳐진 광경에는 그걸 모두 합쳐도 부족하지 않을까 싶지 않을 만큼 처절한 싸움의 흔적이 새겨져 있었다.

엄청난 숫자의 마물과 마수의 시체. 그리고 지형이 바뀔 만큼 강렬한 파괴의 흔적. 이런 결과물을 만들려면 얼마나 많은 군을 동원해야 할까 싶어서 사관은 쓴웃음을 지었다.

그러한 싸움의 흔적 앞에서 그는 놀라움과 두려움이 담긴 눈으로 노인 일행에게 고개를 돌렸다.

"이것이 십이사도와 이름 없는 사십팔장군, 그리고 아홉 현자분들의 실력인가요. 정말로 저희가 나설 전투가 아니었군요."

또 한 명의 사관이 어이없다는 듯이 웃으며 말하자 나머지 네 명도 "그러게"라며 동의했고, 눈살을 찌푸린 채 보고서에는 뭐라고 쓴담, 따위의 말을 중얼거렸다.

또한 니르바나의 조사원 수십 명도 전장을 보자마자 하나같이 뺨을 실룩거렸지만, 자국의 영웅인 노인이 있어서인지 그들의 발걸음에는 어쩐지 힘이 넘쳤다.

조사원들에게 노인과 사이조, 루미나리아가 사건의 전말을 간결하게 설명했다.

나아가 섬의 구조와 중요한 조사 대상 등에 관해서도 전달한 끝에 드디어 '이라 무에르테'의 본거지 조사가 시작되었다.

이 조사의 지휘를 맡은 것은 그림다트의 사관들이다. 그렇게 해서 그들의 체면을 세워주려는 배려였다.

이러니저러니 해도 파견된 사관들은 우수해서 조사는 효율적으로 진행되었다. 심지어 지금 활약하지 않으면 언제 하겠냐는 듯이 매우 의욕적이기도 했다.

하지만 조사 범위는 넓고 인원도 충분하다고 할 수는 없어서 끝내려면 아직 시간이 걸릴 듯했다. 비공선에 태울 수 있는 한계 인원까지 조사원을 데려오기는 했지만 본거지가 예상했던 것보다 훨씬 광대한 것이 문제였다.

사관들의 말로는 며칠은 걸릴 것이라고 한다.

그리고 그동안 미라 일행은 비공선의 선실에서 느긋하게 대기하고 있었다.

한때는 미라 일행도 조사에 참가했지만 전체적으로 효율이 떨어진다는 것을 알아챘기 때문이다.

그럴 만도 한 것이. 상사보다 훨씬 지위가 높은 장군이 옆에 있는데 정신 집중이 될 리가 있겠는가.

따라서 미라 일행은 조사원들에게 방해가 되지 않도록 비공선에 틀어박혀 있는 상태다.

또한 미라는 장군급이 아니라 문제될 게 없었지만 약삭빠르게 비공선으로 돌아와 있었다. 조사보다 강자가 모여 있는 지금이기에 할 수 있는 연구 등도 있기 때문이다.

"——하는 술식이다해."

"오호라. 그렇게 해서 그런 위력을 내다니, 참으로 터무니없는 술식이로구나."

그럼 미라 일행은 대기 중에 무엇을 하고 있는가 하면, 대체적으로 스터디 모임 비슷한 것을 하고 있었다.

방금 메이린이 이야기한 것은 마지막에 그녀가 날린 선술, '천년광로'에 관한 것이었다.

아담스가에서 대련했을 때와는 차원이 다르다 할 수 있는 위력에 놀란 미라가 곧장 메이린을 붙잡아다가 물은 것이다.

듣자하니 메이린이 연구한 이 술식을 사용하면 일격에 담을 수 있는 마나의 상한선을 몇 단계나 높일 수 있다는 모양이다.

마나의 상한선. 그것은 상급 술사라면 누구나 부딪히기 마련인 벽이다. 같은 술식이라도 필요한 양 이상의 마나를 담으면 그만큼 효과도 상승된다.

하지만 거기에는 한계가 있었다.

술식의 고차원화를 목표로 하는 자들은 이를 돌파해 내지만, 그럼에도 한계는 있다.

그렇게 다다른 한계를 다시금 넘어서기 위해 메이린이 고안한 것이 이 '천년광로'다.

그 술식은 손에서 흘러넘치게 만든 마나를 공간에 잔류시킨 후, 상대에게 주먹을 꽂음과 동시에 그 마나를 돌아오게 해 위력을 증폭시키는, 실로 단순한 원리의 술식이었다.

한 번에 담을 수 있는 마나의 양에 한계가 있다면 사전에 바깥에 추가 분량을 준비해버리면 그만이라는 것이다.

요컨대 화염방사기 끄트머리에 대고 별도의 연료를 뿜어대는 것과 같은 이치다.

그 추가 분량의 마나는 하얀 띠의 형태로 구체화되었는데, 그걸 길게 늘일수록 위력은 비약적으로 상승될 듯했다.

하지만 마나를 공간에 잔류시킬 수 있는 것은 1초 정도가 한계라고 한다.

"그 결과가 그것이었나."

미라는 메이린이 날린 일격을 돌이켜 보았다. 아스타로트를 순식간에 날려버린 일격을.

메이린은 공중을 발판 삼아 '축지'를 행함으로써 마나의 하얀 띠를 한계까지 길게 늘어뜨렸다. 분명 그 술식을 그녀보다 완벽하게 사용하기는 어려울 거다.

그러나 그 발상은 써먹을 수 있다.

"공간에 마나를 저장하는 건가. 재미있는데?"

가장 먼저 루미나리아가 그 부분에 관심을 보였다. 게다가 그런 것은 그녀뿐이 아니었다.

"한계 돌파 방법…… 연구해볼 가치가 있을 것 같아."

"과연. 방법에 따라서는 여러모로 응용할 수 있겠어."

카구라와 소울하울 역시 그 가능성을 알아차리고 눈빛을 반짝였다.

아르테시아와 라스트라다 두 사람도 비슷한 표정으로 연구 노트를 펼쳤다.

그리고 동석하고 있던 엘리미제는 갑자기 시작된 술식 연구회를 보고 당황하면서도 슬그머니 소울하울 옆으로 다가가 그 연구에 참가했다.

또한 미라 역시 거기에서 많은 가능성을 발견한 상태였다.

(1초라는 게 문제이긴 하군. 마나의 출력에도 한계가 있으니 말이야. 추가할 수 있다 해도 1초 분량이면 상한선은 그리 높지도 않을 테고. 허나 술구로…… 아니, 마봉석을 이용하면 어쩌면——.)

그렇게 눈 깜짝할 새에 고찰의 바다에 빠져들었다.

때 형태로 길게 늘어뜨린 메이린의 방법은 흉내 내지 못하겠지만, 그것 말고도 방법은 있을 거라고.

한편 노인과 고트프리트, 그리고 사이조는 선실에서 뻗어 있었다.

전선에서 아슬아슬한 싸움을 펼쳤던 것에 대한 피로가 한꺼번에 몰려온 모양이다.

노인은 침대에 쓰러지자마자 죽은 듯이 잠들었다.

고트프리트는 사선을 넘어선 흥분이 식지 않은 듯, 웃으면서 "못 움직이겠어"라고 중얼거리기는 했지만 몸은 완전히 휴식 모드에 돌입했다.

사이조는 소파에 편하게 앉아 남은 닌자 도구를 확인하고 있었다.

"하루 만에 이렇게까지 날이 빠지다니…… 아깝구려."

아르마에게 받은 질 좋은 새 닌자 도구가 벌써 너덜너덜해졌다고 탄식하면서도 사이조는 무슨 방법이 없을까 하는 마음에 손질을 시도했다.

그렇게 미라 일행은 조사가 이루어지는 동안 각자 자유롭게 시간을 보냈다.

악의 조직 '이라 무에르테'의 보스, 흑악마 아스타로트를 토벌한 다음 날.

어제는 본거지 내부를 돌아다니며 증거품이며 자료 등을 닥치는 대로 압수했다.

그리고 오늘은 각 시설을 꼼꼼히 확인할 예정이다. 후일 파견될 조사단을 편제할 때 필요한 정보를 모으기 위해서다.

다만 그러한 것들은 모두 선견대로 상륙한 조사원들의 일이다. 또한 그 조사의 지휘는 어제에 이어 그림다트의 사관들이 맡기로 했다.

따라서 미라 일행은 할 일이 없었는데, 그렇다 해도 공작급 악마가 거점으로 삼고 있던 장소이다 보니 무슨 일이 일어날지 몰라 먼저 돌아갈 수는 없어서 조사 2일차는 대기하며 각자 유유자적 시간을 보내고 있었다.

"이거 원, 하루밖에 안 지났건만 기운들도 좋군그래."

섬의 중앙. 기분 전환을 위해 정박 중인 비공선의 갑판으로 올라간 미라는 약간 떨어진 지상에서 대전 중인 메이린과 고트프리트의 모습을 보고 중얼거렸다.

어제, 아스타로트와 그 정도의 격전을 펼친 뒤임에도 두 사람은 피곤하지도 않은 걸까. 아니면 자고 나면 전부 회복되는 타입인 걸까. 아침부터 아주 기운이 넘쳤다.

게다가 실전인가 싶을 정도로 열기가 뜨거워서 자칫 잘못하면 경상으로는 그치지 않을 듯한 공방이 수차례나 오갔다.

"여전히 대단한 실력이로군! 이건 이것대로 어딘가에 도움이 될지도 모르겠구나."

하지만 여차하면 아르테시아를 부르면 그만이다. 그보다 톱클래스들의 전투를 차분하게 관찰할 수 있는 기회는 그리 흔치 않다. 미라는 뭔가 얻을 만한 게 있을지도 모른다는 생각을 하며 두 사람의 움직임을 가만히 관찰했다.

"——검으로 땅을 뒤엎다니…… 그다지 참고는 안 되는군."

얼마 동안 승부를 지켜본 미라는 갑판 위를 가볍게 돌아다니며 메이린과 고트프리트의 싸움을 돌이켜보았다.

미라는 명색이 검사이니 고트프리트의 움직임과 기술 등을 무구 정령의 전술에 도입할 수 없을까 생각했지만, 여러모로 상식을 벗어난 부분이 너무도 많아서 재현은 불가능하다는 결론에 다다랐다.

고트프리트의 기술은 그이기에 가능한 것들이다. 흉내를 낸다 해도 열화 복제라고도 부를 수 없을 수준의 것이 될 거다.

"그렇다면 다음에 발기술 같은 걸 배워보도록 해볼까."

고트프리트뿐 아니라 메이린은 메이린대로 미라가 흉내 낼 수 있는 수준이 아니었다. 하지만 그것은 조금 전과 같은 정상 결전에 가까운 수준일 때의 이야기다.

미라는 그보다 기초적인 부분 중에서 메이린에게 배우고 싶은 것이 많았다.

가장 배우고 싶은 것은 발기술이다. 덤블프였던 시절에는 늘 엄격함을 중시해서 기장이 긴 로브만 착용한 탓에 발을 높이 들 수가 없었다. 따라서 발기술 등은 거의 사용하지 않은 터라 애초에 기초 중에서도 기초만 배웠다.

하지만 미라가 된 지금은 다르다. 이제 위엄을 위해 중후한 로브를 입을 필요는 없는 데다, 귀여움을 추구할 때는 미니스커트를 입는 게 기본이 되었을 정도이기 때문이다.

그리고 미니스커트에는 다리의 가동 영역을 방해할 요소가 전혀 없다. 어떠한 발기술도 쓸 수 있을 터다.

"흠…… 분명 조금 전에는 이렇게 해서…… 이렇게 했던가?"

시험 삼아 조금 전에 봤던 메이린의 발기술을 흉내 내어 보았지만 그 초인적인 움직임과 기술은 당연히 간단히 모방할 수 있는 게 아니었다. 미라는 다리를 번쩍 들어서 빙글빙글 돌다가 발차기를 해보았지만 서서히 축이 흔들리기 시작해서 그대로 앞으로 고꾸라졌다.

"역시 우선 기초부터 다져야겠구나……."

이건 기술은커녕 발차기조차 아니다. 꼴사납게 회전하고 있을 뿐이다. 달인의 기술은 간단하게 보여도 간단하지 않기 마련. 그 사실을 통감한 미라는 원점으로 돌아가자고 생각을 바꿨다.

무엇보다도 기초는 중요하다. 메이린도 그렇게 말했더랬다.

"분명, 이렇게 했던가──."

미라는 홀리나이트를 허수아비 대신 세워놓고 연습을 시작해, 예전에 배웠던 동작을 하나씩 확인해 나갔다.

"오, 방금 건 제법 괜찮았던 것 같구나!"

비공선 갑판에서 30분 정도 연습을 했을 즈음. 지금까지 한 노력의 성과인지, 미라는 거의 이상적인 돌려차기에 성공했다며 기뻐했다.

그리고 그 감각을 잊기 전에 이어서 두 번, 세 번 돌려차기를 반복하던 중.

"아……."

미라가 돌려차기를 하기 위해 다리를 번쩍 든 순간이었다.

숨을 돌리려 한 것인지, 말 그대로 노린 듯이 완벽한 타이밍에 노인이 갑판으로 올라온 것이다. 게다가 그가 나온 곳은 완벽하게 스커트가 들춰진 상태를 똑바로 볼 수 있는 위치였다.

순간, 모든 것을 남김없이 보고 만 노인은 너무도 갑작스러운 사태에 굳어버렸다.

그에 반해 미라는――.

"오, 마침 잘 왔다!"

반가워하며 말을 걸었다. 왜냐하면 그는 매우 우수한 탱커이기 때문이다. 허수아비처럼 서있기만 하는 홀리나이트보다는 받아내고 감상을 말해줄 수 있는 노인 쪽이 연습 상대로는 적합할 것이다.

그리고 무엇보다도 만약 철벽과도 같은 노인에게 통하는 기술을 쓸 수 있게 된다면, 그 기술은 누구에게나 다 통할 거다. 이것저것 실험해볼 상대로 이보다 적합한 존재는 없는 것이다.

"잠시――."

연습 상대라는 이름의 실험대가 되어주겠느냐. 미라가 그렇게 말하려던 찰나.

"아니야――!"

굳어져 있던 노인은 갑자기 얼굴이 벌게져서 그렇게 소리침과 동시에 어딘가로 달려가 버렸다.

과연 그것은 엿보려 한 게 아니라는 뜻일까, 아니면 흥분해버린 건 아니라는 뜻이었을까.

어느 쪽이 되었건 애초에 영문을 모르는 미라는 "뭐라는 게야"라고 중얼거리며 멍하니 그의 뒷모습을 배웅할 수밖에 없었다.

"이왕 만난 김에 광검 킥이라도 시험해보려 했건만."

아까운 표적이 도망갔다. 그런 말을 중얼거리며 다시 홀리나이트로 연습을 재개하려던 순간, 또 다른 누군가의 발소리가 들려왔다.

"아, 뭐야, 할아버지였어?"

갑판에 고개를 빼꼼 내민 것은 카구라였다. 호기심으로 가득했던 눈이 미라의 모습을 보자마자 생기를 잃었다. 실망한 걸 숨길 생각조차 없는 듯한 얼굴이다.

"흠, 무어냐, 그 표정은."

왜 사람의 얼굴을 보고 실망하는 거냐며 미라는 노려보았다. 그러자 카구라는 아주 당당하게 갑판을 둘러보더니 "역시 할아버지밖에 없네"라고 다시 한번 말했다.

"글쎄 무엇이냐는데도. 볼일이라도 있는 게야?"

"아니, 딱히. 그냥 노인 씨가 재미있는 얼굴로 달려가기에, 무슨 일이 있었나 싶어서."

제 발로 나와 놓고 무슨 일이냐고 묻자 그냥 궁금해서 나온 것뿐이란다. 평소에는 쿨하기만 한 노인을 저토록 당황하게 만든 일이 대체 무엇일지. 단지 그게 궁금했던 것뿐이라는 거다.

"그대……."

정말 그냥 구경하고 싶은 마음뿐이었을까. 아니면 어쩐지 짓궂은 눈빛을 하고 있는 걸로 미루어, 약점이라도 잡을 생각이었던 걸까.

어느 쪽이 되었건 노인의 편을 들어줄 생각은 없는 듯했다.

"그래서, 뭐 했어?"

노인이 당황할 요인이 될 법한 것은 어디에도 없다. 그렇다면 미라가 장난 같은 것이라도 친 거라고 생각했는지, 카구라는 뭘 하면 노인이 저렇게 되는 거냐고 흥미롭다는 눈으로 물었다.

"무엇을 했냐고 한들 말이지. 이 몸은 여기서 잠깐 연습을 하고 있었던 것뿐이다. 그러던 참에 녀석이 문득 나왔기에 연습 상대가 되어달라고 말하려고 했더니, 갑자기 부리나케 도망치지 뭐냐."

미라는 조금 전의 상황을 떠올리며 설명했다. 미라로서도 노인이 어째서 그런 반응을 보인 것인지 도통 알 수가 없었다.

"……무슨 소리야?"

말하는 본인도 영문을 모르는 탓에 당연히 듣고 있는 카구라도 도무지 이해가 안 된다는 듯이 고개를 갸웃했다.

"모르겠구나. 이 몸이 샌드백을 구하고 있다는 걸 알아채기라도 한 겐지……."

"으~음, 근데 그런 제안을 하면 노인 씨는 꽤 적극적으로 어울려주잖아. 할 수 있으면 어디 해 봐라, 라면서 상대해 줬을 텐데."

방어 기술이 우수한 탓에 노인은 미라 이외의 사람에게도 연습 상대를 해달라는 부탁을 받는 일이 많은지, 카구라도 이전에 이 것저것 실험을 할 때 도움을 받은 적이 있다고 한다.

하지만 그러한 경험부터 미라와 카구라는 너무도 달랐다.

"흠, 무슨 소리냐? 그렇게 흔쾌히 답해준 적이 없다만."

"아~ 그렇구나. 할아버지의 경우에는 성가셔질 테니까. 노인 씨가 도망칠 만도 하지~."

플레이어들 사이에서 덤블프는 다수의 폭력의 체현자로 유명했다. 그 연습 상대는 기술을 연마하기도 전에 폭력의 파도에 휩쓸리게 되는 일이 많았기 때문이다.

다소의 난전 정도라면 문제없겠지만, 상대는 다름이 아니라 미라다. 때는 지금이라는 듯이 실험을 섞어 넣는 바람에 상대에게는 무한지옥이 따로 없었다. 그러니 노인이 도망칠 만도 하다며 카구라는 쓴웃음을 지었다.

"뭣이라고⋯⋯?"

자신에 대한 예상치 못한 평가에 미라는 놀랐다. 그리고 동시에 문득 기억이 났다. 뛰어난 실력 때문에 이런저런 연습 상대를 부탁받는 일이 많았던 아홉 현자 동료들 중에서 자신만 유독 그 기회가 적었다는 사실을.

"애초에 이번에는 근접전 연습 중이었건만."

미라는 과거의 사실을 외면한 채 이번에는 소규모의 연습이었다고 푸념을 했다. 그리고 약간 화풀이를 하듯이 홀리나이트에게 하이킥을 날렸다.

"흐음~ 메이린처럼 시원스럽게 들어가질 않는군."

체격차가 있기도 하거니와 홀리나이트는 단단하기도 해서 있는 힘껏 찰 수가 없다. 상대가 바위나 철이라 해도 맨손으로 때려잡는 기술을 지닌 메이린과는 다르다. 게다가 지금의 팔다리는 평범한 소녀의 그것이다 보니, 반동으로 약간 아프기도 했다.

그렇기에 잘 받아내는 것으로도 정평이 난 노인은 이상적인 연습 상대였건만 도망쳐버려서 미라는 괜히 더 기분이 상했다.

"저기, 할아버지. 혹시 노인 씨가 왔을 때도 그렇게 연습했어?"

이래서는 만족스럽게 연습을 할 수가 없다고 미라가 푸념을 하던 참에. 어째서인지 카구라가 갑자기 싸늘한 목소리로 그런 질문을 했다.

"음, 그렇다만?"

미라는 보면 모르겠느냐는 듯이 답했다. 오히려 이런 상황이기에 노인의 도움을 받고 싶었던 것이라고.

"뭐 하는 거야!"

"흐에에엑?!"

직후, 카구라가 미라에게 호통을 쳤다. 그것도 아주 불같이 화를 내면서. 갑자기 큰소리를 내는 바람에 미라는 자신도 모르게 어깨를 움찔한 것도 모자라 한두 걸음 뒷걸음질을 치고서 "갑자기 왜 그러는 게야!"라고 항의했다.

하지만 그렇게 호통을 친 이유를 전혀 모르겠다는 태도가 더더욱 카구라를 자극한 것인지, 그녀는 더더욱 매섭게 눈꼬리를 치올려서 미라를 위축시켰다.

"아~ 글~ 쎄~ 자각이 너무 없는 게 문제라고! 그렇게 짧은 스커트를 입고, 그렇게 다리를 들면 어떻게 될지 뻔하잖아!"

미라가 위축되어 물러날 정도로 바짝 다가선 카구라는 어이없는 정도를 넘어서 왜 이해를 못 하는 건지 모르겠다는 표정이었다. 여자아이에게는 상식인 그것을 왜 알아채지 못 하는 것일까.

"그야 발차기를 하기 쉬워——."

어떻게 되는가 하면, 두 다리의 가동 영역이 매우 넓어져서 움직이기도, 발차기를 하기도 쉬워진다. 그렇게 대답하려고 다시 한번 미라는 발차기를 할 때의 자세를 취했다. 이번에는 그냥 다리를 들어올리기만 한 상태다.

"아, 아~."

조금 전까지는 발차기라는 기술로만 인식했지만, 이렇게 동작을 일부분만 떼어 놓고 보니 그제야 카구라가 무슨 말을 하려는 것인지 이해가 되었다.

그리고 동시에 알아챘다. 조금 전 노인이 그런 반응을 보인 원인은 이것이라는 사실을.

"확실히 뭐, 이번 것은 좀 거시기했지만. 이전에 비해 훨씬 움직이기 쉬워져서 말이다. 그 덕에 지금은 이렇게 발차기도 쓸 수 있게 되어, 접근전에서 선택의 폭이 상당히 넓어졌으니——."

미라는 약간 반성한 기미를 보이기는 했지만, 이 이점은 살려야 하지 않겠느냐며 열변을 토했다.

"그건 알겠지만, 그렇기에 더더욱 아래에 잘 받쳐 입으라고 전에도 말했잖아. 싸울 때는 더더욱. 그럼 보통 연습 때도 그래야 하는 거 아냐? 까놓고 말해서 지금의 그건 변태 같거든? 알아들어?"

"크윽……. 그, 그래, 뭐어, 그렇구나. 지금은 살짝 입는 걸 깜박했다만……."

아주 따끔하게 잔소리를 해대는 카구라 앞에서 미라는 서서히 쪼그라들었다.

주의를 하고는 있지만 아직 거기까지 생각이 미치지는 못했다. 아직 여자의 몸이 되었다는 자각이 의식의 밑바닥까지 뿌리를 내리지 못한 탓이다. 오히려 일일이 신경 쓰기 귀찮다는 생각이 먼저 들 정도다.

"뭐어, 그 뭣이냐. 지금부터 입으마. 그러면 되겠지?"

그렇기에 미라는 일단 지금의 상황에서 벗어나기 위해 아이템 박스에서 의상 가방을 꺼냈다.

"처음부터 입고 있어야 의미가 있지."

계속해서 따끔하게 잔소리를 해대는 카구라의 말에도 꺾이지 않고 미라는 의상 가방을 열어 팬티 가리개가 어디 있더라, 하고 뒤지기 시작했다.

"하여간 할아버지는 진짜 못 말린다니까……."

사람 말을 듣는 둥 마는 둥 한다. 그런 미라의 태도가 어이없기 그지없어서 한숨을 내쉬면서도 카구라는 흥미롭다는 듯이 미라의 의상 가방을 빼꼼 들여다보았다.

팬티 가리개뿐 아니라 미라의 의상 가방에는 속옷부터 잠옷에 세련된 나들이옷까지 어지간한 상황에는 대응이 가능할 정도의 복장이 갖춰져 있었다.

"이거이거……."

그 내용물을 확인한 카구라는 미라의 취향이라기보다는 지금의 미라이기에 어울릴 듯한 것이 섞여 있다는 사실을 알아챘다.

미라를 귀엽게 꾸미고 말겠다는 그런 의도가 엿보였던 것이다.

귀여움과 어른스러움의 공존. 마리아나도 제법 세게 밀어붙이고 있는 모양이다. 그런 의도들이 하도 자연스러워서 전혀 알아채지 못한 듯한 미라의 모습을 보며 카구라는 쓴웃음을 지었다. 이거 소녀로서의 행동거지를 익히기를 기다리는 것보다 곁에 있는 사람들이 완벽하게 대비시키는 게 빠를 것 같다고 생각하며.

"일단 이걸로——."

미라가 여러 종류의 팬티 가리개 중 무난한 속바지를 집어 들려던 순간이었다.

문득 바람 한 줄기가 미라의 뺨 옆을 스치고 지나갔다. 그 정체는 달인이 내지른 창과 같이 날카롭게 허공을 가로지른 카구라의 손이었다. 그리고 카구라의 손은 눈으로 좇기도 어려운 속도로 의상 가방에 꽂히더니, 정밀 조준을 한 듯이 표적을 집어 올렸다.

"하, 하…… 할아버지! 이, 이이건?! 이거, 이거 어디서 났어?!"

사냥꾼과 같은 눈빛을 띤 것도 잠시뿐, 당황스러움과 놀라움과 환희를 뒤섞은 듯 묘한 분위기를 띤 카구라는 손에 든 그것을 조심스럽게 펼쳤다.

자세히 보니 그것은 고양이 무늬가 그려진 타이츠였다.

"무어냐, 대체. 그게 뭐 어쨌기에?"

카구라는 고양이를 좋아하니 그것에 반응했다는 건 알겠다. 하지만 현재 그녀의 행동거지는 평소에 비해서도 훨씬 수상쩍어 보였다.

대체 카구라는 그 타이츠의 무엇 때문에 저렇게 격렬한 반응을 보이는 걸까. 그것까지는 모르겠지만 이거 어째 빚을 지울 기회 같다고 직감한 미라는, 경우에 따라서는 줄 수도 있다는 태도로 물었다.

"이게 내가 아는 물건이 맞다면 말이야——."

얼마나 마음에 들었는지. 카구라는 그 고양이 타이츠가 얼마나 가치 있는 물건인지를 알려주었다.

카구라는 말했다. 이건 매지컬 나이츠에서 실시되고 있는 시즌 판매 시리즈 13탄인 '홈 애니멀즈'에서 기간 한정 상품으로 판매했던 '집 고양이'라고.

하지만 카구라가 그 정보를 입수했을 때는 이미 품절되어 사지 못했다는 듯했다.

지금은 초희귀품(카구라 기준)이라 어딜 가도 구할 수가 없다고 한다.

"그, 그래서 할아버지는, 이거 어디서 구했어?!"

모든 것을 털어놓은 카구라는 기대감이 가득한 눈을 한 채 미라에게 바짝 다가갔다. 자신이 제대로 본 것이 맞는지. 이건 진짜 '집 고양이'가 맞는지를 묻듯이.

"뭐, 뭐어. 그게 말이다. 매지컬 나이츠에서 받았더랬다. 그러니 매지컬 나이츠의 점포에서 가짜를 취급한 게 아니라면 진짜 겠지."

그렇게 답한 후, 미라는 간결하게 그렇게 된 경위도 설명했다. 그것은 매지컬 나이츠에서 옷 갈아입히기 인형 취급을—— 아니, 이런저런 일을 도와주고 선물로 받은 물건이라고.

"역시 매지컬 나이츠구나! 할아버지 굉장해! 갖고 싶어!"

상황으로 미루어 볼 때 정품이 틀림없을 것이다. 그래서인지 카구라는 더더욱 직접적인 표현을 써가며 격렬한 반응을 보였다.

"나 주라, 할아버지, 제발, 응~?!"

조금 전까지 송곳같이 날카로운 잔소리를 퍼붓던 사람은 어디 갔는지, 카구라는 대놓고 아양을 떨기 시작했다.

"허나 사이즈가——."

"괜찮아, 이건 프리 사이즈니까!"

살짝 아까운 척을 하려 했지만 카구라는 신속하게 답했다. 어떠한 빈틈도 찾을 수 없는 필사적인 태도였다.

미라는 그 반응을 보고 생각했다. 이거, 꽤나 바가지를 씌울 수 있지 않을까.

"흐음~ 줄 수도 있지만 말이다. 이 몸도 팬티 가리개는 그리 많지 않아서 말이지~."

보다 유리한 조건을 이끌어낼 기회라는 생각에 미라는 거짓말을 섞어가며 거드름을 피웠다.

목표는 가치에 걸맞은 빚을 지워두는 것이다. 실험 조수로 써먹는 것도 좋지만, 그녀가 이끌고 있는 이스즈 연맹은 대륙에서 막대한 영향력을 가지고 있다. 지금 빚을 지워두면 앞으로 두고 두고 써먹을 수 있을 거다.

"제발, 이렇게 부탁할게!"

미라에게는 교섭 재료일 뿐이지만, 카구라에게는 그토록 귀한 물건인 모양인지. 끝내는 아예 애원을 하기 시작했다.

이대로 가면 분명 그 말을, '뭐든지 다 할게'라는 전형적인 대사를 이끌어낼 수 있을 거다.

"글쎄다아. 이걸 줘버리면, 입을 옷의 선택지가 줄어들어 버리는데 말이야아."

그 결정적인 말을 이끌어내기 위해, 미라는 고민하는 듯한 포즈를 지었다.

조금만 더, 조금만 더 하면 된다. 분명 지금의 카구라는 이 고양이 타이츠를 위해서라면 무엇이든 해줄 거다.

미라가 서서히 입질이 오기 시작한 것을 느끼던 그때——.

"아, 그러면 교환하자! 가진 게 적다면 양을 불리면 되잖아!"

거드름을 피우기 위한 구실이 역효과를 거둔 모양이다. 카구라는 '뭐든지 다 하겠다'는 말 대신 그런 조건을 제시했다.

"아니, 잠깐. 아무리 그래도 희귀한 그것과 교환하는 건——."

"——당연히 그에 걸맞은 일급품을 내놓을게!"

그렇게 미라가 내세운 구실을 역이용해 카구라는 적극적으로 밀어붙였다. 미라도 밀리지 않고자 주도권을 주장했지만, 고양이와 관련된 것을 앞에 뒀을 때 카구라의 집요함과 망집은 상식의 범주를 벗어나 있었다. 그 사실을 깜박한 결과, 미라는 그녀의 엄청난 기세에 밀려 궁지에 몰렸다.

"어느 것 할 것 없이 초일류 장인이 만든 특별한 물건들이야. 오히려 시장 가격으로 보면 할아버지가 엄청 이득일 정도의 거래가 될 거라고! 어때, 손해는 아니지? 그러니까 내가 이걸 가져도 문제없겠지? 응?"

같은 팬티 가리개와 교환하자는 조건을 제시할 줄은 생각도 못했다. 오히려 이 희귀품과 비슷한 가치를 지닌 팬티 가리개가 있을 리가 없다고 얕보고 있었다.

하지만 과연 이스즈 연맹의 총수라 해야 할지. 남의 눈에 보이지 않는 부분에도 일급품을 입고 다니는 모양이다. 게다가 카구라가 소유한 그것들은 모두 특별 주문품이기도 했다.

"아니, 아무리 그래도——."

그건 좀 문제가 있지 않겠느냐며 미라는 거부하려 했지만, 그러기도 전에 교환용 물건들이 가방 위에 차례차례 쌓이기 시작했다.

모두 다 카구라가 애용하는 팬티 가리개들이었다. 속바지 타입이 많았지만 종류가 상당히 다양했다. 그리고 무엇보다도 하나같이 고양이 무늬로 통일되어 있었다.

"잠깐잠깐, 이것은……."

분명 품질은 좋아 보인다. 팬티 가리개임에도 불구하고 이런저런 효과까지 부여되어 있다. 요컨대 실전에서도 도움이 되는 장비품으로서의 측면까지 있었던 것이다.

하지만 아무리 그래도 이건 너무 소녀 취향이라는 생각에 미라는 쓴웃음을 지었다. 이걸 거리낌 없이 입을 수 있는 것은 순진한 소녀나 마니아인 카구라 정도일 것이다.

"봐, 이런 것도 꽤 쓰기 편해!"

카구라는 미라의 쓴소리에도 전혀 개의치 않았다. 오히려 그대로 억지로 밀어붙일 기세로 추천까지 하기 시작했다.

그런 카구라가 지금 손에 든 것은 엉덩이 부분에 귀여운 고양이 무늬가 들어간 쇼트 팬츠였다.

"아니, 글쎄——."

미라는 자신의 이야기를 들어주었으면 했지만 그런 말을 꺼내기도 전에 카구라가 "입어보면 딱 느낌이 올 거야!"라면서 팍팍 밀어붙였다.

그리고 어영부영 다리를 붙들린 미라는 카구라의 손에 의해 그 쇼트 팬츠를 억지로 입고 말았다.

"이렇게 하면 스커트 차림이라도 괜찮아! 오히려 스커트가 없어도 괜찮은 게 이 타입의 이점이야! 안심되고 안전하고 장소를 불문하고 경쾌한 착용감. 지금의 할아버지한테는 그야말로 완전하고 완벽한 물건이라니깐!"

미니스커트를 입어도 걱정 없다고 카구라는 자신 있게 보장을 했다.

스커트 아래에 쇼트 팬츠. 이것이야말로 귀여움과 강철 같은 방어력을 양립한 완전형태로, 누구나 안심할 수 있는 평화의 상징이라고 카구라는 절찬을 했다. 아주 그냥 묻지도 따지지도 않고 절찬했다.

(이것은…… 이것은 옳지 않다! 피도 눈물도 없는 귀축의 소행으로써 전 세계를 뒤흔들었던 그 스타일이 아닌가!)

강철 같은 방어력. 그렇다, 스커트 아래에 입은 쇼트 팬츠의 방어력은 실로 엄청나서, 한때 온 세상의 남자들은 두려움을 담아 '로망 남작의 처형장'이라 불렀더랬다.

스커트 안에 있는 것은 꿈이 아니라 거절이라는 이름의 현실

뿐. 바보 같은 남자들은 하나같이 그 현실 앞에서 쓰러져 왔다.

"아무리 그래도 말이다…… 이건 좀 그렇구나, 이 몸의 미적 방침에 어긋난다고 해야 할지……."

여성의 입장에서는 당연하기까지 한 패션의 한 요소다. 그리고 지금의 미라는 여성에 속하기는 하지만, 그에 따른 괴로움을 알기에 남성 쪽의 의견을 대변할 수밖에 없었다. 이 스타일은 용납할 수 없다고.

또한 그 주장에는 한 가지 뜻이 더 내포되어 있었다. 그것은, 이런 고양이 무늬를 입는 건 좀 그렇다는 속마음이다.

"그런 시답잖은 방침은 지금 당장 갖다 버려."

분명 남자의 로망이니 어쩌니 하는 심리까지 알아챈 것이리라. 카구라는 빙긋 미소를 띤 채 미라의 주장을 차갑게 딱 잘라 두 동강 내버렸다. 그 말에는 처형인이라 해도 가지고 있을 법한 일말의 자비도 없었다.

"자, 이건 특별한 효과도 부여되어 있어서, 여름에도 시원해. 그리고 이 타이츠는 겨울에도 따끈따끈하게 해줘. 언제든 쾌적하고 움직이는 데도 방해가 되지 않아. 할아버지한테 딱 맞는 것 같지 않아? 그렇게 생각하지?"

카구라는 남자의 감상 따위는 고려할 가치도 없다는 듯한 눈빛으로 웃으며 이점을 계속 늘어놓더니, 차례차례 강매라도 하듯 미라의 의상 가방에 그것을 쑤셔 넣기 시작했다.

"이제 언제든 괜찮겠네. 잘됐다, 할아버지! 고마워, 잘 쓸게!"

카구라는 차례차례 팬티 가리개를 떠맡기더니 그 대가로 매지컬 나이츠 한정품인 고양이 타이츠를 낚아채어 갔다.

미라는 고양이 무늬로 가득해진 의상 가방을 바라본 채 그 자리에 무너져 내렸다. 카구라에게 큰 빚을 지워둘 천재일우의 기회가 이런 식으로 날아갈 줄이야.

손에 남은 것은 카구라 애용 팬티 가리개 십여 장뿐. 사실 그것들은 고성능에 고급품이었지만, 카구라는 또 주문하면 그만이다. 그녀에게 그 정도 지출은 그다지 큰 타격이 아닐 거다.

그에 반해 희귀품을 빼앗긴 미라는 지나치게 귀여워서 써먹을 방도가 없는 고양이 무늬 팬티 가리개를 얻었을 뿐이다.

값어치로 치면 카구라의 말이 맞기는 하다. 시장 가격만으로 보면 열 배가 아니라 오십 배는 더 미라가 이득을 본 거래였다. 하지만 카구라에게 빚을 지워두는 데에는 그 이상의 가치가 있었던 것도 사실이다.

"······차라리 마니아들에게 비싼 값에 팔아버릴까."

이러니저러니 해도 아홉 현자 중에서도 팬이 많은 카구라의 애용품이다. 심지어 하반신 관련이니 분명 틀림없이 마니악한 변태라면 부르는 대로 값을 치러줄 거다.

그런 생각이 들기는 했지만, 실행은 못 할 거라는 생각에 미라는 쓴웃음을 지었다. 만약 그 사실이 본인의 귀에 들어가기라도 하는 날에는, 신변의 안전을 보장할 수 없게 될 것이기 때문이다.

"어찌 되었건, 이건 아니되지."

고양이와 관련된 일로 카구라와 얽히면 말이 안 통한다. 그 불문율을 다시금 가슴에 새기며 미라는 일단 억지로 입은 쇼트 팬츠를 벗었다. 이런 옳지 못한 물건은 용납할 수 없다고 생각하며.

그리고 민무늬 속바지로 갈아입고 발기술 연습을 재개했다.

"아, 무인(武人)형 식신이라도 빌릴 걸 그랬군."

그쪽이 단단한 홀리나이트보다는 차기 쉬웠을 거다. 그런 생각을 하며 미라는 평소와 같이 대기 시간을 보냈다.

　창문에서 햇볕이 들이치는 숙소의 어느 방. 그 창가에 자리한 테이블 앞에 카구라가 있었다.

　"——다시 말해서 여기가 공통부분……—— 이게 마나의 흐름을 제어하는 부분이고……——."

　아직 이른 시간이었지만 카구라는 테이블에 노트를 펼쳐놓고 복잡한 술식 등을 끄적거리며 신음했다.

　"으음……."

　"흐아암…… 벌써, 아침이야아?"

　희미한 햇볕을 느낀 것인지 잠에서 깬 티리엘과 에타카리나가 침대에서 몸을 일으켰다. 하지만 티리엘은 아직 기동하는 데 시간이 걸릴 듯했다. 눈을 깜박거리는가 싶더니 멍하니 일어서서 그대로 세면장으로 휘청거리며 걸어갔다.

　"상태를 보니…… 혹시 밤부터 계속 그러고 있었던 거야?"

　에타카리나는 이미 확실하게 정신을 차린 모양인지. 막 깨어났음에도 창가에 있는 카구라를 보자마자 그렇게 말했다.

　"……적당히 일단락 짓고 끝내려고 했는데 말이죠——."

　카구라는 그 목소리에 돌아보며 정신을 차려보니 그렇게 되어 있었다고 답했다.

　그렇다, 카구라는 밤샘을 했다. 약속대로 에타카리나에게 신대 마법 중 하나를 배우고는, 그 마법식에 관한 연구에 몰두했던 것이다.

지금과는 완전히 다른 형식의 마법 체계. 하지만 그럼에도 군데군데 유사점이 보였다. 마법의 원점이라는 에타카리나의 말대로 거기에는 많은 요소들이 잔뜩 숨겨져 있었다.

카구라는 그러한 것들을 기존의 술식에 응용할 수 없을지, 자는 시간을 아껴가며 술식을 구축해 보고 있었던 것이다.

"——근데 뭔가, 해석을 할수록 신경 쓰이는 점이 계속 나와서요! 특히 마법식을 연결하는 기초 부분에는 천사와 악마가 다루는 마법의 특징이 섞여 있어요!"

밤샘을 한 탓에 기분이 고양된 것인지, 카구라는 에타카리나에게 바짝 다가서서 근사한 발견이라고 수다스럽게 떠들어댔다.

티리엘의 힘을 식신에 깃들게 하는 데 성공했으니, 이 신대마법도 식신에 편입시킬 수 있을지도 모른다면서.

"저기, 뭐어, 응. 가능성은 있지만, 일단 아침이니까 목욕이라도 하지 않을래? 아침 목욕은 기분 좋다며."

에타카리나는 연구에 푹 빠진 카구라의 상태로 미루어 볼 때, 이대로 두면 계속 이렇게 치근덕거릴 것 같다고 느꼈다. 그래서 이 상태로는 오늘의 예정을 아무것도 소화할 수 없을지도 모른다는 생각에 일단 기분 전환을 하자고 제안했다.

"다녀오세요. 저는, 이걸 마무리 짓고서 갈 테니까요."

카구라는 노트를 바라본 채 답했다. 그 모습을 보고 설마 이 정도일 줄은 몰랐다는 생각에 감탄한 동시에 식겁한 에타카리나는 이거 어쩐담, 하고 어깨를 으쓱했다.

"이럴 땐 저한테 맡겨주세요!"

그런 믿음직한 말과 함께 티리엘이 돌아왔다. 정신이 번쩍 들었는지 그녀는 가슴을 편 채 용맹함마저 느껴지는 발걸음으로 카구라의 곁으로 다가갔다.

들자하니 이렇게 된 카구라를 움직이려면 약간 억지로 끌고 가는 게 요령이라는 모양이다.

"카구라 씨, 아침 목욕 가요! 에타카리나 씨한테 아침의 노천탕도 보여주고 싶어요! 같이 가요! 그리고 다 같이 아침 식사를 하는 거예요! 오늘은 아침에 잡아온 참치 튀김을 먹자고요!"

카구라는 꿈쩍도 안 할 듯한 상태였다. 그런 그녀를 어떻게 할 생각인가 싶었더니, 티리엘은 자신만만하게 카구라의 팔에 달라붙어 조르듯이 잡아당기기 시작했다.

그 모습은 마치 어머니에게 놀자고 조르는 아이 같았다. 억지로 끌고 간다기보다는 떼를 쓴다는 표현이 가까울 듯했다.

"나 참, 못 말리겠네."

하지만 실제로 효과는 굉장했다. 티 없이 맑은 미소를 띤 티리엘을 쳐다본 카구라는, 아닌 게 아니라 어머니 같은 미소를 짓더니 노트를 덮고 자리에서 일어났다.

몰두하고 있던 술식의 연구까지 중단할 만큼 티리엘에게는 엄청나게 물렀던 것이다.

다만 티리엘은 그것을 자신이 설득을 아주 잘 하기 때문이라고 생각하는 듯했다. 그 증거로 어떠냐는 듯이 으스대는 얼굴로 에타카리나를 쳐다보고 있었다.

권유하는 방법의 문제가 아니라 명백하게 카구라가 다정한 탓에 효과가 있는 것뿐이건만. 에타카리나는 그 사실을 알아챘지만 내색하지 않고 '역시 티리엘이야'라고 말하는 듯한 얼굴로 고개를 끄덕여 답했다.

카구라 일행이 숙박 중인 숙소에는 보기 드물게도 노천탕이 있었다. 게다가 바닷가에 위치해 있어서 망망대해의 절경을 내다볼 수 있는 노천탕이.

"아침 해를 받아 반짝이는 바다가, 엄청 예뻐요~. 목욕을 하면서 보면 더더욱 최고고요~."

며칠 머무른 덕에 각 시설의 장소를 대충 파악하고 있는 티리엘은 익숙하게 선두에 서서 나아갔다.

긴 복도 곳곳에는 일본풍 양식의 장식이 섞여 있었다. 카구라로서는 아주 익숙한 세계관이었지만 통일되지 않고 섞여 있는 것이 조금 독특했다.

마치 군데군데 세계가 섞여 있는 듯한, 그런 신비로운 조화감을 자아내고 있어서 이국정서가 더욱 강조되어 보였다. 어쩌면 복도 끝에는 별세계가 있는 게 아닐까 싶을 정도로 매혹적인 복도다.

"반짝이는 바다라아. 기대되네!"

그런 복도를 둘러보며 에타카리나는 그것 참 기대된다며 웃었다. 그러자 티리엘은 더더욱 수다스럽게 이전에 들렀던 온천 거리에 관한 이야기를 늘어놓기 시작했다.

(신이 많이 난 것 같네.)

카구라는 그런 두 사람의 대화를 지켜보며 이 숙소에 처음 묵었던 날의 일을 떠올렸다.

바다가 보이는 노천탕을 보고 흥분한 티리엘은 해가 질 때부터 별하늘이 될 때까지의 시간을 노천탕에서 보냈다.

이 숙소에는 그 밖에도 여러 개의 욕탕이 있었지만 노천탕이 가장 마음에 든 듯했다. 다른 욕탕도 둘러보았음에도 티리엘은 요즘 매일 이 노천탕에 들어가고 있다. 특히 오늘은 에타카리나도 함께라서인지 더더욱 들뜬 듯 보였다.

(어라……? 그러고 보니 어제…….)

두 사람을 지켜보다가 탈의실에 도착한 참에 카구라는 문득 어제는 어땠더라, 하고 기억을 되짚어 보았다.

티리엘이 목욕탕에 갈 때는 카구라도 함께였다. 하지만 어제 일은 전혀 기억이 나지 않았다.

그럴 만도 한 것이, 평소 목욕을 하는 시간에는 이미 신대마법을 연구하는 데 정신이 팔려 있었기 때문이다.

"어제는 밤이라 안 보였지만, 아침에는 배가 많이 떠다녀서, 엄청 귀여워요."

"그거 기대되네."

티리엘과 에타카리나의 대화로 미루어 볼 때, 아무래도 어젯밤에는 둘이서 이곳에 온 듯하다. 노천탕에서 보이는 풍경은 시간대에 따라 크게 달라진다. 노천탕 전문가가 된 티리엘은 자신만만하게 그렇게 설명하고 있었다.

(……하루만인가? 좀 심각하네…….)

들뜬 티리엘의 모습에 흐뭇한 미소를 지은 것도 잠시뿐. 자신의 현재 상태를 돌이켜본 카구라는 두 사람에게서 다소 떨어진 지점에서 멈춰 섰다.

마지막으로 목욕을 한 것은 어제 아침이다. 그리고 그날 에타카리나와 만나 치열한 포박전을 펼치기도 했다.

그 후로 신대마법을 배우고 그대로 밤샘을 한 것이다.

(아마 분명 완전 괜찮기는 하겠지만…….)

냄새가 나지는 않을까. 그게 신경이 쓰여서 카구라는 옷을 벗은 후, 잽싸게 벗은 속옷도 한꺼번에 빨래용 주머니에 쑤셔 넣었다.

"이거 정말 절경인걸?"

노천탕에서 보이는 망망대해를 둘러보며 에타카리나는 감탄 섞인 투로 말했다.

그녀의 말대로 대어제(大漁祭)로 유독 북적거리는 지금의 바다는 그야말로 장관이었다.

귀항하는 어선에 출항하는 어선, 양쪽 모두 개성적인 깃발을 올리고 망망대해를 장식하고 있다. 게다가 대어제 기간 중에는 어획량의 제한량이 올라가기도 하는 데다 시간 단위로 나뉘기도 한다는 듯했다. 그 때문에 평소보다 빈번하게 어선들이 바다를 오가고 있는 것이다.

나아가 축제를 구경하러 온 손님들을 대상으로 한 배낚시 체험이나 앞바다 관광 등도 빈번하게 이루어져서 평소와는 비교도 되지 않을 만큼 바다가 북적거리는 기간이었다.

그 때문인지 그 광경을 만끽하기 위해 이 노천탕에도 아침부터 제법 많은 사람들이 있었다. 그리고 사람들이 많은 곳에서 행동하는 데 익숙지 않은 티리엘은 내버려두면 금방 어딘가에 휩쓸리고 말았다.

하지만 오늘은 에타카리나가 있으니 괜찮을 것 같다. 그 사실을 확인한 후, 카구라는 가장 먼저 샤워를 해서 어제 흘린 땀을 씻어냈다.

그 후, 카구라 일행은 마음껏 노천탕을 즐겼다.

다만 막상 도착하자 티리엘이 문제가 되었다. 내버려두면 탕에 들어가 있거나 풍경을 즐기는 것 말고는 아무것도 하지 않았기 때문이다.

그러다 보니 몸을 씻는 곳 앞에 앉혀놓고 이래저래 돌봐주는 것이 카구라의 일과라 할 수 있을 정도였다.

"그럼 헹굴 테니까 눈 감아. 자자~ 이렇게 하면 간단하잖아?"

"으음~ 아마도?"

"아마도라니…… 나 참."

머리를 감고, 몸을 씻고. 샴푸와 비누를 사용하는 방법은 이렇게 몇 번이나 가르쳐주었지만, 티리엘은 언제나 "이제 괜찮아요"라는 소리만 했다.

그 때문에 매일 카구라가 이렇게 직접 해주고 있는 것인데, 배우는 입장인 티리엘의 표정은 어리광쟁이의 그것이었다.

그런 카구라 일행의 모습을 살피는 시선이 하나 있었다.

"뭔가, 이전보다 더 어리광쟁이가 된 것 같은데……?"

에타카리나다. 두 사람의 관계는 사이좋은 자매처럼 보이기도 했다. 하지만 그렇다 쳐도 티리엘이 이전의 그녀와 비교도 안 될 만큼 어리광쟁이가 되었다는 것이 에타카리나의 감상이었다.

그것은 쐐기로서의 역할을 수행했던 일만 년 이상의 시간에 따른 반동일까. 아니면 그걸 허용해주는 카구라라는 존재 때문일까.

어쨌든 그런 일면을 거리낌 없이 내보이고 있는 것만 봐도, 티리엘이 얼마나 카구라에게 마음을 활짝 열고 있는지를 알 수 있었다.

"등을 만지면 간지럼을 타는 건 여전한 것 같네——."

지금의 티리엘에게도 이토록 마음을 터놓을 존재가 생겼다. 에타카리나는 그 사실을 기뻐하며 두 사람 사이에 난입을 시도했다. 자신이 더 오랫동안 친하게 지냈다고 주장하듯이.

그 결과, 둘이서 경쟁을 하며 티리엘을 돌봐주고 귀여워하게 되었다.

티리엘은 아주 높은 사람이라도 된 것처럼 떡 버티고 명가의 아가씨가 된 듯한 기분을 만끽하는 것 같았다.

티리엘을 돌보는 일도 일단락되었을 즈음. 세 사람은 나란히 욕탕에 몸을 담그고 티 없이 맑고 푸른 하늘과 반짝이는 바다에 보이는 떠들썩한 배들을 바라보았다.

그런 가운데 카구라는 문득 생각이 났다는 듯이 에타카리나의 머리를 가만히 쳐다보기 시작했다.

비단처럼 부드럽고 새하얀 긴 머리. 그리고 그 사이에는 두 개의 검은 뿔이 있을 텐데, 지금은 마법으로 감춰져 있다.

카구라는 그 감춰진 뿔을 찾아내려고 더더욱 힘을 주어 응시했다. 얼마쯤 지나 그런 카구라의 시선을 알아챈 에타카리나는 뭘 보고 있는지를—— 보려 하는지를 알아채고는 도발적인 미소를 지었다.

"치이……!"

그 표정을 본 카구라는 더더욱 정색을 하고 몸을 쭉 내밀고서 환영에 도전했다.

에타카리나의 도발에 넘어간 카구라는 알몸이 다 드러난 것도 아랑곳 않고 그걸 꿰뚫어보려고 애를 썼다.

카구라는 여러 개의 기능을 총동원한 것은 물론이고 주변 사람들이 알아채지 못할 만큼 조용히 술식을 기동해서 계속 도전했다. 하지만 그렇게까지 했는데도 에타카리나의 환영을 꿰뚫어볼 수가 없었다.

"자아, 시간 다 됐습니다~."

온 힘을 다해 도전하고서 5분이 지났을 즈음. 에타카리나는 의기양양한 얼굴로 그렇게 말하더니 카구라의 옆구리를 살며시 손가락으로 쓸었다.

"하읍?!"

순간, 집중했던 반동으로 온몸을 움찔하며 튀어 오른 카구라는 그대로 욕탕에 쓰러졌다.

"갑자기 뭐 하는——!"

항의하려고 한 직후, 조금 전의 비명 때문인지 주변 사람들의 시선이 집중되고 있다는 사실을 알아챈 카구라는 목소리를 죽이고 그대로 얌전히 욕탕에 앉았다.

하지만 그 눈은 계속 에타카리나를 째려보고 있었다.

"티리엘한테 들었는데 효과 좋네."

에타카리나는 빙긋 웃으며 손가락으로 옆구리를 쓰다듬는 동작을 취해 보였다.

아무래도 카구라의 약점은 옆구리라는 걸 티리엘이 폭로한 모양이다.

"티~리~엘~……."

왜 알려준 거냐고 말하며 티리엘이 눈총을 쏘자, 티리엘은 곧장 두 사람만 자신의 약점이 등이라는 걸 아는 건 불공평하다고 느꼈기 때문이라고 자백했다.

그리고 직후, 카구라의 보복이 시작되었다.

목욕을 마친 후에는 아침 식사다. 식당에 준비된 접시를 들고 마음대로 요리를 고르는 형식이었는데, 이 패턴일 경우에는 주의해야 하는 사람이 있었다.

그것은, 티리엘이다. 내버려두면 그녀의 접시는 케이크와 푸딩, 파르페에 찹쌀떡 등, 디저트로 가득 채워져 버리기 때문이다.

"자, 과일 샐러드가 있었어."

따라서 중간까지는 늘 카구라가 개입했다. 자신과 티리엘 몫의 요리를 고르는 것이다. 그렇게 하면 최종적으로 디저트를 제외하고 거의 같은 접시가 완성되었다.

그 때문인지 최근에는 티리엘의 취향이 어느 정도 카구라와 비슷해졌다.

"아하, 재미있네."

에타카리나는 그런 티리엘과 달리 아주 골고루 메뉴를 선택했다. 하지만 요리에 관심이 많은지, 음식의 종류만큼이나 양도 상당히 많았다.

그렇게 아침 식사도 마친 카구라 일행은 숙소를 나서서 목적지로 출발——하기 전에 준비를 위해 상점가에서 장을 보고 있었다.

"다음은 저쪽을 보러 갈까."

"아, 크레이프 가게예요!"

목적지까지는 전이를 사용한다 쳐도 거리가 상당하다. 따라서 중간에 먹을 점심 식사를 준비하려는 것이다.

아무래도 대어제 중이다 보니 어딜 가나 북적거렸다. 팔리는 물건들도 모두 신선하고 질이 좋다. 게다가 그것들을 사용한 일품요리를 파는 가게도 다양하게 늘어서 있었다.

식사를 마쳤음에도 카구라 일행은 점심 식사가 기대된다면서 점포와 노점을 구경하고 다니며 이것저것 사들였다.

"아, 봐봐, 티리엘. 뼈 없는 꼬치구이래."

"굉장해요, 이상적이에요!"

이쪽으로 어슬렁, 저쪽으로 어슬렁. 카구라는 각 가게를 마음 내키는 대로 돌아다니며 마음에 드는 요리를 닥치는 대로 구입해 나갔다. 벌써 점심 식사 때 다 먹지 못할 양을 사들였지만 그럼에도 걸음은 멈추지 않았다.

노점이 늘어선 축제 분위기와 맛있는 냄새 때문인지. 카구라 일행은 노점들을 완전 제패할 듯한 기세로 가게들을 돌아다녔다.

"……저기, 두 사람 다 잠깐만——."

카구라와 티리엘은 대수확이라며 기뻐했다. 바로 그 타이밍에 에타카리나가 의아하다는 눈으로 두 사람을 불러 세웠다.

언제쯤 출발할 것인지. 아무리 그래도 너무 많이 산 것은 아닌지. 딴죽을 걸 요소가 넘쳐나는 상황이었지만, 그녀는 다소 다른 시점에서 비롯된 말을 내뱉었다.

"——점심 식사거리를 사는 건 좋지만, 저쪽에서 사는 게 낫지 않을까? 중간에 만났던 이런저런 인간들은, 대부분 현지에서 캠핑 요리를 하던데."

그렇게 말하며 에타카리나가 가리킨 곳은, 지금 세 사람이 있는 장소에서 다소 떨어진 곳에 위치한 또 하나의 노점 거리였다.

차이점은 취급하는 상품이다. 많은 요리가 늘어선 이 일대와 달리, 그쪽에는 여러 가지 신선식품이 늘어서 있었다.

요컨대 에타카리나는 왜 완성된 것만 사고 식재료 쪽은 사지 않느냐고 말한 것이다.

모험자뿐 아니라 먼 길을 가는 여행자들은 그녀의 말대로 오래가는 식재료와 보존 식량 등을 구입해 여행지에서 조리하는 것이 보통이었다.

그리고 개중에는 신선식품을 엄선하여 보존식량으로 가공하는 데에 집착하는 이도 있다. 그만큼 흔히 말하는 캠프 요리는 일반적인 것이다.

"……뭐어, 그게. 다 이유가 있거든요. 저한테는 아이템 박스라는 훌륭한 물건이 있어서, 완성된 요리를 사는 게 더 빨라요. 이게 또 엄청 좋은 물건이라서, 여기 보관해두면 갓 만들어진 상태로 유지할 수 있어요."

카구라는 아주 빠른 속도로 그 이유를 밝혔다. 아이템 박스라는 특별한 도구 덕분에 언제 어디서든 금방 갓 만들어진 상태의 요리를 먹을 수 있으니 이게 가장 합리적이라고.

"확실히 대단하기는 하네. 편리할 것 같아. 하지만 말이야, 그렇다면…… 식재료도 신선한 상태로 보존할 수 있다는 뜻이잖아? 근데 그쪽은 거들떠보지도 않고——."

특히 플레이어 출신자들이 지닌 아이템 박스는 압도적인 편의성을 자랑한다. 장을 보기 전에 카구라에게 그 성능에 관해 들은 에타카리나는 분명 영리한 사용법이라며 고개를 끄덕였다.

하지만 그렇기에 왜 신선식품은 쳐다보지도 않는 것인지 이해가 안 됐다. 대어제 중이라 특히 어폐류 등은 품질에 비해 파격적으로 저렴하건만. 안 사면 손해라는 듯이 사람들이 쇄도하고 있을 정도다.

하지만 카구라 일행은 그쪽으로 갈 낌새가 전혀 없었다. 아닌 게 아니라 축제의 부산물인 완성된 요리만 사고 있다.

그 모습을 보고 의문이 싹튼 그녀는 카구라 일행의 동향을 분석했고, 이윽고 답에 도달했다.

"요리, 못하지?"

그것이 상황을 통해 유추할 수 있는 가장 큰 가능성이었다. 아무리 질이 좋고 저렴한 식재료를 사도, 그걸 살리지 못하면 아무 의미도 없는 것이다.

"그렇지 않아요."

카구라는 입술을 삐죽 내밀며 항의했다. 하지만 에타카리나의 말이 정곡을 찔렀는지, 그 표정은 토라졌을 때의 그것에 가까웠다. 명백하게 허세를 부리려고 거짓말을 할 때의 표정이다.

"그럼, 잘 하는 요리는?"

"……고기구이."

에타카리나가 묻자 카구라는 잠시 숙고한 끝에 이거라면 가능하다는 듯한 눈빛으로 그렇게 답했다.

그러자 그런 카구라의 말에 호응하듯 티리엘이 환하게 웃으며 "고기구이는 최고예요!"라고 말했다. 그 표정으로 미루어 볼 때, 카구라의 말은 거짓이 아닌 모양이다.

"뭐야, 대단하네. 고기를 손질하는 건 상당히 어려워서 나도 잘 못하는데."

고기구이라고 뭉뚱그려 말한들, 고기를 굽는 건 상당히 어려운 일이다. 특히 고기를 손질하는 데에는 장인급의 기술이 필요하다.

게다가 고기의 부위에 따라 손질하는 방법이 다르기도 하다. 이 작업의 숙련도에 따라 완성도에 큰 차이가 생길 정도다. 그러한 것들을 할 수 있다면 충분히 '잘하는' 요리라 할 수 있으리라.

그러한 생각에 에타카리나는 감탄한 듯이 고개를 끄덕였지만, 곧이어 카구라가 슬그머니 시선을 피하는 것을 보고 눈살을 찌푸렸다.

그렇다, 당연히 카구라에게 그런 기술은 없었다. 그냥 고기집에서 이미 완벽하게 손질해둔 고기를 굽는 것뿐이다. 고기를 굽는 순서나 굽는 정도 등에 대한 집착이 있을 뿐인, 흔히 말하는 고기구이집 숙련 고객 정도의 수준이었던 것이다.

"……설마, 정말 굽기만 할 줄 아는 건 아니지?"

에타카리나가 딱 짚어서 지적하자 카구라는 "굽는 정도 같은 게 얼마나 중요한데. 고기의 종류의 상태에 따라서 다르단 말이야"라면서 굽는 작업도 나름 심오하다고 반론했다.

하지만 그런 카구라의 말이 전혀 가슴에 와 닿지 않는지, 에타카리나는 그건 요리의 범주에서 살짝 벗어나 있다며 쓴웃음을 지었다.

"딱히 못하는 건 아니에요. 그냥, 귀찮은 것뿐이라고요."

특기인 '고기구이'를 퇴짜 맞은 카구라는 그럼에도 계속 반론했다. 분명 잘한다고 할 정도는 아니지만 마음만 먹으면 문제없이 만들 수 있다고.

다만 직접 만드는 것보다 완성된 요리를 사는 편이 시간도 안 들고 편하고 맛있게 먹을 수 있어서 간단한 쪽을 택하고 있는 것뿐이라고.

요컨대 효율을 중시한 것, 이라는 게 카구라의 주장이었다.

"귀찮다라……. 하지만 요리하는 것도 즐거워. 게다가 이렇게 말하기는 좀 그렇지만…… 티리엘. 목욕탕에서 보고 확신한 건데, 너 살쪘지?"

먹기 위해서만 요리를 하는 게 아니다. 알고 보면 요리에도 이런저런 즐거움이 있다. 에타카리나는 그러한 의견을 입 밖에 낸후, 문득 카구라 일행의 현재 상황을 보고 생각한 바가 있었는지 그 위험성의 상징이라 할 수 있는 부분에 관해 언급했다.

그것은 티리엘의 체형이다. 에타카리나는 기억에 있는 과거의 것에 비해 명백하게 윤곽이 둥그스름해진 것을 알아채고 쓴소리를 한 것이다.

"네……? 네에?! 아니…… 그렇지 않죠, 카구라 씨?!"

콰릉~ 이라는 효과음이 환청으로 들릴 만큼의 충격을 받은 듯한 얼굴로 티리엘은 매달리듯이 카구라를 쳐다보았다.

그런 눈빛을 받은 카구라는 그녀를 배려해서 괜찮다──면서 고개를 끄덕이려다가 움직임을 멈췄다. 자세히 보니 분명 처음 만났을 때에 비해 약간──이라는 생각이 머릿속 한구석에 떠올랐기 때문이다.

"왜 아무 말도 안 하시는 거예요~?!"

그 때문에 카구라는 할 말을 잃었고, 티리엘은 그렇지 않다는 간단한 위로의 말조차 나오지 않는 상황에 한탄했다.

화들짝 놀란 티리엘과 그녀를 그런 체형으로 만들고 만 카구라, 두 명의 어깨에 손을 얹은 후, 에타카리나는 타이르는 듯한 투로 말했다.

판매용으로 제공되는 요리는 맛을 중시하는 경향이 있다고. 따라서 기름기가 많거나, 간을 세게 해서 만드는 경우가 많다고.

그러다 보니 아무 생각도 없이 맛만을 기준으로 메뉴를 계속 고르다가는 건강에 악영향을 미칠 수도 있다고.

"——그래서 직접 요리를 하는 게 중요한 거야. 영양적인 균형이나 조미료 분량 같은 걸 알아서 조절할 수 있으니까."

자취를 해야 비로소 보이는 것이 있기 마련이다. 그녀도 과거에 뭔가 일이 있었던 것인지, 그 중요성에 관해 자세히 이야기하더니 이어서 "최근에 주로 어떤 걸 먹었어?"라는 질문을 입 밖에 냈다.

"그게…… 모둠 해물 튀김 덮밥이랑, 바다와 산에서 난 재료로 만든 카라아게* 도시락이랑, 특대 새우튀김 소바랑, 블루 마카로우 튀김 정식이랑——."

맛있었던 음식은 똑똑히 기억하는지, 티리엘은 최근에 먹었던 것을 차례로 나열했고, 에타카리나가 그것을 중간에 중단시켰다. 그러더니 쓴웃음을 지은 채 이렇게 말했다.

"죄다 튀김이잖아……."

그 후, 카구라 일행은 에타카리나의 주도 아래 신선식품을 취급하는 노점을 돌아다녔다.

지금이라면 아직 늦지 않았다. 아직 돌이킬 수 있다. 균형 잡힌 식사를 하도록 노력하면 괜찮다. 지금은 지나치게 무너진 상태일 뿐이니, 식습관을 바로 하면 원상복구될 거다.

에타카리나는 크나큰 충격을 받은 티리엘을 그러한 말로 위로

---

*카라아게 : 닭고기나 해산물을 양념장에 재워뒀다가 튀김옷을 묻혀 튀긴 것.

하며 요리용 식재료를 사들였다.

    티리엘의 결사의 각오 덕분에 오늘뿐 아니라 1, 2주치는 될 식재료를 사들인 일행은 전이하기 위해 인적이 드문 뒷골목에 들어가 있었다.

    "······나중에 요리책도 사야겠네."

    에타카리나가 권하는 대로 구입하기는 했지만, 카구라는 이 많은 식재료를 정말 다 쓸 수 있을지 불안해 죽을 지경이었다.

    "2주 동안, 잘만 하면······."

    티리엘은 균형 잡힌 식사를 하도록 노력하면 분명 원래대로 될 거라는 말을 반복하고 있다.

    그 모습은 언뜻 보면, 매우 불온한 기운을 풍기는 두 사람과 한 사람의 조합으로만 보였다. 지나가는 사람들이 수상하게 여기기 전에 한 시라도 빨리 출발하는 게 좋을 듯했다.

    "좋아, 출발할까."

    피스케는 어젯밤에 출발해서 이미 목표 지점인 초원에 도달한 상태다. 이제 카구라가 위치를 바꾸고, 에타카리나가 티리엘을 데리고 카구라가 지닌 표식이 있는 곳으로 전이하면 현지 도착이다.

    하지만 에타카리나가 "그럼 부탁 좀 할게, 카구라 씨"라고 하면서 전이의 표식을 건네려던 그때――.

    카구라가 "아!" 하고 소리침과 동시에 무언가를 문 길고양이가 세 마리의 옆을 지나 우다다다 달려갔다. 노점에서 간식이라도 슬쩍해 온 것인지, 아주 날렵하게 도망쳤다.

"씩씩하기도 하네."

노점에서는 흔한 일이라는 생각에 에타카리나는 심드렁한 반응을 보였다.

티리엘은 아직도 자신의 배가 신경 쓰이는지, 애초에 길고양이의 존재를 알아채지도 못했다.

"──그러면 이걸…… 가만, 어라? 카구라 씨?"

다시 전이의 표식을 건네려던 참이었다. 에타카리나는 그 짧은 새에 일어난 일에 놀라 눈이 휘둥그레진 채 주변을 둘러보았다.

놀랍게도 길고양이가 지나갔다 싶었던 다음 순간, 카구라의 모습이 사라져버린 것이다.

"……저기, 티리엘. 카구라 씨는, 어디 간 거야?"

어떻게 된 상황인지 이해가 되지 않는 나머지, 에타카리나는 그녀보다 더 주변 상황이 눈에 들어오지 않는 듯한 티리엘에게 물을 수밖에 없었다.

"카구라 씨요……?"

당연히 상황을 파악하지 못한 티리엘은 고개를 들고서야 카구라의 모습이 보이지 않는다는 사실을 알아채고 놀란 듯이 "사라졌어요!"라고 소리쳤다.

엄청나게 놀라기는 했지만 에타카리나는 그런 상태의 티리엘에게 방금 일어난 일에 관해 설명했다. 도둑고양이가 지나갔다 싶었더니 카구라의 모습이 사라져버렸다고.

"그런 거였나요!"

보통은 그런 소릴 들은들 고개만 갸우뚱하게 될 것이다. 하지만 조금이라도 카구라를 아는 자들에게 그 답은 명확하기만 했다.

"그 고양이는, 어디로 도망쳤나요?"

"그게, 저쪽으로……."

카구라가 홀연히 사라졌건만 티리엘은 전혀 초조한 기색이 없다. 초조해 하기는커녕 확신에 찬 눈빛을 하고 있기에 에타카리나는 당황한 투로 답했다. 고양이가 대체 무슨 상관이냐는 의문을 담아서.

"그럼 분명 그쪽으로 갔을 거예요!"

티리엘은 에타카리나가 가리킨 방향으로 망설임 없이 달려 나갔다.

왜 저렇게까지 자신만만한 걸까. 의문스럽기는 했지만 에타카리나는 그 뒤를 따랐다.

"옳~지옳지옳지, 착하다아, 착하다착해. 자아~ 맛있는 거야~. 잔뜩 있으니까, 이리 오렴, 우쭈쭈~."

뒷골목을 끄트머리. 약간 넓은 그곳의 한구석에 카구라가 있었다. 심지어 그녀의 눈앞에는 조금 전 봤던 도둑고양이와 몇 마리의 새끼 고양이까지 있었다.

"정말로 있네……. 게다가 아까 봤던 고양이까지."

티리엘이 확신한 대로 사라졌던 카구라가 있었다. 놀란 에타카리나는 고양이도 같이 있다는 사실과 카구라의 태도를 통해 어렴풋이 사정을 짐작했다. 아하, 중증 고양이 마니아였구나.

보아하니 아무래도 카구라는 그 고양이뿐 아니라 새끼 고양이들과도 친해지고 싶은 모양이다. 경계하는 고양이 앞에서, 카구라는 주변 사람들이 보든 말든 당당하게 땅에 엎드려 있었다. 그리고 손에 먹이와 장난감을 들고 만면에 미소를 띤 채 "자아~ 같이 놀자~"라고 유인했다.

그러자 놀랍게도. 눈높이를 비슷하게 만든 덕분인지, 아니면 진수성찬급의 먹이와 장난감에 낚인 것인지, 고양이의 경계심이 수그러들기 시작한 게 느껴졌다. 심지어는 조금씩 카구라에게 다가가기 시작했다.

"그렇지, 그래그래. 자아~ 여기여기. 아아~ 귀여워라. 애기들도 이리 오렴~. 맛있는 게 잔뜩 있어요오."

지금이 승부처라는 듯이 카구라는 추가로 먹이를 늘어놓았다. 배가 고팠던 것인지, 결국 고양이들이 그것에 달려든 순간, 카구라는 지금이 기회라는 듯이 손을 뻗었다.

마음껏 고양이들을 쓰다듬는 이상적인 순간을 위해 카구라는 살며시 고양이의 등에 손을 대었다.

고양이는 어느 정도 마음을 열어준 것인지, 만지기만 한 걸로는 도망치려 하지 않고 먹이는 더 없느냐고 보채듯이 카구라를 쳐다보았다.

그 직후——.

"아아, 아~! 아아아……. 아~……."

순간, 고양이는 두려움에 찬 울음소리를 내더니 펄쩍 뛰며 물러나, 그대로 새끼 고양이들을 데리고 쏜살처럼 달아나 버렸다.

분명 카구라의 내면에 자리한, 상식을 벗어난 고양이에 대한

애정을 엿본 것이리라. 그 너무도 깊은 사랑은 길고양이에게 있어 미지의 개념이었던 것이다.

그런 고양이들의 뒷모습을 바라보며 카구라는 "또 이렇게 되다니……"라고 중얼거리더니, 땅바닥에 엎드린 채 훌쩍훌쩍 울었다.

"갑자기 없어졌다 싶었더니, 나 참. 뭐 하는 거야, 카구라 씨. 출발해야지."

그렇게 말을 걸어도 마음이 꺾인 카구라는 반응하지 않았다.

이거 괜찮은 걸까. 에타카리나가 묻자 티리엘은 일상다반사니 문제없다고 답했다. 그리고 그 증거라는 듯이 "자아, 카구라 씨, 가요!"라고 말하며 손을 잡아당기자, 카구라는 천천히 일어났다.

"티리에에엘~."

그리고 고양이에게 차이고 입은 마음의 상처를 달래달라는 듯이 울며 매달렸다.

마음의 상처는 둘째 치고, 고양이만 보면 이렇게 귀찮은 상태가 되니 주의해야한다. 티리엘은 마지막으로 그렇게 말을 덧붙였다.

"아하……."

에타카리나는 카구라를 바라보며 납득한 듯이 쓴웃음을 지었다.

어쨌든 그렇게 겨우 세 사람이 모여서 에타카리나는 "그럼 이번에야말로 출발할까"라고 말했다.

그러자, 또다시 그때. 좀 전까지 카구라가 들고 있던 고급 먹이의 냄새라도 맡은 것인지. 다른 길고양이가 훌쩍 다가왔다.

그 공방은, 그야말로 찰나의 순간에 이루어졌다. 카구라가 마음이 꺾여 있었던 덕분에 에타카리나 쪽이 근소한 차이로 먼저 그 존재를 포착한 것이다.

에타카리나는 그야말로 번개처럼 반응해 길고양이를 환영으로 감췄다. 지금 다시 고양이에게 붙들리면 언제쯤 출발할 수 있을지 알 수 없기 때문이다.

"방금…… 고양이가 있었던 것 같은데…….."

얼마나 감각이 예민한 것인지. 카구라는 근소한 차이로 그 기척을 알아챘다. 하지만 그 모습을 눈으로 확인하기 전에 길고양이는 완전히 은폐되고 말았다. 카구라의 실력으로도 꿰뚫어볼 수 없는, 엄청난 수준의 환영마법에 의해서.

"응~……?"

하지만 카구라에게는 고양이를 포착하는 시각 이외의 기관이라도 있는 것인지. 그 눈은 보이지 않는 길고양이가 있는 방향을 보고 있었다.

무시무시한 고양이에 대한 사랑이다. 그 사실을 깨달은 에타카리나는 "자, 카구라 씨, 이거 받아! 그럼 부탁 좀 할게!"라고 하며 강제로 전이 표식을 떠맡기고서 카구라가 알아채기 전에 위치를 바꾸라고 거듭 재촉을 했다.

"생각보다 오래 걸릴 것 같네…….."

"좀 더 또렷하게 기억했다면 좋았겠지만, 일만 년도 더 된 일이다 보니 꽤 기억이 애매해서."

전이한 곳에는 한없이 펼쳐진 초원이 있었다. 햇볕이 쏟아지는 그곳은 눈이 시릴 정도의 푸른색으로 가득했고, 바람이 불면 녹음의 냄새가 온몸을 감쌌다.

아주 속이 시원해질 정도의 광경이었지만, 일대를 가득 메운 빛은 아직 더위가 완전히 가시지 않았음을 말해주고 있었다.

에타카리나가 말한 여덟 번째 관은 그런 초원의 땅속 어딘가에 숨겨져 있고, 지상에는 알아볼 수 있게끔 표식도 있다고 한다.

하지만 그 표식은 에타카리나의 장기인 환영마법으로 숨겨져 있어서, 현재 이걸 발견할 수 있는 것은 그녀 본인뿐이다.

따라서 식신을 써서 수색할 수도 없어, 카구라 일행은 착실하게 그 초원을 둘러보며 찾는 방법밖에 없었다.

그렇지만 식신의 기동력은 제법 도움이 되었다. 카구라 일행은 백호인 가우타와 천묘(天猫)인 에루엘을 타고 초원을 샅샅이 뒤지며 질주했다.

"으~음 저 언덕은, 있었던 것도 같고, 없었던 것도 같은데……."

에타카리나는 이리저리 에루엘을 몰고 다니며 주변을 둘러보았다. 수색 개시로부터 어언 두 시간이 지난 지금도 기억은 여전히 애매해서 표식 비슷한 무언가에도 도달하지 못했다.

"저기, 뭔가 어둑해지지 않았어?"

그런 가운데, 카구라는 환경의 변화를 알아채고 하늘을 올려다보았다. 그러자 도착했을 때 보였던 쾌청한 하늘은 얇은 흰색으로 뒤덮이고, 눈부시기만 하던 태양빛도 흐릿해지고 있었다.

"아~ 이거 안개가 끼기 시작했네. 이 근처는 이렇게 종종 안개가 끼거든. 그나저나 하필 이럴 때 오다니."

상황을 관찰하던 에타카리나는 이거 귀찮게 됐다며 투덜댔다. 듣자하니 이곳에 발생하는 안개는 상당히 짙다는 모양이다. 아닌 게 아니라 표식을 찾는 건 꿈도 꾸지 못할 정도로 시야가 안 좋아진다고 한다.

"뭐어, 이왕 이렇게 된 거 잠깐 쉴까. 안개 속에서 무턱대고 찾아다녀 봐야 못 찾을 테니까."

그렇게 말을 이은 후, 에타카리나는 에루엘에서 내리자마자 땅에 마법을 걸었다. 그러자 놀랍게도 서서히 주변을 메우기 시작했던 안개가 그 부분만 말끔하게 걷혔다.

"이거 혹시, 결계 같은 거예요?! 하지만 경계가 어디인지 전혀 모르겠는데?!"

그냥 안개를 걷어내기 위해 전개한 에타카리나의 신대마법. 그 효과 자체는 수수했지만 너무도 자연스럽다는 점이 카구라의 흥미를 끌었다.

비슷한 효과의 술식이라면 카구라도 쓸 수 있었다. 하지만 그것은 술식이 전개되었다는 것을 한눈에 알 수 있는 물건이다.

그렇지만 에타카리나의 그것은 달랐다. 안개가 없는 신비로운 공간이 갑자기 떡 하고 나타난 것으로만 보였던 것이다.

"——그래서, 이건 어떤 작용을 유용한 거죠?!"

잽싸게 휴식 준비를 마친 카구라는 안개가 걷힐 때까지 신대마법에 관해 더욱 자세히 알려달라고 에타카리나를 재촉했다.

"벌써 유용하고 있다는 것까지 알아챘구나. 역시 대단해."

이렇게 된 카구라를 진정시키려면 원하는 대로 해주는 수밖에 없다. 그 사실을 깨달은 에타카리나는 카구라의 요청을 받아들였다.

하지만 신대마법에 관해 공개할 수 있는 부분은 이제 거의 없다. 그래서 에타카리나는 조금 머리를 썼다. 곧장 본론을 언급하지 않고 역사 등을 인용해가며 빙빙 돌려서 말한 것이다.

그러자 놀랍게도. 관심사에서 먼 이야기가 이어진 데다 어젯밤에 밤샘을 한 부작용이 한꺼번에 밀려들었는지. 카구라는 꾸벅꾸벅 졸기 시작하더니 그대로 티리엘의 어깨에 기댄 자세로 잠들고 말았다.

"……좋아, 작전 성공."

티리엘은 조용하고도 고른 숨소리를 내는 카구라의 머리를 무릎 위로 옮겼다. 그 모습을 신중하게 확인한 후, 에타카리나는 성공이라며 안도했다.

"좀 짓궂었네요, 에타카리나 씨. 비밀 영역에 해당된다고 말씀하시면, 카구라 씨도 그 이상은 캐묻지 않을 거예요. 이래봬도, 그런 분별력은 있는 분이거든요."

"이야아, 뭔가 어제의 인상이 너무 강해서 말이야. 하지만 알았어, 다음엔 그렇게 할게."

빠져나가지 못할 것 같은 위압감이 있었다. 티리엘의 말에 그렇게 답한 에타카리나는 그런 두 사람을 바라보고 기쁜 듯한 미소를 지은 채 "정말 사이도 좋네"라고 말했다.

"음…… 으_으음……."

티리엘과 에타카리나가 조용히 추억담을 나누던 중, 카구라가 겨우 잠에서 깼다.

"좋은 아침이에요."

"좋은 아침."

눈을 떠보니 티리엘의 얼굴이 보여서 카구라는 눈을 깜박거렸다. 그리고 시선을 옮겨 에타카리나를 발견하고는 현재의 상황을 파악하고 "아, 나 잠들었어?!"라면서 벌떡 일어났다.

주변을 둘러보니 잠들기 전에 준비했던 야영용 결계 안이었다. 아무래도 자는 동안 안개도 걷혔는지 푸른 하늘과 초원이 눈에 비쳤다.

잠에서 깨자마자 보기에는 매우 기분 좋은 풍경이라 할 수 있으리라. 하지만 그 상쾌한 느낌 덕에 머리가 개운해진 참에, 카구라는 잠들기 직전의 일이 떠올랐다.

"계속 옛날이야기만 한 거, 일부러 그런 거죠……?"

개운해진 머리는 에타카리나의 노림수를 단번에 간파해냈다. 그러자 에타카리나는 허둥지둥 눈을 이리저리 굴리더니 티리엘을 한 차례 쳐다본 후, 솔직하게 "내용적으로 조금, 비밀로 해둬야 하는 부분이었거든"이라고 답했다.

"그렇다고 말씀을 해주셨으면 저도 그 이상은 안 물어봤을 거예요."

절대로 가르쳐줄 수 없는 부분도 있다. 그 역시 잘 알고 있다고 답하며 카구라는 뺨을 부풀렸다. 자신에게도 지위와 연구 성과 등이 있으니 이해할 수 있는 일이다.

애초에 그것은 **배우기** 전에 정해둔 바였다.

에타카리나는 안개를 걷어내는 신대마법을 두고 "그럼, 이게 그 경우에 해당돼"라고 말해 비밀에 부쳤다. 카구라는 "알겠어요"라고 답하면서도 호기심이 가득한 눈으로 땅을 살펴보았다.

(전혀 모르겠네…… 하지만!)

배울 수 없다면 보고 분석해 해명하면 그만이다. 어떠한 법칙으로 구축되어 있는지, 아직은 이해가 안 된다. 하지만 언젠가는. 그런 목표를 가슴에 품고 카구라는 그곳에 구축된 마법식을 베껴적었다.

안개도 걷혀 다시 멀리까지 내다보이게 된 초원 일대. 카구라 일행은 그곳에서 하염없이 남동쪽을 향해 가고 있었다.

듣자하니 카구라가 잠든 동안 티리엘과 옛날이야기를 하다 보니 조금 기억이 돌아왔다는 모양이다. 그 결과, 어느 정도 범위를 좁힐 수 있었던 것이다.

"아~ 그래그래, 이런 느낌이었어. 이렇게 어렴풋이 산맥 끄트머리가 보이고, 그걸 바라보며 겨우 한 건 끝냈네에~ 라고 생각했던 것 같은 기분이 들어."

기억해낸 지점의 근처에 도착하자 에타카리나가 먼 곳을 바라보며 그런 말을 중얼거렸다.

드디어 유력한 단서를 찾은 모양이다. 게다가 먼 남쪽에 우뚝 선 산맥을 가리키며 저 깊은 골짜기 아래에서 커다란 바위를 본 것 같다고 추가 정보를 입 밖에 냈다.

"알았어요, 커다란 바위 말이죠?"

카구라는 그렇게 답하고서 곧장 피스케를 초래해 하늘 위에서 커다란 바위를 찾았다.

그리고 근처에서 먼 곳으로 시선을 옮긴 참에 그럴싸한 바위를 발견했다.

하지만 그것은 커다란 바위라기보다는 바위산이라는 표현이 적절할 듯했다. 저 멀리, 산맥보다는 가까운 곳. 초원 끄트머리 부근에 거대한 바위가 우뚝 서 있었던 것이다.

"……바위라. 근데 바위산 같은데? 아니, 바위 같기도. 이걸 뭐라고 해야 하지……?"

높이가 1~2000미터는 될 듯한 바위다. 그럼에도 바위산이라고 표현하기 어려운 것은 겉모습이 산의 형태를 하고 있지 않기 때문이다. 게다가 보이는 바대로 말하자면, 한자인 메 산(山)자를 뒤집어놓은 듯한 모양새의 거대한 바위가 땅에 꽂혀 있는 듯한 형태였다.

"할아버지라면 저 꼭대기에 전설의 검이 꽂혀 있다는 소릴 할 것 같네."

그런 인상마저 드는 광경 앞에서 카구라는 쓴웃음을 지었지만, 그건 둘째 치고. 발견한 바위의 모습을 그대로 에타카리나에게 전달했다.

"기억에 있는 모양이랑 조금 다르지만…… 뭐, 내 기억은 만 년 정도 전의 것이니까. 이 근처에서 발견한 게 그거라면 분명 맞을 거야."

다른 그럴싸한 바위가 없다면 분명 그게 맞을 거다. 역시나 애매한 말이었지만 달리 단서가 없으니 확인해 보는 게 좋으리라.

그렇게 결정을 내린 카구라 일행은 곧장 깊은 골짜기 아래에서 바위가 보이는 장소를 찾아 움직이기 시작했다.

"아, 찾았다. 저거, 저게 표식이야!"

실마리가 있으면 지점을 특정하기는 매우 쉬워진다. 그래서인지 그로부터 10분도 안 되어서 그것은 발견되었다.

모양새는 조금 바뀌었지만 저 바위는 에타카리나가 기억하는 바위가 맞았던 모양이다. 슬슬 깊은 골짜기와 바위가 기억에 있는 것과 비슷해지려던 참에, 에타카리나가 표식을 찾았다고 했다.

"……역시 모르겠어."

가우타에서 내린 카구라는 에타카리나가 가리킨 곳을 물끄러미 응시했다. 하지만 표식 자체를 마법으로 숨긴 탓에 카구라의 눈에는 그냥 초원이 펼쳐져 있는 것으로만 보였다.

지극히 정교하고 훌륭한 마법이다. 하지만 전문 분야인 탓에 카구라는 조금도 못 알아챘다는 사실 자체가 분한 듯했다.

"그럼, 해제할게."

카구라가 항복한 것을 확인한 에타카리나는 의기양양하게 "자아, 이곳에는 무엇이 숨겨져 있었을까"라면서 마법을 해제했다.

"에엑~ 말도 안 돼애……."

표식이 눈앞에 나타난 순간, 카구라는 놀란 얼굴로 그것을 올려다보았다.

시야 가득 펼쳐진 대초원 한복판. 그곳에 하얗고 긴 기둥이 당당하게 꽂혀 있었던 것이다.

아무것도 없는 초원에 세워진 그것의 존재감은 표식으로서 완벽하다 할 수 있으리라. 더불어 이만한 것을 만년도 더 되는 세월 동안 완전히 숨기고 있던 환영 마술 쪽도 터무니없다는 생각이 들어서, 카구라는 새삼 감탄했다.

"자아, 분명 이 근처에──."

놀라는 카구라를 기쁜 듯이 쳐다보던 에타카리나는 이어서 기둥의 표면을 확인하기 시작했다. 그리고 그곳에 새겨진 엑스 표시를 찾아내더니 "일단, 저쪽으로 약 천 걸음이야"라면서 걸어 나갔다.

아무래도 진짜 목적지는 표식 아래가 아니라 그 표식에서 어느 정도 떨어진 지점에 있는 모양이다.

"신중하기도 하네요."

"뭐어, 악영향만 끼치는 물건이니까."

누군가가 우연으로라도 표식을 알아채고 뭔가 있는 걸가, 하고 그 아래나 주변을 조사하다가 관을 발견하는 날에는 귀찮은 사태가 벌어진다. 그렇다고 해서 표식이 없으면 솔직히 말해서 장소를 특정해낼 자신이 없다. 그런 이유로 번거롭기는 해도 이런 방법을 써서 숨긴 것이라고 한다.

"으음~ 이 근처이려나."

카구라 일행은 천 걸음 정도 나아가 멈췄다. 그곳 역시 초원 한복판이라 뭔가 특별한 게 있는 것처럼은 안 보였다.

하지만 에타카리나가 마법을 사용하자 변화가 일어났다. 지면이 갈라지듯이 움직여 지하로 이어지는 경사진 구멍이 뚫린 것이다.

"이번에는 이런 장치가 숨겨져 있었다니……."

카구라는 이번에도 전혀 못 알아챘다며 풀이 죽었다. 하지만 그때, 에타카리나가 미안하다는 듯이 말했다.

"아, 미안. 이건 그냥 마법으로 판 구멍이야."

아무래도 여기서부터는 아무런 장치도 해두지 않아서, 여덟 번째 관이 있는 공간까지 마법으로 땅을 파고 들어가기만 하면 된다는 듯했다.

"아, 그렇구나."

또 뭐가 숨겨져 있을까, 생각했더니 아무것도 없다는 답이 돌아와서 카구라는 못 알아챈 게 정상이라는 생각에 안도했다. 하지만 동시에 뭐라 말할 수 없는 허전함을 느끼며 에타카리나의 뒤를 따라 그 구멍을 내려갔다.

도중에 공기 순환 마법 등도 활용해가며 지상에서 수백 미터를 들어왔을 즈음. 에타카리나뿐 아니라 티리엘도 그 기운을 느꼈다.

그렇다, 여덟 번째 관이다. 에타카리나는 그쪽 방향으로 십여 분 동안 계속 구멍을 파고 들어갔고, 끝내 목적한 관이 있는 지하 공동에 도착했다.

"이게…… 뭔가 작네요."

깜깜한 지하 공동. 그곳에 군데군데 조명을 띄운 카구라는 눈앞에 늘어선 그것을 보고 그러한 감상을 내뱉었다.

실제로 그것들은 두 개를 합쳐도 지금까지 카구라 일행이 확인해온 봉귀의 관에 비해 훨씬 작을 듯했다.

"뭐어, 내용물이 다르니까, 이 정도로도 충분했어."

에타카리나의 말대로 이곳에 있는 관 안에 봉인된 것은 나머지 일곱 개와 달랐다. 수백을 넘는 오니의 시신을 넣어둔 것들과 달리, 이 봉귀의 관에 봉인된 것은 그 피로 인해 발생한 이형의 시신과 그것에서 분리시킨 저주뿐이다.

따라서 크기도 다를 수밖에 없었고, 이 정도로 충분했다고 한다.

"──응, 다른 봉귀의 관이 열린 것에 조금 반응하고 있는 것 같지만, 딱히 문제는 없는 것 같아. 아닌 게 아니라 당시에 비해 상당히 안정된 것 같달까. 뭐어, 하지만 당분간은 경계해둘 필요가 있으려나."

내부의 상태를 차분하게 조사한 후, 에타카리나는 그렇게 결과를 말했다. 반응은 했지만 그뿐이고 뭔가 나쁜 영향을 미칠 정도는 아니라고.

저주의 본체인 오니의 몸이 이곳에 없기 때문일 거라고 에타카리나는 예측했다.

"아…… 말이 나와서 말인데, 이 정도면 정화할 수 있을지도 몰라요."

그때, 동시에 내부 확인 작업을 돕고 있던 티리엘이 그런 말을 입 밖에 냈다.

오니의 저주가 어떠한 영향을 미칠지 모르니 봉귀의 관은 섣불리 열지 않는 편이 좋다. 하지만 일정 농도까지 내려간 상태라면 일시적으로 술식으로 억제할 수 있다.

그렇게 하면 주변에 영향이 나타나기 전에 적절한 처리를 하여 이를 완전히 정화해 버릴 수 있는 것이다.

"그렇구나. 그럼 다음에 만나면 부탁해 봐야겠네."

티리엘의 말에 카구라는 그렇게 하자고 답했다.

"뭐? 둘 다 무슨 소릴 하는 거야. 이걸 정화하겠다니, 제정신이야? 티리엘은 어느 정도의 저주인지 느낄 수 있잖아?"

약해지기는 했지만 내부에 봉인된 저주는 매우 위험하다. 약해졌을 뿐, 섣불리 정화할 수 있는 것이 아니다. 에타카리나의 지식과 신대마법을 동원해도 그러한 일은 불가능하다고 한다.

그렇기에 에타카리나는 의아한 얼굴로 인간과 천사만으로 뭘 어쩔 셈이냐고 물은 것이다. 그런 에타카리나의 반응을 확인한 카구라는 아무래도 그녀는 모르는 듯하다는 사실을 알아채고 씨익 미소를 지어 보였다.

"훗훗후. 그게 가능하단 말이죠오."

"맞아요~."

에타카리나 때문에 계속 놀란 탓인지 카구라는 우쭐해졌다. 그리고 티리엘 역시 에타카리나를 놀라게 함과 동시에 그녀가 떠안고 있는 성가신 일을 처리할 수 있다는 생각에 기뻐 보였다.

"아니아니, 아무리 그래도 이건 무리지. 봉인해서 약해지기는 했지만 오니의 저주는 상당히 고약하다고. 아직은 봉인한 채 관리하는 게 좋을 것 같은데……."

에타카리나는 의아하다는 눈치다. 하지만 카구라와 티리엘이 한 말에 조금 흥미를 보이기 시작했다.

"그야 직접 보기도 했고, 심지어는 싸우기도 했으니 얼마나 성가신지는 잘 알아요. 그럼에도 처리할 방법이 있다고 선언하도록 하죠——!"

"하죠!"

카구라와 티리엘은 그것을 가능케 하는 존재와 확실한 증거에 관해 상세히 설명했다.

우선 그 중심에 있는 인물. 정령왕의 가호를 지녔을 뿐 아니라 그 딸인 상크티아라는 성검을 지닌 자가 있다고.

그리고 정령왕의 힘과 성검의 힘을 최대한으로 발휘하면 봉귀의 관에 가득한 저주를 정화할 수 있다고.

무엇보다도 열려버린 봉귀의 관은 이 인물에 의해 정화되었고. 그러한 사실들을 마치 자신의 공적처럼 나열한 후, 카구라는 끝으로 가슴을 편 채 "그리고 그 사람은 제 친구거든요"라고 말했다.

"그리고 이번에는 이전의 두 개와 상태가 달라요. 상황과 상태로 미루어 볼 때, 충분히 안전하게 처리할 수 있을 거예요~."

이어서 티리엘도 그렇게 보장을 했다. 좌우간 이번에는 내부에 쐐기인 티리엘이 없다. 따라서 오니히메 때와 같이 될 걱정이 없는 것이다.

"정령왕의 가호라니, 터무니없는 친구를 뒀네. 하지만 그거라면 분명 가능할지도 모르겠어."

그렇게 납득한 후, 에타카리나는 두 사람에게 들리지 않을 정도의 목소리로 "그렇게 된 거구나"라고 중얼거렸다.

(후보자가 보기 좋게 정화해주었다고 했는데, 이 둘이 말한 인물이 그 사람인가?)

봉귀의 관의 점검. 그 일을 부탁한 친구에게 몇 가지 정보를 얻은 에타카리나는 그쪽으로도 이어지는 건가, 라는 생각에 즐거운 듯 미소 지었다. 그리고 호기심 가득한 얼굴로 "그 정령왕님이 가호를 내리다니, 재미있는 친구인가 보네. 언젠가 만나보고 싶어"라고 말했다.

티리엘이 알지 못했던 여덟 번째 관. 그것의 점검 작업은 얼마 안 가서 완료되었다.

그 결과는 이상 없음. 이상이 있기는커녕 미라만 데려오면 정화도 가능한 상태라는 것을 알아냈다.

이 일에 관해서는 다음에 부탁하기로 하고 카구라 일행은 지상으로 돌아왔다. 입구를 완전히 봉인한 후, 이제 어쩔까 하던 참에.

"……배고픈가 보네?"

티리엘의 표정을 보고 알아챈 에타카리나가 그렇게 말했다.

"고파요~."

아무래도 일이 일단락될 때까지 참고 있었던 모양이다. 티리엘은 순순히 고개를 끄덕이며 솔직하게 답하더니 초원 한복판에 주저앉았다.

"아~ 그러고 보니 점심시간이 된 지 오래네. 나도 배고픈 것 같아."

안개에서 시작해 목적지 탐색에 지하 깊은 곳을 탐색. 그리고
조사 후 탈출. 이러한 과정을 완료하고 나니 어느덧 오후 간식 시
간까지도 지나 있었다. 티리엘이 아니라도 배가 고플 수밖에 없
는 시간이었던 것이다.

"그럼, 만들어볼까!"

늦어졌지만 에타카리나는 드디어 이때가 왔다며 의욕을 내보
였다.

그렇다. 오늘의 점심 식사는 완성된 도시락이 아니다. 다 같이
캠핑 요리를 만들어 먹기로 했던 것이다.

"맞다…… 그랬지이."

"아우으…… 금방은 못 먹겠어요~."

직후, 식사 시간이라며 들떴던 카구라와 티리엘이 급격한 속도
로 축 늘어졌다. 그러고 보니 요리를 하기 위해 아침에 여러 가지
식재료를 샀더랬다는 사실을 기억해냈기 때문이다.

당장 먹고 싶을 만큼 배가 고프지만, 에타카리나의 주장에 따
라 오늘은 지금부터 요리라는 과정을 거쳐야만 한다. 요리는 젬
병인 두 사람은 불안한 표정을 지었다. 안 그래도 요리에 익숙지
않은데 실패라도 하면, 그야말로 절망뿐일 거다.

"자, 카구라 씨, 어서 꺼내. 빨리 끝내면, 이것저것 질문에 답
해줄 시간이 생길지도 몰라."

하지만 에타카리나는 실패를 두려워해서는 아무것도 할 수 없
다며 준비를 시작했다. 그런 그녀의 말에 자극을 받은 것인지, 아

니면 다른 목적 때문인지. 카구라는 "그렇죠? 뭐든 도전하고 봐야죠!"라고 하며 민첩하게 움직이기 시작했다.

"——티리엘은…… 지금 이 상태로도 괜찮겠어?"

"만들죠!"

현재 누구보다도 저항해야만 하는 상태라는 사실이 떠올랐는지, 배가 고파서 고개를 푹 숙이고 있던 티리엘도 즉답하며 일어났다.

그 후, 카구라 일행은 오로지 요리를 만드는 일에 전념했다. 익숙지 않은 요리 기구를 익숙지 않은 손놀림으로 다루어, 척 봐도 비뚤배뚤한 칼질로 재료 손질을 반복한다.

하지만 카구라는 좌절하지 않았다. 에타카리나의 가르침에 따르자, 조금씩이나마 손놀림이 그럴싸해졌다.

무엇을 하는 건지도 모르는 단계에서 시작한 티리엘도 아주 손재주가 없지는 않았다. 에타카리나가 가르쳐주자 쭈뼛거리면서도 작업을 해나갔다.

그렇게 요리를 시작하고서 한 시간 이상이 지나서야 겨우 점심 식사가 완성되었다.

"실패한 줄 알았는데, 맛있어~!"

"끝내줘요~!"

배고픔이 한계에 달한 카구라와 티리엘은 완성해서 자리에 앉자마자 참지 못하고 먹기 시작했다.

처음에는 괜찮을까 싶었지만, 완성된 요리에 문제는 없는 듯했다. 재료가 비뚤배뚤하거나 어느 것은 설익는 등, 향후 개선해야

할 부분은 많았다. 하지만 그럼에도 고생한 보람이 있다는 생각
이 들 만큼 맛있게 완성되었다.

"그렇지, 그렇지? 열심히 노력해서 만들어 먹으니, 더더욱 맛
있지?"

요리 과정의 절반 이상을 혼자 도맡아서 진행한 에타카리나의
공적이 컸지만, 그녀는 두 사람에게 요리의 근사함을 전파하기
위해 카구라 일행의 노력을 덮어놓고 절찬했다.

어쨌든 카구라의 첫 캠핑 요리는 이렇게 대성공으로 끝났다.
그리고 티리엘에게도 건강한 요리가 얼마나 맛있는지를 실감케
한 귀중한 하루가 되어서, 향후 식생활에 커다란 영향을 미치게
되지만 그건 또 다른 이야기다.

식사를 하며 세 사람은 이런저런 대화를 나눴다. 중간에 신대
마법에 관한 이야기도 드문드문 들은 덕인지 카구라는 매우 만족
스러운 표정이었다.

"자아, 그럼 이곳에서의 볼일도 끝났으니, 다음으로 넘어갈까."

식후의 느긋한 휴식 시간도 끝나 슬슬 도시로 돌아갈까 하던 참
에, 에타카리나가 그렇게 말했다.

"어? 혹시, 관이 더 있어요?!"

다음으로 넘어가자는 말에 티리엘은 놀란 눈치다. 하지만 그럼
에도 눈에는 의욕이 가득했다. 오니와 관련된 것은 하나도 무시
할 수 없다는 듯이.

하지만 그것은 티리엘의 지레짐작이었다. 에타카리나는 "아

아, 괜찮아. 관은 이제 없으니까"라고 답하더니 "꽤 오랜만에 깨어나서, 그것 말고도 확인할 게 산더미처럼 많거든"이라고 말을 이었다.

"그렇군요. 그럼 여기서 헤어져야겠네요."

"바로 그거야."

이야기의 흐름을 통해 카구라가 알아채고 말하자, 에타카리나는 그 말이 맞다며 고개를 끄덕였다.

그렇다. 이별이다. 카구라 일행과 에타카리나에게는 각각 해야할 일이 있기 때문이다.

이번에는 목적이 일치해서 동행을 했지만 이다음부터는 다시 다른 길을 걸어가야 하는 것이다.

"아…… 그러, 네요."

오니와 관련된 용건이 있다면 아직 더 같이 있을 수 있다. 티리엘은 그렇게 생각한 모양이다. 하지만 이제 에타카리나가 다른 일을 처리하러 가야 한다는 사실을 알고는 표정이 어두워졌다.

"티리엘——……."

티리엘에게 에타카리나는 오랜 시간 끝에 재회한 친구다. 당연히 이야기하고 싶은 것도 많고, 같이 있고 싶을 거다. 그렇기에 카구라는 말하려 했다. 에타카리나를 따라가지 그러냐고.

하지만 직후, 그 말이 목에 걸린 듯 나오지 않았다. 한편으로는 친구와 헤어지는 티리엘의 심정이 우려되었지만, 티리엘과 함께 있고 싶다는 마음 역시 카구라의 마음속에서 생각보다 커져 있었기 때문이다.

말하고 싶어도 말할 수가 없는, 그 답답한 느낌에 카구라 본인도 당황했다.

그리고 그런 카구라의 갈등을 알아챈 이가 한 명 있었다.

"……뭐어, 두 사람한테는 괜찮으려나."

에타카리나는 흐뭇하다는 투로 중얼거리더니 가방에서 금속 막대 하나를 꺼냈다. 그것은 이전에 전이했을 때, 카구라에게 건네주었던 그것과 같았다.

"둘 다 왜 그렇게 표정이 심각해~. 딱히 앞으로 영영 못 볼 것도 아닌데. 오히려 모처럼 지상으로 돌아왔으니, 앞으로 꽤 자주들를 생각이거든?"

못 당하겠다는 듯한 태도로 에타카리나는 손에 쥔 금속 막대를 티리엘에게 건넸다.

"아, 이건……!"

그것이 어떠한 물건인지를 잘 아는 티리엘의 얼굴이 조금씩 환해졌다.

전이 표식. 그것을 맡겨둔다는 것은 에타카리나가 언제든 만나러 올 수 있다는 뜻이다.

그 사실을 알아챈 티리엘도 매우 기뻐했다. 동시에 카구라도 마음속으로 안도함과 동시에, 그럼 신대마법을 배울 기회가 또 오겠구나, 라는 생각을 하며 의미심장한 미소를 지었다.

(경솔한 짓이었나…….)

다소 감정이 앞선 행동이기는 했지만, 이 반응은 좀 그렇지 않나. 그런 걱정이 싹텄지만 아무렴 어때, 하고 미소 지은 후, 에타카리나는 "종종 만나러 올게. 그쪽도 신경 쓰이니까"라고 말을 이으며 캠핑 테이블의 아래를 쳐다보았다.

그곳에는 봉투가 놓여 있었다. 안에는 도전 후 보기 좋게 실패한 요리의 서글픈 최후가 담겨 있다.

카구라와 티리엘도 재료 손질은 그럭저럭 해냈다. 하지만 요리 단계에서 이런저런 문제가 속출했던 것이다.

앞으로는 그 부분도 확인하러 오겠다고 에타카리나가 예고한 순간, 반응의 방향성이 바뀌어. 기뻐하던 두 사람의 얼굴에 그늘이 드리웠다.

"보아하니 아직 한참 걸릴 것 같네."

에타카리나는 티리엘의 복부를 바라보며 한숨 섞인 투로 중얼거렸다. 식생활 개선이 절실하건만 현시점에서는 희망이 별로 안 보인다면서.

"내 책임이기도 하니까……."

티리엘의 체형 변화를 인식한 카구라 역시 새삼 책임감을 느끼는 눈치였고. 살짝 신경 쓰인다는 눈으로 그 부분을 바라본 후, 그녀의 건강을 위해서라도 열심히 하겠다고 맹세했다.

"우…… 우우…… 살찐 거 아니라니까요~!"

의심할 여지없는 현실이 그곳에 있다. 하지만 아직 허용 범위라고 굳게 믿고 있는 티리엘은 침통한 두 사람의 표정을 견딜 수가 없어 그렇게 소리칠 수밖에 없었다.

후기

구입해주셔서 감사합니다! 19권입니다. 19권까지 왔습니다! 다시 말해서 앞으로 한 권이면 20권이 되는 겁니다!

이건 정말 대단한 일일 겁니다. 많은 것들이 빠르게 떠올랐다가 가라앉기를 반복하는 요즈음, 이전과 변함없이 이렇게 속권을 내놓을 수 있다는 사실에 감사한 마음을 금할 길이 없습니다.

거듭해서 감사 말씀 드립니다!

자아, 이전 권에서는 낫토에 관해 언급했습니다만 최근에는 거기에 한 가지 진화가 추가되었습니다.

바로 쌀입니다!

놀랍게도 백미뿐 아니라 발아현미와 찰보리, 그리고 잡곡까지 들어간 스페셜한 밥을 먹을 수 있게 된 것입니다.

평범한 쌀밥보다 영양가 있고 건강에도 좋은 밥입니다. 여기에 낫토가 더해지면 그야말로 무적이라 할 수 있겠죠!

요전까지 쌀밥은 일주일에 한 번 정도만 먹었습니다만, 지금은 식생활 개선에 힘써서 이 밥을 매일 먹고 있습니다.

그리고 현재, 포만감이 오래 가는지 간식을 먹는 횟수가 격감했다는 결과로 이어지고 있습니다.

이게 체중에 얼마나 영향을 미칠지는 모르겠습니다. 하지만 간식을 먹을 바에는 밥을 먹는 게 낫다는 생각으로 당분간 계속하고자 합니다!

그럼 다음 권에서 만나 뵙겠습니다!

KENJA NO DESHI WO NANORU KENJA Vol.19
©2023 by Ryusen Hirotsugu / fuzichoco
All right reserved.
First published in Japan in 2023 by MICRO MAGAZINE, INC.
Korean translation rights reserved by Somy Media, Inc.

현자의 제자를 자칭하는 현자 19

2024년 2월 1일 1판 1쇄 발행

저　　　자｜류센 히로츠구
일 러 스 트｜후지 초코
옮 긴 이｜정대식
발 행 인｜유재옥
이　　　사｜조병권
출판본부장｜박광운
담 당 편 집｜정지원
편 집 1 팀｜박광운 최서영
편 집 2 팀｜정영길 조찬희 박치우 정지원
편 집 3 팀｜오준영 이해빈 이소의
디자인랩팀｜김보라 박민솔
디지털사업팀｜박상섭 김지연 윤희진
라이츠사업팀｜김정미 맹미영 이윤서
영업마케팅팀｜최원석 박수진
물 류 팀｜허석용 백철기
경영지원팀｜최정연
발 행 처｜(주)소미미디어
인쇄제작처｜코리아피앤피
등　　　록｜제2015-000008호
주　　　소｜서울시 마포구 토정로 222, 403호(신수동, 한국출판콘텐츠센터)
판　　　매｜(주)소미미디어
전　　　화｜편집부 (070)4164-3962, 3963 기획실 (02)567-3388
　　　　　　판매 및 마케팅 (070)8822-2301, Fax (02)322-7665

ISBN 979-11-384-8155-7 04830
ISBN 979-11-5710-460-4 (세트)